El restaurador de arte

El restaurador de arte

Julián Sánchez

Rocaeditorial

© Julián Sánchez, 2012

Primera edición: mayo de 2013

© de esta edición: Roca Editorial de Libros, S. L.
Av. Marquès de l'Argentera, 17, pral.
08003 Barcelona
info@rocaeditorial.com
www.rocaeditorial.com

Impreso por LIBERDÚPLEX, S.L.U.
Crta. BV-2249, km 7,4, Pol. Ind. Torrentfondo
Sant Llorenç d'Hortons (Barcelona)

ISBN: 978-84-9918-589-7
Depósito legal: B. 9.368-2013
Código IBIC: FV; FH

Para ti, mi amor: como ayer, hoy y por siempre

Como es costumbre en todas mis novelas,
parte de los acontecimientos narrados
se basan en hechos verídicos.

Dejo a la imaginación o a la capacidad de investigación
del lector descubrir cuáles son reales
y cuáles imaginados.

PRIMERA PARTE

San Sebastián

1

—*A*hí está.

Enrique murmuró esas dos sencillas palabras. Lo hizo en voz tan baja que, probablemente, su desconocida compañera de asiento en el vuelo Barcelona-San Sebastián no llegó a escucharlas. El pequeño Fokker 49 se aproximaba a la pista del aeropuerto por el sur, lo que le permitió contemplar por la ventanilla de babor la asombrosa delicadeza de La Concha, la bahía de San Sebastián.

«Tan perfecta como siempre.» Ese fue su pensamiento, mil veces repetido en cada una de las ocasiones en que la contemplara desde las alturas. Abajo, en efecto, la perfección se le mostraba en ese asombroso capricho de la naturaleza que los hombres hicieron suyo al levantar la ciudad de San Sebastián a su alrededor, desde el monte Urgull hasta el monte Igueldo.

Su mirada se deslizó por la bahía, recreándose en los detalles. La baja altura le permitió identificar, incluso, su propio piso, en la ladera de Igueldo, al que no acudía desde tres años atrás.

«Demasiado tiempo fuera de casa.»

Y en este nuevo pensamiento descubrió la añoranza de su hogar.

«Mi casa. Ni Barcelona ni Nueva York lo son. ¡Quién me lo iba a decir!»

La bahía fue quedando atrás a medida que el Fokker se

aproximaba a la pista. No tardó en aterrizar en la lengua de cemento dispuesta junto a la desembocadura del río Bidasoa, prácticamente en la misma frontera entre España y Francia. Abandonó el aparato junto a otros cincuenta y cuatro pasajeros; su viaje coincidía en las fechas con el Festival Internacional de Cine de San Sebastián, en el que también iba él a participar como conferenciante.

Tras recoger el equipaje salió al vestíbulo, donde un elevado número de taxistas mostraba cartulinas con nombres; muchos de ellos extranjeros, personas invitadas por la organización del festival. En una de ellas constaba su nombre, Enrique Alonso. Se identificó; el taxista le ayudó con una de las maletas acompañándole a un vistoso mercedes. Tomó asiento, le indicó la dirección de su piso y el vehículo se puso en marcha. El móvil comenzó a vibrar, pero Enrique hizo caso omiso, decidido a disfrutar de los paisajes tan bien conocidos. Tras veinte minutos de viaje por la autopista el taxi llegaba a La Concha.

«Mi casa.»

Tres años de ausencia. Tan agitados y sorprendentes que nunca jamás habría podido imaginarlos, ni siquiera empleando todas sus notables aptitudes como escritor.

La novela en la que relatara los acontecimientos vividos durante la búsqueda de la Piedra de Dios se convirtió en un notable éxito, tanto en España como en el resto de los países donde se publicó, y tuvo la virtud de abrirle las puertas de América cuando una importante *major* cinematográfica adquirió los derechos para filmar una película. Enrique se vio reclamado para colaborar en la elaboración del guion en un momento personal perfecto, ya que deseaba alejarse de San Sebastián. No, en realidad no de San Sebastián, sino de lo que suponía San Sebastián: lo que deseaba era alejarse de su exmujer, Bety Dale.

Después de eso decidió quedarse una temporada, solo unos meses, en Nueva York, la ciudad que nunca duerme. Y los meses se fueron prolongando según su siguiente novela gozaba de idéntico éxito que la anterior, de la que ya se preparaba una adaptación cinematográfica. Así transcurrieron tres años, con un único viaje a Barcelona por cuestiones relacionadas con la

14

editorial; tres años con los que quiso mantener la distancia y apaciguar sentimientos y recuerdos.

No fue sencillo.

Bety le mandaba correos con la regularidad justa como para que el hilo no acabara de romperse. Eran afectuosos, claro, como ella misma, pero nunca equívocos. Hablaba de su trabajo en la universidad; le preguntaba por sus novelas, siempre manteniendo la distancia justa, como una avezada equilibrista sobre el alambre de los sentimientos. Y Enrique siempre contestaba en idénticos términos, controlando a la perfección el lenguaje que empleaba. Agradable, pero distante; sensible, pero sin excesos; amistoso, pero no amante. Hasta que recibió el último, en el que le explicaba que había solicitado una excedencia en la Universidad del País Vasco para emprender un nuevo reto profesional, convertirse en la responsable de relaciones externas del Museo de San Telmo, el más importante de la ciudad de San Sebastián, justo tras su remodelación. En el correo, Bety le invitaba a la reinauguración del museo. Enrique aceptó la invitación: pasó un par de días en Barcelona para visitar su casa de Vallvidrera, con toda la ciudad de Barcelona a sus pies; aprovechó para saludar a sus viejos amigos y la sede de su editorial española, y después emprendió camino a San Sebastián.

El taxi inició el ascenso al paseo del Faro, donde se encontraba el piso de Enrique. Tras despedirse del conductor entró en el edificio. Dos plantas más arriba se detuvo frente a la puerta de su piso con la llave en la mano. La sensación de nostalgia, a la que estaba siempre tan predispuesto, se convirtió en avasalladora. «¡Tres años!» Introdujo la llave y abrió la puerta. Las persianas filtraban un leve resquicio de luz; no había olor a cerrado, pues semanalmente una interina lo limpiaba, como si estuviera ocupado. Enrique nunca lo cerró definitivamente porque se aferraba a la idea de que podía regresar, aunque los últimos pasos de su vida señalaran el camino opuesto. Anduvo por el gran salón hasta los ventanales; allí levantó las persianas, dejando que la luz de la bahía inundara el salón.

—Impresionante —dijo de nuevo en voz alta. Vivir solo lo había acostumbrado a expresar ideas y sensaciones consigo

15

mismo. Pero la vista lo era en verdad: La Concha se le ofrecía. Abrió los ventanales, salió a la terraza y el olor a salitre inundó sus pulmones.

—Ahora comprendo por qué no quería regresar.

Estaba claro. La vista de la bahía siempre le ocasionaba un efecto similar: el deseo de aparcar cualquier actividad y dejarse mecer por la contemplación de la mar, acompañando a las olas en su camino hacia las playas, todavía pobladas pese a ser la última semana de septiembre.

—Me ha costado volver y no dudo que me costará idéntico esfuerzo marcharme.

El billete de vuelta tenía fecha de regreso tres días después, pero allí, sentado en la terraza, Enrique tuvo claro que esos días no bastarían para calmar su añoranza. Algunos yates navegaban por La Concha; el suyo, la *Hispaniola*, estaba ahora amarrado en la North Cove Marina, en Manhattan, a miles de kilómetros de distancia.

—Cuántas veces habré surcado estas aguas…

Se levantó de repente, aguijoneado por una certeza derivada de su propio conocimiento: la melancolía suele ser mala compañera de viaje, y más para personalidades como la suya. Casi en automático se dedicó a recoger el equipaje y a abrir la casa, decidido a no ceder terreno ante sí mismo. El tiempo había pasado, y sin duda lo había hecho para bien. Madurar es más una cuestión de experiencias que de tiempo, y las suyas habían sido muchas en los últimos años.

Con el piso ya ventilado y la ropa recogida consultó el reloj: le quedaban seis horas hasta la inauguración del Museo San Telmo, verdadero motivo de su viaje. ¡Cómo no iba a estar junto a Bety en un momento tan señalado! Además, toda la sociedad civil de la ciudad y del País Vasco iba a encontrarse en el evento y, al fin y al cabo, él, pese a vivir ahora en Nueva York, había desarrollado buena parte de su carrera literaria desde San Sebastián. Aunque su compromiso era con Bety, también iba a poder saludar a todas aquellas personas que desde las instituciones lo habían ayudado en sus inicios. Y existía un tercer motivo: aprovechando su presencia en la inauguración iba a colaborar en una ponencia sobre la adaptación de obras literarias a guiones cinematográficos dentro del marco del festival de cine.

Echó una mirada al móvil: las últimas llamadas eran de Bety. Sabedor de lo ocupadísima que debía encontrarse en las horas previas a la inauguración le envió un escueto mensaje, «Estoy en Igueldo. Nos vemos allí. Un beso». Después de eso decidió salir a correr un rato, una nueva costumbre neoyorquina que había pasado a formar parte de su vida. Hacer y no pensar, dejar el cuerpo ocupado y la mente ausente, era la mejor de sus tácticas para no abandonarse a la melancolía.

17

2

*E*l verdadero reencuentro de Enrique con la ciudad se produjo de camino a la parte vieja, donde se encuentra el Museo de San Telmo, en el extremo opuesto de La Concha. Caminó sin prisa, recreándose en el paseo. En el Boulevard, cerca del museo, comenzó a ver a otros invitados, fáciles de distinguir por su vestimenta: trajes ellos, vestidos largos ellas. Nadie caminaba solo, excepto él; a este tipo de eventos se suele acudir en pareja o en grupo.

Ya en la plaza Zuloaga contempló el edificio: un antiguo convento dominico del siglo XVI caracterizado por su fachada neorenacentista. Junto a la planta antigua, perfectamente conservada, se había levantado un nuevo edificio adosado a la ladera del monte Urgull; por una vez, las arquitecturas antigua y moderna formaban una simbiosis acertada, sin estridencias. Enrique había visto fotografías de la reforma pero no cabía duda de que en vivo ganaba en presencia.

Guardó cola para acceder a su interior, identificándose en la puerta. Una vez allí no tardó en encontrar a algunos conocidos del mundo de la cultura alrededor del cóctel de bienvenida, servido en el claustro de la iglesia. Y, entre ellos, vio a Bety, hablando con unos y otros, saludando con aparente desenfado a todo el mundo. «Qué hermosa está», pensó. Deliberadamente se apartó de las personas con las que estaba charlando para alejarse entre la multitud y, perdido entre todos ellos, poder contemplarla a sus anchas.

Todo en ella sugería alegría. En verdad parecía resplandecer, ataviada con un largo vestido verde de tirantes a juego con su mirada y que resaltaba su cabello rubio, peinado con sencillez, con una coleta a un lado, sobre su hombro derecho. Era alta, y debía llevar unos tacones de vértigo; estaba a la altura de la mayoría de invitados varones. «Parece tan desenvuelta y tan natural…» Esto sí le resultaba extraño a Enrique, no así su evidente belleza. Bety, pese a haber sido profesora universitaria, siempre se había mostrado algo insegura ante la exposición pública, por mucho que lo disimulara con acierto. «No parece la Bety que yo recordaba. Pero aquella Bety nunca hubiera aceptado un cargo semejante, y la actual parece disfrutar con su desempeño. Pero ¿por qué no? ¿Acaso no he cambiado yo? ¿Por qué no iba a hacer ella lo propio?»

Disfrutó contemplándola así, desde la distancia, hasta el momento en que sus miradas se encontraron entre un bosque de personas en movimiento. Sonrieron y caminaron el uno hacia la otra, encontrándose aproximadamente en el centro del claustro. Fue ella la que habló primero.

—¡Por fin, Enrique! ¡Cuánto me alegro de verte!

—Y yo a ti, Bety. —Le dio un abrazo tan cálido como breve, así como dos besos en las mejillas. Tras ello permanecieron cogidos por los hombros mientras duró su conversación.

—Por un momento pensé que no ibas a venir.

—Nunca me hubiera perdonado no hacerlo. Para ti es una noche importante, y debía estar aquí.

—No te imaginas todas las cosas que tengo que contarte… Pero, ahora, ¡no tengo mucho tiempo!

—Lo sé, no te preocupes. Estate a lo tuyo, ya hablaremos después. Recuerda, estoy acostumbrado a las presentaciones de las novelas; ya sé que debes atender a todos los invitados.

—Gracias, Enrique. ¡Hablaremos más tarde! Cuando finalice la recepción y los invitados se hayan marchado espérame aquí mismo, en el claustro. ¿Lo harás?

—¡Cuenta con ello! Venga, ve; tus invitados te esperan.

Bety regresó a su trabajo mientras Enrique buscaba algunos conocidos a los que sumarse para charlar. Más tarde, junto con los demás invitados, escuchó las diferentes alocuciones de los políticos de turno así como de los responsables

19

culturales del museo, que se hicieron en la hermosa iglesia de San Telmo. La piedra de la iglesia, restaurada y sabiamente iluminada, relucía mientras los lienzos pintados por Sert y que tanto le impresionaban servían de perfecto marco. Después regresaron al claustro, donde la calidez de la noche permitía el servicio de cáterin. Enrique, pese a mantener la conversación con unos y otros, no perdió de vista a Bety, corroborando la notable impresión de seguridad que anteriormente le había transmitido.

La inauguración transcurrió agradablemente y Enrique llegó a reírse de veras con alguno de sus viejos conocidos. No había bebido lo suficiente ni para estar achispado, y así supo que su estado de ánimo sin duda había cambiado para mejor. En realidad se sentía realmente contento por haber vuelto a ver a Bety, y su melancolía había quedado atrás. El entorno también propendía a ello: al fin y al cabo, a su alrededor se encontraba un elevado número de personas inteligentes con las que mantener conversaciones de su agrado. En uno de esos momentos en los que se cambia de grupo y uno se queda momentáneamente a solas observó a un hombre en particular: rondaría los setenta años, vestía un impecable traje de color crema, pajarita, sombrero y bastón, y estaba sentado en el pretil de piedra del claustro. El hombre se llevó la mano al sombrero, saludando desde la distancia; a continuación se incorporó, caminando muy erguido hacia él. Era alto, bien pasado el metro ochenta, de hombros muy anchos y de delgada figura.

—Le ruego me disculpe, pero ¿usted no es Enrique Alonso, el escritor?

Le habló en español con un marcado acento estadounidense. Enrique observó su rostro: cualquiera lo hubiera definido como interesante; su aspecto era el de un hombre que ha vivido con estilo y con deportividad. Estaba moreno y tenía esas arrugas que solo proporciona la exposición continua al sol. Pero lo más llamativo de su persona eran los ojos, de un intenso color azul, que parecían irradiar una notable curiosidad.

—Sí, así es. Y usted…

—Bruckner, Craig Bruckner. He tenido el gusto de leer alguna de sus novelas, pero si me he acercado a saludarle ha sido porque conozco personalmente a Bety y ella me ha hablado de usted.

—Por su acento deduzco que es usted norteamericano.

—Nací en Filadelfia, pero he pasado muchos años en Europa. Soy o, mejor dicho, fui, restaurador y conservador en diferentes museos.

—¿Está trabajando actualmente con el museo San Telmo?

—Oficialmente estoy jubilado, pero dedico mi tiempo libre, que en realidad ahora es todo el tiempo del mundo, a investigaciones personales. Estoy preparando una monografía sobre la obra de Sert, y una visita a San Sebastián era obligatoria para estudiar los lienzos de la iglesia. Además, el Museo San Telmo prevé realizar su restauración y soy lo más parecido a un experto en ese campo.

—Sin embargo, imagino que un museo de esta categoría tendrá su propio equipo de restauradores.

—En efecto, y lo son de primera línea. Pero Sert utilizaba técnicas pictóricas muy poco usuales en la realización de su obra, en este caso en concreto veladuras sobre fondo metálico, y ahí es donde puedo aportar mi experiencia en su obra. La dirección me ha abierto las puertas para poder estudiar estos lienzos y, a cambio, yo aconsejo cuando me lo solicitan. ¡Todos contentos! ¿Y usted? Tengo entendido que actualmente reside en Nueva York.

—Así es. Vivo en el Midtown East. Me trasladé para pasar una temporada, pero…

—…la estancia se fue alargando. ¡Suele ocurrir! Es un efecto muy propio de la ciudad de Nueva York: está repleta de creatividad. ¿Qué tal va su aventura americana? Tengo entendido que se está abriendo paso en el panorama literario de mi país.

—Intentar ser uno más entre los autores americanos es una aventura en sí misma. Solo el tres por ciento de las novelas publicadas en su país pertenecen a autores extranjeros.

—Así que decidió pelearlo desde allí.

—Eso es. Cuando *El anticuario* inició su aventura americana se abrió un inesperado resquicio en la puerta; puse el pie lo justo para que no se cerrara y ahora intento que el resto de

21

mi obra traspase ese umbral. La traducción de mi última novela se ha publicado allí antes que en España, y las ventas son interesantes. Y haber colaborado en la elaboración de los guiones de ambas películas me ha abierto otro pequeño espacio en Hollywood.

—No sabe lo que me alegra. Conozco algo del mundillo literario: la monografía sobre Sert no será la primera que publico. Y sé que publicar allí sin un agente resulta complicado.

—Mi editora española me puso en contacto con Gabriel Goldstein.

—No lo conozco en persona, pero sé que es uno de los más importantes. —En ese momento, la atención de Bruckner se centró en otro lugar. La sonrisa encantadora con la que adornaba la conversación fue sustituida por una expresión más adusta.— Le ruego me disculpe, pero tengo que saludar a otra persona. Enrique, me gustaría tener la ocasión de charlar con usted más adelante. Bety podría darme su número: ¿no le molestará que lo telefonee?

—En absoluto. Tengo previsto quedarme en la ciudad unos días. Llámeme cuando guste.

—¡Lo haré! Hasta pronto, entonces.

Se estrecharon la mano, despidiéndose. Eran cerca de las once y algunos invitados comenzaban a marcharse. Enrique, sin nadie con quien hablar ni deseos de buscarlo, se retiró a un lado del claustro, dejando pasar el tiempo hasta que la fiesta se fue apagando por sí sola. Poco antes de las doce ya casi no quedaban invitados, y los encargados del cáterin comenzaban a desmontar las mesas. Fue entonces cuando Bety se acercó a él.

3

—¡*P*or fin! ¡Estoy cansadísima!

—Cansadísima, pero radiante.

—Todo ha ido conforme a lo planificado. La inauguración ha ido sobre ruedas. Mi primera prueba de fuego en el cargo.

—Saldada con éxito. Te he visto manejar todas las situaciones con soltura, estabas en todas partes y atendiste a todo el mundo. Todo el mundo estará de acuerdo en que la nueva relaciones públicas del Museo San Telmo es tan eficiente como encantadora.

—Adulador, como siempre.

En aquel momento pasó por delante de ellos un camarero con una botella de champán; Bety lo detuvo y tomó dos copas al vuelo.

—La primera de la noche. Brindarás conmigo, supongo.

—¡Claro que sí! Pero ten en cuenta que para mí no es la primera copa…

—Y se supone que para mí no debiera ser la última.

Los componentes del equipo debiéramos ir a celebrarlo por ahí, pero llevo días trabajando como una loca y si me escapo contigo no dirán nada.

—Estaré encantado de fugarme contigo.

—Dame unos minutos para despedirme y espérame fuera, en la plaza.

—De acuerdo.

Enrique abandonó el museo. La plaza Zuloaga estaba casi desierta a esas horas. Sobre el museo, en la cima del monte Urgull, la estatua del Sagrado Corazón, iluminada, parecía flotar sobre la ciudad, dominándola. Bety tardó en salir más de diez minutos; Enrique comprendió que despedirse de sus compañeros debió costarle más trabajo de lo que había previsto.

—¿Adónde vamos, Bety?

—Eres tú quien lleva mucho tiempo sin venir a San Sebastián, Enrique. Elige tú.

Lo pensó un momento, antes de contestar. Toda San Sebastián está repleta de lugares encantadores, y eran muchos los que le agradaban.

—Un pequeño paseo: es tarde y la subida a Urgull está cerrada. Elijo la pasarela, junto al Club Náutico.

Enrique le ofreció el brazo a Bety, y ella no lo rechazó. Caminaron hacia el puerto callejeando por la parte vieja; incluso ese barrio, el más animado de toda la ciudad, se preparaba para la noche. Solo se veían pasar brigadas de limpieza, algún guardia urbano y veraneantes tardíos, la mayoría jóvenes y extranjeros, apurando sus postreros días de vacaciones. La temperatura era excelente, y una muy suave brisa se dejaba sentir. Llegaron a la pasarela del Club Náutico, junto a la bahía. La pasarela tendría unos veinte metros de largo y era una lengua de listones de madera introduciéndose en la mar; al final, una escalera descendía hasta las aguas. Urgull, la isla de Santa Clara e Igueldo, iluminados, enmarcaban La Concha proporcionando el mejor de los decorados. La zona era peatonal, así que no había ruido alguno de tráfico, solo las voces ocasionales de algunos transeúntes. Caminaron por la pasarela y se detuvieron en el extremo, junto a las escaleras. Bety lo hizo con cuidado, subiéndose el vestido para ver dónde pisaban sus tacones. Después se apoyaron en la barandilla, de cara a la playa.

—La seguimos viendo con distinta mirada, ¿no es así?

—Sí, Bety. Vosotros, los que habéis nacido en San Sebastián, habéis normalizado lo excepcional. La veis hermosa, pero nunca tanto como aquellos que venimos de otros lugares.

—Lo que ocurre es que tú siempre fuiste muy sensible a la belleza.

—¡Sí, es cierto! Pero no solo a las bellezas naturales, Bety.

Te lo habrán dicho multitud de ocasiones durante esta noche, ¡pero estás increíble!

Era cierto. No se había maquillado apenas nada: una chispa de colorete, un lápiz de labios rojo, algo de rímel; no precisaba más. Su rostro seguía poseyendo la vivacidad de antaño, en especial la sonrisa; siempre fue una mujer deportista, le gustaba correr e ir al gimnasio, y su cuerpo guardaba esa tensión muscular propia de los atletas. Tres años sin verla apenas la habían cambiado: quizá, imposible esconderlas a tan corta distancia, Enrique podía apreciar unas primeras arrugas, junto a la comisura de sus labios y de sus ojos. Pero no era su belleza exterior la que intentaba valorar Enrique; su mirada pretendía penetrar más allá, llegar hasta la persona, apreciar el porqué de su manifiesto cambio de actitud. Bety le habló, pero en esta ocasión su voz se mostró diferente, dejando a un lado el tono distendido.

—Hacía tiempo que nadie me miraba como tú lo estás haciendo ahora. Dime, Enrique, ¿qué ves?

—¿Qué quieres decir?

—No te contentas con ver el exterior. Estás mirando hacia adentro. Las mujeres sabemos distinguir esa mirada porque los hombres no sabéis disimularla como nosotras. Contesta a mi pregunta, por favor.

—Veo… a una mujer parecida a la que recuerdo, pero también diferente. Te he seguido durante la inauguración y en todo momento irradiabas una seguridad que antaño no poseías. Te veo rebosante de fuerza y de energía. Estás en tu plenitud, Bety: absolutamente radiante.

—Sí, es posible…

—Bety.

—¿Sí?

—Todavía no me has contado cómo has llegado a convertirte en la nueva relaciones públicas del museo. ¿Por qué dejaste la universidad?

La sonrisa de Bety se extinguió al escuchar esta pregunta. Su mirada se perdió en la bahía, y Enrique tuvo la sensación de que deseaba evitar este asunto en particular. Cuando habló, lo hizo con un tono de voz que Enrique conoció como falsamente desenvuelto.

25

—Estaba cansada de enseñar. ¿Qué futuro tiene una filóloga clásica en un mundo como este? Cada vez hay menos alumnos en nuestra universidad. El latín y el griego son lenguas muertas, y su estudio pierde peso con cada reforma del sistema educativo. Llegará el día en que la universidad descarte la enseñanza de estas lenguas al no considerarla rentable. Solo algunos investigadores, cada vez menos en número, se interesan por esos tiempos remotos. ¿Sabes, Enrique? Perdí la ilusión, y en la vida, cuando la ilusión se pierde, es preferible emprender un nuevo camino. ¡Quién mejor que tú para saberlo!

Esto sorprendió a Enrique. Recordaba a una Bety enamorada de ese pasado del que ahora parecía renegar; si la enseñanza, a veces, le resultaba agridulce, la investigación, en cambio, constituía para ella una verdadera pasión. Y cuando mencionó a los investigadores habló de ellos sin incluirse en el grupo.

—Pero ¿y el museo? No puede haber nada más diferente a tu anterior trabajo. ¿Cómo llegaste hasta él?

—Probablemente, por eso mismo que has dicho: es justo lo contrario a lo que hacía antes. Antes tendía fundamentalmente a la investigación, y eso supone acabar encerrándose en una misma. Este trabajo implica exactamente lo contrario: relacionarse continuamente con los demás.

Bety concluyó su explicación y guardó silencio; Enrique, profundamente sorprendido por todo lo que estaba escuchando, hizo lo propio. Había detectado en la actitud de Bety algo que no encajaba, al menos en la mujer que fue su pareja años atrás y que creía conocer. Tuvo la sensación de que ella deseaba explicarle algo en concreto, y que no encontraba la manera adecuada para hacerlo, como si toda la conversación que estaban manteniendo no fuera sino una impostura, una máscara con la que disfrazar su verdadero interés. Enrique valoró si intentar darle pie para hacerlo, pero sabía que difícilmente evitaría provocar una discusión como los cientos que vivieron cuando fueron pareja. Al cabo de unos minutos, Bety retomó la conversación.

—¿Recuerdas la última vez que nos vimos en persona, Enrique?

—Cómo no. Fue justo ahí detrás.

Tres años antes Bety acudió a él para conocer la verdad de lo que había pasado en Barcelona; no la historia escrita en la novela, sino la auténtica, aquella que solo podía conocer él. Allí al lado, junto al espigón del pequeño puerto de San Sebastián, se habían despedido entre la lluvia, sin llegar a decirse adiós.

—Recuerdo tus palabras de aquel día. ¿Sigues sintiéndote solo?

—No. No lo sé. Sí. ¿Y tú?

—Tu respuesta ha sido muy vaga. ¿Hay alguien?

—Hay alguien, sí. Pero no es nadie tan importante como tú lo fuiste, Bety. Al menos, no lo es aún.

—Y ¿en un futuro?

Enrique se encogió de hombros enseñando las palmas de sus manos.

—¿Quién puede saberlo? Nos vemos de vez en cuando. Nueva York es todo lo contrario a San Sebastián, es inhóspita aunque estimulante, y las relaciones personales no son sencillas. ¿Y tú, Bety? ¿Te sientes sola? Aún no me has contestado.

Bety frunció el ceño antes de contestar, tal como solía hacerlo cuando algo le incomodaba. En contra de lo que Enrique esperaba, ella contestó casi de inmediato.

—En mi vida hubo alguien, sí, pero ya se acabó. Y también yo me siento sola. Lo dijiste antes: estoy en mi plenitud. Madura, en realidad. En mi vida han sucedido acontecimientos que me han cambiado, es cierto. Algunos de ellos, recientes. No sabes nada acerca de ellos porque nada te he contado; nuestros correos nunca hablaron de nada personal, ni los míos ni los tuyos. Solo vaguedades. Nunca nos contamos nada importante: algo sobre el trabajo, algún chismorreo sobre los amigos… poco más.

Tiempo atrás, Enrique se habría precipitado en esta conversación, pero también él había cambiado en estos tres años, y tenía claro que en ningún caso debía forzarla a hablar. Guardó silencio, esperando con una paciencia nueva en él. Fue Bety quien habló primero.

—¿Cuánto tiempo vas a quedarte en San Sebastián?

Enrique recordó la fecha del billete de regreso: tres días más. Pero supo, en aquel instante, que tal como imaginara en su piso unas horas antes, su estancia se prolongaría. A su nos-

27

talgia se unía ahora una nueva variable con la que no había contado, o, al menos, no en esta forma: supo que Bety, de alguna manera, le necesitaba, y no podía hacer oídos sordos a esta solicitud, incluso aunque ella no le hubiera pedido nada. Improvisó.

—No lo he previsto. Una temporada. Quince días, quizá un mes. No lo sé.

—Bien; así tendremos tiempo para vernos. Me voy a casa, Enrique. No me había dado cuenta, pero estoy cansadísima; han sido casi dos días sin dormir, la adrenalina de la inauguración se ha esfumado y necesito descansar. Llámame. Mañana no, mejor pasado.

—Lo haré.

Bety le dio un suave beso en la mejilla y caminó por la pasarela hacia el Boulevard. Enrique se quedó allí, mirando hacia el mar, como tres años atrás hiciera en el malecón. Bety había sugerido algo aunque dicho poco, y Enrique comprendió que algo había cambiado entre ellos, algo muy profundo y aún imposible de definir.

Decidió quedarse. El porqué ya era otra cuestión. Podía disfrazar su decisión en forma de apoyo y ayuda para Bety, y quizá no errara al así plantearlo. Pero no se engañaba, en su interior había algo más: un deseo, una promesa, un misterio.

4

Siete días más tarde todavía no había vuelto a ver a Bety. Dos breves conversaciones telefónicas fueron todo el contacto que mantuvieron. Ella, en ambas ocasiones, manifestó que tenía un sinfín de trabajo durante esos primeros días y le rogó que fuera paciente. Aunque Enrique había mejorado este aspecto de su personalidad, esta situación comenzaba a parecerle excesiva. Quería convencerse de que la razón de continuar disfrutando de San Sebastián era su propia voluntad, pero la realidad era otra muy distinta. Tenía verdaderos deseos de ayudarla, si estaba en su mano hacerlo. No pensaba que hubiera otro fin ajeno a la amistad; la posibilidad de un retorno a su vieja relación se le antojaba una idea atractiva pero impensable habida cuenta de lo que habían pasado juntos. Sin embargo… ¿Realmente lo que deseaba era ayudarla como amigo o guardaba una remota esperanza de volver al pasado?

Enrique no perdió el tiempo durante esa semana de espera. En primer lugar cumplió con sus obligaciones asistiendo a la conferencia sobre guiones del festival de cine. Después localizó a viejos amigos y asistió con ellos a un par de cenas en diferentes sociedades gastronómicas. Y realizó excursiones a aquellos lugares de la provincia repletos de un escondido encanto que llevaba tantísimo tiempo sin visitar. Los había en abundancia, aquellos que conocen todos los turistas: Fuenterrabía, Pasajes, Guetaria, pero también muchos otros, más discretos, aquellos que correspondían a sus descubrimientos personales y cuyos nombres eran desconocidos para la mayoría.

Esto significó su entretenimiento razonable; como todos los entretenimientos, acabó llegado su momento, y la situación seguía siendo la misma. La mañana del octavo día Enrique decidió dejar de esperar: había decidido presentarse en San Telmo cuando, a las doce, recibió un mensaje en su móvil: «Por favor, ven a verme al museo». Enrique atribuyó la aparente casualidad a una conexión oculta entre dos personas, capaz de conducirlas a determinadas situaciones.

Caminando no tardó más de media hora en llegar hasta la plaza Zuloaga; el día estaba cerrado y caía un fino sirimiri, pero la temperatura seguía siendo excelente. Como la marea estaba baja hizo el recorrido por la playa, descalzo, dejando que las olas besaran sus pies. Si arriba, en el paseo de La Concha, apenas pasaba algún peatón, abajo, en la playa, no se cruzó con nadie.

Se identificó en la recepción. Bety se presentó al cabo de un momento. Con solo verla acercarse supo Enrique de inmediato que había sucedido algo fuera de normal: todo en ella transmitía tensión.

—Gracias por venir, Enrique.

—¿Qué sucede?

—Acompáñame a mi despacho.

Caminaron juntos, sin hablar, hacia la zona administrativa del museo. El despacho de Bety era grande y, pese a la tan reciente apertura del museo, su mesa de trabajo estaba repleta de diversa documentación. Enrique tomó asiento junto a una mesa anexa que Bety le señaló con la mano, pero ella se mantuvo en pie tendiéndole un periódico abierto.

—Lee esto, por favor.

Al Día

SUCESOS

La policía trabaja en la identificación del hombre encontrado ahogado en la playa de La Concha

San Sebastián

La Guardia Municipal de San Sebastián proseguía ayer con las investigaciones para tratar de determinar la identidad del hombre que apareció flotando ahogado el pasado sábado junto a la isla de Santa Clara. A última hora seguía sin conocerse el nombre de la víctima. En las últimas horas no se ha cursado denuncia alguna por desaparición. En el momento del suceso, el hombre fallecido no portaba documentación alguna y vestía únicamente traje de baño.

La ausencia de una denuncia lleva a los investigadores a sospechar que el fallecido podría residir fuera de San Sebastián, aunque tampoco se descarta que se trate de un hombre que pudiera vivir solo.

Ante la ausencia de datos que permitan la identificación del fallecido, el grupo de la Guardia Municipal al frente de la investigación y el Juzgado de Guardia de San Sebastián iniciaron los trámites para proceder a su reconocimiento mediante un cotejo de las huellas dactilares.

La víctima es un varón de unos sesenta años, raza blanca y rasgos europeos. Todo hace suponer que se trata de un hombre de nacionalidad española.

Si alguna persona puede aportar algún dato relacionado con el caso puede ponerse en contacto con el 092 de la Guardia Municipal de San Sebastián.

Enrique leyó la noticia con atención; en principio parecía una más de las tantas habituales en las páginas de sucesos. No era extraño que en La Concha, pese a ser una playa habitualmente tranquila, sucediera una o dos veces al año algún desgraciado accidente como el reseñado. Sin embargo, el mero hecho de estar allí sentado en el despacho del museo junto a Bety hacía evidente que en esta ocasión se trataba de un acontecimiento especial.

—¿Qué opinas de esta noticia?

—No veo en ella nada de particular… excepto que me hayas citado para hablar sobre lo ocurrido.

—El ahogado es… era, Craig Bruckner. Han tardado una semana en identificar el cuerpo porque, en efecto, vivía solo en un piso de alquiler junto al Boulevard. No tiene familia y nadie cursó una denuncia por desaparición. Creo recordar haberos visto hablando en algún momento durante la inauguración del museo.

—Sí, estuvimos charlando unos minutos; había leído alguna de mis novelas, pero si se presentó fue porque sabía de nuestra relación personal.

—Craig era una persona excelente. Llevaba en San Sebastián tres meses, investigando sobre los lienzos de Sert. En este tiempo se había convertido en uno más del equipo pese a no pertenecer al mismo, y algunos trabamos una relación más personal con él. Era un hombre muy educado y discreto, y un profesional de primera línea, con un prestigio internacional bien merecido. Había trabajado en algunos de los museos más importantes del mundo: el Prado, el Louvre, la Galleria Brera, los Uffizi, la Pinacoteca Vaticana, Capodimonte, la National Gallery, las Tate de Londres… ¡Lo mejor de lo mejor!

»Craig le solicitó a la directora poder investigar los fondos bibliográficos del museo relacionados con los tapices de Sert, sobre el que estaba preparando una monografía. En ese momento todavía estábamos en plena vorágine de obras y nuestra directora no era partidaria de tener a un desconocido dando vueltas de la biblioteca a la iglesia y viceversa; los plazos para la inauguración se echaban encima y se trabajaba en turnos de veinticuatro horas. Fue una época de verdadera locura; la directora le propuso que esperara a la inauguración, y él no se opuso.

»Justo al finalizar esa reunión entre ambos intervino el azar. Uno de nuestros conservadores se cruzó con él. Jon Lopetegi lo conocía en persona; charlaron unos minutos sobre los deseos de Bruckner y, después de este encuentro, convenció a la directora para que le permitiera colaborar con ellos. Tú ya conoces los lienzos de Sert. Están ubicados en la iglesia de San Telmo y han pasado a formar parte íntegra del patrimonio del museo. Una obra magna, absolutamente espectacular. Su valor es incalculable: lo fue en 1932, cuando, tras ser pintados en la casa-taller de París, se instalaron en la iglesia. En aquel entonces Sert era una primera figura internacional, y su adquisición costó sus buenos dineros. Actualmente, aunque la obra de Sert no sea de las más reconocidas en el ámbito popular, todos los entendidos lo valoran como lo que fue: el indiscutible maestro mundial del arte decorativo. No hubo multimillonario en la época que no requiriera sus servicios, y lo curioso es que él mismo provenía de una familia adinerada, por lo que su relación con ese mundo fue de lo más natural.

»Bien: los lienzos de la iglesia se encontraban en un estado delicado. Habían sufrido un par de restauraciones anteriores, y también intervenciones puntuales para paliar los efectos de las humedades en las paredes de la iglesia. Pero todas ellas fueron limitadas en su profundidad debido a los materiales empleados y a la especial técnica pictórica de Sert. La presencia de Craig Bruckner en San Sebastián fue un verdadero regalo del cielo para los restauradores, una oportunidad que no podían desaprovechar. Su trabajo, en su etapa como profesional activo, hubiera estado fuera del alcance económico de nuestro museo; como jubilado dedicado a la investigación no fue difícil un acuerdo verbal que satisficiera a ambas partes.

—Perdona, Bety, pero no comprendo por qué me cuentas todo esto…

—Paciencia: presta atención unos minutos más, no tardarás en entenderlo. Te estaba explicando que Bruckner comenzó a trabajar en la biblioteca del museo de inmediato. Como era una de esas personas extraordinariamente afables no tardó en ganarse la simpatía de todos aquellos que lo tratamos. Fuimos muchos los que lo hicimos: estaba continuamente yendo de la biblioteca a la iglesia, donde podía pasarse horas mirando los lienzos de Sert. Enrique, sabes cómo amo el arte, y en especial la pintura, y que puedo pasarme largo rato contemplando un cuadro de mi agrado. ¡Tú y yo hemos estado juntos en el Prado y en otros muchos museos! Pero cuando veías a Craig allí sentado, solo en la nave de la iglesia, observando fijamente alguno de los lienzos durante un par de horas, comprendías que él estaba a otro nivel: desconozco qué era capaz de ver allí, pero es evidente que captaba algo fuera del alcance de la mayoría de los mortales. Ocasionalmente se acercaba, como si estuviera corroborando alguna idea; a veces utilizaba herramientas con las que comprobaba el estado del lienzo de cara a la restauración. Y escribía continuamente en una libreta de anillas llena de anotaciones. Cuando estaba allí sentado parecía... ¡un sacerdote!

»Cuando Craig estaba sentado en la iglesia ninguno osábamos dirigirle la palabra: su concentración era tan evidente que la idea de hacerlo nos resultaba hiriente. Pero, más tarde, cuando descansaba, siempre charlaba con los que estuviéramos a su alcance. Yo suelo tomarme un café a media mañana, en el claustro; ya sabes que nuestro claustro es único en el mundo, ya que no está en un lateral de la iglesia, sino frente a su pórtico. El monte Urgull tuvo la culpa de esta disposición anómala: al estar la montaña tan cercana y los edificios de la parte vieja al otro lado, fue el único lugar donde construirlo no suponía problema alguno. Pero, además de su extraña ubicación, nuestro claustro es extremadamente armonioso, y a mí me resulta muy relajante desconectar unos minutos sentada en uno de los bancos o paseando por el jardín. Craig se acostumbró a pasear conmigo durante esos ratos. Fue durante esas conversaciones cuando comenzó a gestarse el germen de nuestra amistad. Imagino que concurrieron diversas circunstancias: la primera, que se trataba de un hombre de una cierta edad y, por tanto, no debería tener en mí ningún interés sentimental o sexual; la segunda, que al ser un recién llegado a San Sebastián era completamente ajeno a mi mundo personal; y la tercera, que su experiencia de la vida lo había dotado de una perspicacia y empatía notables. No sabría decirte cómo pasamos a hablar de lo profesional a lo personal, pero así ocurrió: Craig no tardó en conocer aspectos de mi vida. Hablamos, probablemente mucho más de lo que yo pudiera imaginar. Fue así como supo de nuestra relación pasada y llegó a conocer tu obra. Su dominio del español era más que correcto, y no me extrañó ver en la biblioteca alguna de tus novelas junto al resto de su documentación técnica. Y, si yo le expliqué cosas de mi vida, él hizo lo propio con la suya. Verás, estamos hablando de un experto en arte, pero no solo en eso. Craig Bruckner fue un deportista de primera fila en su juventud.

—Ahora que lo dices, parecía en una excelente forma física.

—¿Excelente forma física, dices? Verás: perteneció al equipo estadounidense de natación en los Juegos Olímpicos de Roma y de Tokio. ¡Tenía cuatro medallas olímpicas de oro en su casa! Y, durante toda su vida, siguió nadando diariamente, como mínimo, una hora. Aquí, en San Sebastián, y con un piso alquilado en el Boulevard, a doscientos metros de La Concha y a otros tantos de la playa de Gros, continuó con su costumbre: se levantaba a las siete y era capaz de abandonar la bahía y llegar hasta Gros; a veces realizaba el recorrido inverso. Después desayunaba y se venía al museo para trabajar el resto del día como si tal cosa.

—Me parece que comienzo a comprender por qué me has hecho venir.

—Craig Bruckner jamás habría podido morir ahogado. No hubiera sufrido ni un ataque al corazón ni un corte de digestión. Hubo algo extraño en su muerte, Enrique. Y quiero que me ayudes a averiguar lo que ha ocurrido.

35

5

—*B*ety, ¿estás insinuando que Bruckner ha sido asesinado?

Bety había tomado asiento frente a él. Enrique no habría sido capaz de decir en qué momento de su explicación lo hizo. Pero allí estaba, mirándolo fijamente a los ojos, pensando en qué respuesta darle. Toda la energía manifestada durante su perorata quedó latente, pero perfectamente visible.

—No lo sé. No soy policía. Van a realizarle la autopsia, quizá eso contribuya a aclarar las cosas. Pero…

—Pero ¿qué? No me hubieras explicado todas tus dudas si no existiera algún motivo concreto para ellas. Que un nadador, por muy experimentado que fuera, muera ahogado en el mar, no es tan extraño como que un escalador experto muera tras despeñarse montaña abajo, o que un piloto profesional se estrelle en un mal aterrizaje. Son actividades en las que siempre existe un riesgo. Y Bruckner no era un hombre joven.

—Hay algo más.

—¿Qué es?

—Fui yo la que puso sobre aviso a la policía respecto a la identificación del ahogado desconocido. En el museo estábamos preocupados por su ausencia, y yo sabía que era nadador. Por más que intenté localizarle, su móvil estaba apagado o fuera de cobertura, así que, temiéndome lo peor, telefoneé a la guardia urbana. La policía acogió la posibilidad con cautela y me atrevo a decir que con cierta esperanza: no tenían la más mínima pista a la que agarrarse para establecer una identificación, y las huellas dactilares tampoco sirvieron de ayuda. Se especulaba con que se tratara de alguna persona del interior de la provincia que viviera sola y hubiera venido a pasar el día en la playa sufriendo un accidente. Ya había ocurrido años atrás. Me propusieron acudir al instituto anatómico forense para reconocer el cadáver.

—Qué desagradable, Bety.

—Soy la responsable de relaciones externas del museo, pero, aunque mi cargo hubiera sido otro, también resulta que era la persona más cercana a Craig en San Sebastián. Acepté, cómo no.

—Y se trataba de él.

—En efecto. Verlo fue... impresionante. Y también doloroso. No tenemos costumbre de ver la muerte cara a cara. Fue tal y como sucede en las películas, tal y como tú lo describiste en alguna de tus novelas. Una sala de azulejos blancos, con la temperatura cercana a los cero grados; las lámparas del techo emitiendo una luz lechosa; a un lado, estaban los armarios metálicos, cerrados; al otro, las mesas de las autopsias, con esos sumideros de salida para la evacuación de fluidos... Me acompañaron un inspector, un secretario judicial y un celador. Nos situamos junto a uno de los armarios y el celador extrajo la bandeja. El cuerpo estaba envuelto en una bolsa con cremallera y el celador la descorrió echándola a un lado. Era Craig. Tenía los ojos abiertos y, debido a la baja temperatura de la nevera, cristales de escarcha sobre una piel ligeramente azulada. Asentí, y pese al frío, o quizá precisamente por ello, los ojos se me llenaron de lágrimas. Después, en una sala del juzgado tuve que firmar la documentación referida a la identificación. El inspector me solicitó información sobre su domicilio; se la proporcioné, y allí nos despedimos. Cuando iba a marcharme recordé que, en el museo, tenía la mesa de trabajo repleta con toda la documentación de su investigación, y así se lo dije al inspector. Me dijo que no tocara nada hasta que él pasara por allí. Todo esto que te estoy contando sucedió ayer por la tarde.

—¿Ocurrió algo más?

—Me acerqué a ojear su mesa, eso sí, y allí estaban sus papeles: algunas anotaciones en inglés sobre los lienzos de Sert para su monografía y otros sobre aspectos concretos de la res-

37

tauración de los mismos. Todo eso junto con un montón de material de apoyo: gráficos, dibujos, vieja documentación sobre las intervenciones anteriores… Craig, como buen investigador, era un hombre metódico. Escucha, Enrique, tengo que hacerte una pregunta: ¿mantuviste algún tipo de contacto con él después de vuestra conversación el día de la inauguración?

—No. Dijo que tenía interés en charlar conmigo, y que tú podías proporcionarle mi móvil. Le dije que me llamara cuando quisiera. Oye, Bety: ¿se puede saber qué estás buscando con este interrogatorio?

—¡Dame un minuto! Debes saber que esta mañana recibí una llamada del inspector a cargo del caso, el mismo que me acompañó al depósito. Se llama Germán Cea. Me pidió que me acercara a la casa alquilada por Craig. Le pregunté el motivo y contestó que ya me lo explicaría allí.

»No me quedó otro remedio que ir. Supuse que iba a encargarme recoger sus enseres, su ropa, algo así. El piso está aquí al lado, junto al Boulevard, así que acudí al instante. En la puerta estaba un policía; pude ver que la cerradura estaba forzada. Cea salió del interior del piso al escuchar mi voz. Entré. Todo parecía normal… hasta que Cea me pidió que echara una ojeada y le dijera si podía faltar algo.

»Señalé la cerradura y le pregunté si se trataba de un robo. Contestó que no, que al estar la propietaria del piso de vacaciones fuera de la ciudad tuvieron que forzarla para acceder al interior. Le contesté que nunca había estado en el piso, y que, por tanto, no sabría decirle si faltaba alguna cosa. El repuso que, de todas formas, lo hiciera, así que obedecí. El piso es pequeño, un bajo junto al interior del patio. Apenas cabe un saloncito, un dormitorio, cocina y lavabo. Anduve por las habitaciones: todo estaba en un impecable orden. Cea me dijo que abriera los cajones: no había sino su ropa, doblada. En el saloncito había una mesa con libros y más documentación. La miré: todo se refería a sus investigaciones sobre Sert. Le dije a Cea que, en lo que a mí se refería, no podía serle de ayuda; el inspector me dio las gracias y me pidió que estuviera disponible para cualquier otra consulta.

—Cada vez entiendo menos esta historia. ¿Se puede saber qué demonios está ocurriendo?

—Quizá recuerdes que he mencionado la existencia de una libreta de anillas que llevaba siempre consigo durante su trabajo en el museo.

—Sí. Dijiste que se sentaba a contemplar los lienzos con ella, y que estaba llena de notas.

—Esa libreta no estaba ni en el museo ni en su casa. Y tu novela, *El anticuario*, estaba en su mesa de la biblioteca del museo, con numerosas anotaciones en sus páginas.

Enrique observó fijamente a Bety. Tenía los labios fruncidos y el ceño arrugado, y estaba absolutamente concentrada en estudiar sus reacciones. A Enrique no le gustaban las implicaciones de lo que estaba escuchando. Si esta conversación hubiera ocurrido años atrás su desarrollo hubiera sido muy diferente. Decidió mantenerse paciente, sin mostrar ni un solo gesto del enfado que sentía.

—A muchas personas les agrada tomar algunas notas en los márgenes: datos que les llaman la atención, curiosidades de la historia, posibles errores argumentales…

—No es ese el caso. Craig había anotado los pasos que tú y yo seguimos durante la investigación del manuscrito Casadevall. Solo le interesó esa parte.

—Es comprensible; no solo es la mejor parte de la novela, sino que relata una investigación histórica probablemente similar a otras que él hubiera realizado.

—¿Sí? ¿Comprensible? Entonces, Enrique, quizá puedas explicarme por qué en la última página había una anotación que decía: «Alonso. Puede ser él».

6

—¿¡*Qué!*?

—Lo que has oído.

—No sé qué decir…

—Enrique, contesta, por favor: ¿de verdad no volviste a ver a Craig después de la inauguración? ¿No tienes tú su libreta?

—No.

—Entonces, si tú no la tienes, ¿qué quiere decir esa frase escrita en tu novela? Y ¿quién tiene su libreta de anillas?

—Bety, ¡ya basta! Me pides que venga a verte después de días de evitarme, y cuando nos ponemos a hablar, de repente, me veo involucrado en un posible asesinato. No tengo la menor idea de por qué escribió esa frase en mi novela, y desconozco quién puede tener su libreta. Además, ¿quién te dice que se ha perdido? ¿No podría estar en manos de algún otro restaurador del museo? Dijiste que Bruckner tomaba notas en ella: quizás algunas de esas anotaciones fueran de interés para tus compañeros y, puntualmente, se la prestara.

—No. El material necesario para afrontar la restauración ya lo estaba compartiendo con sus colegas. Lo he confirmado esta misma mañana; hablé con Jon Lopetegi, el restaurador jefe: lo averigüé de un modo indirecto, sin preguntarle abiertamente por la libreta. Craig y Jon se pasaban notas sobre el estado de los lienzos casi de forma diaria.

—Bety, todo esto es trabajo de la policía. ¿Se puede saber qué estás buscando?

Bety hizo una breve pausa y apartó su mirada antes de contestar.

—Protegerte.

—¿Cómo?

—Nunca pensé que pudieras haber sido tú, pero tenía que escuchártelo decir. Todo resultaba extraño: que hablarais en la inauguración de un modo tan espontáneo, lo extraño de su muerte, la nota del libro, la desaparición de su libreta...

—Muy adecuado para un guion de Hollywood, sería un buen argumento. El escritor sospechoso es un clásico en muchas películas de intriga. Pero ¡un momento! ¿Has dicho «protegerte»? Entonces, ¿la policía no lo sabe?

Bety extrajo un ejemplar de *El anticuario* de su bolso y se lo tendió a Enrique. Éste, incrédulo, pasó las páginas hasta encontrar la nota final escrita por Bruckner. Allí estaba, tras los apéndices. Enrique deslizó su mirada de la novela a Bety.

—Te lo llevaste de la mesa de Bruckner... ¿El inspector Cea ya ha visitado el museo?

—Sí. Estuvo aquí esta mañana, sobre las diez.

—Bety, esto no puede ser; tenemos que contárselo a la policía de inmediato.

—Y ¿cómo justificarás esa frase escrita en tu novela?

—Y ¿cómo justificarás que esa novela estuviera en tus manos en lugar de en su mesa? Bety, no tengo por qué hacerlo. Plantearse eso es absurdo, sería como reconocer que tengo algo que ver con esta historia. Solo Bruckner podría explicarnos qué quiso decir y, por desgracia, ya no podrá hacerlo. Podemos imaginar cien explicaciones posibles y quizá la verídica sea la ciento uno. Dijiste que estaba investigando sobre la vida y obra de Sert: a lo mejor, sencillamente, buscaba una colaboración literaria y pensó que yo podía resultarle útil. Las explicaciones sencillas son siempre las mejores, en las novelas, en los guiones, y también en la vida real. ¡Ni siquiera sabemos las causas de su muerte!

Bety asintió, aceptando las palabras de Enrique. Su tensión corporal parecía ahora menor, como si tener la seguridad de que Enrique no tuviera nada que ver le hubiera quitado un

41

gran peso de encima. Se llevó el pulgar a los labios, hablando mientras asentía.

—Sí, podría ser así. Tienes razón. Pero, ahora, ¿cómo podré explicarle a la policía que cogí tu novela?

—Diciéndoles la verdad. Ya vivimos en Barcelona una experiencia semejante y las consecuencias de ocultar la información pudieron costarle la vida a otras personas. No cometamos el mismo error.

—Llamaré a la comisaría.

—No. Yo me ocuparé de hacerlo. San Sebastián es una ciudad pequeña y todavía conservo algún contacto con la policía. Cuando vivía aquí había un par de inspectores con los que hice amistad; les consultaba detalles sobre armas, investigaciones, autopsias, y otras cuestiones técnicas. Déjalo de mi cuenta. Llegado el momento tendrás que explicarlo en persona, pero te dejaré el camino allanado.

—Está bien.

Se levantaron. Bety no supo qué decir ni qué hacer; toda la vehemencia, toda su seguridad, parecían haberse desvanecido por completo. Estaba allí, de pie, como un barco perdido el rumbo, al garete. Enrique le pasó la palma por la mejilla en una suerte de caricia y le sonrió.

—Te llamaré más tarde. Y gracias por preocuparte.

Ella asintió, y Enrique salió del despacho. Ya en la plaza Zuloaga extrajo el móvil y se dispuso a cumplir con su palabra. Marcó el número de uno de sus contactos policiales, pero cortó la llamada antes de que llegara a producirse. Una idea se estaba forjando en su mente: una idea retorcida y compleja, pero perfectamente posible. Cuando antes dijera que las explicaciones sencillas eran las mejores mintió: las explicaciones complejas podían ser tan buenas y tan efectivas como las sencillas, a veces, incluso mucho mejores. Él mismo había colaborado en un guion para un *thriller* en el que el argumento era tan absolutamente enrevesado que imposibilitaba por completo seguirlo… ¡Y, sin embargo, todo sonaba tan plausible que el público seguía la acción sin llegar a preguntarse acerca de lo que estaba sucediendo! Sí, Bety había intentado protegerle; eso dijo. Todo parecía indicar que podría haber sido él. Pero, si había una persona que hubiera podido acceder a la libreta de Bruckner con facilidad, ¡era precisamente ella!

—El viejo truco del falso culpable y la pista engañosa. Absurdo. ¡Completamente absurdo!

Y con esa idea dando vueltas en su cabeza, accionó el botón de rellamada.

7

*T*al y como previera, Enrique no tuvo problema alguno en retomar uno de sus contactos policiales. Su viejo amigo Mikel Lekaroz lo acogió con toda la cordialidad del mundo, como si no hubieran transcurrido tres años desde que se marchara de San Sebastián. Puesto en antecedentes sobre lo sucedido, Lekaroz no tardó en organizar una reunión con Cea, el inspector responsable del caso.

—Como bien sabes, esta es una ciudad pequeña y todos nos conocemos. Cea es bastante más joven que yo, pero lleva en investigación un par de años y antes de mi jubilación colaboramos en algún que otro caso. Vamos a quedar esta noche en mi sociedad gastronómica, en Gaztelupe, a las nueve. Prepararé una merluza de primera y mientras cenamos podemos ir charlando sobre este asunto.

—¿En una sociedad? ¿No sería más lógico hablar en la comisaría?

—Tu estancia en Nueva York ha debido oxidarte los reflejos. ¡No olvides que estamos en San Sebastián! Y lo que ha sucedido no es tan grave como para citarte oficialmente. No, amigo, no vas a privarme del placer de prepararos una buena cena. Allí nos veremos.

Enrique se presentó en Gaztelupe diez minutos antes de la hora prevista. Se entraba desde la calle 31 de Agosto, la calle con más historia de la ciudad en plena parte vieja donostiarra.

Al ser un día entre semana estaban ellos solos. El local era un gran comedor con las cocinas al fondo; las mesas eran alargadas, de gran tamaño; los bancos, corridos, a ambos lados. La decoración, sencilla, para no distraer del verdadero objetivo de la sociedad, la amistad y la comida. En la mesa del fondo, junto a las cocinas, Lekaroz, con un delantal puesto, estaba llevando a la mesa los entrantes. Junto a él había otras dos personas; Enrique se acercó, sonriendo. Cuando residía en la ciudad no acostumbraba a acudir a las sociedades con regularidad, pero, si antes ya apreciaba sobremanera su encanto, ahora, debido a su prolongada ausencia, este se veía multiplicado. Lekaroz, ejerciendo de anfitrión, le presentó a los otros invitados; uno de ellos, el más joven, era, como bien supuso Enrique, Germán Cea, el inspector de policía, y el otro Floren Encinas, médico forense.

Enrique comprendió de inmediato que Cea era uno de esos hombres reflexivos y prudentes, de los que piensa detenidamente aquello que va a decir antes de hablar. Encinas, por el contrario, era de sonrisa fácil y trato directo, buen narrador de anécdotas. Durante el transcurso de la cena se habló de cualquier cosa excepto de trabajo. Enrique no se extrañó por que la conversación derivara a temas más frívolos en lugar de aquel que realmente motivaba su presencia allí. Sabía que a los postres, como mandaba la tradición, llegaría el momento adecuado. Dieron buena cuenta de una excepcional merluza y tras los postres, con una copa en la mano, con el ambiente ya relajado y creada una cierta confianza entre todos ellos, Cea comenzó a hablar de lo que llamó «el asunto Bruckner».

—De acuerdo con lo que me habéis contado, puedo comprender que Bety, con la que mantienes una buena relación, cogiera la novela, así como también que quisiera conocer si tenías alguna relación con el asunto. Y me parece bien que llegara a la conclusión de que, una vez hubiera comprobado tu inocencia, tuviera claro que debía entregárnoslo. El suyo es un comportamiento erróneo desde el punto de vista policial, pero también comprensible dada vuestra relación personal. Hasta aquí, estamos de acuerdo, y no debéis preocuparos por la ocultación del libro. Lo que no acabo de entender es por qué ha de-

45

saparecido esa libreta de anillas en la que Bruckner tomaba sus anotaciones. Si lo he entendido bien, se supone que en ella se guardaban notas sobre su trabajo dedicado a la monografía sobre Sert y también sobre la restauración de los lienzos de la iglesia. ¿Qué interés tendría nadie en llevarse esa libreta? ¿No podría estar en algún otro lugar del museo?

—Según Bety, Bruckner no hacía más que ir de la iglesia a la biblioteca; si la libreta no se encuentra en ninguno de esos lugares dudo mucho que la encontremos.

—Esta, llamémosle desaparición, por sí misma, no es excesivamente importante. Cualquier documento puede traspapelarse. El problema viene dado por una segunda variable. Floren, si eres tan amable, explícale a Enrique tu parte.

Encinas, que había estado escuchando con atención, tomó un buen trago de güisqui antes de hablar. Todo su aspecto bonachón se desvaneció como por ensalmo en el momento en que la sonrisa se borró de su rostro; en un instante desapareció el contertulio para verse sustituido por el profesional. Las explicaciones de Encinas fueron interrumpidas por las preguntas de Enrique; Lekaroz y Cea, que ya conocían los extremos de la autopsia, permanecieron todo ese rato en silencio.

—Craig Bruckner falleció por un cuadro de sofocación por sumersión. Presentaba un cuadro peculiar, ya que no había líquido alguno en sus pulmones.

—¿Eso es posible?

—Entre un dos y un diez por ciento de las muertes por sumersión ocurren por este motivo. Un espasmo de la glotis impide el paso de agua: se considera un mecanismo defensivo del cuerpo, aunque sus consecuencias acaban por ser idénticas. A la apnea inicial debida al espasmo le sigue una parada cardíaca.

—Y ¿cuál es la causa del espasmo?

—Fundamentalmente la diferencia de temperatura entre el agua y el cuerpo. Un choque térmico podría inducir un cuadro semejante.

—Un choque térmico... Entonces, la inmersión debió ser repentina.

—En efecto. El espasmo de glotis precisa una diferencia de temperatura acusada y una inmersión súbita.

46

—Pero, según recuerdo la noticia del periódico, Bruckner fue encontrado junto a la isla…

—Eso descarta, en principio, este motivo. Si nadó desde la orilla no pudo sufrir un choque térmico. Y, además, la temperatura del agua era la propia de la época, por encima de los veinte grados. Sin embargo, no podemos olvidar que se ha descrito una amplia bibliografía en la que nadadores avezados han sufrido este espasmo: explicarlo resultaría excesivamente técnico, pero habría que realizar un test genético sobre el llamado síndrome QT largo. Estamos a la espera de recibir los resultados del análisis genético.

—¿Y si esos resultados fueran negativos?

La mirada entre los policías y el forense fue significativa: probablemente ese mismo y no otro fuera el resultado que esperaban.

—Si fuera negativo, las posibilidades de encontrarnos con un ahogamiento sin explicación aparente serían mayores.

—Y ¿qué opciones barajaríais en ese caso?

—Si el resultado fuera positivo, las causas quedarían definidas; en cambio, si el resultado fuera negativo, nada podría saberse a ciencia cierta sobre las causas exactas de su muerte. El resto de pruebas forenses, análisis histopatológicos, químicos, biológicos, no han dado resultados concretos… a excepción de un pequeño detalle.

Fue Cea quien tomó la palabra para ilustrar las palabras de Encinas y dirigió la conversación a partir de ese momento.

—Un pequeño detalle sí, pero muy interesante. Bruckner tenía unas marcas en el hombro derecho que podrían corresponderse con la huella de unos dedos.

—Pero, entonces, ¿estáis diciendo que fue asesinado?

—No necesariamente. En realidad, es más bien improbable. Existen dos motivos que así lo indican. El primero, las convulsiones asfícticas, que conllevan movimientos desordenados de los brazos. Bruckner pudo haberse infringido a sí mismo esas lesiones al manotear en busca de aire. Pero, además, está estudiado que el porcentaje de homicidios por ahogamiento es de alrededor de un tres por ciento, y las víctimas suelen ser niños o mujeres. Se precisaría una cierta diferencia de tamaño y peso entre la víctima y el agresor para que la suspensión en el agua de las masas corporales de ambos proporcionara una notable ventaja al atacante. Bruckner era un hombre alto y fuerte, así que esta segunda causa queda prácticamente descartada.

Por vez primera en toda la velada se produjo un silencio espontáneo entre los cuatro comensales. Lekaroz, el más veterano de los presentes y el más cercano a Enrique, lo rompió clarificando la situación.

—Enrique, cuando esta mañana me preguntaste por qué quedar aquí, en la sociedad, en lugar de hacerlo en la comisaría, te dije que parecía mentira que me preguntaras eso habiendo vivido tantos años en San Sebastián. Es cierto que aquí todo lo arreglamos ante una buena mesa, pero si en este caso hubieran existido evidencias directas habríamos quedado con Germán en su despacho.

—No tenemos nada, Enrique —intervino Germán Cea—. Desde el punto de vista forense, Floren no puede pronunciarse en uno u otro sentido. Y llegados a este momento quien interviene es la policía: no siempre los análisis forenses son tan tajantes como muestran tus novelas. Sin embargo, ¿por qué iba a estar alguien interesado en la muerte de Bruckner? Hemos recabado información del FBI sobre el particular y no hemos obtenido nada. Estaba soltero y no se le conocía pareja. No era rico, aunque tenía el dinero suficiente para llevar una vida desahogada. Nunca tuvo enemigo alguno, ni tampoco antecedentes policiales de ningún tipo. En resumen: no hay nada.

—Excepto un libro donde consta «Alonso. Puede ser él», y una libreta de anillas desaparecida —apuntó Lekaroz.

—Y eso tampoco es nada en sí mismo. La nota del libro es irrelevante. En cuanto a la libreta, puede que se la diera a otra persona. No tenemos ni siquiera una sospecha. Ni de ti ni de nadie. No hay caso. Solo una serie de casualidades entrelazadas incapaces de resistir cualquier investigación basada en un motivo concreto.

—La mayoría de historias que escribo suelen basarse en hechos parecidos, de esos que vienen en un rincón de las páginas de sucesos en los periódicos y en los que se fijan pocas personas. En casa guardo un archivo con todos esos recortes de periódico.

—Desde luego, este es uno de esos que puedes guardar,

aunque sugiere tanto como poco ofrece. Imagino que en tus manos de buen novelista ganaría mucho juego...

La conversación, pese a proseguir con aparente naturalidad durante un buen rato, había finalizado con el relato del inexistente «caso Bruckner». Enrique fue plenamente consciente de ello, tanto como sus compañeros. Hablaron, sí, de otras historias; fue ahora el turno de las anécdotas policiales, muchas de ellas lo suficientemente interesantes para pasar a formar parte de ese archivo de curiosidades que guardaba Enrique para dotar de mayor vivacidad a sus novelas. Pero ya se había dicho aquello que se debía decir. A las doce de la noche dieron por finalizada la reunión. Después de cerrar la sociedad caminaron en grupo hasta el Boulevard, donde se despidieron, no sin que Cea le recordara a Enrique que Bety debía llevarles a la comisaría de Ondarreta la novela con la nota de Bruckner. Enrique, ya a solas, decidió regresar a su casa caminando, mientras reflexionaba sobre lo hablado. Era cierto lo que había dicho Cea: no había caso. Caminó despacio por La Concha, y, en la soledad del paseo, una sensación muy concreta, en absoluto racional pero muy persistente, se instaló en su mente: la de haber pasado un examen sin ni siquiera haberse dado cuenta de ello.

8

*E*n el transcurso de los diez días siguientes Enrique apenas pudo hablar con Bety más que en un par de ocasiones, ambas por teléfono: fueron charlas sin trascendencia, formales, de apenas cinco minutos. Le recordaron esos contactos ocasionales con familiares que ya nos resultan lejanos y sin interés. Lo más reseñable de las mismas fue que Bety le explicó la entrega de la novela en la comisaría de Ondarreta al inspector Cea.

Enrique llegó a la conclusión de que ella, deliberadamente, lo estaba evitando y, por ese motivo, tomó la decisión de regresar a Nueva York. Se sentía vagamente inquieto por ello, pues recordaba a la perfección la conversación que mantuvieron en la pasarela, la noche de la inauguración. Las palabras de Bety mostraban, desde su punto de vista, un profundo malestar vital acompañado por la necesidad de sincerarse. Sin embargo, nada de esto sucedió: no mencionó nada. Y, si no deseaba compartir sus problemas, nada podía hacer él por ayudarla. Su presencia en San Sebastián, por tanto, resultaba irrelevante. Tomada esta decisión le envió un SMS; Bety, para su sorpresa, no tardó en contestarle por idéntica vía: «¿Quedamos a la una, en el café de La Concha?» Enrique contestó afirmativamente.

A la hora prevista, allí estaba. Mediaba octubre y la temperatura había descendido casi imperceptiblemente; el día estaba nublado y la playa estaba casi desierta. Una paleta de grises y cobaltos dominaba la bahía; si bajo el sol La Concha refulgía, luminosa, en los días nublados cobraba una nueva expresión, más íntima y, para Enrique, más propia de su verdadera esencia. Quizá más triste; en cualquier caso, más suya.

Sintió dos manos en sus hombros y un beso en la mejilla; se había sentado mirando al mar, dispuesto a disfrutar, como siempre, con su contemplación, y no pudo ver cómo ella se acercaba desde su espalda. Después, Bety tomó asiento, a su lado. Sonreía dulcemente, pero sus ojos verdes también se habían oscurecido, como todo el mundo en derredor. También ella observó con atención la bahía, como si no conociera a la perfección cada uno de sus detalles. Fue Bety la que habló primero, sin apartar su mirada de las oscuras aguas.

—Te sigue gustando tanto como el primer día que la viste, ¿no es así?

—Sí, así es. Nunca perderá su encanto. Da igual la perspectiva; desde el ayuntamiento o desde mi piso en Igueldo, al pie del Sagrado Corazón, en Urgull, o aquí, en el lado opuesto. Contemplarla es un verdadero placer.

—Una vez leí que las parejas, a medida que iba pasando el tiempo, iban adecuando sus miradas hasta casi convertirlas en una sola. Debe ser cierto: a veces, cuando paseo por La Concha, me sorprendo observándola con tu mirada en lugar de hacerlo con la mía.

—Y ¿qué mirada es esa?

—La que permite apreciar la belleza. Sabes apreciar como nadie lo que el mundo te ofrece.

Enrique pensó en las palabras de Bety. Era cierto: podía aceptar que sus defectos fueran muchos, pero esa, sin duda, destacaba entre sus virtudes, mirar al mundo en derredor y ser capaz de contemplar su hermosura, sentir su orden, comprender que parece existir un designio en todas y cada una de las cosas que nos rodean. Lo reconoció, pero a diferencia de lo que hubiera sentido años atrás, lo hizo sin orgullo alguno, como un hecho tan real y evidente como la conversación que estaban manteniendo.

—Tienes razón; esa es mi mirada.

Guardaron silencio unos segundos. Ambos miraban hacia la bahía. Después, Enrique retomó la conversación.

—Es posible que mi mirada se haya quedado contigo, pero

también lo es que la tuya siempre me acompaña. No importa que haya pasado tanto tiempo desde que nos separamos y que llevásemos casi tres años sin vernos.

—Y ¿qué mirada es esa?

—La de la honradez. La de la equidad. La del equilibrio. Esa es tu mirada. Y me alegra haberme podido quedar con ella, porque gracias a ti me he hecho mejor persona de lo que fui.

Bety sonrió y, por vez primera en la conversación miró directamente a Enrique.

—¿Cuándo te vas?

—Mañana. No puedo quedarme en San Sebastián indefinidamente; debo regresar. Ha sido una estancia grata, pero tengo compromisos que atender. Bety, ¿qué tal estás?

—Bien. El museo ha arrancado con fuerza. El número de visitantes aumenta, y las visitas institucionales y de medios de prensa son continuas. Lo más duro es el rodaje de los primeros meses; luego todo volverá a una cierta normalidad…

—No me refería a eso.

—Ah, ya… Bien. Sí, bien. Tengo tanto trabajo que casi no tengo tiempo de pensar en otras cosas.

—¿En Bruckner tampoco?

—¡Cómo iba a olvidarlo! Cada vez que paso por la iglesia y contemplo los lienzos de Sert lo imagino allí sentado, tomando notas o dibujando… Y eso suele suceder casi a diario.

—Me sorprende lo mucho que te ha afectado su muerte teniendo en cuenta el poco tiempo que os conocisteis.

—Estas cosas ocurren, a veces. Una persona se acerca a otra sin esperar recibir nada a cambio y, de repente, se siente muy próxima a ella. Casualidad. Necesidad. Lo que fuera; necesitaba hablar con alguien, y Craig estaba allí.

—Quizá fuera una figura paterna…

—Es posible. No me enrollé con él, si eso es lo que quieres saber. ¡No, no, déjame seguir; no te rías! Aunque muchos hombres no os lo creáis, a las mujeres la edad no nos importa, y él seguía siendo un hombre apuesto e inteligente. Quizá lo pensaste, o quizá no; pero no ocurrió nada entre nosotros. Yo hablaba y él escuchaba. Eso fue todo.

—No lo pensé. Mejor dicho, decidí no pensarlo. Tu vida es cosa tuya.

—Eso está bien.

—Sí. Eso ha cambiado, sin duda, como muchas otras cosas. Pero sí pensé esto: que me querías a tu lado estos días para poder hablar conmigo. De lo que fuera, Bety. Por eso me he quedado tanto tiempo en San Sebastián.

Quería decirlo, y ya lo había hecho. Si su intención primera era tan solo despedirse, la conversación había girado hacia unos derroteros inimaginables en su inicio. La comunicación entre ellos dos parecía fluir de un modo natural, sin barrera alguna. Enrique comprendió que, si hubieran vivido idéntica coordinación años atrás, quizás ahora seguirían siendo pareja.

—Viniste para compartir conmigo el momento, Enrique. Te lo agradezco tanto…

—Vine para estar contigo, Bety.

—Y aquí estás.

—Sí, aquí estoy.

Eso fue todo. Sostuvieron la mirada, hasta que ella sonrió cogiéndole las manos entre las suyas.

—Debo irme, Enrique. Sigamos en contacto. ¡Prométemelo!

—Claro, cuenta con ello.

Bety se incorporó. Sonrió, pero la suya era una sonrisa no exenta de tristeza. Viéndola desde abajo Enrique vio cómo sus ojos volvían a su color original; pudo ser por la suave brisa que rolaba desde la playa, pero también creyó ver una pátina húmeda en sus pupilas. Bety le acarició los cabellos con una de sus manos, alborotándoselo, y se marchó.

Pasó un buen rato, quizá media hora, hasta que Enrique se incorporó con la sensación de haber cumplido un papel cuyo sentido se le escapaba por completo. Y, si creyó que Bety se había alejado de su lado envuelta en un halo de tristeza, no menor fue la que sintiera él de regreso a su piso de Igueldo.

53

SEGUNDA PARTE

Nueva York

9

*L*as oficinas de la agencia literaria Gabriel Goldstein se encontraban en el piso 66 del edificio Chrysler, a escasa distancia del apartamento de Enrique. Desde el mismo, situado en el cruce de la Segunda Avenida con la Cuarenta y Ocho, hasta el más elegante rascacielos de la ciudad, había exactamente seis manzanas, una distancia ridícula para una ciudad del tamaño de Nueva York. En la Gran Manzana no habría muchos lugares más emblemáticos que el Chrysler; que precisamente allí tuviera sus oficinas Goldstein supuso un golpe de fortuna para un Enrique que, sin saberlo de antemano, había elegido residir en un apartamento tan próximo al despacho de su agente. Pero si podía sentirse afortunado cada vez que iba a visitar a su agente, al atravesar el maravilloso vestíbulo decorado con mármol y acero, tomando uno de aquellos fastuosos treinta y dos ascensores, más lo era al haber establecido una relación directa y personal con el propio Gabriel Goldstein.

La agencia literaria Goldstein estaba formada por su director, Gabriel, cinco colaboradores directos y cinco secretarias. En sus comienzos, en los años setenta, cuando luchaba por abrirse paso en la jungla de asfalto de la gran ciudad, Gabriel trabajaba solo con su esposa como secretaria; a medida que obtuvo sus primeros éxitos, siempre apostando por autores desconocidos, se vio obligado a ampliar su plantilla hasta llegar a la actual configuración. A medida que transcurrían los años, se fue distanciando más del trato directo con los escritores. Sus colaboradores, escogidos muy cuidadosamente, tenían un gusto y un olfato muy similar al suyo, por lo que dedicó su tiempo exclusivamente a supervisar su trabajo. Esto era mucho más descansado y le permitía tener más libertad para trabajar esa área fundamental de hacer contactos de alto nivel.

La editora española de Enrique era amiga de Goldstein desde hacía muchos años; por eso, cuando Enrique decidió trasladarse a vivir a Nueva York gozaba de una gran ventaja, un contacto de primera categoría. Goldstein leyó los primeros borradores al inglés de la obra de Enrique y creyó que podía ser uno de esos pocos escritores extranjeros capaces de ser publicados regularmente en el mercado estadounidense.

Mantuvieron un par de reuniones en su despacho: el inglés de Enrique era, por aquel entonces, francamente deficiente, tanto como el español de Goldstein. Los equívocos entre ambos fueron tan constantes como divertidos: en realidad, se trataba de un par de cabezotas incapaces de reconocer que les hacía falta un traductor para poder entenderse mínimamente. Enrique tuvo la fortuna de caerle bien desde el principio por haber logrado que llegara a llorar de risa en más de una ocasión con su carpetovetónico inglés.

A partir de ese momento, Enrique se convirtió en uno de los escasos autores con los que Gabriel Goldstein mantenía contacto directo, no solo por el negocio que podía realizar con su trabajo, sino por el puro placer de charlar con él y evocar así el recuerdo de sus amistades españolas. Ni la diferencia cultural o de edad supuso barrera alguna. Así que, en cuanto Enrique le envió el domingo por la noche un correo electrónico informándole de su regreso a Nueva York, Goldstein le invitó a que pasara por su despacho a primera hora del lunes.

El piso 66 del Chrysler no era una oficina cualquiera: estaba situado justo en el límite de la espectacular cúpula de acero inoxidable, mantenía la decoración *art déco* primigenia y sus peculiares ventanas triangulares ofrecían una excelente vista del oeste de la ciudad. Cuando Enrique llamó a su puerta fue el mismo Goldstein quien le franqueó el paso con los brazos abiertos; se trataba de un hombre de una exuberante personalidad, muy mediterránea, probable herencia de sus ancestros judíos, que gozaba tocando, besando y abrazando a las personas que apreciaba. Tras el abrazo de rigor y después de propinarle un par de besos en ambas mejillas, Goldstein le invitó a sentarse no sin servirse antes un güisqui; Enrique declinó el ofrecimiento con un gesto. Su estancia en Nueva York no había modificado sus costumbres y tomarse una bebida espirituosa a media mañana quedaba fuera de su alcance.

—Bueno, por fin estás de vuelta. Lo habrás pasado bien: tenías previsto estar fuera tres días y al final han sido veinte. ¿Qué tal te ha ido?

A estas alturas, dos días después de dejar San Sebastián, Enrique había tenido tiempo de sobra para analizar el resultado de su viaje; sin embargo, la pregunta lo cogió por sorpresa. No quiso enfrentarse a sus propios sentimientos; se sentía más implicado emocionalmente con Bety de lo que hubiera podido pensar, pero no le apetecía explicarle todas estas complejidades a Goldstein.

—Fue intenso. Llevaba demasiado tiempo sin ir a España. ¡La verdad es que la echaba de menos!

—Y en San Sebastián, ¿cómo te fueron las cosas?

—Ha sido la primera vez que participo en un festival de cine y lo pasé de primera. Que te traten como a un personaje importante ha sido una experiencia nueva.

Goldstein estaba sentado a la mesa, con el vaso en la mano; dio un nuevo trago con el que apuró su contenido y sonrió; apreciaba de veras a Enrique y, precisamente por eso, prefirió esquivar el verdadero motivo de su viaje. Si Enrique no deseaba contarlo, no iba a ser él quien insistiera. Aunque no conocía a Bety en persona, sí supo, por el mismo Enrique, lo que ella había supuesto en su vida. Además, la lectura de *El anticuario* era lo suficientemente reveladora para cualquiera con un mínimo de imaginación.

—Por regla general, los escritores soléis estar un poco aislados del mundo; la mayoría tendéis a la introversión y no os suelen gustar estos eventos. Pero tu perfil siempre ha sido bastante diferente, te manejas bien en el gran mundo.

—En esta ocasión jugaba en casa. San Sebastián es una ciudad pequeña, la prensa me conoce y, en parte, se sienten orgullosos de mi carrera aquí.

—¡Seguro! Pero vayas donde vayas siempre causas una buena impresión. Y para mí, eso es un valor añadido. Aquí, en los Estados Unidos, importa tanto el contenido como el continente; nuestro mundo se mezcla con el del espectáculo, y todo aquello que contribuya a vender nuestras novelas es más que bienvenido. ¡Y precisamente debo hablarte de negocios!

—¿Alguna novedad?

—Mientras estabas fuera he recibido una oferta que debemos estudiar atentamente. Supone un cambio de editorial; sé que actualmente estás contento, pero también que quieres crecer, y esta es la gran ocasión. No solo porque se puedan plantear realizar lanzamientos de primera magnitud, sino porque, además, pertenecen a un gran grupo empresarial con extensiones muy definidas en todo el país, incluido Hollywood. Si las adaptaciones de tus dos novelas anteriores fueron, siendo amables, correctas, aquí te asegurarían un tratamiento de primera fila.

—¿Mucho dinero?

—Tendrías un buen anticipo, pero lo más importante no es el dinero, sino la promoción. Tu actual nivel de inglés te permitirá hacer la ronda por las televisiones. Y si las ventas de las novelas alcanzaran determinados objetivos, las películas se realizarían en un plazo no superior a dos años tras la publicación.

—Has dicho novelas, ¿en plural?

—Quieren dos novelas en un margen de tres años, cada una con un mínimo de cuatrocientas páginas, sujetas a revisión. Los géneros deben ser *thriller* o intriga histórica.

—¡Dos novelas!

—Atención, Enrique; no conozco a muchos escritores capaces de escribir dos buenas novelas en un plazo tan breve. Y no olvides que la promoción ocuparía una buena parte de tu tiempo.

—¿De cuánto tiempo dispongo para pensarlo?

—Tendríamos que firmar justo después de Navidades. Menos de tres meses. Pero sería mejor firmar cuanto antes: de momento, solo existe una oferta verbal. Seria, pero verbal.

Enrique comprendió la importancia de la oferta y tuvo que incorporarse para encontrar una válvula de escape por la que disipar su creciente inquietud. Siempre había soñado con una oferta semejante, que rara vez se presenta en la vida de un escritor. Pero toda oferta tiene su contrapartida, y creía conocer la que se le presentaba.

—Esas condiciones prácticamente me convertirían en un esclavo de la editorial.

—Es evidente.

—Tres años...

—Es el precio que tendrías que pagar.

—Y después...

—La libertad. Podrías renegociar tu contrato en condiciones muchísimo mejores, incluso ir por libre novela a novela, trabajando con diferentes editoriales. Pero eso dependerá de tu creatividad y tu trabajo. Van a exigir calidad, Enrique. Quieren verdaderos éxitos, no novelas de medio pelo.

—¿Qué harías tú?

Goldstein negó con la cabeza, como si el mero hecho de considerar una alternativa le pareciera increíble. Lució una sonrisa luminosa antes de servirse una nueva copa y darle un buen trago.

—¿Estás de broma? ¿Para qué viniste a Nueva York? ¡Ojalá tuviera tu edad y esa oferta me la hubieran hecho a mí! Hubiera firmado con mi propia sangre, muchacho, y ahora esta ciudad tendría un agente literario menos y un escritor más. Enrique, te lo voy a poner fácil. Una semana, ese es el tiempo de que dispones para presentarme un resumen de diez páginas que incluya argumento y diseño de personajes de la primera novela. Si ese trabajo me convence a mí, lo demás quedará de mi cuenta.

—De acuerdo. Acepto tus condiciones.

—¡Fantástico! Para acabar, te recordaré mi único consejo: ¡impacto, Enrique! Tienes que lograr que el lector te acompañe en la historia. Tienes un estilo muy personal: cíñete a él y haz que el argumento se imbrique con tu estilo.

Enrique asintió. Su imaginación estaba en marcha, espoleada por las implicaciones del reto que acababa de aceptar. La vida real es la mejor fuente de inspiración. Visualizó una escena: una playa en un cálido día de verano, las risas de los niños jugando en la orilla, algunas personas nadando mar adentro, hasta la repentina aparición de un cuerpo flotando, boca

61

abajo… Un ahogado de identidad desconocida que dejara descolocada a la policía.

Craig Bruckner. ¡El punto de partida perfecto! Partiendo de esa escena construiría el argumento.

—Tendrás el esquema de la primera novela en tres días.

—¡Bravo! ¡Eso es justo lo que estaba esperando escuchar! Anda, dame un abrazo, lárgate a tu apartamento y enciérrate hasta que lo tengas escrito. Te tomo la palabra: ¡tres días!

Enrique obedeció, dejando que Goldstein lo apretujara mientras le propinaba unos buenos palmetazos en la espalda. Cuando ya estaba saliendo por la puerta llamó de nuevo su atención.

—¡Enrique! Te quiero centrado, pero no obsesionado. Recuerda que tenemos margen. Tú y yo hemos hablado en muchas ocasiones acerca de tu método de trabajo: preferiría que dedicaras parte de tu tiempo a otras actividades… Y recuerda que Helena ya habrá llegado a la oficina, así que acércate a su mesa y recoge el correo, por favor.

Enrique se despidió desde la puerta, con una sonrisa. La sugerencia de Goldstein era muy acertada, y era cierto que, pese a sentir ese hormigueo en los dedos propio de los momentos de inspiración, le apetecía ver a Helena. Caminó por la gran sala de trabajo de la agencia, donde trabajaban las secretarias. En efecto, Helena Sifakis, la más joven de todas ellas, una hermosa griega de negro pelo rizado, piel canela y ojos oscuros, de veinticinco años, licenciada en historia del arte y nacida en El Pireo, ya había llegado al trabajo. Desde su incorporación a la agencia, hacía un año y medio, se encargaba de todo lo relacionado con las novelas de Enrique. Este creyó ver, desde el principio, una intención oculta por parte de Goldstein: Enrique no había tenido pareja durante su etapa en la ciudad, solo alguna que otra relación esporádica, y Goldstein parecía creer que dos caracteres mediterráneos podrían estar condenados a encontrarse…

Lo cierto es que Helena le parecía muy atractiva, y a ella también debía parecérselo Enrique, ya que solían quedar con cierta asiduidad, la justa para ser algo más que una relación puntual y algo menos que una relación estable. No había compromiso entre ambos, aunque quizá fuera inevitable que este acabara cristalizando. Helena fue la causa de que, cuando en San Sebastián Bety le preguntara, tras la inauguración del museo, si seguía sintiéndose solo, contestara con tan escasa claridad.

Helena estaba al teléfono, pero sonrió al verle, y le tendió un fajo de cartas sujetas con una goma que sacó de un cajón. Eran bastantes, unas cuarenta; Enrique las recogió y le guiñó el ojo a modo de despedida; ella lo señaló con el dedo y a continuación simuló un teléfono con la mano libre, expresando así que le llamaría más tarde. Enrique ojeó las cartas en el ascensor, mientras descendía al vestíbulo: no eran pocos los lectores que enviaban sus impresiones sobre las novelas, o localizaban pequeños errores en los textos, o simplemente deseaban saludar al autor que les había hecho pasar un buen rato de lectura. Contestarles era parte del trabajo, pues es necesario cuidar a los lectores. Pero, en ese preciso momento, su interés estaba focalizado en la escritura de los nuevos argumentos... Lo haría más adelante, cuando la primera de las novelas se estuviera convirtiendo en una obsesión y necesitara romper la dinámica de trabajo.

63

10

*E*nrique pasó la mañana en su apartamento, escribiendo unas primeras notas a mano. Pese a los enormes deseos que sentía de entrar en faena con la impactante escena del ahogado, no podía sentarse a escribir sin establecer una mínima estructura en la que asentar su trabajo.

Pasó un buen rato analizando su obra anterior: no deseaba repetir las estructuras y técnicas narrativas ya utilizadas. Ni los lectores ni Goldstein darían importancia a este hecho, pero era su voluntad exprimirse la cabeza para que su obra fuera lo más diferente posible de una novela a otra. Buscaba la originalidad, pero no a cualquier precio: la buscaba porque, de momento, era capaz de ello, y eso constituía estímulo suficiente para que el esfuerzo valiera la pena.

Si las novelas debían enfocarse a la intriga histórica o al *thriller*, debían basarse en un misterio. Localizar cuál fuera este era clave, pues en función del misterio se construiría la ambientación de la novela.

Estuvo dándole vueltas a esta cuestión un buen rato. Dejó la mente en suspenso mientras escribía, al azar, una serie de posibles escenarios en una hoja. Después, fue tachando la mayoría de opciones a medida que las analizaba en profundidad. Muchos requerirían conocimientos históricos que, en el momento presente, no dominaba, así que, en el caso de elegirlos, se vería obligado a estudiarlos a fondo.

Intentó centrarse en tiempos históricos más cercanos: la acción narrativa de la novela debía centrarse desde inicios del siglo XX hasta el presente, época sobre la que sus conocimientos eran mayores y la investigación podría ser más sencilla. Eso le aseguraría un mayor dominio del entorno histórico y un mejor aprovechamiento del tiempo de trabajo.

Hizo una pausa antes de comer. La sala de su apartamento estaba llena de hojas repletas de anotaciones, la mayoría de ellas ya desechadas, y todavía no había adoptado una resolución. Normalmente, se ponía a trabajar en sus novelas cuando ya había elegido el eje central del argumento, y esto siempre ocurría de una manera pausada, siguiendo un ritmo natural. Era la acumulación de estímulos externos la que le mostraba el camino: asistir a una conferencia, leer un libro, ojear la prensa, descubrir a un artista desconocido, todo esto se iba procesando de forma inconsciente en su cabeza hasta dar con la idea. Jamás había intentado forzar su creatividad en esta dirección, y estaba descubriendo que era, con mucho, lo más difícil que jamás hiciera antes. Teniendo la idea, era sencillo trabajar, pues bastaba con dotarla de un argumento, y esto, la mayoría de ocasiones, caía por su propio peso. Cada idea tenía su escenario, y en ese escenario debía haber unos personajes lógicos con los que trabajar.

Después de comer reinició el trabajo. No tardó en tener la sensación de estar dándose cabezazos contra una pared. Había llegado a ese momento en el que, mientras más buscara la idea, más esquiva se le mostraría. Consciente de ello, decidió abandonar momentáneamente su búsqueda. Si el paso de los años trae consigo inconvenientes, hace lo propio con las ventajas, y Enrique sabía bien cómo funcionaban sus procesos creativos: no valía la pena forzar, sino hacer precisamente todo lo contrario. Se relajó; años atrás se habría sentido incómodo al hacerlo, como si hubiera sido derrotado. Ahora, en cambio, sabía que hacerlo con un controlado abandono constituía una gran victoria.

Estuvo un par de horas dedicado a no hacer nada. Quitó el polvo a los libros, ejemplar por ejemplar. Después, reorganizó muchos de ellos modificando los criterios de orden en las estanterías. Más tarde, se sentó a ojear algunos viejos libros de li-

65

teratura y de arte, pasando las páginas con regularidad y sin apenas detenerse en ninguna de ellas. Sintonizó una emisora de radio especializada en *jazz*, y la belleza de la música sirvió de banda sonora a su fuga.

¡Y entonces apareció la idea!

La muerte de Bruckner era la escena inicial y ¿qué sentido tenía modificar la ocupación laboral del ahogado? ¿Acaso un restaurador de arte no constituía una identidad perfecta para un *thriller* histórico? ¿Quién mejor que un experimentado restaurador para justificar su contacto con el pasado? ¡Sí, este era un buen camino!

Retomó papel y lápiz y realizó un rápido esbozo argumental: restaurador encuentra misterio del pasado y muere por ello; se realiza investigación sobre su misteriosa muerte, se siguen sus pasos hasta encontrar la explicación y eso implica una inmersión en el pasado para mostrar la intriga en su origen; a todo ello, sazonado con una historia de amor, se le añaden escenarios cosmopolitas para que la novela ofrezca la mayor repercusión internacional. Todos estos elementos, bien mezclados, daban seguro en la diana. El restaurador de la novela sería un trasunto de Bruckner, y el objeto de su estudio, la obra de José María Sert. Además, inventaría un par de personajes principales para la ocasión, chico y chica, para plantear una historia romántica paralela a la acción principal.

La decisión estaba tomada. Estas mimbres podrían parecer escasas, pero eran suficientes: el trabajo podría comenzar en breve. Solo precisaba mayor documentación, y a adquirirla dedicaría sus inmediatos esfuerzos.

11

*L*os conocimientos de Enrique sobre la obra de Sert no pasaban de ciertas generalidades: que había nacido en Barcelona a finales del siglo XIX; que se había trasladado muy joven a París, la capital cultural del mundo a principios del XX, y que su obra se componía, fundamentalmente, de grandes murales en edificios públicos y privados.

Años atrás, incluso antes de trasladarse a vivir a San Sebastián con Bety, Enrique había visitado la iglesia de San Telmo, y quedó admirado por el poder de los murales y su extraordinaria conjunción con el espacio arquitectónico de la iglesia. Pese a que era evidente la necesidad de una restauración tanto de la iglesia como de los propios lienzos, no podía ocultarse que allí había ese algo intrínseco a lo que debe ser una gran obra de arte: un soplo de inspiración, un impulso creativo, flotaba en la iglesia de San Telmo.

Sin embargo, la obra de Sert, que antaño gozó del beneplácito del público y de la crítica llegando al extremo de convertirle en el artista mejor pagado de su tiempo, parecía haber caído en un relativo olvido: no podía discutirse su enorme capacidad creativa, pero quizá su medio natural de expresión, las composiciones murales de gran tamaño, dificultaban las retrospectivas por las dificultades inherentes a su traslado.

Guiado por uno de sus habituales impulsos abandonó su apartamento. Enrique conocía que en el vestíbulo del Rockefeller

Center estaba otra de las grandes obras de Sert, pero jamás antes la había visitado pese a encontrarse en el cruce de la calle Cuarenta y Nueve con la Sexta Avenida, en pleno corazón de Manhattan y cerca de su apartamento. Anduvo hasta la calle Cuarenta y Nueve y giró a mano izquierda; desde allí llegaría en no más de quince minutos. Mientras caminaba sonó su móvil: se trataba de Helena. Ella le propuso quedar, y él la citó allí mismo, en la plaza, frente a la estatua de Prometeo; la agencia estaba equidistante tanto de su piso como del Rockefeller Center, no tardaría más de veinte minutos en llegar.

Así como nunca había entrado en el edificio, sí conocía la plaza: en Navidades era una de las estampas más identificables de Nueva York, con el gran árbol iluminado y la pista de patinaje sobre hielo. Incluso él mismo se había deslizado, mal que bien, sobre su superficie, precisamente acompañado por Helena. Ella no llevaba más de dos años viviendo en la ciudad y todavía estaba deslumbrada por ella, deseosa de vivirla por entero. Enrique, que la conocía incluso desde antes de trasladar su residencia desde San Sebastián, le sirvió de guía en ese primer contacto. De la misma manera que él se sentía enamorado de las ciudades de su vida, Barcelona y San Sebastián, ella parecía haberse enamorado de Manhattan. Quizá su carácter fuera, como previera Goldstein, muy parecido al suyo: también poseía ese brillo en la mirada de quien vive el momento, de quien cree que el mundo es un escenario puesto a su disposición. Enrique lo había apreciado al instante, aunque ahora, con el transcurso de los años, tuviera una percepción diferente de la vida: la vida, desde luego, no era un juego, aunque el escenario siguiera siendo magnífico para quien supiera apreciarlo. Enrique venció su deseo de entrar y decidió esperar la llegada de Helena: al fin y al cabo, ella, licenciada en arte, era muy posible que conociera la obra de Sert.

—*Kalispera sas!*

Helena, deseándole buenas tardes en su lengua materna, le dio un beso en la mejilla y se sentó a su lado. Estaba guapísima, con los negros rizos de sus largos cabellos desordenados cada uno por su lado, vestida con zapatos de medio tacón, vaqueros, chaqueta y una sencilla camiseta blanca.

—¡Hola, Helena! No te esperaba tan pronto.

—Puede que haya venido tan rápido porque tuviera ganas de verte. Has estado fuera muchos más días de lo previsto.

—San Sebastián es especial para mí: conozco el efecto que me produce, y se me hizo tan difícil marcharme como ir.

—¿Qué tal lo has pasado?

—Bien…

Enrique supo que una pregunta tan aparentemente inocua guardaba otras intenciones; sin la menor mala fe, de eso no le cabía duda, pero Helena no ignoraba por qué había regresado a San Sebastián. Al fin y al cabo, ella llevaba todos sus asuntos literarios, y eso la obligaba a conocer su biografía personal. Prudente, como siempre, Helena esperaba una respuesta a una pregunta no formulada; elegante, como siempre, Enrique le contestó con idéntica prudencia, diciéndolo todo sin decir nada.

—La inauguración fue un acto muy agradable. El museo San Telmo ha quedado fantástico. Bety realizó una gran labor; me hizo una gran ilusión volver a verla, aunque apenas coincidimos en un par de ocasiones en los días sucesivos. Asistí a la ponencia sobre guiones del festival de cine y creo que no hice mal papel. Y, después de eso, pude ver a algunos viejos amigos. Poco más hay que contar.

Había expuesto lo esencial, lo que realmente Helena quería saber: que entre él y Bety no ocurrió nada.

—Escasa actividad para veinte días.

—San Sebastián es tan hermosa que es capaz de adormecerme. ¡Me vuelve perezoso, Helena! Llevaba demasiado tiempo sin ir…

—No me importaría conocerla y llegar a sentir la indolencia de esa belleza que tan bien describes.

Esta frase sorprendió a Enrique. Nunca antes le había propuesto nada semejante: una leve insinuación, tan solo eso, pero que, tratándose de ella, dejaba entrever mucho más de lo que parecía. Enrique la soslayó desviando abruptamente la conversación al terreno que realmente le interesaba. Helena reaccionó como Enrique esperaba, tal y como siempre se habían conducido al llegar a terrenos delicados: evitando el camino difícil, escogiendo siempre el sencillo.

—¿Conoces la obra de Sert?

—¿El pintor? En parte. Mi formación en pintura es más

bien clásica, y Sert me queda un poco fuera de onda. Sé que fue un muralista reconocido, probablemente el mejor de la historia contemporánea, y que vivió en el París de principios del siglo XX, rodeado por los mayores y más influyentes creadores de su época. Más que a Sert conozco a la que fue su primera mujer, Misia.

—¿Misia?

—Misia Godebska. Un personaje fascinante, clave para la cultura de la época. La musa que inspiró a una generación de artistas incomparables. Leí sus memorias: antes de que la estrella de Sert ascendiera al firmamento de los primeros espadas, Misia se convirtió en un referente desde *La Revue Blanche*, fundada por su primer marido, Thadée Natanson. Fue amiga íntima de Mallarmé, Valéry, Toulouse-Lautrec y Renoir; también de Rodin, Diaghilev, Ravel, Debussy, Stravinsky... Todos los artistas del momento, fuera cual fuera su disciplina, formaron parte de su círculo, como si ella tuviera un imán que los atrajera irresistiblemente.

—Un punto focal.

—¡En efecto, eso fue! Todo giraba en torno a ella. Y a su lado estaba Sert.

—Aquí enfrente, en el vestíbulo del Rockefeller, hay unos murales pintados por Sert.

—He oído hablar de ellos, pero todavía no los he visitado. ¿Me has citado aquí para verlos?

—Sí. Vamos.

Estaban frente al vestíbulo. Entraron cruzando una de las seis puertas giratorias que permiten el acceso; sobre la puerta estaba el conocidísimo bajorrelieve de Lee Lawrie ensalzando la sabiduría y el conocimiento. Nada más cruzar la puerta, justo sobre el mostrador de recepción, se encontraba la primera de las pinturas de Sert; Helena reclamó la atención de Enrique con un golpecito en su hombro, señalando hacia el techo. Si la pintura tras la recepción era de gran tamaño, todavía más notable era la que se extendía sobre sus cabezas.

—Mira hacia arriba.

—¡Caramba! ¡Es impresionante!

—¡Lo es! Observa cómo ha distribuido a los titanes; sus pies reposan en las columnas, aumentando la sensación de perspectiva desde aquí abajo. No pintó un tema, sin más; lo adecuó directamente al espacio disponible. ¡Brillante!

—¿Conoces su simbología?

—No al detalle. Recuerdo que versaba sobre el progreso y el tiempo. Mira: está en proceso de restauración. Aquella zona de la derecha está cubierta por un *scrim* que reproduce la pintura original. Y, si te fijas, verás la diferencia de color de la zona situada más allá respecto a la de nuestra izquierda.

—Es mucho más oscura.

—Seguramente debido a una capa de barniz que ahora estarán suprimiendo. Fue una técnica de conservación muy usual en su momento, pero la oxidación del barniz produce un oscurecimiento general de la obra y al final es necesario eliminarlo. Acerquémonos para verlo mejor.

Helena se asomó tras la bambalina del *scrim* e indicó a Enrique que se aproximara. Así lo hizo él, y pudo ver una estructura metálica sobre la que se afanaban tres personas vestidas con bata blanca: situadas de cara a la pared parecían aplicar un instrumento sobre la superficie de los dibujos. Pequeños regueros de polvo caían hacia el suelo formando montoncitos bajo las áreas de trabajo de los restauradores.

—Disculpen, pero no pueden permanecer en este lugar. Deben respetar el área de trabajo.

Helena y Enrique se volvieron: les había hablado un hombre de unos sesenta años, alto y de anchas espaldas, vestido con traje *tweed* y pajarita. El tono empleado era cortés, pero, a la vez, claramente admonitorio, contradiciendo su aspecto de intelectual.

—Perdón, solo era curiosidad...

—Existen dos letreros que advierten sobre nuestro trabajo. He visto cómo los han ignorado deliberadamente. Sean tan amables de abandonar esta zona.

Retrocedieron, siguiendo la dirección de su índice, apuntando hacia el centro del vestíbulo; después, el hombre entró en la zona restringida sin prestarles mayor atención. Enrique señaló hacia las puertas giratorias y caminaron en silencio, como si se tratara de dos críos pillados en falta. Ya en el exterior del Rockefeller Center Helena retomó la conversación, no sin una sonrisa pícara.

—Qué hombre más… ¿desagradable?

—La verdad es que, pese a ser muy correcto en el mensaje, lo ha expresado de un modo inquietante. ¡Pero deben estar hartos de que los turistas se metan donde no les llaman!

—Los turistas y también nosotros.

—Cierto.

—Escucha, Enrique: ¿a qué se debe este repentino interés en Sert? ¿Tiene que ver con el argumento de alguna novela?

—Sí. Por lo poco que sé de él y lo que tú has apuntado, no cabe duda de que fue todo un personaje, y vivió una época interesante. Pero apenas conozco nada sobre él.

—Obtener información, hoy en día, no cuesta nada gracias a la web. Pero si precisas datos fiables, en la biblioteca del MoMA encontrarás la mayor documentación posible. Tienen un fondo de cincuenta y tres mil libros ilustrados sobre arte moderno y contemporáneo. Y, ahora que caigo, en San Sebastián hay otros lienzos suyos; ¿no están precisamente en el museo donde trabaja…?

—Bety. Sí. La inauguración fue en la iglesia de San Telmo, precisamente donde están los lienzos. Helena, ¿conoces la oferta de Goldstein?

Un nuevo cambio de tercio, radical; en ese terreno no quería entrar, por más que las circunstancias parecían empujarlo a tener que hablar de su ex.

—Sí, Gabriel me lo dijo hace una semana. Pero me pidió que guardara silencio hasta que hablara contigo… sin saber que no me ibas a mandar ni un solo mensaje durante tu viaje. ¿Has aceptado?

—Sí.

—Me alegro muchísimo. ¡Es una gran oportunidad!

—Y también una gran responsabilidad.

—Y por eso estás aquí. La verdad, no podrías haber escogido un artista mejor que Sert sobre el que levantar una trama de intriga. Todo un acierto. Te va a dar muchísimo juego.

Enrique sonrió, más para sí mismo que para Helena. Desde luego, no le faltaba razón.

12

*E*nrique pasó los tres días siguientes recabando información sobre Sert. Primero, indagó en la Red. Había mucho material, pero menos del que pensaba encontrar; la mayoría, de fuentes poco fiables o directamente insustanciales. Todo ello le sirvió para una primera aproximación sobre su obra: que fue monumental en tamaño era evidente. En cuanto a su vida, obtuvo unas primeras notas, destinadas a ser confirmadas mediante bibliografía de referencia: fundamentalmente las memorias de su esposa Misia, y un estudio sobre su vida escrito por el actual conde de Sert. No encontró estas obras en su librería habitual ni tampoco en formato de libro electrónico, así que se vio obligado a encargarlas. Tardarían en llegarle alrededor de una semana.

Por la Web confirmó, pese a no gozar hoy de un reconocimiento masivo, que continuaba siendo del aprecio de los entendidos: en París se había realizado una importante retrospectiva en Le Petit Palais, al parecer con un notable éxito de público y de crítica. No era extraño: Sert había desarrollado su carrera por todo el mundo, pero su ciudad de residencia siempre fue la ciudad de la luz, y París no olvida jamás a los que fueron sus creadores. Máxime cuando, como Sert, gozaban incluso del reconocimiento del político del país, ya que el pintor fue galardonado con la legión de honor por su colaboración con la causa aliada durante la Gran Guerra.

El catálogo de la exposición parisina, que sí pudo consultar en la Web, dejaba entrever aspectos concretos de la personalidad de Sert: si su obra era excesiva se debía a que su personalidad poliédrica también lo era, pero apenas ofrecía puntuales retazos de esta singularidad humana para centrarse en su trabajo artístico.

Por tanto, mientras esperaba la llegada de la bibliografía, decidió sumergirse en la obra como medio de profundizar en el autor. Enrique compartía la máxima de la reciente exposición parisina: rara vez encuentras divergencias entre la personalidad de un artista y su creatividad, y esto supone que se puede realizar una aproximación por el camino inverso.

Enrique trasladó su trabajo documental al MoMA. Si bien el acceso a los fondos del museo de arte moderno de Nueva York estaba restringido para el gran público, no le costó obtener una autorización que gestionó la propia Helena desde la agencia Goldstein. Pasó dos días analizando los treinta y cuatro tomos que recopilaban la obra de Sert en el museo: algunos, monográficos; otros, muestras colectivas sobre muralistas.

Obtuvo un listado de su obra o, cuando menos, con la mayor parte de la misma. Las descripciones de estos tomos ofrecían más pistas sobre la relación de Sert con su entorno. Después de haber elaborado un registro por fechas, Enrique comenzó a ordenar sus notas sobre el pintor.

FECHAS CLAVE EN LA VIDA DE SERT

José María de Sert nace en 1874 en el seno de una familia de tradición industrial en el mundo textil. Desde su infancia manifiesta notables dotes para el dibujo. Estudia en un colegio jesuita, pero es un alumno soñador y poco aplicado.

Se traslada a París en enero de 1899, en gran parte debido a la insistencia de su amigo Utrillo: París se ha convertido en la capital de Europa del arte, una ciudad efervescente en un momento económico dulce.

A principios de siglo XX el Art Nouveau abre nuevas perspectivas; todos los creadores exploran vías jamás imaginadas antes retroalimentándose los unos a los otros. Es en este ambiente donde la recomendación de Utrillo y su propia bonhomía resultan fundamentales: se instala en una casa-taller y recibe sus primeros encargos mientras disfruta sin freno de la noche parisina.

En su vida artística 1907 es un año clave. Expone el proyecto de la catedral de Vic, la obra fundamental en su trayectoria vital. La crítica internacional avala unánimemente el proyecto, convirtiéndose súbitamente en un artista de primera línea. A partir de este momento, los encargos de la nobleza y la burguesía adinerada de toda Europa se suceden uno tras otro: Saason, Noble, Wendel, Rostchild…

Pero si 1907 fue fundamental en la faceta artística, 1908 lo fue en la personal: conoce a la que será su mujer, Misia Godebska. La misma tarde en que le es presentada, él le propone realizar un viaje a Roma con fecha de salida a la mañana siguiente. Desde entonces, ambos compartieron toda una vida de enorme intensidad emocional y artística hasta la fecha de su divorcio, en 1927, e incluso más allá de esa fecha, pues entre Roussy Mdavani, la nueva y joven esposa de Sert, y Misia nació una amistad profunda y compleja que dio pie a todo tipo de pábulos en su época.

Es amigo personal de Picasso, Dalí, Debussy, Ravel, Stravinsky, Collete…

En 1924 Sert expone con notable éxito en la galería Wildenstein de Nueva York. Esto le abre un nuevo mercado, el de los millonarios norteamericanos. Trabaja sucesivamente para Harrison Williams, Benjamin Moore, la Tate Gallery; realiza las pinturas del Rockefeller Center y del Waldorf Astoria convirtiéndose en el pintor mejor pagado de su época.

En 1927 instala los lienzos en la catedral de Vic. Nueve años después, al comienzo de la Guerra Civil Española, la catedral es incendiada y los lienzos son destruidos por las llamas. A partir de ese momento, volver a pintarlas se convierte en una obsesión personal; para ello deja a un lado su cercanía al gobierno republicano y viaja a Burgos, sede del gobierno del bando nacional. Consigue realizar su sueño poco antes de su muerte, en diciembre de 1945.

Otras obras destacadas son los lienzos de la iglesia de San Telmo en San Sebastián, de 1930, y los lienzos del salón del Consejo de la Sociedad de Naciones, en Ginebra, de 1936.

Allí lo tenía. Un simple folio: lo más importante de su obra y de su vida, el resumen de tres días de trabajo empapándose continuamente de Sert. Había estudiado las reproducciones de las monografías hasta el punto de poder reconocer a simple vista las más importantes. Y sí, estaba claro que había sido un pintor de primera y que había vivido una vida intensa. Pero, tal y como esperara antes de comenzar su trabajo, no parecía haber en ella nada fuera de lo normal.

Y ¿entonces? ¿Tendría que imaginar una intriga creada para la ocasión?

Para hacer esto siempre tendría tiempo. De momento valía la pena comenzar a escribir, a la espera de recibir la bibliografía que había encargado.

No le llevó más de una hora redactar las líneas argumentales de la novela en tres folios. Iba a enviarle el archivo a Goldstein con una sencilla nota: «Aquí tienes el primer argumento», pero, al hacerlo, la bandeja de mensajes entrantes se iluminó, mostrando una inesperada novedad.

Uno de ellos era de Bety.

No podía ser más escueto. Decía simplemente: «Enrique, ¿hay alguna novedad?»

Ni un saludo, ni una despedida. Este correo lo inquietó sobremanera. ¿A qué novedad podía referirse Bety? Que era una mujer terriblemente intuitiva lo sabía desde muchísimos años atrás. Quizá pensara que podía saber algo nuevo sobre la muerte de Bruckner merced a sus contactos policiales.

Se sintió inquieto. No había razón para ello, pero es lo que ocurrió. Tuvo la sensación de que había algo que se le escapaba, una pequeña pieza, casi imperceptible. Quizá, si se pusiera a pensar en ello, podría averiguar de qué se trataba… Pero el correo para Goldstein esperaba, y tenía tras él una montaña de notas sobre Sert con las que deseaba trabajar. Le envió un correo como contestación, tan breve como el de ella: «Ninguna».

TERCERA PARTE

San Sebastián

13

Pese a la febril actividad que se desarrollaba sin tregua en todas las dependencias del museo, con su inauguración a tres meses vista, el claustro seguía manteniendo esa pulsión espiritual para la que había sido creado; que la iglesia de San Telmo hubiese sido desacralizada no la había despojado de su capacidad para abstraer a quien paseara por sus galerías, tal y como debieron hacer centenares de monjes dominicos a lo largo de su historia.

Para Bety, aquel era su rincón favorito dentro del museo, el lugar adecuado para detenerse y respirar unos minutos. Lo conocía de antemano, pero, cuando hubo firmado el contrato y se instaló en su despacho, descubrió que el ritmo de trabajo, por lo menos en aquel momento, era mucho más acelerado que el universitario, y su necesidad de encontrar un espacio de relajación se vio recompensada de forma accidental. Tenía que ver a la directora, que se encontraba hablando con los arquitectos en la iglesia, y para acceder a ella debía cruzarse el claustro. El día era lluvioso, y el rumor del agua deslizándose por los tejados se dejó sentir cuando, por puro azar, se produjo un común instante de silencio entre los trabajadores de las obras. Allí, en soledad, arrullada por el fluir del agua, comprendió que, aunque lo deseara más que ninguna otra cosa en el mundo, su estado de ánimo no podría modificarse por su simple voluntad. Por más que se empeñara en apagar la inquietud que ardía en su interior, estaba allí, al acecho, esperando su ocasión para empujarla hacia la melancolía.

Bety había asumido un cambio radical en su vida, dejando atrás la universidad para convertirse en la relaciones públicas del museo. No lo hizo por circunstancias profesionales, cuando menos no como causa primera, y sí por unos muy definidos motivos personales. Pero, por grande que fuera el reto asumido y el frenesí de su nueva actividad, su inquietud primera permanecía en su interior.

Junto al pretil, frente a la lluvia, se abandonó a sus sentimientos.

Se sintió vacía por dentro. Y también sola. Unas lágrimas pugnaron por brotar de sus ojos. Le apeteció llorar, y estaba dispuesta a dejar que fluyeran en completa libertad cuando escuchó un suave carraspeo; detrás de ella estaba un hombre de cierta edad. Rondaría los setenta, pero era alto y fuerte. Usaba sombrero, y bajo él asomaba rebelde un rizado pelo cano, entreverado de mechas rubias. Su rostro estaba muy moreno y surcado de arrugas, y existía una definida elegancia en sus rasgos: la estructura ósea era ancha, y su mirada, azul. «Una mezcla entre Paul Newman y Burt Lancaster», pensó Bety. Vestía con un sencillo pantalón de pinzas y una camisa azul a juego con sus ojos. Llevaba colgada una bolsa en el hombro y un paraguas plegado en la mano derecha. Era extranjero, como pudo comprobar por su acento.

—¿Se encuentra bien?

Probablemente iba a preguntarle cualquier otra cosa, pero debió ver en su rostro un pesar que ella no tuvo tiempo de ocultar. Y Bety le contestó con tal sinceridad que se sorprendió incluso a sí misma.

—No. Discúlpeme. ¿Puedo ayudarle?

—Buscaba la iglesia, pero creo que… Aquella debe ser la puerta principal.

—En efecto. Disculpe; soy Beatrice Dale, la relaciones públicas del museo.

—Craig Bruckner. Restaurador de arte.

Se estrecharon la mano. Bruckner la observó, con recato; no con esa mirada lujuriosa que oculta el deseo en la mayoría de los hombres, sino con una visión más profunda, como si estuviera valorando sus sentimientos. Parecía sorprendido, como si hubiera percibido un sutil detalle que Bety no comprendiera. Quizás esta mirada, en cualquier otro hombre más joven, le hubiera resultado molesta; pero parecía existir en Bruckner una capacidad de comprensión natural que, instantáneamente, le resultó muy cercana.

—He venido a estudiar los lienzos de Sert, en la iglesia. Soy especialista en su obra y es el último trabajo de este gran pintor que me queda por contemplar en persona. Me siento muy alegre por estar aquí.

—Felicidades.

—Sin embargo… Cambiaría muy gustoso esa felicidad por verla a usted sonreír.

Y así sucedió; Bety sonrió porque la frase no le pareció una zalamería vacía de contenido, sino pronunciada con verdadera sinceridad. Él hizo lo propio, y ella se alegró aún más al percibir que él no se sentía orgulloso de su éxito, como hubiera hecho la mayoría de los hombres. ¿Su carácter podría deberse a su edad? No: los setentones que ella conocía seguían manteniendo ese comportamiento inequívocamente masculino del que jamás podrían llegar a desprenderse. Bruckner era diferente a la mayoría: existía en él una cualidad difícil de definir. ¿Quizá delicadeza?

—Es usted muy amable, señor Bruckner.

—La suya es una sonrisa que ilumina, Ms. Dale. Voy a trabajar aquí algunas semanas. Espero tener ocasión de verla sonreír más a menudo.

Bruckner se tocó el ala del sombrero a guisa de despedida y se alejó caminando hacia la iglesia. Bety lo observó alejarse: sus andares estaban repletos de fluida armonía, y le sorprendió la anchura de su espalda. Visto desde atrás parecía mucho más joven de lo que en realidad era.

El sonido de múltiples herramientas envolvió la placidez del claustro devolviéndola a la realidad. Bety miró la hora y pudo ver que llevaba veinte minutos allí parada. La directora apareció por la puerta de la iglesia, acompañada por los arquitectos y con cara de pocos amigos. Fue a su encuentro, y al hacerlo descubrió que la melancolía había pasado y se sentía de nuevo completa y capaz.

81

14

La llegada de Bruckner al museo fue una noticia más dentro de las decenas que, a diario, circulaban entre los trabajadores. En otro momento, cuando ya hubiera sido inaugurado, habría llamado la atención; en aquel entonces estaban viviendo una carrera contra el tiempo y los acontecimientos se sucedían con tal rapidez que la definición de la palabra «novedad» era, para todos ellos, aquella noticia de ayer que ya había sido resuelta y olvidada. El museo estaba literalmente tomado por obreros, ingenieros, arquitectos, aparejadores, electricistas, fontaneros y canteros; y en las áreas administrativas también se trabajaba a destajo, preparando tanto su puesta de largo en la ceremonia inaugural como toda la estructura administrativa necesaria para su día a día.

Bety, como todos los demás, estaba inmersa en ese particular frenesí de actividad, con jornadas que excedían en mucho las doce horas diarias. Pero siempre encontraba sus momentos de descanso en la relativa soledad del claustro. Como era una mujer de costumbres se había acostumbrado a acudir a horas concretas: a las doce de la mañana y a las cinco de la tarde. Y, en la mayoría de ocasiones, allí encontraba a Bruckner.

Su segundo encuentro fue sumamente discreto. Él ya estaba allí —no donde charlaran la vez anterior, sino en la esquina de la siguiente crujía—, sentado con una carpeta de dibujo en las manos, trazando rápidos garabatos con una plumilla sobre una cartulina.

Al verlo, Bety no supo qué hacer. Él la había visto con las defensas bajas, y esto, en parte, la avergonzaba. Pero sentía curiosidad por su persona; solo sabía que se trataba de un restaurador de prestigio internacional. Pero no era su faceta profesional la que atrajo la atención de Bety, sino esa otra que parecía adivinarse bajo la superficie de excelso profesional: una humanidad profunda y sincera. Por eso, cuando él la vio, a lo lejos, y la saludó con la mano luciendo una sonrisa, volviendo después su atención al dibujo, ella decidió acercarse.

—Buenos días, señor Bruckner. ¿Está dibujando?

—Buenos días, Ms. Dale. En efecto: ¿qué le parece?

El dibujo era una fidedigna reproducción del claustro. Lo sorprendente era que los trazos apenas estaban definidos, pero la visión de conjunto no dejaba lugar a dudas sobre el modelo escogido: cualquier persona que conociera el lugar lo reconocería al instante.

—Es muy bueno.

—Se lo agradezco.

—Pensé que estaría en la iglesia, estudiando los lienzos.

—Y eso estaba haciendo hasta hace diez minutos.

—¿Quiere decir que esto lo ha dibujado ahora?

—¡Sí! Dibujar me relaja, y llevaba demasiadas horas concentrado. Así que salí al claustro para tomar estos apuntes del natural. ¿Le sorprende?

—Soy una pésima dibujante, y siempre me admira la facilidad de los pintores para reproducir la realidad.

—La mayoría de restauradores somos pintores frustrados. No siendo capaces de crear belleza en idéntica medida que nuestros antepasados nos conformamos con preservarla para mantener impoluto su legado. Nuestro trabajo, claro está, exige profundos conocimientos técnicos sobre pintura. A mí, personalmente, me relaja dibujar. Es algo natural, ¿no le parece?

Si no hubiera finalizado su explicación con esa pregunta abierta, a Bety le hubiera parecido pretenciosa y artificial. Pero, tal y como la había expuesto, en su conjunto, transmitía justo el efecto contrario.

83

—Imagino que sí.

—¿Me permite?

Bruckner realizó la pregunta acompañándola con un gesto muy evidente: señaló con la plumilla el rostro de Bety, dejando claro que deseaba dibujarlo. Ella se vio tomada por sorpresa y no supo bien qué responder. En parte se sintió halagada, pero también experimentó la sensación de que aquello no era lo apropiado en esos momentos de tanta actividad. Bruckner pareció adivinar sus pensamientos y le ofreció una solución irrechazable.

—No tardaré más de cinco minutos.

—De acuerdo. ¿Cómo me…?

—Siéntese en el pretil y apóyese en la columna. Mire hacia el claustro. ¡No tanto, no tanto! Mejor sitúese de medio perfil… así está bien. Relájese y permanezca quieta.

Bety nunca había posado para un retrato y no sabía cómo desenvolverse. Los cinco minutos transcurrieron con lentitud; no deseaba moverse, como si su quietud fuera garantía de un mejor trabajo por parte de Bruckner. Pensó en esas modelos que pasaban días enteros inmóviles en posturas inverosímiles mientras eran dibujadas, compadeciéndose de ellas. Y también se sintió un poco ridícula, como si fuera una adolescente dibujada por uno de esos artistas callejeros que abundan en las ciudades retratando a los viandantes por unas monedas.

Lanzó fugaces miradas por el rabillo del ojo; Bruckner lanzaba trazos con seguridad, apenas mirándola muy de vez en cuando, como si su presencia apoyada en la columna fuera innecesaria y la composición ya estuviera perfectamente definida en la memoria del pintor.

—Cinco minutos: he acabado. Mire.

Bruckner le tendió la carpeta, sobre la que reposaba la cartulina con su retrato. Bety la tomó en sus manos; la había dibujado a la izquierda y en posición vertical, de manera que el claustro se abría hacia la derecha ejerciendo de contrapunto espacial. Se reconoció de inmediato; era ella, no cabía duda. Si los trazos del claustro eran vagos y fraccionados, aquí, en cambio, estaban asombrosamente detallados. Quizás aquel dibujo no era más que el bosquejo de un retrato, pero sugería más de lo que ofrecía tras un primer vistazo, o eso creyó entender Bety.

No había sonreído mientras posaba, pero Bruckner la había dibujado luciendo una evidente expresión de felicidad. Incluso el hoyuelo que se le formaba en la mejilla derecha cuando su sonrisa era franca quedaba perfectamente plasmado en el retrato. Esto le sorprendió tanto que quiso preguntárselo.

—¿Por qué sonriendo?

—Los pintores somos intérpretes de la realidad, y la realidad es siempre subjetiva. Le ruego que no se ofenda por mis palabras: usted, ahora, irradia tristeza. Lo percibí desde nuestro primer encuentro. La tristeza y la alegría son sentimientos que forman parte de nuestras vidas: las más de las veces se suceden sin solución de continuidad. He elegido sacar a la luz su alegría porque sé que está en su interior. Bety, a veces hay que pelear para encontrarla, pero todos la llevamos en nuestro zurrón. Y, créame, vale la pena intentarlo.

Esta respuesta la dejó atónita, porque ese era precisamente el razonamiento que ella solía emplear para combatir su melancólico estado de ánimo. Después de haber dicho esto, Bruckner le tendió su retrato a la par que se ponía de pie.

—Para usted: hágame el favor de aceptarlo. Yo ya guardo en mi memoria esa hermosa sonrisa suya. Quizá sea bueno que, cuando quiera exhibirla y no la encuentre con facilidad, pueda tenerla a mano en este sencillo dibujo para recordarla. Y, ahora, volvamos al trabajo. ¡El tiempo pasa volando!

Bety cogió su retrato, asintiendo. Bruckner se marchó caminando por la crujía, dejándola de nuevo sorprendida por la conversación que habían mantenido. La curiosidad que sentía por él se incrementó considerablemente y se propuso, en su siguiente encuentro, averiguar lo que pudiera sobre su persona.

85

15

*L*os encuentros matinales entre Bety y Craig Bruckner se sucedieron con asiduidad durante la siguiente semana.

Si bien ella se había propuesto conocer más detalles acerca de la vida de Bruckner, no encontró oportunidad alguna de hacerlo durante sus breves conversaciones; de alguna manera, él siempre evadía las cuestiones personales antes de que llegaran a plantearse. No había averiguado prácticamente nada, ni siquiera dónde se alojaba en la ciudad. Lo más a lo que habían llegado era a tutearse. Bruckner era un conversador ingenioso incluso en español, y su experiencia de la vida hacía que siempre llevara la iniciativa en sus encuentros.

Bety se sorprendió a sí misma por tercera vez consecutiva en pocos días cuando, transcurrida esa primera semana, en una mañana especialmente laboriosa, se descubrió pendiente del reloj para no perder la oportunidad de llegar al claustro a la hora habitual. De nuevo, tal como había intentado en ocasiones anteriores, iba a intentar acercarse al terreno personal de Bruckner; de nuevo, fracasó. Y eso le hizo tomar una inesperada determinación: le propuso quedar fuera de horas de trabajo con la esperanza de, fuera del ambiente profesional, poder saciar su curiosidad. Bruckner aceptó encantado y Bety tuvo la impresión de que él esperaba la propuesta. Esa misma tarde se encontraron en el Boulevard de San Sebastián. A primeros de junio el tiempo era caluroso en la ciudad y las calles estaban repletas de personas ansiosas de sol tras un invierno y una primavera lluviosos.

Se dieron la mano, formalmente; Bety creyó ver una mirada pícara en Bruckner, como si este gesto fuera parte de una impostura. Pasearon hacia La Concha rodeando el ayuntamiento y se apoyaron en la barandilla, mirando hacia la bahía. Había en el cielo unas pocas nubes algodonosas esparcidas sobre el mar, y la luz descendente del sol las iluminaba por su parte inferior, tornándolas rojizas.

—Apuesto a que en Filadelfia no hay un espectáculo semejante.

—Aunque las vistas de la ciudad desde Camden, al otro lado del Delaware, son muy hermosas, debo reconocer que estas las superan. Bety, aquí en San Sebastián tenéis una joya desconocida para la mayor parte del mundo. Pero déjame decirte que si se conociera en mayor medida quizás acabaría perdiendo su encanto.

—Es posible. Imagino que la habrás visto antes…

La risa de Bruckner, que Bety no había escuchado hasta ahora, apareció con fuerza, un verdadero torrente de energía muy lejano a su habitual y comedido tono de voz. Bety no comprendió dónde radicaba la gracia de su comentario. Bruckner se retorció de la risa durante un par de minutos, hasta el punto de acabar contagiándosela a ella. Rieron juntos, con esa risa floja que se empuja a sí misma, hasta casi quedar sin aliento. Bruckner extrajo un pañuelo del bolsillo de su americana y se enjugó las lágrimas.

—¡He debido decir algo muy gracioso!

—¡No te imaginas cuánto!

—¿Por qué?

—Te lo explicaré. Sin duda, la bahía es hermosa, y contemplarla desde aquí arriba es un verdadero placer. Pero yo he hecho mucho más que ver la bahía de La Concha.

—No te entiendo…

—Cada mañana, a las seis y media, cuando apenas hay nadie despierto, vengo a la playa, dejo las zapatillas y la camiseta y me voy a nadar. No un simple baño como hace la mayoría. Algunas veces le doy la vuelta a la isla; otras, abandono la bahía y me voy hacia la playa de Gros rodeando el paseo Nuevo.

—Eso es mucho nadar… ¡Ahora comprendo la anchura de tu espalda!

Bruckner pareció dudar; fueron dos las veces en que abrió la boca para comenzar a hablar y en ambas ocasiones se detuvo, como si se lo hubiera pensado mejor. Pero, tras encogerse de hombros, prosiguió su explicación.

—Bety, hace muchos, muchos años, fui un nadador destacado, de los mejores del mundo. Participé representando a mi país en dos juegos olímpicos cuando era un adolescente, en los años sesenta. Y nunca dejé de nadar. Es una tradición familiar que seguimos practicando todos en mi familia. Nadar aquí, en San Sebastián, es algo único.

—Ahora lo comprendo.

—Por eso mismo tengo alquilado un piso junto al Boulevard. Cuando decidí venir a la ciudad para estudiar los lienzos de la iglesia de san Telmo busqué información en la Web. Sabía que la ciudad estaba junto al mar, pero que el museo estuviera tan cercano a las playas fue una fantástica casualidad. Prefiero nadar en el mar antes que hacerlo bajo cubierta, ¡ya me harté en mi juventud de dar vueltas y vueltas en la piscina olímpica!

La barrera se había roto. Por vez primera Craig le había contado una historia perteneciente a su mundo íntimo. Y Bety, aprovechando esa nueva complicidad, se lanzó a tumba abierta.

—Cuéntame más, Craig.

—¿Qué más quieres saber?

—¡Todo!

—Eso es mucho querer, Bety. Y, además, lo encuentro algo injusto. Yo no sé mucho sobre ti… excepto que eres una mujer hermosa e inteligente, que has sido profesora universitaria, que eres ahora la relaciones públicas de un museo que abrirá sus puertas en dos meses, y que recientemente has pasado por un mal momento personal.

—No es poca cosa.

—Es mucho y no es nada. Nuestras vidas no son solo eventos; nuestras vidas son sentimientos. Importa más lo que sentimos que lo que hicimos. Según pasen los años seguro que compartirás mi punto de vista… ¿O quizá ya lo haces ahora?

Bety asintió. La sonrisa se borró de su rostro en cuanto pasaron al tema personal. Los recuerdos de su reciente dolor seguían allí, escondidos, y no bastaba un buen momento y una buena compañía para exorcizarlos.

—Te propongo una alternativa: si tú quieres saber cosas sobre mí, también yo quiero saber cosas sobre ti. Todo lo que me preguntes también deberás contestarlo. ¡Es una medida muy prudente que te hará meditar lo que vayas a preguntar!

Bety pensó en la oferta: que Craig era un hombre inteligente era más que evidente, acababa de ponerlo de manifiesto devolviéndole la pelota. Pero le pareció un trato justo: saber unas cosas u otras dependería de ella en todo momento. Y le agradaba su compañía como hacía tiempo no le agradaba la de ningún otro hombre. Que le hacía falta un amigo era evidente, llevaba demasiado tiempo dándoles vueltas a sus problemas ella sola. Y Craig no pertenecía a su mundo. Llegado el momento dejaría la ciudad y volvería a su casa de Filadelfia. No sabía si podría y sería capaz de llegar a explicarle todo lo que había vivido, pero si había un hombre capaz de entenderla, probablemente fuera él. Cogió a Craig por el brazo y comenzó a caminar con él hacia el otro lado de la bahía, en dirección a Igueldo.

89

—Acepto.

—Muy bien. Cuando te apetezca, empezamos. ¿Mañana?

—¿Para qué esperar? Vamos a empezar ahora mismo.

Y así comenzaron a contarse sus vidas.

16

Craig Bruckner había nacido en el seno de una familia con considerables recursos económicos. Su padre, Bertrand Bruckner, había sido un industrial destacado, y en la postrera etapa de su vida había entrado en política en las filas del partido demócrata. Bertrand contrajo matrimonio con Louise Tellman, una joven periodista de clase media con la que tuvo tres hijos: Mary Ann, Donald y el pequeño, Craig.

Con una concepción liberal de la vida, la familia había educado a sus hijos en el ejercicio de la libertad. Cada uno de ellos experimentó sus propias inquietudes y sus padres permitieron que se desarrollaran sin cortapisa alguna. Mary Ann siguió el camino de su madre, convirtiéndose en periodista; ya retirada, residía en la casa familiar de Filadelfia, en Camden. Donald, en cambio, fue llamado por el mundo de la medicina, y ejerció la profesión en el Washington Hospital Center durante toda su vida. Craig, en cambio, nació particularmente dotado para las artes y, en especial, para el dibujo.

Viviendo frente al río Delaware fue tradición familiar dedicarse a la natación y a la vela. Bertrand fue un buen nadador, pero sus tres hijos lo superaron ampliamente: todos ellos destacaron desde muy críos y llegaron a formar parte del equipo nacional. El más destacado fue Craig, seleccionado para dos juegos olímpicos: en ellos obtuvo cuatro medallas de oro junto al equipo de relevos. El severo régimen de entrenamientos no impidió que continuara sus estudios. Se graduó en la escuela de artes de Filadelfia en 1965.

A partir de este momento, la vida de Craig experimentó un notable cambio. La guerra de Vietnam había comenzado, y él se presentó voluntario en contra de los deseos de su padre.

—Vietnam fue el despertar de mi vida. Había vivido como en un sueño: una familia con recursos y bien estructurada. Estudié en una de las mejores escuelas de arte del país y participé en unos juegos olímpicos. En los Estados Unidos nos vendieron la guerra como un freno a la expansión del comunismo por el mundo; en aquellos años de guerra fría constituía un deber patriótico alistarse. Lo hice junto a un compañero del equipo de natación, Chris. Recuerdo la cola en la oficina de reclutamiento como si la tuviéramos aquí delante: un grupo de jóvenes veinteañeros de muy diferentes clases sociales en un ambiente jovial. ¡Parecía que íbamos a asistir a una fiesta en lugar de acudir a una guerra! El disgusto de mis padres fue tremendo…

—¿No querían que te alistaras?

—Mi padre participó en la Segunda Guerra Mundial, fue marine en el Pacífico. Sabíamos que había tenido un comportamiento heroico, recompensado incluso con dos medallas al valor. Pero, aunque estaba orgulloso de haber combatido, nunca nos hablaba de sus experiencias en combate. Además, estaba radicalmente en contra de la guerra de Vietnam.

—Y, entonces, ¿qué ocurrió?

—Mantuvimos una agria discusión. Mamá lloraba mientras nosotros nos gritábamos. Mi padre dijo que yo carecía de sentido común, y le echaba toda la culpa de mi alistamiento a mi amigo Chris.

—¿Por qué? ¿Qué ocurrió con Chris?

—Chris y yo éramos uña y carne. Llevábamos cinco años entrenando juntos todos los días, y éramos como verdaderos hermanos. En los relevos yo nadaba la segunda posta y él, la tercera. Pero no solo coincidíamos en la piscina: éramos compañeros de curso, porque él también asistía a la escuela de arte.

—Qué casualidad.

—Relativamente. En aquella época el deporte era completamente *amateur*, no estaba profesionalizado como lo está hoy en día. Que los deportistas estudiásemos entonces era lo habitual. Chris y yo nos conocimos desde niños en el club de natación, y vivimos nuestras vidas en paralelo durante muchos, muchos años. El problema es que nuestras familias eran muy diferentes. El padre de Chris también combatió en la Segunda Guerra Mundial, pero, tras ella, se convirtió en un furibundo anticomunista. Mi padre los consideraba responsables de mi alistamiento.

Craig guardó silencio largo rato, ensimismado en sus recuerdos. Bety supuso que serían dolorosos porque la expresión risueña que siempre acompañaba su expresión se había desvanecido. Incluso el azul de su mirada parecía haberse desvaído. Bety, sin saber exactamente qué decir, intentó reiniciar la conversación escogiendo unas palabras que le resultaron vacías nada más pronunciarlas; sin embargo, fueron el ancla con el que Craig retomó su historia.

—No sé nada sobre la guerra, excepto lo que he visto en las películas. Pero debió de ser terrible.

—Mi padre tenía razón, hay experiencias sobre las que no puede hablarse. Estuve tres años en Vietnam; viví la expansión inicial de la guerra y las primeras ofensivas. La brutalidad y la muerte me rodearon durante ese tiempo, a mí, a Chris, a todos los que allí estábamos, de uno u otro bando, civiles y militares, sin distinción. Nada bueno hay en las guerras, Bety; créeme. ¡Nunca, ni por la mejor de las causas! En Vietnam descubrí que la vida podía ser dura y cruel, completamente diferente a todo lo que antes había vivido en nuestra casa de Camden, frente a la vieja Philly.

»Cuando has vivido una guerra cambia tu perspectiva de la vida, no puede volver a ser la misma. Yo amaba el arte como una forma de expresión de aquello que hay de noble en la humanidad, como una suma de sus esperanzas, de sus sueños, de su capacidad. El arte es la manifestación de todo lo elevado que somos capaces de crear. La guerra es precisamente todo lo contrario. Muchos de los que realizaron conmigo la instrucción murieron en combate; en especial, durante la ofensiva del Tet. Pese a que nos recuperamos del golpe, este fue el inicio de la derrota. En el transcurso de esta ofensiva mi unidad se vio aislada y rodeada por fuerzas superiores. Los *vietcong* nos acorralaron durante cuarenta y ocho horas; más del cincuenta por ciento de nuestra unidad murió allí. Y también yo hubiera muerto de no haber intervenido Chris. Me hirieron, y él decidió permanecer a mi lado cuando nos retirábamos. No podía caminar y, por más que lo conminé a que se fuera, no me hizo caso. Recuerdo sus palabras: dijo que nuestras vidas llevaban un mismo camino desde el principio y que jamás me abandonaría.

—¿Cómo lograsteis escapar?

—Tuvimos suerte. La contraofensiva fue casi inmediata y, tras pasar dos días aislados en plena selva, fuimos rescatados por los nuestros. Después, me evacuaron a Saigón, y, desde allí, regresé a casa. Finalizó el periodo de alistamiento. Chris decidió reengancharse y, esta vez, yo me negué. Entablamos una durísima discusión: él consideraba que debíamos luchar hasta el final, pero yo había cubierto mi cuota de combate y, para alegría de los míos, estaba otra vez en casa. Me echó en cara que mi vida había sido un regalo; que, si él no se hubiera arriesgado como lo hizo, yo estaría muerto y enterrado en la selva vietnamita. Jugaba con ventaja, porque no le faltaba razón. Pero no cedí. Tenía motivos más que suficientes para quedarme en casa.

—¿Qué fue de Chris? ¿Regresó a Vietnam?

—Sí. Combatió casi hasta el final.

La respuesta no concordaba plenamente con la pregunta. Bety pensó que podría haber sucedido lo peor, y que quizá Craig se sintiera responsable de un triste final para su amigo.

—¿Murió?

Por segunda vez a lo largo de la tarde, Craig guardó silencio. Era evidente que estaban tratando un tema doloroso. Craig bajó la cabeza antes de contestar, y Bety comprendió su notable incomodidad. Respondió, pero tal y como lo hizo resultó evidente que deseaba evitar la cuestión.

—No. O quizá sí. Murió en parte. El hombre que regresó no fue el mismo que se alistó conmigo. Nuestra relación continuó por caminos similares, pero se había visto demasiado afectada por ese tema y alguno otro más… Basta por hoy, Bety. Ya he hablado demasiado. He cumplido mi parte, y ahora te toca hacerlo a ti.

—¿Qué quieres saber?

93

—Ya lo sabes.

—La historia que me has contado es de tiempos lejanos, y la que ahora me afecta, de tiempos recientes.

—Háblame de lo que quieras. De tu infancia, de tu juventud, o de tu madurez.

—Mi vida ha sido mucho más sencilla que la tuya. No he vivido ni guerras ni he sido una deportista de prestigio. No he hecho otra cosa más que estudiar y trabajar. Aunque, en una ocasión, viví una aventura muy especial.

—¿Una aventura?

—Sí, junto al que fue mi marido. Pero, antes de explicarte lo que ocurrió, debería hablarte de lo que él supuso en mi vida.

—¡Cuando quieras! Es tu turno.

—Bien… Verás, yo…

Mil veces se había planteado el porqué de su fracaso con Enrique. Así como él era impulsivo, ella era analítica, especialmente en su vida sentimental. Por eso se trataba de una historia cuyo recorrido conocía a la perfección. Pero, a la hora de verbalizarlo, se vio sobrepasada por esas mil virtudes, manías y defectos que hacen que cada uno seamos como somos y que contribuyeron decisivamente a separarlos. ¡Deseaba cumplir su parte del trato y contarlo, pero no sabía cómo o por dónde comenzar! Fue Craig quien le proporcionó el arranque necesario.

17

—¿*L*o querías?

—Sí. Lo quise con todo mi corazón, como no he querido a nadie más.

—¿Y él a ti?

—También. Eso es seguro. Él… era, es, un hombre difícil. Su carácter oscila de lo insoportable a lo arrebatador, como si fuera un niño grande. En parte, lo que le sucede es lógico: perdió a sus padres de niño, y fue criado por el mejor amigo de estos. Su padre adoptivo, Artur, era un hombre excepcional, un prestigioso anticuario de Barcelona. Pero todo hijo necesita una madre, y él no la tuvo.

—¿Cómo se llama?

—Enrique. Enrique Alonso. Es escritor. Nos conocimos después de unas conferencias, aquí, en San Sebastián. Había escrito una primera novela muy elogiada por la crítica antes de cumplir los veinticinco, y le invitaron a hablar sobre su obra. Yo asistí a su charla, invitada por una amiga que participaba en la organización. En estos casos, y en especial en San Sebastián, es obligatorio agasajar al ponente con una buena comida.

»Me gustó cómo habló de su obra: lo hizo con la vehemencia de quien sabe que ha hecho un buen trabajo. Pero de no mediar esta amiga, que insistió en que la acompañara, nunca habría cruzado una sola palabra con él.

—La casualidad suele regir nuestras vidas.

—Las más de las veces. Ya durante la cena lo pude ver observándome, pero como no estábamos sentados cerca no pudimos hablar. Ahora bien, en cuanto salimos del restaurante y fuimos paseando por La Concha, se las ingenió para acercarse.

—¿Fue un flechazo?

—Casi. Un hombre en su situación, con prestigio, en una ciudad ajena, intentando embrujar a una mujer... ¡Hubiera sido un clásico en estas situaciones! Lo que me gustó de él fue, precisamente, que no se comportó de esa manera. Fue natural. Él había salido de una relación larga y estaba libre. Yo también lo estaba, pero mi ritmo siempre fue pausado en el terreno personal. Él supo verlo, y no forzó lo más mínimo. Pero acabamos por quedarnos solos, hablando sin cesar.

»Vimos el amanecer desde Miraconcha, sentados en un banco, con la bahía a nuestros pies. Eso fue idea mía: supe desde el primer momento que a él le encantaba la ciudad, pertenecía a ese tipo de personas capaces de emocionarse con espectáculos como ese. Quizá quise, a mi manera, deslumbrarlo. En silencio, vimos como llegaba la alborada, pegados el uno al otro: hacía algo de fresco y él me había cubierto los hombros con su americana. Durante mucho rato estuvo mirando cómo se iluminaba la ciudad, sin decir una sola palabra. Soy capaz de quedarme a solas con mis pensamientos, sin hablar, durante horas, así que respeté su silencio. Llegado el amanecer, se volvió hacia mí, me acarició suavemente la mejilla y me dio las gracias.

»Lo acompañé a su hotel, que estaba cercano. Yo sabía que debía coger el primer avión a Barcelona y él no hizo el menor ademán de invitarme a subir. Eso sí, me pidió el teléfono y la dirección. Esa misma tarde llegaba a mi casa un ramo de rosas rojas con una nota: «Tengo libre el próximo fin de semana y me gustaría que tú me enseñaras San Sebastián».

—Aceptaste, claro.

—¡Lo estaba deseando! Me gustaba, y quería conocerlo más. No, perdona, esto es mentira. ¡Me moría por estar a su lado! Y sé que a él le sucedía lo mismo... Esa noche me telefoneó, y quedamos en firme. Mira allí, aquellas casas, en la ladera de Igueldo. Cuando estábamos paseando esa primera noche me dijo, entre risas, que le gustaría acabar viviendo allí. ¡Y así acabó sucediendo! Enrique funciona por impulsos, pero cuando se marca un objetivo es capaz de trabajar hasta la extenuación para conseguirlo.

—Y tú fuiste uno de sus objetivos.

—Eres rápido, Craig. Sí, lo fui. Me dejé atrapar por su encanto. ¡Pero Enrique también cayó bajo el mío! Sin embargo, fue él quien tomó la iniciativa y la sostuvo en el tiempo. En ese segundo encuentro me besó por primera vez, justo al despedirnos, y cuando lo hizo me sentí completamente y definitivamente enamorada.

»Mantuvimos un noviazgo a distancia, con encuentros ocasionales según lo permitían nuestros compromisos. Todos eran extremadamente intensos, de una fuerza emocional inusitada. Cada encuentro era una verdadera fiesta, y cada despedida, una auténtica tragedia. Imagino que la distancia tendría mucho que ver con ello. No podíamos vivir así, gobernados por los sentimientos, ansiando estar juntos sin poder estarlo: al cabo de un año nos casábamos con una sencilla ceremonia, acompañados por nuestras familias, tal y como queríamos los dos.

—Pero algo acabó por ir mal entre vosotros.

—Así fue. Él era brillante, alegre, divertido, pero también era inconstante e irritable, y sufría esas ausencias propias de quien está creando. Cuando estaba trabajando en sus novelas parecía borrarse del mundo, como si los demás no le importáramos nada en absoluto. Era algo desesperante.

—Dicen que la convivencia con los artistas siempre resulta difícil.

—Hablamos mucho sobre ello. O, mejor dicho, yo hablé mucho sobre ello. Yo hablaba y él escuchaba. Me daba la razón, pero, pasado un tiempo, volvía a aparecer ese maldito carácter áspero tan suyo. Vivimos discusiones y reconciliaciones. Periodos de euforia y otros de distanciamiento. Una montaña rusa emocional que distaba por completo de mis aspiraciones personales: solo deseaba una convivencia tranquila y estabilidad. Por otra parte, su carrera como escritor seguía por el buen camino y, sin estar entre los primeros autores nacionales, la crítica lo adoraba. Su capacidad mediática era tremenda y su presencia en los medios iba a la par. Comenzó a viajar para atender estos compromisos, y así nos fuimos distanciando cada vez más.

97

—Hasta que un día…

—Un día volvió a casa después de un viaje y yo ya no estaba allí.

—Debió ser muy difícil para ti.

—Lo fue. Él no lo aceptaba, y fue persistente. Estuve a punto de ceder: cada noche me encontraba con el teléfono en la mano, a punto de llamarle. ¡Pero nunca lo hice! Enrique había hecho su vida aquí y estaba enamorado de la ciudad, así que decidió quedarse y no regresó a Barcelona. Quizá pensaba en una posible reconciliación. San Sebastián no es una ciudad grande, así que nos veíamos ocasionalmente. Nuestro trato era correcto, pero sé que él nunca terminó por aceptar de buen grado nuestra separación.

»Pasó el tiempo y tuvo su primer gran éxito literario. Ganó el suficiente dinero para comprarse su piso ahí, en Igueldo, tal y como dijo la noche que nos conocimos. Todo parecía irle bien. Y fue entonces cuando su padre adoptivo fue asesinado.

—¿Asesinado?

—Sí. Artur apareció muerto en su tienda de antigüedades, en el barrio gótico de Barcelona. Le habían apuñalado. Enrique lo quería con todo su corazón, y fui yo quien le comuniqué la noticia. Él es aficionado a la vela y estaba navegando cuando ocurrió. La policía contactó conmigo al no poder hacerlo con él. Llevaba tiempo sin verlo, y jamás lo vi tan destrozado como en el momento en que le comuniqué la noticia. Artur nunca se casó ni tuvo otro hijo que Enrique, así que este se trasladó a Barcelona para hacerse cargo de las exequias. Y entonces comenzó una verdadera aventura en la que ambos nos vimos envueltos.

18

*B*ety y Craig habían paseado hasta el Peine del Viento, en el extremo oeste de La Concha. Allí, sentados en el graderío, junto a la obra del escultor Chillida, iba cayendo lentamente la noche. La bahía comenzaba a iluminarse refulgiendo con fuerza, como una gigantesca gema. Se hacía tarde, pero Bety comprendió que la conversación había llegado a un punto que no admitía vuelta atrás. La palabra «aventura» unida a la participación en la misma de ellos dos constituía un cebo demasiado poderoso para ser obviado. Quizá se había contagiado por la capacidad de Enrique para relatar historias: con el paso del tiempo su técnica había evolucionado para dejar a sus lectores con el alma en vilo, haciéndoles proseguir la lectura a cualquier precio.

Pero Craig era un hombre con la paciencia que proporcionan los años de vida y un trabajo donde la contemplación estática de las obras que iba a restaurar era fundamental, así que se mantuvo tranquilo, esperando a que Bety ordenara su discurso. Ella, sin embargo, cambió de idea al comprender que relatar lo sucedido en Barcelona iba a causarle más inconvenientes que ventajas.

—Craig, preferiría que esa historia te la contara quien mejor puede hacerlo.

—¿Quieres decir Enrique?

—Sí. Su novela *El anticuario* lo cuenta todo.

—Lo hará desde su punto de vista.

—Eso es cierto, pero tú estás comenzando a conocerme y creo que serás capaz de comprender mis pensamientos. Léela, y cuando lo hayas hecho, si quieres, ya comentaremos lo que te parezca.

—De acuerdo. *El anticuario*… Recuerdo haber leído un artículo en Estados Unidos sobre la película. La verdad, no era muy elogioso…

—Fue una producción de presupuesto medio, modificando la historia al gusto hollywoodiense. Exageraron los ingredientes básicos: sexo, religión y violencia. La peli era muy mala. La vi, ¡cómo no! Pero salí del cine con la sensación de haber sido estafada. No me reconocí en la historia: al final, el protagonista se reconciliaba con su exmujer.

—Justo lo contrario de lo que sucedió.

—La última vez que hablé en persona con Enrique fue en el puerto. Allí, él me propuso intentarlo por segunda vez, y yo me negué. Era imposible, como comprenderás cuando leas la novela. Fue un momento sumamente difícil.

—Y ¿no volvisteis a veros?

—No. Él se fue a Nueva York hará casi tres años. Desde entonces solo hemos cruzado algún que otro correo electrónico.

—Bety, ¿sabe Enrique que has dejado la universidad?

—No.

—Deberías contárselo. Y decirle que el museo se inaugurará en septiembre. E invitarlo a asistir.

—¿Por qué quieres que lo haga?

—En parte, porque es algo natural: ha supuesto un cambio importante en tu vida y parece lógico que quieras compartirlo con las personas que aprecias. Pero, además, Enrique y tú tenéis algo pendiente. Es algo evidente para cualquiera excepto, quizá, para vosotros dos. Si lo invitas, podrás comprobar hasta qué punto se siente cercano a ti: solo el hecho de asistir ya diría mucho al respecto. Y, una vez aquí, quizá podríais hablar…

—¿De qué, Craig? ¿Qué podría decirle? ¿Que lo echo en falta? ¿Que lo quiero? ¿Que lo odio? ¿Que lo añoro? ¡Ni yo misma sé si eso es así!

Craig la observó, sonriendo levemente. Que Bety desconocía sus propios sentimientos era evidente. Daba igual que fuera una mujer inteligente y con experiencia: había en ella un enorme vacío, y para volver a sentirse en plenitud estaba obligada a afrontar su pasado. Sintió una enorme curiosidad por conocer a la otra parte de esa pareja rota. ¿Cómo sería Enrique Alonso?

—Solo hay una forma de averiguarlo. Afróntalo.

—Sí… Lo pensaré.

Ahí finalizó su conversación. Se hacía tarde, y debían trabajar a la mañana siguiente. Regresaron hacia la parte vieja caminando, mientras hablaban de otros asuntos, dejando a un lado lo personal. Tras despedirse, Bety atravesó el puente del Kursaal sobre el río Urumea, camino de su casa, en el barrio de Gros. No tardó en verse sentada en el sofá de su salón; no tenía hambre, al menos no de comida. Siguiendo un impulso encendió el ordenador y redactó un mensaje para Enrique. Dudó, y antes de mandarlo lo borró y volvió a redactarlo otras dos veces. Tampoco quedó satisfecha, hasta que comprendió que, en realidad, cualquier texto que escribiera carecería de importancia.

Lo envió, y se arrepintió de haberlo hecho nada más pulsar la tecla.

19

*L*a respuesta de Enrique tardó en llegar: tres días exactos. En ella se mostraba sorprendido por el nuevo empleo de Bety, a la vez que la felicitaba. Además, se excusaba por el retraso en la contestación, ya que, al saber la *major* con la que colaborara en la adaptación del guion de *El anticuario* que iba a viajar a San Sebastián, le propuso participar en su representación en un encuentro de guionistas paralelo a su prestigioso festival internacional de cine. Confirmaba su asistencia a la inauguración del museo y le transmitía todo su afecto.

Bety pasó los tres días de espera deseando que Enrique le contestara y, a la vez, deseando que no lo hiciera. Cuando llegó su respuesta le pareció excesivamente formal, incluso fría, y que aprovechara el viaje para realizar una actividad profesional enfrió su alegría. Bety sintió que, más que aliviar su situación personal, el viaje de Enrique no iba sino a complicar su vida en un momento crucial.

Bety y Craig continuaron viéndose regularmente. Durante sus encuentros matinales en el claustro hablaban de trabajo, reservando las tardes para continuar contándose sus vidas. No quedaban siempre: Craig disponía de más tiempo libre, pero Bety estaba cada vez más ocupada con las relaciones externas del museo, y esto incluía continuos viajes a otras ciudades para afianzar contactos. San Telmo pretendía ser un museo vivo, abierto al público más allá de su exposición permanente, y para ello precisaba programar actividades de modo regular.

Pese a ello, Bety averiguó nuevas cosas sobre su vida. Craig vivió un gran amor en su vida. April Evans era su nombre y, como él, también fue nadadora del equipo olímpico estadounidense. Fue un amor desgraciado, porque ella murió joven, no mucho tiempo después de su regreso de Vietnam, cuando comenzaban a preparar los planes de boda. Después de eso, nunca más volvió a tener pareja.

Craig no se extendió en detalles sobre su relación con April. Tantos años después era evidente que todavía le resultaba doloroso su recuerdo y, Bety, prudentemente, respetó su brevedad. Solo hizo una observación: que en su vida no hubiera vuelto a haber otra mujer le sorprendió. Un hombre como él, tan sensible, culto, inteligente y atractivo, debió tener multitud de posibilidades. Craig rió de buena gana al escuchar esto, con esa risa argentina tan suya.

—¡Ay, Bety! Si ahora tuviera treinta años menos te demostraría que debieras ser más prudente cuando se elogia a un hombre… Aunque supongo que, si tuviera treinta años menos, ¡habrías sido mucho más comedida!

—En cualquier caso, no me falta razón.

—Hubo alguna historia con posibilidades…Pero siempre llevé a April en mi corazón, y no podía engañar a esas otras mujeres. La mayoría de los hombres sustituyen con cierta facilidad el amor perdido; para las mujeres es más difícil hacerlo. Y a algunos de nosotros también nos sucede lo mismo. Viví solo, y no me arrepiento de ello: ese fue mi destino.

Sin embargo, pese a toda la confianza que sentían el uno con la otra, Bety no llegó a explicarle el por qué de sus lágrimas de aquel día en que se conocieron. Ese secreto estaba guardado en lo más hondo de su corazón, y dudaba muy mucho que algún día llegara a contárselo a Craig o a cualquier otra persona. Craig interpretaba que esas lágrimas tenían que ver con su soledad actual, heredera de su pasado con Enrique, y en parte no le faltaba razón; pero existía otro motivo supremo para su dolor, tan íntimo y personal que no conseguía sacarlo a la luz.

A su vez, Bety era consciente de que también en Craig existían rincones de reserva a los que jamás accedería. Su escasa elocuencia cuando tocaban su vida emocional así lo indicaba. Que había sufrido era evidente: era en ese mundo de dolor en el que había brotado su sensibilidad hacia los demás, esa empatía que solo es capaz de sentir aquella persona que comprende el dolor ajeno en la medida de su propia experiencia. Craig lo tenía todo para que Bety le abriera su corazón, pero ella era incapaz de hacerlo en su totalidad.

Transcurrieron los días, y los viajes de Bety finalizaron. A finales de julio las obras del museo se habían puesto al día y la sensación de urgencia disminuyó a medida que el edificio comenzaba a presentar el que iba a ser su aspecto definitivo. Los protocolos administrativos ya estaban finalizados y la programación de los primeros seis meses, cerrada. Seguía respirándose actividad, pero de una manera más reposada. Todos los trabajadores realizaban sus labores con otra actitud, sabedores de que lo peor ya había pasado.

Y entonces Craig comenzó a faltar a sus encuentros en el claustro.

Fueron tres días consecutivos; el tercero, Bety fue a la iglesia, para ver si estaba allí. No había nadie. Su silla estaba a un lado, junto a la pared, signo este de no haber sido utilizada.

Esto la sorprendió sobremanera. Se había acostumbrado en tal media a su compañía que la echaba absolutamente en falta.

Bety se acercó a la biblioteca. Este era el segundo lugar del museo en el que Craig desarrollaba su actividad profesional. Tenía reservado un espacio en una amplia mesa, junto al ventanal sur, hacia la plaza Zuloaga. Allí estaban, en perfecto orden, sus libros de consulta, pero no había rastro de él. Como la biblioteca todavía no estaba operativa de cara al público, a excepción de alguna documentación precisada por algún restaurador o algún estudioso, no había nadie a quien preguntarle por su ausencia.

Esto condujo a Bety al equipo de restauradores. Localizó a Jon Lopetegi en su espacio de trabajo, la gran sala bajo la cubierta del edificio principal, aplicando una luz rasante en el examen de un cuadro previo a su restauración.

—Jon, ¿sabes dónde está Craig?

—En Barcelona. Tenía que consultar unos archivos en relación con los lienzos de Sert en nuestra iglesia. ¿Todavía no ha regresado?

—Imagino que no. No está ni en la iglesia ni en la biblioteca. ¿Cuándo se fue?

—El martes. Dijo que iba a ser un viaje relámpago, cosa de un par de días. ¿No te lo dijo?

—Estuve de viaje y llevaba unos días sin verle.

—Hoy es viernes: probablemente regresará hoy mismo. Habrá encontrado más trabajo del que previera en principio.

Bety agradeció la información proporcionada por Jon, pero se quedó sorprendida. Era cierto que ella había estado de viaje, pero el lunes sí estuvo en el museo, al igual que él. ¿Por qué no le había dicho nada a ella y en cambio sí había hablado de su viaje con Jon Lopetegi? Se sintió ridícula por sentirse molesta; que actualmente lo considerara su mejor amigo no quería decir que él debiera explicarle todos sus movimientos. Si acudía a Barcelona por motivos profesionales era muy razonable que hubiera hablado de ello con Jon; al fin y al cabo, Jon era el restaurador jefe del museo, y sería el responsable de la restauración de los lienzos en muy breve plazo de tiempo. Teniendo en cuenta que Craig iba a colaborar en esta delicada empresa nada tenía de extraño.

Sin embargo…

Bety tuvo «sensación» de urgencia. Como si Craig debiera ir a Barcelona cuanto antes, como si se hubiera visto impelido a hacerlo. Solo eso justificaba que no la hubiera avisado, argumentó para sí misma.

Todo esto le pareció extraño, pero regresó a su trabajo. Tenía su departamento bajo control, pero no podía desatender sus obligaciones por más tiempo. Cuando Craig volviera ya tendrían tiempo para hablar.

20

*E*l viaje de Craig a Barcelona se debió a una conjunción de casualidades imposibles de prever. Los trabajos de documentación en los archivos de la biblioteca del museo San Telmo le habían revelado una discrepancia.

La instalación de los lienzos en la iglesia se había realizado a lo largo del mes de agosto de 1932. Existía numerosa documentación acerca de ello, así como sobre la propia inauguración del museo. Él mismo había visto decenas de páginas de prensa de la época en las que se afirmaba que el propio Sert dirigía personalmente las obras. La naturaleza delicada del trabajo le impedía delegar en su amplio equipo de colaboradores. Como correspondía a una figura de su calibre artístico, todos los gastos derivados de su estancia fueron abonados por el ayuntamiento, nuevo propietario del edificio. Estos gastos fueron aprobados por la junta de gobierno del museo, y todos los comprobantes de los mismos guardados y clasificados tal como correspondía hacerlo. A Craig le distraía estudiarlos cuando su nivel de concentración descendía tras horas de trabajo con las pinturas.

Los archivos estaban digitalizados. Una sucesión de pantallazos en el ordenador le mostraba facturas de restaurantes, del hotel y diversos obsequios para la princesa Roussy Mdivani, la segunda esposa de Sert. Todo estaba allí.

Y allí encontró lo que nunca debió encontrar.

No se trataba de algo trascendente, solo de lo que parecía un probable error tipográfico: había una fecha que no cuadraba. La factura de un restaurante tenía mal escrita la fecha y constaba que era del 22 de agosto de 1944 cuando debería haber sido de agosto de 1932,. La firma que parecía validar el gasto llevaba las iniciales J. A.

Cualquier investigador hubiera considerado la presencia de la factura junto a las de 1932 como el clásico error de archivo. Se trataba de algo muy común a la hora de digitalizar los fondos: la numerosísima documentación escaneada podía perfectamente traspapelarse de un archivo a otro. Pero, en esta ocasión, el error estaba descartado: la factura llevaba una anotación a mano donde se leía «Sert; cena».

Craig desconocía que Sert hubiera estado en la ciudad fuera de las fechas por todos conocidas: agosto y septiembre de 1932, así que la posibilidad de que hubiera existido una segunda visita no recogida por ningún biógrafo hasta el momento reclamó poderosamente su atención.

La siguiente parte de su trabajo consistió en localizar facturas originales, archivadas según su fecha. Así pudo comprobar que, en efecto, la factura existía físicamente. Por lógica, debía tratarse de una factura correspondiente a otra remesa de gastos, así que decidió intentar localizarlos. Craig repasó los gastos correspondientes al verano de 1944 uno por uno.

Era paciente: había aprendido a serlo desde muy niño, cuando entrenaba en la piscina durante horas, largo tras largo, y esa experiencia le fue útil más tarde, cuando comenzó a trabajar en la restauración de obras de arte. Finalmente, la remesa de los gastos apareció. Había otras cinco facturas, cuatro de ellas pertenecientes a restaurantes. La primera estaba fechada el 20 de agosto, y la última, el 27. Todas ellas justificaban una cena y estaban validadas por la misma firma, J. A. La quinta, emitida por un comercio llamado Suministros Industriales Arregui, era para material aunque no especificaba de qué se trataba. También estaba validada por el anterior firmante, J. A.

Así pues, estaba confirmado: Sert había estado en la ciudad en una segunda ocasión. La curiosidad de Craig no hacía más que aumentar. Debía averiguar a qué se debía el segundo viaje del pintor.

Craig repasó todas las actas de la junta de gobierno correspondientes al año 1944 del museo San Telmo en busca de una mención sobre las partidas de gastos consignadas como «cena». No la encontró.

Esto era todavía más extraño, habida cuenta de la meticulosidad con la que se recogían todos los gastos tanto corrientes como extraordinarios del museo. Todo parecía indicar que estos gastos no se habían consignado porque existía una clara voluntad de que no constaran, pero ¿qué sentido tenía esta conclusión?

Craig permaneció cavilando sobre la cuestión.

La figura de Sert había sido muy conocida en la ciudad. El día de la inauguración del museo, en 1932, constituyó una celebración de tremenda importancia en San Sebastián. Las pinturas, que estaban siendo instaladas desde principios del mes de agosto, gozaban de una crítica muy favorable que las catalogaba como obra maestra sin discusión. A ello debía sumarse que el mismísimo Manuel de Falla, uno de los mejores músicos del siglo y gran amigo de Sert, iba a dirigir a la orquesta municipal y al orfeón donostiarra. Y, por si todo ello no fuera bastante para los amantes de las bellas artes, el joven cuñado de Sert, Alejandro Mdivani, que estaba casado con la celebérrima multimillonaria Bárbara Hutton, la mujer más rica del mundo, iba a asistir a la ceremonia acompañado por su esposa.

Ese día, 3 de septiembre, Sert fue largamente aclamado por la multitud de ciudadanos que esperaban en las inmediaciones de la iglesia. Si bien el acto cultural fue de primera magnitud, su parte social lo eclipsó por completo. Nunca, en toda la historia de la ciudad, volvió a darse un acontecimiento público de semejante trascendencia.

Era evidente que Sert había elegido mantener su segunda visita en riguroso secreto. Que en la remesa de 1944 no hubiera consignado como gasto un hotel evidenciaba que Sert se había alojado en un domicilio particular. Pero no podían ser muchos los donostiarras a los que el pintor hubiera podido pedir alojamiento: solo las más destacadas fuerzas vivas del lugar o algún artista destacado hubieran podido alojarlo.

Cada paso que daba Craig hacia la resolución de este misterio no hacía sino complicarlo un poco más. Su prioridad seguía siendo el estudio definitivo sobre los lienzos de la iglesia para la elaboración de la mejor monografía existente sobre la obra de Sert, pero la curiosidad por esta discrepancia aguijoneaba constantemente su imaginación.

Estaba claro que, como no existía documentación pública al respecto, debía acudir a fuentes particulares. Los herederos del pintor guardaban una gran colección de cartas manuscritas, anotaciones y bocetos de la mano original de José María Sert, en lo que constituía la principal fuente de información para los estudiosos de su figura.

Craig planificó su viaje a Barcelona con esta premisa: que los herederos de Sert tuvieran la curiosidad suficiente para escucharle y permitirle investigar en la documentación que poseyeran sobre el año 1944. El contacto que mantuvo con ellos en el pasado fue cordial, y estaba seguro de que se molestarían en escucharle. Tras varias llamadas telefónicas para confirmar que sería bien recibido encargó el billete de avión, se fue a su piso y preparó un ligero equipaje para el fin de semana.

21

*L*a estancia en Barcelona se había prolongado más de lo previsto porque, además del pormenorizado análisis que hiciera de la vieja correspondencia de Sert en el archivo de su propia familia, aprovechó la ocasión para visitar algunas de sus obras que llevaba muchísimos años sin contemplar en persona en Sitges, en Vic y en la propia Barcelona.

El reencuentro con las viejas pinturas del maestro le hizo rememorar tiempos pasados. Su pasión por la obra de Sert se remontaba a treinta y cinco años atrás, cuando visitó por vez primera los lienzos del Rockefeller Center y se dejó atrapar por la indudable potencia pictórica de su obra. A lo largo de tres décadas, en paralelo a su labor como restaurador y dedicándole el tiempo libre de las vacaciones, había visitado la mayor parte de las obras de Sert esparcidas a lo largo del planeta. Al principio esto constituyó un motivo como otro cualquiera para justificar sus viajes por el mundo. Más tarde, cuando el caudal acumulado de conocimientos sobre el pintor rebasó cualquier otra prioridad de investigación pictórica en su vida, comprendió que él estaba llamado a realizar esa monografía que quería imaginar como definitiva.

La parte fundamental de su trabajo, impresiones personales y consideraciones técnicas sobre la obra de Sert, estaba recogida en una libreta azul de anillas que lo acompañaba desde aquella lejana tarde, en Nueva York. La había cogido en su domicilio, por pura casualidad, y ya no se separó de ella a lo largo de treinta y cinco años de trabajo: todo lo básico que debía saberse sobre Sert constaba allí.

A lo largo de su vida no siempre viajó solo. No tuvo otro amor más que April, pero, en ocasiones, compartió algo más que experiencias profesionales con otras mujeres. Eso ocurrió, por ejemplo, en el viaje que en 1982 realizara, precisamente, al Palau Maricel, en Sitges, durante un delicioso mes de septiembre difícil de olvidar. Laury Holmes fue su acompañante en esta ocasión, y le ayudó a recordar que en el mundo había mucho más para contemplar que viejas obras de arte: asomados al mirador de Maricel, con el Mediterráneo inundando de luz y de vida la galería, se dejó atrapar por el embrujo de su pasión por todo aquello que les rodeaba: el sol, la playa, el mar…

El sabor de la juventud perdida se mantuvo a su vera durante este rápido desplazamiento a Barcelona y a sus alrededores, y fue dolorosamente consciente del paso del tiempo. En cada uno de los rincones visitados le acompañó la sombra del recuerdo de Laury, pero no con esa nostalgia pesarosa que asalta a la mayoría de personas, sino con la idéntica alegre vitalidad de los jóvenes que en aquel entonces fueron.

Pero si el viaje fue intenso en lo emocional, no fue menos productivo en lo profesional. La visita al actual conde de Sert resultó muy agradable. La galanura propia de esta familia se reprodujo en idéntica manera como tantos años atrás, cuando, por vez primera, les comunicara Craig su intención de realizar la mejor monografía sobre la obra pictórica de su antecesor. Habían mantenido un relativo contacto a lo largo del tiempo, siempre fructífero; una vez expuesta la razón de su actual necesidad solo tuvo facilidades para consultar el archivo. La correspondencia del pintor había sido prolija, en consonancia con los escasos medios técnicos de la época, y en ella se mezclaban en idéntica medida los asuntos personales con los profesionales. Craig le ofreció a la familia la garantía de que nada ajeno al arte ocupaba su intención, y estos le cedieron paso franco a los archivos.

Pasó un día y medio consultando documentación pero Sert

111

no había dejado pista directa alguna acerca del supuesto segundo viaje a San Sebastián. Nada, a lo largo de la correspondencia de 1944, hacía referencia a este inusitado viaje.

Craig no se quedó conforme y decidió continuar ojeando la correspondencia de los años 1943 y 1945. En ella tampoco pudo encontrar referencias directas al viaje. Sert comenzaba a notar el peso de los años y a sentirse solo tras la muerte de su joven segunda esposa. Se hablaba de los numerosos proyectos que siempre le ofrecían, pues seguía siendo un pintor cotizadísimo. Pero el principal impulso vital del pintor se había centrado en volver a pintar los lienzos de la catedral de Vic, que fueron destruidos en el incendio acaecido en el comienzo de la Guerra Civil Española, y apenas prestaba atención a otros proyectos.

Sert estaba vinculado a los lienzos de Vic de una manera profunda y especialmente sentida. Su primer proyecto lo elaboró con el comienzo del siglo, y finalmente dibujó e instaló en la catedral un segundo proyecto en 1927. El primer proyecto de Vic fue la obra que lo dio a conocer al mundo del arte, y se sentía especialmente agradecido a su benefactor, el obispo Torras i Bages.

La profanación de la tumba del obispo en los confusos primeros días tras la rebelión militar le afectó tanto como el incendio de la que consideraba su obra fundamental. Pese a vivir una vida disipada en París, en su interior seguía siendo un joven alumno de los jesuitas, y los lienzos de Vic guardaban un significado simbólico de su relación con Dios.

Tanto fue así que cruzó la frontera española y se dirigió a la sede del gobierno provisional de la España nacional, en Burgos, con la intención de ofrecer sus servicios para la reconstrucción de la catedral de Vic. Pasó un notable peligro: fue hecho preso, en su condición de conocido simpatizante de la República, y llegó al extremo de ser condenado a muerte. La intervención de Serrano Súñer, cuñado del general Franco, salvó su vida; su ofrecimiento fue aceptado, obteniendo la garantía de que, una vez finalizada la guerra, podría volver a pintar los lienzos de Vic.

Este fue un momento confuso de su vida, y una probable razón de que Sert cayera en el relativo olvido actual. Sus razones fueron exclusivamente personales y no políticas, pero, una vez muerto el dictador, todos aquellos que simpatizaron con el franquismo, fuera cual fuera su motivo, hubieron de pagar el precio del repudio o del ostracismo.

Mientras Picasso pintaba su *Gernika* para el pabellón de la República, en el pabellón del Vaticano se exhibía un cuadro de Sert pintado para la ocasión que probablemente fuera el pago por lo que sucedió en Burgos. Que un artista de su talla se aproximara a los militares rebeldes contribuía a la legitimación pública de estos.

No había que llamarse a engaño: una vez obtenido el acuerdo con las autoridades franquistas en Burgos, Sert regresó a su vida habitual en París. Siguió relacionándose con todos aquellos que lo apreciaban, fuera cual fuera su bando. Y no solo hizo esto: cuando, tras la invasión alemana, París fue ocupada por los nazis y comenzó la represión contra los judíos, Sert, en su peculiar condición de español respaldado por el ya victorioso régimen franquista, aprovechó su indudable influencia para ayudar a todos aquellos amigos o conocidos que lo precisaran, proporcionándoles tanto alimentos como salvoconductos o incluso órdenes de liberación a algunos de ellos, ya encerrados sin la menor esperanza en campos de concentración.

Craig conocía en parte estos detalles, pero quedó asombrado por el grado de riesgo asumido por Sert durante los años de la ocupación nazi en París. No quedaba este directamente reflejado en las cartas del propio pintor, que lo minimizaba en las escasas ocasiones en las que hablaba de ello, sino en las remitidas por aquellos que le mostraban su agradecimiento, o incluso en las de otros amigos suyos preocupados por el riesgo inherente a estas actividades humanitarias en un clima tan poco propicio a ellas. ¡Todo aquello reivindicaba el verdadero ser del pintor, su esencia íntima, su personalidad avasalladora, su amor por la vida, su bonhomía!

Pero del verdadero motivo de la presencia de Craig en el archivo familiar, su segunda visita a San Sebastián, no encontró ni una sola palabra.

Absolutamente nada.

Cayó en la cuenta poco a poco, tras horas de lectura, cuando los datos de los centenares de cartas que había leído comenzaron a ajustarse en su cabeza.

Lo que sí encontró fue algo muy diferente: la promesa de un recuerdo, el eco de una certeza, la pista de una emoción. Y, de repente, cuando las piezas comenzaron a encajar, ¡todo un mundo inesperado se abrió de par en par ante él!

22

*B*ety se reencontró con Craig cinco días después de su regreso a San Sebastián. Supo que estaba de nuevo en la ciudad porque escuchó referencias indirectas sobre su presencia en el museo. Y le sorprendió tanto que ni siquiera se acercara a saludarla que su indignación corrió paralela a su sorpresa. Sus pensamientos, que debían estar centrados en la cada vez más cercana inauguración, volaban con frecuencia hacia Craig. No le cuadraba la ruptura de sus rutinas porque ella era una mujer proclive a ellas; pero comprendió lo absurdo de su conducta cuando se sintió molesta con él. Esto la hizo recapacitar: juzgaba este comportamiento por su propio rasero personal y no por el de Craig.

Por eso, cuando el lunes posterior al regreso de Craig a la ciudad volvió a encontrárselo en el claustro, sonrió como si nada hubiera pasado, pues era evidente que sus motivos tendría para actuar como lo había hecho. Estaba sentado en la crujía más cercana a la iglesia; sus azules ojos lucían luminosos pese a ser un día nublado y gris. Caminó hacia Bety, dándole dos besos al encontrarse.

—¡Por fin! Te ha costado una semana entera dejarte ver. ¡Llegué a pensar que no querías saber nada de mí!

—Nada más lejos de mi intención que molestarte precisamente a ti.

—No te ocultaré que, cuando supe que habías regresado y

que no te habías dignado saludarme, me enfadé bastante. ¿Qué tal tu viaje a Barcelona?

Craig frunció el ceño mientras apretaba los labios para exhibir una sonrisa pícara. La combinación de ambos gestos era nueva en el repertorio de las expresiones faciales que Bety conocía: le dio la sensación de que expresaba tanto alegría como incertidumbre.

—Provechoso. Y sorprendente. ¿Cómo supiste que estaba en Barcelona?

—Me preocupé al no encontrarte en el museo, así que pregunté por ti a varias personas. Fue Jon Lopetegi quien me lo dijo.

—Solo él conocía mi destino. Tenía previsto realizar una valoración sobre las humedades de *Pueblo de pescadores*, el lienzo de Sert que se encuentra en peor estado, la misma tarde de mi viaje y contaba con mi presencia, así que me vi obligado a excusarme.

—¡Me sorprendió que ni tan siquiera te despidieras!

—Surgió una necesidad repentina: tuve que realizar un viaje relámpago. Hay archivos difíciles de visitar, y me confirmaron que podía ver el de la familia Sert en Barcelona ese mismo fin de semana. Y, ya que estaba allí, no pude evitar la tentación: existen otras obras de Sert en la ciudad y en sus alrededores que llevaba muchísimos años sin ver en persona… Así que prolongué el viaje un par de días más para darme este pequeño placer.

—De acuerdo, ¡pero regresaste el martes y han pasado varios días!

—Ocurrió que, nada más llegar a San Sebastián, tuve que comprobar un montón de antigua documentación en los archivos históricos provinciales. Y también tuve que ir a Zumaia, al museo Zuloaga. Lo acaban de reformar: un lugar hermoso que bien merece una visita.

—Lo conozco. Corrígeme si me equivoco: Zuloaga fue la persona clave para que la junta de gobierno del museo San Telmo escogiera a Sert para decorar la iglesia.

—En efecto. Quería revisar parte de su correspondencia particular.

—Craig, ¿a qué se debe tanta urgencia? Te he visto trabajar

siempre con un ritmo muy definido, con muchísima tranquilidad. Y, de repente, estás que no paras, de aquí para allá.

Llegados a este punto, Craig no supo qué contestar. Ciertamente, Bety se había convertido en una persona muy cercana a él, prácticamente una amiga. Si, como le dijera días atrás, hubiera tenido él no treinta, quince años menos, no hubiera dudado en intentar un acercamiento más personal: sus motivos tenía para ello, tan íntimos y personales, tan imposibles de explicar, que ni se le había pasado por la cabeza explicárselos a Bety. Ella era un guiño del destino, sin duda, un premio a su fidelidad al pasado, un misterio vivo. Pero por mucho que se compenetraran, el abismo de la edad resultaba excesivo. Aunque se habían explicado intimidades de sus vidas que seguramente nadie más conocía, ¿podía contarle ahora la investigación que estaba desarrollando? Dudó, y estuvo muy próximo a explicárselo todo. Pero, en el último momento, decidió no hacerlo sino en una versión muy sencilla hasta que hubiera confirmado todos los extremos de su investigación.

—Trasteando en la biblioteca del museo descubrí recientemente pruebas de un viaje de Sert a San Sebastián, en 1944, un viaje que no está documentado en ninguna parte. Esto es bastante sorprendente, porque su vida está muy estudiada. Me puse en contacto con los herederos de Sert y estos me ofrecieron la posibilidad de estudiar su correspondencia.

—Y ¿encontraste algo al respecto?

—Bueno… digamos que estoy en ello. No encontré una referencia directa sobre el viaje, aunque esto no es de extrañar porque, si la hubiera habido, el viaje sería conocido desde tiempo atrás. Así que tuve que acudir a las fuentes locales. Y aquí pude confirmar que Sert sí estuvo en la ciudad una segunda ocasión: esto es un hecho. Pero esto no ha hecho más que comenzar. Tengo que viajar a Nueva York y saldré de viaje mañana mismo.

—¿Mañana? Pero ¿ya has acabado tu trabajo aquí?

—¡Casi! Es cierto que el trabajo de campo está muy avanzado, aunque ahora he abierto una línea de investigación sobre los lienzos que debo cotejar con otro experto en la materia. Por eso regreso a casa unos días.

—Recién llegado, y ya vuelves a marcharte… Craig, sé

que, antes o despúes, tendrás que irte definitivamente. Y quiero que sepas que, cuando lo hagas, te echaré de menos. Hoy en día eres mi único amigo.

—¡Pero todavía no ha llegado ese momento! Es cierto que mi trabajo para la monografía sobre Sert está prácticamente finalizado, pero estaré presente en la inauguración del museo, ¡seguro! Y después, en octubre, regresaré a casa para redactar el texto definitivo. Por otra parte, no te olvides del compromiso que he adquirido con el museo. Las obras de restauración de la iglesia ya están finalizadas: después de la reparación del tejado no habrá más filtraciones, y los lienzos de Sert dejarán de recibir humedad. Cuando el edificio se asiente climáticamente podremos comenzar la definitiva restauración de los lienzos. De momento nos hemos limitado a localizar las áreas afectadas y detener puntualmente su deterioro. Este es un trabajo que requerirá bastante tiempo, ¡y tendré que venir con frecuencia!

Craig se sintió emocionado al comprobar que, en efecto, su relación con Bety era mucho más profunda de lo que ambos imaginaran. Estaba bien claro que ella lo había echado en falta, y el sentimiento, ahora que el embrujo de la investigación había quedado atenuado por su conversación, era recíproco. Para él, ella era alguien muy, muy especial. Solo quien conociera en profundidad su pasado podría saber hasta qué punto lo era.

Decidido a, en la medida de lo posible, compensar su ausencia, charlaron un buen rato, mucho más de lo habitual. Ni Craig tenía prisa en regresar a la biblioteca, ni la tenía Bety en volver a su despacho. Pero no disponían del tiempo a su libre albedrío, y ambos debían atender sus obligaciones. Al fin, se despidieron con otros dos besos y una recomendación de Bety para el largo viaje en avión: leer la novela de Enrique *El anticuario*, que le entretendría durante el vuelo. Y Craig, que ciertamente sentía curiosidad por conocer tanto la obra como la persona del exmarido de Bety, prometió hacerlo sin falta.

23

Craig regresó a San Sebastián a finales del mes. Bety no tardó en apreciar que parecía cambiado: a ratos estaba ausente, casi ido. Su buen humor habitual parecía intacto, pero solo lo exhibía en momentos muy concretos. Seguían viéndose en el claustro casi todas las mañanas; los paseos de las tardes no se repitieron. Craig se excusó arguyendo que tenía muchísimo trabajo por delante y poco tiempo para realizarlo.

Bety sabía que esto era cierto: además del trabajo sobre la monografía y del análisis de las humedades en los lienzos de Sert, seguía atareado investigando sobre el segundo viaje del pintor a la ciudad. Su mesa de trabajo en la biblioteca estaba repleta de documentación, y pasaba literalmente horas frente a la gran pantalla de su ordenador enfrascado en el estudio de detalles muy concretos de las diversas obras de Sert.

Craig dejó de hablar de su trabajo casi por completo. Por propia experiencia, sabía Bety que, en ocasiones, cuando uno está volcado en una investigación, esta parece impregnar todo el espacio alrededor de la persona, abarcando incluso el mismo aire que se respira. Y en estas ocasiones es cuando más se precisa una desconexión, so pena de acabar uno obsesionándose con el trabajo y perdiendo la objetividad. Así pues, charlaban de otros asuntos: las ocupaciones de Bety en el museo, la vida de la ciudad; cualquier tema era válido siempre que no se tratara de Sert.

Y uno de los temas que más trataron fue la aventura que pasaron en Barcelona Bety y Enrique. Fue un tema recurrente, en especial los días siguientes al regreso de Craig, cuando acababa de leer la novela. Craig se condujo con prudencia, pues sabía que había sido una experiencia difícil para ella. La novela le pareció muy entretenida y tenía, tal y como le explicara Bety, el morbo añadido de basarse en una historia real.

Pero no era sobre los temas personales sobre los que estaba más interesado: lo que más llamaba su atención era todo lo referido a la investigación desarrollada para encontrar la Piedra de Dios. Para Craig, era sorprendente que Enrique hubiera sido capaz de conducir la búsqueda de la Piedra tal y como lo hizo.

—En lugar de hacerlo como un escritor, actuó como un investigador. Pero tengo entendido que esa no es su formación.

—No, no lo es. Sin embargo, sí puedo decirte que, como vivimos juntos, lo he visto trabajar y conozco su método. Aunque su personalidad es muy impulsiva, la estructura de trabajo que utiliza no lo es. Una vez surge la idea, es metódico. Puede que la inspiración sea clave a la hora de crear un argumento, pero la organización a la hora de escribirla es rigurosa.

—Probablemente por eso consiguió encontrar la Piedra cuando las posibilidades no parecían a vuestro favor. Un investigador precisa combinar ambas cualidades para alcanzar el éxito.

—Es posible que Enrique tenga muchos defectos, pero su capacidad para imaginar está fuera de toda duda. Podía pasar bastante tiempo madurando una idea, y no se sentaba a escribir hasta que la historia se había desplegado casi por completo en su imaginación.

—¿Quieres decir que cuando se sentaba a escribir tenía la novela ya en su mente?

—No tal y como lo has expresado. Sí tenía una idea general del argumento y, en especial, completamente cerrado el comienzo y el final. Según me explicaba, la historia tenía derecho a vivir en relativa libertad; pero siempre debía acabar ajustándose a sus necesidades.

—Entonces, una vez comenzaba…

—Se transformaba en una auténtica máquina. Podía escribir durante horas, o, por el contrario, verse continuamente interrumpido y regresar al trabajo sin perder un ápice de concentración. Alguna vez me dediqué a interrumpirle de una forma deliberada pidiéndole que me trajera a la cocina cosas de la despensa, que teníamos en el piso inferior, solo para ver cómo volvía a sentarse frente al ordenador para seguir escribiendo la frase que dejara por la mitad al levantarse.

—Yo nunca hubiera podido hacer algo semejante. Una vez he perdido la concentración me resulta casi imposible recuperarla hasta que pasa un buen rato.

—Lo mismo me sucede a mí, y prácticamente a todas las personas que conozco. Pero para Enrique esto carecía de mérito. Decía que la concentración no era necesaria porque la historia ya se había desarrollado en su mente y el hecho de sentarse a escribirla era más bien algo mecánico. Es más, escribía en la sala, al lado del televisor: por las noches yo solía tenerla encendida y él se sentaba a mi lado a escribir ignorándola por completo... ¡o comentando de repente escenas de películas como si estuviera siguiéndolas! Otras veces sonaba su móvil y contestaba la llamada, o atendía correos electrónicos que le iban llegando saltando de un tema a otro con toda naturalidad.

—¿Y dices que la parte central de sus historias no estaba desarrollada en su totalidad?

—Enrique decía que lo más importante de todo era permitir que su mente inconsciente asociara el argumento por sí sola. Si planificaba en exceso, se agarrotaba; si no planificaba nada, nada obtenía; por eso dejaba fluir las ideas hasta que llegaba el momento de sentarse y dejarlas salir en tropel. Podía levantarse de repente y sentarse en la terraza media hora sin hacer absolutamente nada más que mirar a lo lejos y pensar muy por encima en el argumento. Luego se sentaba, y se ponía a escribir como un poseso.

—Por más que lo deseara, jamás podría conseguir nada semejante.

—Consuélate: a Enrique le pasaría lo mismo si intentara seguir nuestro habitual método de trabajo.

—Es como si su mente volara alrededor de los problemas, viéndolos en conjunto, de una forma global.

—Algo así, en efecto. ¡Bien expresado!

—Me parece muy, muy interesante.

Bety tuvo la impresión de que el interés de Craig por Enrique se debía a algún hecho que ella desconocía; Craig sabía que Enrique iba a asistir a la inauguración, y aunque su curiosidad fuera completamente natural, máxime conociendo que habían estado casados, en ese momento creyó percibir un exceso de interés en sus capacidades creativas.

Ella no le dio la menor importancia. Bastante tenía con saber que la fecha se aproximaba e iban a volver a encontrarse. Para Craig, en cambio, atrapado en una especie de callejón sin salida en lo que a su investigación se refería, supuso una suerte de revelación. Contar con alguien capaz de enfocar los problemas de una manera diferente podría ser la clave para resolver su actual situación de punto muerto.

Craig sabía que había encontrado una serie de piezas correspondientes a un misterio, pero estas ¡no encajaban! Las tenía continuamente dando vueltas alrededor de su cabeza, en todo momento, incluso en sueños, pero no lograba encontrar el camino correcto que lo llevara a la solución.

Ya en su piso, hojeó *El anticuario* por enésima vez.

Si en los días que quedaban hasta la inauguración del museo no lograba resolver el misterio, quizá fuera el momento de buscar la ayuda de una persona capaz de pensar de una forma diferente, y no de un especialista en arte.

La novela tenía anotaciones en cada una de sus páginas, así que una más no iba a estropearlo. Cogió un bolígrafo y escribió una nueva nota en sus últimas páginas que recogía este nuevo pensamiento: «Alonso: puede ser él».

CUARTA PARTE

Nueva York

24

—¿*E*stás bien? ¿No puedes dormir?

Aún no había amanecido. Enrique estaba apoyado en la ventana de su apartamento y Helena se le había acercado por la espalda sin que él lo percibiera. Lo abrazó; con suavidad, pero también con firmeza. Estaba desnuda, como él, y Enrique percibió la tensión de sus pechos sobre su espalda y la calidez de su cuerpo junto al suyo.

—No pasa nada. Ocurre que tengo cien historias en la cabeza dando vueltas y más vueltas. Es la fuerza de la novela, que me tiene arrebatado.

—¿Quieres que prepare algo para desayunar?

—Sí, por favor. Algo ligero.

—De acuerdo.

Helena deslizó sus labios por la base del cuello de Enrique y él sintió que se le erizaba la piel de la espalda, contuvo el naciente deseo con un simple gesto de su voluntad y permaneció mirando hacia la calle. Era temprano, pero comenzaban a verse los primeros vecinos abandonando sus casas para dirigirse a sus ocupaciones.

Estaba en Nueva York, la capital del mundo, la ciudad más importante del planeta. Había acudido buscando cumplir su sueño: triunfar en el mundo de la literatura a nivel global, ser leído por millones de personas en decenas de idiomas, y parecía que se encontraba en la mejor disposición para lograr este objetivo. Pero allí, asomado al cruce de la Segunda Avenida con la calle Cuarenta y Ocho, no pudo evitar recordar la panorámica de la bahía de La Concha que se veía desde su piso del paseo del Faro, en San Sebastián.

La añoraba.

Tres años de ausencia habían amortiguado este recuerdo, pero su reciente estancia había avivado la llama y cualquier comparación era siempre favorable para el espectáculo perfecto de La Concha.

—Ya está preparado.

En efecto, Helena había dispuesto en la mesa unas tostadas con aceite y azúcar y zumo de naranja recién exprimido. Se había puesto una camiseta de tirantes, nada más. Su indomable cabello rizado caía como siempre, desordenado, a su libre albedrío. Sin maquillar, medio desnuda, estaba aún más hermosa de lo habitual. La noche anterior salieron con unos amigos y acabar en el apartamento de Enrique fue un final natural para ambos.

Ella, tan tranquila y prudente como siempre, comió en silencio, respetando la aparente abstracción de Enrique. Fue este quien inició la conversación.

—Me parece que anoche no fui muy buena compañía.

—Imposible negarlo. Estuviste distraído y ausente... incluso aquí, en la cama.

—Sí. Llevo días así.

—¿Estás preocupado por el contrato?

—No, eso no me preocupa. Podré con ello. Si estoy ausente es porque todavía no he encontrado el pivote sobre el que articular el argumento. El borrador que le envié a Gabriel no es más que un bosquejo general.

Aún no le había contado nada acerca de la muerte de Bruckner como punto de partida de la novela, primero, porque le concedía una importancia relativa, y segundo, porque hacerlo supondría tener que hablar de Bety, y él era consciente de que eso no agradaría a Helena. Sus sentimientos hacia la joven griega eran ambivalentes: deseaba estar junto a ella, pero no podía evitar mirar hacia atrás y, debido a su reciente encuentro, recordar a Bety con mayor fuerza que antes.

—Pues has trabajado muchísimo en documentación, no

será por falta de datos. ¿Por qué no te dedicas a ambientar el escenario, la personalidad de los protagonistas, hasta que llegue el momento de urdir la trama? Tendrías que ponerte a escribir cuanto antes.

—Tienes razón.

—Bien. Empieza ahora.

—¿Ahora?

—¿Por qué no? ¿Qué más da un momento u otro? Yo tendré que irme a la agencia sobre las nueve y quisiera pasar antes por mi apartamento. Así que ¿por qué no te pones a trabajar en cuanto me vaya?

—No te falta razón.

Helena había acertado, eso era justo lo que necesitaba: sentarse frente al ordenador y comenzar a trabajar, de inmediato, cuanto antes. Necesitaba acción, movimiento, dinamismo; la reflexión en profundidad nunca fue una de sus virtudes. ¿Por dónde podría comenzar? ¿Por la intriga o por la historia? En el MoMA había recabado una gran cantidad de información histórica sobre los primeros años de Sert en París; esto podría constituir un buen punto de partida. Pero también podría iniciar la acción tal como había fallecido el pobre Craig, un desconocido ahogado en La Concha... Meditaba sobre estas opciones cuando recibió un nuevo beso: Helena estaba junto a él, ya vestida; ni siquiera se había dado cuenta de que se hubiera levantado de la mesa.

—Desde luego, estás en las nubes. ¡Date una ducha y ponte a trabajar! Te llamaré por la tarde, cuando acabe en la oficina. ¡*Yasas*!

—*Yasas*, Helena.

El asintió, acariciándole la mejilla. Helena se fue y Enrique, en efecto, acabó de aclarar sus ideas con una ducha de agua helada. Después recogió la mesa y encendió el ordenador.

Tenía una buena parte de la historia en su cabeza: el comienzo y el final, por supuesto. Y también el argumento general. Pero todavía le faltaba el motivo central que desencadenara la acción. ¿Qué podía originar una intriga literaria en el entorno de Sert y que se prolongara hasta el presente? ¿Los celos? ¿La envidia? ¿El amor?

Tenía que investigar mucho más, por supuesto, hasta dar

127

con la clave. De la vida de Sert conocía mucho, pero la mayor parte eran generalidades, las líneas maestras de su vida. Sería fundamental investigar en las fuentes, escarbar en los detalles. Pero lo importante, como bien expresara Helena, era ponerse en marcha.

Comenzó a escribir: el comienzo no sería difícil. Las vidas de Sert y su entorno fueron tan excesivas en todos los aspectos que solo un escritor muy incompetente sería incapaz de utilizarlas sin acierto.

Necesitaba realizar un borrador. Decidió emplear la primera persona. Unas memorias, que permiten acercarse a la personalidad del protagonista y situar la acción: con ellas tendría la posibilidad de buscar el estilo, y aunque no se correspondieran con el argumento definitivo podrían resultar aprovechables. Y así comenzó a trabajar.

25

PRIMER BORRADOR

VOZ: 1.ª PERSONA
TÉCNICA: MEMORIAS PERSONALES
TEMA: TIEMPO PRESENTE + RECUERDOS
IDEAS: VIDA PERSONAL SERT – INTRODUCCIÓN
AL MISTERIO

Diciembre de 1939

*P*arís: radiante, como siempre. Los bulevares están repletos de gente, que pasea de aquí para allá con la inconsciencia de quien no espera la guerra. Toda la ciudad sueña el sueño de sus habitantes; ciegos, ignorantes, optimistas, como si el conflicto que acaba de comenzar no fuera real, como si no existiera en absoluto. Polonia se derrumba como un castillo de naipes, atrapada entre la ambición alemana y el ancestral odio ruso. Las alianzas entre países nos conducen al abismo, y algo me dice que, en esta ocasión, Francia no resistirá como en el catorce. Quiero pensar que este extraordinario país, que esta tierra de libertad, jamás caerá bajo el yugo nazi. Sin embargo…

Dejé el estudio para visitar a Misia, mi exmujer, mejor dicho mi primera mujer, mi vida que fue y que siempre será, pues he descubierto que tras tantos y tantos años de vida y experiencias solo a su lado me siento completo. Se está recuperando de una grave enfermedad. Ha tardado meses en hacerlo; aún me impresiona pensar cuánto amaba a Roussy y cuánto me ama a mí, y en las extrañas relaciones que mantuvimos los tres.

Misia enfermó tras morir Roussana Mdivani, Roussy, la que fue mi segunda mujer. Cuando conocí a Roussy no era más que una joven de origen dudoso por más que su familia se presentara como una estirpe de príncipes georgianos exiliados debido a la revolución rusa. Se presentó en mi estudio con una franca naturalidad que me embriagó más aún que su notable belleza física, solicitando un rincón en el que poder ejercer su arte como escultora. Se lo concedí, ¡cómo no! Me encantó en todos los sentidos: al principio, deseé su cuerpo; no mucho más tarde, deseé su alma entera, todo su ser.

Mi relación con Misia era, como la mayoría de las relaciones del círculo artístico de París, completamente abierta. Nunca supe si Misia se aprovechó de esta circunstancia, pues, si lo hizo, fue tan prudente con sus amantes como yo intenté serlo con las mías. Que yo tuviera amantes fue algo natural e inevitable: tenía fortuna e inteligencia. La libertad era consustancial a nuestras vidas, y gozábamos de ella en la medida de nuestras posibilidades. Por eso, Roussy se convirtió en un caramelo aparentemente puesto a mi disposición.

No fue tal; ese dulce caramelo, esa flor de primavera aparecida en el comienzo de mi otoño, se convirtió en una obsesión. Misia no tardó en advertir lo singular de esta atracción, y quiso conocerla en persona. Si su objetivo era apartarla de mí, cabe decir que fracasó como jamás habrá habido un fracaso semejante en la historia. Si yo caí embrujado por Roussy, otro tanto le ocurrió a ella.

El hechizo con el que Roussy embrujó a Misia fue de tal calibre que los tres no tardamos en compartirlo absolutamente todo. Misia la veía como la hija que nunca tuvo, pero su creciente y particular intimidad excedía ese ascendente de carácter familiar. Pronto, todo París comenzó a hablar sobre nosotros. Las especulaciones sobre nuestras peculiares relaciones se convirtieron en la comidilla de nuestros amigos.

¿Cómo podría describirlas?

No solo era sexo; había mucho más, y en todas las direcciones del triángulo. Nuestra mutua admiración se convirtió en una pasión desaforada cuyas complicaciones crecían a la par que nuestros excesos. La repercusión de esta relación se hizo tan notoria que Roussy debió marcharse un año a Estados Unidos, donde sus hermanos estaban haciendo fortuna como cazadotes con notable éxito.

Y, cuando regresó, enferma, pues siempre fue proclive a la debilidad, fue Misia quien la acompañó al mejor especialista suizo. Allí fue cuando el triángulo se rompió. Roussy le comunicó a Misia su deseo de contraer matrimonio conmigo; durante algunas semanas, las pasiones se desataron: celos, dolor, amor dominaban nuestras vidas. Yo no me sentía capaz de abandonar a Misia, a la que tanto amaba, pero era incapaz de renunciar a mi pasión por Roussy. Al final, como no podía ser de otra manera, Misia cedió en un gesto supremo de amor ante su joven rival, a la que tanto amaba a su vez. ¡Noble sacrificio en el que ella solo podía salir perdiendo!

Mi vida entró en una vorágine de cambios: hubo un divorcio y, después, una boda. La vida en común cambió en la medida en que era ahora Roussy la que vivía conmigo, y Misia quien me visitaba, y no al revés.

Fueron años difíciles los que pasamos juntos: conocí la existencia de los celos en paralelo a la del amor, y hubo de ambos en abundancia. Pero Roussy, a diferencia de Misia, era débil, y su vida, regida por las pasiones, entró en un declive inusitado tras la muerte de su hermano Alejandro.

Si alguna vez sentí celos por otro hombre, jamás lo fueron más que en una mínima media en comparación con los que sentí hacia Alejandro. Hubo entre ambos una adoración tal que nadie sería capaz de interpretarla correctamente, en la misma medida en que nadie hubiera podido juzgar correctamente nuestra relación a tres bandas con Misia. Pero Alejandro Mdivani fue alguien especial para ella, su contrapartida masculina, el yang de su yin, su alma gemela.

La muerte de Alejandro en 1935 fue una hecatombe en nuestras vidas. Las circunstancias de la misma fueron poco claras, por no decir directamente confusas. Alejandro había estado casado con Bárbara Hutton, que fuera conocida como la mujer más rica del mundo. Tras su divorcio, debido a su radiante belleza, Alejandro se convirtió en un hombre tan rico como disponible. No tardó en entablar una relación sentimental con

Maud Thyssen, e, invitados por su hermana Roussy, pasaron parte del verano en Mas Juny, mi casa de verano en Gerona. Pero una llamada de su marido obligó a Maud a emprender un viaje urgente a París. De camino a Portbou, donde Maud iba a tomar el tren, el Rolls que conducía Alejandro se salió de la carretera. Él murió y ella quedó gravemente herida. La maledicencia habló de que el accidente fue debido a que iban ligeros de ropa, enfrascados en juegos amorosos mientras él conducía. Yo me encontraba en Venecia instalando unos lienzos y tuve que regresar urgentemente para asistir a Roussy y hacerme cargo de una delicada situación social: Maud quedó desfigurada y con la conciencia perdida, y tuve que informar a su marido, el barón Thyssen, de lo ocurrido. Por desgracia, no llegué a tiempo para acallar la rumorología y a los periodistas, que aparecieron de inmediato, como buitres sobre la carroña.

Los allí presentes fueron incapaces de conducirse con acierto. Estaba Dalí, que, como vecino del lugar, hubiera podido evitar estos problemas. Como siempre que debe afrontar un problema de la vida real, se comportó con su habitual infantilismo hablando del «profundo pesar ocasionado por la muerte de un príncipe». Todo lo que tiene de gran artista lo tiene de incompetente. Fue mala suerte que no se encontrara allí Pla; cuya capacidad va pareja a su ingenio. ¡Este buen amigo sí hubiera sido de utilidad!

Esta incompetencia general me obligó a multiplicarme: recoger los efectos personales de Maud, asistirla en su evacuación al hospital de Gerona, afrontar una difícil conversación telefónica con su marido, preparar el funeral de Alejandro y consolar a la inconsolable Roussy. Fueron verdaderos problemas logísticos, y no pocos en número.

Si al principio pude sentir una suerte de liberación por la muerte de Alejandro, esta no tardó en desembocar en un terrible castigo. Roussy jamás fue capaz de superarla, e inició un lento camino hacia la autodestrucción del que nadie lograría apartarla ni un ápice. Su vitalidad se esfumaba a la par que aumentaba su adicción a la morfina. Una tuberculosis agravó su estado, hasta acabar con su vida. Murió en diciembre del 1938.

Y gran parte de mi vida pareció morir con ella.

26

Junio de 1940

$\mathcal{H}$oy, día 14, París ha caído.

Tal y como pensé meses atrás, Francia ha sido incapaz de resistir el empuje de los nazis. Las tropas alemanas entran en la ciudad formando columnas que parecen no tener fin mientras la población huye en masa en dirección sur. Nadie sabe qué puede ocurrir ahora: se habla de represalias, fusilamientos, deportación; todas las personas con compromiso político intentan desaparecer.

Estuve viendo el desfile alemán junto a Misia. Esta, con su humor socarrón, se burló de «aquellos niños exploradores demasiado crecidos, con aspecto de homosexuales, embutidos en sus apretados uniformes». Pero esos nazis, fuera cual fuese su orientación sexual, ¡habían aplastado a las tropas francesas en menos de tres semanas!

Después, cenamos en Maxim's, prácticamente solos. El restaurante mantiene abiertas sus puertas, con todo el personal en sus puestos. Consuela saber que determinadas cosas permanecen inmutables. Pero esto no podrá durar: cerrarán sus puertas, o tendrán que cambiar de clientes. Yo no me imagino cenando en sus salones, deslumbrado por el brillo del charol de las botas de los gerifaltes alemanes.

Por la mañana visité a Pablo Picasso. Parecía tranquilo y me extrañó. Sus simpatías izquierdistas y republicanas son bien conocidas. Le pregunté si no temía por su futuro. Contestó que no. Ha decidido quedarse en la ciudad y seguir trabajando. «¿Para qué marcharme —me dijo— si no tengo dónde ir? Esta es mi ciudad. Quizá lleguen tiempos mejores.» No le falta razón: con tiempo, nuestro destino natural hubiera podido ser Nueva York. Ahora, tras el inesperado y humillante hundimiento de Francia, es difícil plantearse emigrar.

Tampoco yo me iré.

Mis circunstancias son muy diferentes. El compromiso alcanzado en Burgos con los militares españoles, que tras su rebelión contra el legítimo gobierno republicano han ganado la guerra haciéndose con el poder en España, debe ser garantía suficiente para mantenerme a salvo. La amistad entre los regímenes fascistas en por todos conocida. Y mi prioridad es volver a pintar los lienzos para la catedral de Vic. Este proyecto absorbe todas mis fuerzas. ¡Nadie sabe hasta qué punto! Dedico varias horas al día a la creación de las maquetas y al desarrollo de los bocetos. No serán como las de antaño; mi vida es diferente a la que se correspondía con el primer trabajo, y las pinturas de Vic reflejarán este cambio.

Estoy dedicando muchos esfuerzos a acumular pinturas. Temo que los suministros puedan verse afectados y quedarme sin el material necesario para seguir trabajando. Será necesario hacer de tripas corazón y, una vez se haya establecido un gobierno provisional alemán, entrar en contacto con él utilizando la intermediación de la embajada española. Es mejor obrar con mano izquierda y transigir con los alemanes antes que ver paralizada mi obra.

Octubre de 1940

Durante los cuatro últimos meses, los acontecimientos políticos que conllevaron la partición de Francia en dos mitades, creando una Francia ocupada y una Francia libre con un gobierno títere en Vichy, parecieron crear una sensación de orden y seguridad en las calles. A excepción de la simbología nazi, presente por doquier, nada parecía haber cambiado: los mercados reciben alimentos y todo el mundo asiste a sus trabajos.

Mientras el nuevo gobierno nazi se hacía con las riendas de la ciudad, sus aparatos de propaganda se pusieron en marcha.

La realidad de los judíos en Alemania, el hipócritamente llamado «problema racial», no tenía visos de reproducirse en Francia. Únicamente se realizó un censo para conocer su número, que no trascendió a los medios públicos. Esa paz aparente saltó en pedazos ayer por la tarde, cuando los alemanes bombardearon sorpresivamente las sinagogas de París. Aquellos de mis amigos que aseguraban la impunidad para los judíos franceses se equivocaron de plano: no solo han destruido sus templos, sino que, además, se ha decretado la transferencia de sus empresas a manos no judías. Muchos de nuestros amigos de raza judía han visto confiscadas sus colecciones de arte; mucho me temo que esto no sea sino el principio de peores vejaciones que están por venir.

Los arrestos son continuos: he visto personalmente cómo los alemanes se llevaban a familias enteras con rumbo al barrio de Drancy, donde permanecen confinados. Los parisinos han reaccionado frente a estos hechos con tibieza: en tiempos de guerra, el mal ajeno parece asegurar el bienestar propio. En parte, los comprendo; ¿quién osaría oponerse a los alemanes?

135

Recibí la visita de Picasso esta mañana. Oculta bien su temor, como lo hacemos todo. Parecemos sentirnos invulnerables gracias a nuestro prestigio internacional, como si nuestra obra constituyera un escudo más eficaz que un ejército de un millón de hombres. Me relató una jugosa anécdota mientras dábamos buena cuenta de una botella de champán: había recibido la visita de unos críticos de arte alemanes, a los que acogió con toda deferencia. Uno de ellos le mostró una reproducción de su *Gernika*, preguntándole con evidente mofa si él había sido su autor. Su respuesta fue tan fulgurante como inteligente: «No, ese cuadro lo pintaron ustedes».

La valiente respuesta de Picasso no disipa nuestras dudas. La situación en las calles empeora, y sentimos miedo por nuestros amigos: Maurice Goudeket, el marido de Colette, no sabe bien qué hacer, si quedarse en la ciudad o irse al campo. También los Wendel sienten miedo. ¡Y Max Jacob! Por su parte, Picasso me habló de que escribió a René Blum: también él está asustado.

Finalizó la visita dándome un abrazo, dos besos y marchándose con la mayoría del verde de cromo y el blanco de bario que acababa de recibir de Italia. Dijo que, dadas mis relaciones, sabía que no habría de faltarme material, y él, en cambio, estaba bastante justo de todo lo necesario para seguir pintando. Nos conocemos desde hace demasiado tiempo para considerar que en sus palabras hubiera la más mínima censura, y, además, no le falta razón: a fecha de hoy he conseguido estar perfectamente aprovisionado de todo lo necesario.

Incluso he conseguido libertad absoluta para desplazarme a mi antojo. Mi pasaporte es de gran ayuda, pero lo ha sido más haber invitado a determinados generales a una de mis conocidas veladas. ¡No hay prejuicio que resista el empuje de veinte botellas del mejor champán y otras tantas de caviar, bien servidas por lindas y descocadas camareras! Jean Cocteau, al que se le ve el plumero mucho más allá de su conocida orientación sexual, guarda las mejores relaciones con los alemanes; me fue de gran ayuda en la preparación de este evento. Desconozco cómo alcanzó Jean esta cierta intimidad con los nuevos amos de París, pero está bien claro que personas como él saben moverse a la perfección en territorios ambiguos. Tampoco fue difícil para mí. Donde Jean emplea la sutileza, yo aplico la fuerza; donde él utiliza el bisturí, yo prefiero aplicar la espada. El resultado, en cualquier caso, fue el previsto: sigo teniendo abiertas las puertas de la ciudad para cualquiera de mis necesidades. Y haré todo lo necesario para finalizar las pinturas de Vic, mi sagrado objetivo.

Noviembre de 1942

Si París fuera el escenario de una de mis pinturas, quedaría reflejado en un grupo de ciudadanos retorcidos en grotescas manifestaciones de pesar, sometidos al poder absoluto de la ocupación alemana. Las calles mantienen su actividad, pero el clima ha cambiado sustancialmente. La indiferencia generalizada ha sido sustituida por el encubierto rencor. La resistencia ha comenzado a actuar en la ciudad de forma regular, y la represión de los nazis se hace notar con brutalidad.

Respecto a los alemanes, debo decir que no todos ellos son las bestias en las que se han convertido para el imaginario popular. Hay entre ellos personas de cierta sensibilidad artística, y también de calidad social; no todos parecen atrapados por el influjo pernicioso de Hitler y los suyos. Entre estos oficiales destacaría en especial a Schmied y Jäger, dos coroneles herederos de la clásica tradición militar prusiana. Son hombres de buenas familias que se han visto arrastrados al vértigo de la guerra por el compromiso con su país, pero que, en privado, parecen detestar la creciente presencia y el poder omnímodo de la Gestapo y de las SS en las fuerzas de ocupación. Compartimos el amor por el arte y por el buen vivir, y, cuando sus obligaciones se lo permiten, hallan discreto acomodo y buena conversación en mi taller o en mi casa.

Nuestra amistad, con todo el recelo que puedo expresar en una situación semejante, parece sincera; si no estuviéramos inmersos en la locura de la guerra podrían haber llegado a ser incluso clientes. Conocen mi obra artística, y la valoran y respetan. Existe entre nosotros esa complicidad social que tantas puertas me ha abierto en el pasado: la conciencia de clase no es privilegio de los comunistas, y puede extenderse también a la acomodada burguesía o incluso a la más rancia nobleza.

Su abierto apoyo, unido al del embajador español, me mantiene con plena libertad de movimientos y sin restricción alguna. Gracias a ello mi obra avanza, aunque no sin lentitud. El peso de los años me ha restado capacidad y debo medir bien mis recursos.

Por si todo ello no fuera poco, el peso de los recuerdos me atenaza cada vez con mayor fuerza. Son numerosas las ocasiones en las que siento la presencia de Roussy a mi lado, y me sorprendo buscándola por el taller como si no hubiera muerto. La pasión por la vida sigue estando ahí, es la característica que siempre me ha definido, pero a veces queda atenuada por la ausencia de mi amada.

Maldigo su debilidad, y maldigo mi incomprensión. No fui capaz de rescatarla de su apatía ni alejarla de la morfina, y en parte me siento responsable de su triste final. Retomé mi relación personal con Misia, pues era la única conclusión posible a nuestra relación a tres. Mi complicidad con ella es absoluta, y quisiera sentirme como si Roussy hubiera sido un vendaval que se esfumó con idéntica fuerza a la que tuvo al aparecer. Sé

137

que esto no es ni será posible: esa fantasmal presencia que parece acompañarme así lo evidencia.

La situación de Misia en París es precaria. Nacida en San Petersburgo, de ascendientes judíos, con toda su documentación como ejemplo perfecto del desorden de a quien jamás le preocuparon semejantes insustancialidades burocráticas, se mantiene con un pasaporte diplomático que difícilmente podrá protegerla de los malos tiempos que ya están llegando. Además, está baja de ánimo, y ha perdido parte de la visión. Será pues, otra de mis labores velar por ella, y a fe mía que puede contar conmigo como siempre pude yo contar con ella.

Al margen de todo esto, mi vida continúa: he recibido un nuevo encargo, pintar el salón de música del financiero Juan March, en Mallorca. Y he trabado relación con una mujer excepcional por la que me siento inevitablemente atraído: se trata de Úrsula von Stöher, que, por desgracia, está casada con el embajador alemán en Madrid. No cabe duda de que el sentimiento es recíproco; ya veremos qué acaba ocurriendo.

¡Hacer!

¡Esa es mi vida!

¡Hacer para vivir!

27

*E*nrique esperó con paciencia mientras Goldstein finalizaba la lectura de las primeras cuarenta páginas de la novela. En la primera parte, como estaba previsto, se relataba el hallazgo de un cuerpo flotando en la playa; la segunda, en cambio, estaba formada por el extracto de unas supuestas memorias de Sert que serían introducidas según avanzara la acción.

Mientras el agente leía detenidamente el texto iba tomando notas con una pluma; Enrique conocía, en la medida que la empleaba, el agrado que este le ocasionaba. No tenía claro si iba bien: iba a haber más anotaciones de las que hubiera imaginado. Goldstein depositó las hojas en su escritorio, perfectamente alineadas respecto a la esquina derecha, con la pluma encima.

—¿Y bien?

La pregunta de Enrique encontró una respuesta imprevista. Goldstein se dio pequeños toques en la sien con el índice de la mano derecha durante unos segundos antes de contestar.

—No estoy seguro.

—¿No es bueno? ¿No te gusta?

—Esa pregunta es absurda, Enrique. ¡Claro que me gusta! ¡Eres un excelente escritor! Pero me pregunto, y tú deberías hacer lo mismo, si este tipo de novela es el que están buscando en tu futura editorial.

—Me parece que no sigo tu razonamiento.

—Vayamos por partes. Primero, el comienzo. ¡Es perfecto! Lo has descrito con tal habilidad que el guionista más inútil tendría la escena resuelta. Cualquier lector se verá directamente metido en el agua contemplando el cadáver del restaurador. ¡Para esto tienes un don que tienen pocos!

—Entonces, ves el problema en la parte histórica.

—Sí... y no. El empleo de la primera persona se te da realmente bien, muestras la psicología del personaje tanto en sus reflexiones como en sus acciones.

—Por tanto, no es un problema de estilo.

—No, no lo es. Puede ser, y atento que lo repito, puede ser un problema de concepto.

—¡La acción en presente precisa de esa parte histórica, es la justificación de toda la novela!

—¡Sin duda, sin duda! La muerte de tu restaurador tiene sus raíces en los conflictos habidos alrededor del pintor Sert. Es una época atractiva, un escenario funcional y unas personalidades de indiscutible atractivo. Pero ¿has pensado que la fuerza de la parte histórica amenaza con comerse la intriga? Suele ocurrir que, cuando el escritor se sumerge en una realidad cuyo atractivo es indudable, esta se adueña de sus impulsos creativos.

—Creo que sabré equilibrar la tensión entre el presente y el pasado.

—Eso tampoco lo dudo. Seamos francos, Enrique: si no vas con cuidado, tendrás una novela diferente a lo que habíamos planteado.

—¿Por qué? ¿Qué quieres decir?

—Digo que quizás estás escribiendo algo diferente a lo que se te va a pedir. No olvides que lo principal debe ser la intriga, Enrique. Si el objetivo final no fuera la extensión de la novela al cine, no haría más que felicitarte y encerrarte en tu apartamento atado a la pata de la mesa del ordenador. Pero, salvo que quieras ver modificado el espíritu de tu trabajo, debieras plantearte cómo desarrollarlo. El texto es bueno, sí; pero, tal y como preveo su evolución, daría para una serie de televisión en lugar de una película. Será demasiado extensa si te recreas en los detalles. No debiera tener más de cuatrocientas páginas, a lo sumo quinientas, y amenaza con superarlas con creces.

—Entonces, puedes estar tranquilo: se corresponde con mi previsión.

—Bien: cuento con ello, no más de quinientas. Ahora, hablemos de la trama. Comprendo la idea general, pero aún no has expuesto el origen de la intriga. No está en estas páginas ni me los has explicado antes. No podemos usar un simple *mcguffin* como señuelo: una trama creíble debe estar cerrada para poder sostener la estructura de la novela.

Habían llegado al punto que más temía Enrique. Goldstein era un excelente agente, con una enorme experiencia; sabía bien de lo que hablaba y no le faltaba razón. Y precisamente había expuesto el principal problema: todavía no sabía cómo desencadenar la trama. Así lo reconoció.

—Aún no tengo el motivo.

—Es cierto que cada uno escribe como quiere... ¡o como puede! Pero creo que tú puedes ser el único escritor que he conocido en toda mi carrera capaz de comenzar una novela de intriga sin un punto de partida sólido al que agarrarse.

—La verdad es que eso no me preocupa. No quiero que parezca petulante, pero llegará por sí mismo, según avance el proceso de escritura. La idea general es válida: lo que debe ocurrir sucederá en el marasmo de la ocupación de París. ¡Es el escenario perfecto! Según vaya trabajando e investigando encontraré la solución. Y, mientras, habré escrito el armazón de la novela. ¡Tiempo ganado!

Goldstein estuvo a punto de hablar, pero se contuvo, limitándose exclusivamente a pensar: «O tiempo perdido». En su lugar, hizo lo que debía, incentivar a su escritor.

—Ponte a ello, trabaja duro, e intenta encontrar cuanto antes el porqué.

Se despidieron. Helena había salido para realizar unas gestiones, así que Enrique se dirigió a su apartamento. Aprovechó el paseo para meditar: lo cierto era que, por mucha voluntad y empeño que Enrique pusiera en resolver este problema, la solución se le escapaba una y otra vez. Todo era perfecto a excepción del motivo. Por más vueltas que le diera no encontraba un punto de apoyo argumental al que agarrarse para ejercer palanca sobre él.

Tras su reunión con Goldstein encontró el resguardo de un

transportista pegado en la puerta de su apartamento. Se trataba de un paquete remitido desde España. Sabía de qué podía tratarse, y lo esperaba con impaciencia: documentación, y de las mejores fuentes posibles a su alcance. Lo más importante era un libro escrito por el conde de Sert, sobrino nieto del pintor. Había encontrado referencias sobre este libro fisgando en la Web en esos momentos de pausa en los que, tras un buen rato de escritura, dejaba descansar el proceso creativo.

La oficina del transportista estaba en la Cincuenta y Siete con Madison, un buen paseo que hizo gustoso. Recogió el paquete y, sin dudarlo, decidió proseguir hasta Central Park. Su prioridad era documentarse, y hacerlo sentado en un banco del parque le pareció una opción excelente. La mañana era soleada y la temperatura todavía agradable, sobre dieciocho grados. La ciudad apuraba sus postreros días de buen tiempo en otoño: dentro de pocas semanas solo podría pasearse por Central Park bien abrigado. Caminó, sin prisa, y contuvo su deseo con acierto hasta llegar al rincón del parque que más le agradaba, la Bethesda Fountain. Había conocido el lugar incluso desde antes de viajar a la ciudad por primera vez gracias al cine: la plaza, la fuente, el cercano túnel constituían parte de su memoria visual de la ciudad de Nueva York. Casi no había turistas; gracias a ello localizó un banco desocupado. Era perfecto: la sombra de unos árboles cercanos atemperaba los rayos del sol. Tomando posesión del espacio, rasgó el sobre y extrajo su contenido: tenía entre sus manos el libro que estaba esperando, *El mundo de José María Sert*. No podría encontrar nada más cercano a la personalidad e historia del pintor en todo el mundo, dejando aparte la documentación histórica que se guardara en el archivo familiar. Inició la lectura, concentrado en el texto al cien por cien.

La primera parte situaba el contexto histórico de Sert. Devoró las páginas sobre su familia, su infancia y juventud, hasta su llegada a París. Pese a que ya conocía la capacidad de Sert para relacionarse, vio con asombro cómo no tardó ni un año en estar perfectamente introducido en los ambientes sociales y artísticos de la ciudad. ¡Un verdadero prestidigitador de lo mundano! Nadie se libró de su hechizo: poetas, políticos, estetas, mecenas, pintores, escultores, gente llana y anónima o la más encumbrada, del primero al último cayeron embrujados por su personalidad arrolladora, por su capacidad artística, o directamente por su manirrota manera de entender el dinero y la vida. Pocos derrochaban tanto y con tanto lúcido abandono, constante esta que se mantuvo hasta el último de sus días. Él, que había ganado fortunas llegando a ser el pintor mejor pagado del mundo, también las había dilapidado, haciendo lo que más le gustaba: gastarla con los amigos y atender a sus caprichos. Un *bon vivant*, un diletante, todo eso fue.

Pero nunca se abandonó a sus excesos como para que estos lo apartaran del arte.

Trabajó constantemente, pintando a lo largo de su vida una cantidad inimaginable de metros cuadrados de lienzos. Así como el impulso creativo de otros se atoraba causándoles grandes sufrimientos, la inventiva de Sert parecía no tener fin: sus enormes composiciones, algunas abigarradas, otras excesivas, siempre alegóricas, eran sugerentes y estaban repletas de simbolismo. Cada vez que se le sugería un tema, las ideas surgían a borbotones de su fértil imaginación.

Enrique se fue sumergiendo en el perfil que dibujaba el conde de Sert, autor del libro, y, aunque comprendía que allí se relataban los hechos de una forma inevitablemente parcial, apenas sugiriendo los defectos del pintor y potenciando sus virtudes, se confirmaban sus anteriores averiguaciones. ¡Realmente se trataba de un tipo fuera de serie!

Continuó la lectura. Sert se instaló en París con toda comodidad de 1900 a 1910, y su prestigio creció en los años veinte. Fue en esa década cuando tanto su arte como su prestigio alcanzaron su cénit, prolongándose este hasta el final de su vida, en 1945.

De sus relaciones personales, y en especial de su relación triangular con Misia y Roussy, ya conocía lo más importante, y de nuevo a punto estuvo de dejarlas a un lado para saltar hacia el momento que consideraba clave, el París bajo la ocupación alemana. Por fortuna, no lo hizo.

No podía creerlo. ¡Tenía el *mcguffin* justo allí, ante sus ojos!

Dos simples líneas, aparentemente secundarias, como metidas en el texto al envés, como esas que los malos escritores

143

utilizan para rellenar páginas. Enrique cerró el libro, bendiciendo su buena suerte. ¡Sabía que en una vida como la de Sert tenía que existir algo semejante!

Ya tenía la clave que tanto se afanara en buscar. Darle forma literaria era una simple cuestión de ajustar las piezas puestas a su disposición. Todo lo escrito hasta ahora se revelaba como perfectamente válido, aunque tendría que retroceder unos años en el tiempo para narrar el punto clave. Y así, con el ánimo por las nubes, emprendió el camino a su apartamento.

28

16 de diciembre de 1942

*H*oy hace cuatro años que falleció mi amada Roussy. Debiera ser el día de su recuerdo, un recuerdo gozoso que obviara los momentos malos y su triste final. Reservé una mesa para comer en Maxim's, yo solo. Podría haber invitado a Misia, pero preferí visitarla en su piso y charlar con ella un par de horas; tenerla a mi lado más tiempo habría empañado mis recuerdos, y, por una vez, estaba decidido a abandonarme a ellos. Podía permitirme un día de nostalgia, no mucho más.

Fue un hermoso plan que no pude llevar a cabo.

Todo se torció desde primera hora.

Estaba vistiéndome cuando mi secretario personal, Boulos Ristelhueber, me comunicó que tenía una visita. Lo hizo con ese comedido tono suyo, tan particular; el joven Boulos, tan competente como refinado y enfermizo, se ha convertido en un enigma humano que poco a poco voy descubriendo. Detecté, nada más escuchar su voz, que iba a tratarse de una visita recibida con poco agrado.

—Dile a quien sea que vuelva otro día. Sabes qué día es hoy: estoy ocupado, no puedo atenderle.

—Se trata del *standartenführer* Geyer, de las SS.

—Está bien. Hazlo pasar a mi despacho y ruégale que espere unos minutos mientras acabo de vestirme.

No vacilé al contestar, aunque esta fuera una victoria pírrica. Lo cierto era que el grado de Geyer equivalía al de un coronel de la Wehrmacht. ¡No estábamos hablando de un cualquiera! En todo París no tendría más de un par de superiores en la cadena de mando; teniendo en cuenta la situación en las calles, nadie dejaría de recibirlo, aunque tampoco lo haría de buen grado. Una vez me hube puesto el frac entré en el despacho. Geyer realizó el saludo nazi con lo que consideré cansada energía; le contesté de igual modo, presentándole después la mano. La estrechó, mientras me miraba a los ojos. He conocido a personas que hablan de mi mirada, diciendo que parece emanar fuego; siempre he cultivado este efecto a conciencia, porque suele dejar huella. Pues bien, en Geyer encontré ese mismo tipo de mirada, que pocos hombres poseemos. Lo invité a tomar asiento, e hice lo propio.

—¿Desea tomar algo?

—Dicen que la suya es una bodega que no conoce los problemas del racionamiento.

—Me precio de ello.

—Tomaría una copa de Krug.

—Veo que le agrada el buen champán. Deben quedarme algunas botellas.

Accioné el timbre, y Boulos no tardó en aparecer. Pedí la botella, que trajo la camarera de inmediato; mientras, Geyer y yo encendimos uno de los excelentes habanos que guardaba en la cajonera, loando sus virtudes. Tras dar varias caladas y tomar algunas copas, Geyer dejó a un lado las florituras para entrar en faena.

—Quienes me informaron acerca de usted no se equivocaron: no habrá mejor champán ni mejores cigarros en nuestra sede central. ¿Utiliza el mercado negro?

—¡Jamás! Solo mis contactos en su ejército.

Geyer rio; sabía que mostrarme pusilánime no serviría de mucho, así que opté por ponerme a su nivel tratándole de igual a igual. Su carcajada no parecía un mal comienzo, pero no debía olvidar con quién estaba hablando.

—Veo que no se equivocaron ni al hablar de su hospitalidad ni al hacerlo de su inteligencia. Sert, usted es un hombre de mundo y debo reconocer que me cae simpático. Pero he internado en el campo de Drancy a muchas otras personas que me caían igualmente simpáticas: el trabajo es el trabajo.

—¿Debo entender que las Wafen SS tienen algo contra mí?

—¿Debieran tenerlo?

—Sin duda alguna, ¡no!

—Es posible que no tengan nada… por ahora.

—Temo no comprenderle.

—Tengo entendido que usted ha trabado amistad con algunos oficiales de nuestro ejército.

—Tengo ese gusto. Soy ciudadano de un país neutral, pero que mantiene excelentes relaciones con el suyo. Mi casa es un lugar abierto a todos los amantes del arte.

—¿Incluso aunque estos hubieran atentado contra la administración alemana en París?

—En mi casa solo acepto a quienes cumplen con la ley. ¿Debo entender que alguno de mis amigos ha cometido actos ilegales?

—Si así fuera, no le correspondería a usted preguntar al respecto. Hábleme sobre los coroneles Schmied y Jäger.

—Son dos amantes de la buena conversación. Hemos compartido algunas veladas aquí y en Maxim's.

—¿Acabando la noche en Maxim's o prolongándola después?

—Los burdeles ya no son mi fuerte; los años pasan, y dejan huella.

—No la suficiente para impedirle mantener relaciones más que amistosas con Úrsula von Stöher, la esposa del embajador alemán en Madrid.

—Veo que está usted bien informado.

—Esa es mi obligación: saber lo que ocurre.

—*Standartenführer* Geyer, ¿sería tan amable de explicarme el motivo de su presencia en mi casa?

Geyer sonrió, tal y como, si pudiera hacerlo, sonreiría un lobo hambriento frente a un cordero indefenso. Comprendí el miedo que un hombre así puede llegar a causar a cualquier persona con un mínimo sentimiento de culpabilidad. Pero su respuesta fue tan inesperada que casi no pude disimular mi sorpresa.

—Digamos que, de momento, solo he venido a presentarle mis respetos en el aniversario del fallecimiento de su segunda esposa, la princesa Roussy Mdivani. Debo retirarme: mis obli-

gaciones me reclaman. Espero tener el placer de volver a charlar con usted.

—Igualmente.

Me tendió la mano, y se la estreché. Al abandonar la habitación saludó, está vez con suma sencillez: un sencillo toque en
la visera de su gorra, con el índice rozando la insignia de la ca-
lavera.

En la soledad de mi despacho medité sobre la escena que
acababa de vivir. No sabía a qué podía deberse, pero de una cosa
no cabía duda: no podía tratarse de nada bueno. Que Geyer sabía muchas cosas sobre mí era evidente. Ahora bien, que este
conocimiento estuviera en manos de las SS era lo verdaderamente preocupante. Las SS funcionan como un cuerpo inde-
pendiente que solo responde ante su máximo responsable,
Himmler, y, por encima de él, directamente a Hitler. Todo lo relacionado con ellos huele a destrucción y a muerte. ¡No son
pocos los oficiales alemanes de la Wehrmacht que los detestan,
incluidos Jäger y Schmied! Entiendo que la mención a estos
dos amigos no fue un hecho casual. Las luchas intestinas entre
las diversas facciones del ejército alemán no son públicas, pero
sí conocidas por unos pocos, entre los que me incluyo.

Incluso que conociera la fecha del aniversario podría entrar
dentro de la lógica, si hubiera una ficha con mi historial, ¡pero
mis relaciones con Úrsula son, por el momento, completamente privadas! De su conocimiento de este dato solo puede
inferirse que estoy siendo vigilado por las SS.

Pero ¿por qué, si nada tengo que ocultar?

29

30 de enero de 1943

$\mathcal{H}$oy he recibido la visita del coronel Jurgen Schmied. Apareció a media tarde, mientras estaba preparando una composición fotográfica como modelo para uno de los lienzos de Vic, en concreto la crucifixión del ábside. Tan discreto como siempre, permaneció en un rincón hasta que hube acabado el trabajo, e hizo bien, ya que era prioritario realizar las fotografías debido al elevado número de personas que en ellas participaban.

Una vez despejado el estudio nos trasladamos al salón. Le pregunté por el coronel Ernst Jäger, y me contestó que había sido trasladado. Parecía de mal humor, o quizá fuera tristeza; serví champán, y bebimos no poca cantidad. El alcohol hizo que Schmied se fuera relajando, pero ni él ni yo estábamos embriagados, sino con ese exacto punto de abandono que proporciona una buena tolerancia a este tipo de bebidas. Dado que la compañía era buena, y teniendo en cuenta que no parecía que quisiera marcharse, encargué la cena a la camarera, que nos sirvieron allí mismo. Cenamos hablando acerca de mi sistema de trabajo, del que muchos han oído hablar pero que pocos han visto. La realización de los lienzos, debido a su gran tamaño, precisa una operativa sumamente compleja, aunque, a estas alturas de mi vida, la tenga ya por completo dominada. Comprendo que ver a veinte hombres medio desnudos en forzadas poses clásicas formando un abigarrado grupo bajo una cruz no sea lo más habitual; tras tomar las fotografías desde diversos ángulos, una vez revelados los negativos, este será el material que servirá de base para un primer dibujo a escala, sobre el que elaboraré el lienzo final del ábside.

Expliqué todos estos detalles a Jurgen, que realizó preguntas atinadas mostrando que es un hombre cultivado. Pero durante todo este tiempo tuve claro que existía otro tema pendiente, y no tardó en aparecer cuando me informó, de sopetón, sobre la situación de Jäger.

—A Ernst lo han trasladado al frente oriental.

No supe qué decir, así que permanecí en silencio. Sabía que la guerra contra los rusos entraba en una fase decisiva. Tras los primeros y aplastantes triunfos alemanes, la Wehrmacht había sufrido una derrota en torno a Moscú, que no parecía haber mermado su capacidad ofensiva. Llegaban informaciones acerca de un lugar llamado Stalingrado, donde se estaba librando otra importante batalla. Jurgen me amplió la información.

—El ejército rojo ha aplastado al VI ejército alemán dirigido por el general Paulus. Hemos perdido trescientos cincuenta mil hombres en Stalingrado. La suerte de la guerra ha cambiado.

—Se trata de una única batalla.

—En Berlín pueden engañar a la población civil, pero no a los militares de carrera. No, se trata de un cambio de tendencia. El petróleo del Cáucaso era fundamental, y perderlo es tan grave como las pérdidas humanas.

—También Napoleón cayó en Rusia.

—¡Así es! Pero, si a él lo derrotó el invierno y unas líneas de suministro alargadas en exceso, a nosotros nos ha derrotado, además, el ejército rojo. José María, Stalingrado ha sido una matanza como no ha habido otra en la historia. El frente ruso se ha convertido en el peor castigo para los nuestros.

—Quieres decir que a Ernst Jäger lo han trasladado para...

—Sí. Lo han mandado *ex profeso* al peor punto del frente.

—Pero ¿por qué?

—¿Ya has recibido la visita del *standartenführer* Geyer?

Me esperaba algo así. No cabía duda, estaba inmerso en una partida política de la que nada sabía. Pero había llegado el momento de averiguar lo que estaba sucediendo.

—Estuvo aquí a finales de diciembre. ¿Qué está pasando, Jurgen?

—Las SS y la Gestapo quieren hacerse con el control de todos los puntos considerados estratégicos, tanto en Alemania como en los territorios ocupados. Piensan que solo ellos podrán hacer frente a los tiempos que están por venir, y que determinados miembros de la Wehrmacht somos demasiado proclives a buscar un acuerdo de paz. Es una purga; discreta, pausada, no como la noche de los cuchillos largos, pero igualmente efectiva. Ahora, en lugar de apuñalarnos o hacernos desaparecer en las prisiones, se nos destina a los puntos calientes del frente ruso, donde los bolcheviques darán buena cuenta de nosotros.

—Entonces, tú...

—Sí. Ernst fue poco prudente y habló con quien no debía. Y la sombra de la sospecha acompaña a todos sus amigos... en mi caso, con toda la razón. Es cuestión de tiempo que me llegue el turno.

—Pero ¿por qué vino Geyer a verme? Cuando estuvo aquí no hablamos una sola palabra de política, aunque sí mencionó vuestros dos nombres.

—¿Qué le dijiste?

—La verdad: que nuestra amistad se basa en el arte y en el buen vivir.

—Entonces diría que estuvo aquí para sondearte, y también para que supieras esto: que las SS están detrás de nosotros. Pero mentiría si te dijera que no hay algo más.

—¿De qué se trata?

—De las misma manera que las SS tienen informadores, también en la Wehrmacht los tenemos. José María, Geyer no es un imbécil fanatizado, sino algo peor, un hipócrita pragmático. Como la mayoría de los altos mandos de las SS, sabe que Alemania no ganará esta guerra. Muchos de ellos están pensando en el futuro. Y dudo que los vencedores tiendan a la generosidad con quienes no conocen el significado de esa palabra. Se están preparando para desaparecer lejos de Europa y con los bolsillos llenos. Los saqueos y pillajes son continuos. Han esquilmado a los judíos, y nadie ha protestado lo más mínimo. Ahora le toca el turno al resto de la población. Geyer vino a verte dentro del juego político que ha desembocado en el traslado de Ernst al frente ruso. Pero también porque quiso cono-

certe en persona. Está buscando algo, José María. No sé de qué
se trata, pero sé que busca algo material. Harás bien en estar
atento, porque se trata de un enemigo muy peligroso, y dudo
que tu pasaporte suponga un freno a sus intenciones.

Por fin comenzaba a ver claro lo sucedido, y sabía a qué ate-
nerme. La información era de lo más valiosa. No podía sino
mostrar mi agradecimiento a Jurgen, y así lo hice.

—Jurgen: estoy en deuda contigo.

—¡No, nada de eso! ¡Es más bien al contrario, yo sí que estoy en deuda contigo! Los buenos ratos que hemos pasado juntos han sido un bálsamo en esta locura de guerra. Lo único que
siento es no haberte conocido en otro momento: de buena gana
te hubiera encargado una de tus maravillosas pinturas para el
castillo familiar. Tendrá que ser en otra vida, amigo mío.

—Cuando la guerra finalice puedes contar con ello.

Su exangüe sonrisa lo dijo todo: en su caso, no esperaba un
final feliz, retirado en su castillo, sentado frente a sus jardines
y con varios mastines echados a sus pies. Nos despedimos; dos
semanas más tarde, también él partía hacia el frente ruso, y
nunca más volví a saber del coronel Jurgen Schmied.

30

30 de marzo de 1943

*L*a ciudad es un hervidero de rumores: los aliados han bombardeado Berlín durante cuatro días consecutivos. Los ataques aéreos sobre las ciudades alemanas son continuos y demuestran que los nazis han perdido la superioridad de los cielos. En el este, los rusos desarbolan toda resistencia, obligando a los alemanes a replegarse sin descanso. Para los rusos, liberar su tierra del odiado invasor es una cuestión de orgullo nacional, parecido al que los grupos de resistentes franceses manifiestan en sus continuas acciones de sabotaje.

París no es una excepción. Para los saboteadores, los miembros de la Carlingue, franceses alistados en las filas de la Gestapo, son un objetivo principal. La respuesta de los alemanes es siempre inmediata, en forma de represalias contra familiares y vecinos sospechosos de connivencia con los resistentes. Aquí se está librando una guerra sorda, escondida, pero no menos real que la de los frentes de batalla.

En cuanto a mi situación, ha cambiado, y no para bien. Pude comprobarlo en mi último viaje a Suiza. Nada más salir de la ciudad, mi coche fue registrado de arriba a abajo en un puesto de control, uno de tantos en los que, antaño, para superar sin la menor dificultad, bastaba con presentar mi pasaporte y las cartas de recomendación de la embajada española. Fue un registro estricto y en profundidad que se prolongó durante más de una hora, y durante el cual el oficial al mando se alejó para telefonear en dos ocasiones, como si estuviera informando a un tercero. Y este procedimiento se repitió en el camino de regreso, justo tras cruzar la frontera. Tuve toda la impresión de que estos soldados buscaban algo en particular, como si estuvieran sobre aviso de mi viaje y supusieran que podía llevar conmigo lo que fuese.

Durante el viaje, realizado en dos etapas tanto al ir como al volver, tuve la impresión de que estaban siguiendo mis pasos. Puede que fuera una impresión generada por los registros de mi coche, pero hubiera podido jurarlo. Una impresión, sí; la de que, si vuelves la cabeza de improviso, reconocerás a aquel hombre con quien te cruzaste la noche anterior en el hotel. O la de que te están observando fijamente, sin disimulo alguno, y esta última sensación fue en verdad acusada. ¡Soy un hombre de instinto y creo firmemente en la fuerza de estas sensaciones!

En cuanto a mi viaje a Zúrich, su motivo era artístico en mayor medida que económico. Cuando en 1936 estuve pintando la sala del consejo de la Sociedad de Naciones ya soplaban vientos de guerra en Europa. En aquel entonces decidí muy acertadamente trasladar parte de mi fortuna a una entidad bancaria suiza. Siempre he adorado el dinero y despreciado la fortuna; el dinero mejor empleado es aquel gastado en proporcionar placer. He ganado mucho a lo largo de mi vida, y libremente lo he gastado. Guardo lo suficiente para que mi futuro, y en especial el de Misia, a quien jamás abandonaré a su suerte, quede asegurado.

Si bien era mi intención recoger parte de efectivo para los gastos habituales de los próximos seis meses, buscaba en mayor medida el material preciso para continuar mi obra. Con Europa en llamas, cada vez me resulta más complejo obtener suministradores para realizar los enormes lienzos que preciso. Lienzos, pinturas, pinceles, todo este material es transportado hasta la neutral Suiza, donde tengo un consignatario. Me desplazo regularmente para recogerlo en persona, cargándolo en mi Rolls Royce para llevarlo a París. Con todo en orden llegué, cuatro días después, a mi estudio en Villa Ségur. Y allí me encontré con una nueva sorpresa.

Massot, mi ayudante de toda la vida y persona de máxima confianza, me comunicó que durante mi ausencia en Zúrich habíamos recibido una visita muy desagradable: miembros de las SS se presentaron para registrar todas las habitaciones y el taller. Evidentemente, no llevaban orden alguna, tal como acostumbran a hacer. ¡Para qué, si nadie les pide cuentas por sus acciones! Exigieron que se abriera la caja fuerte, y Massot, para quien no tengo secretos tras tantos años de relación profesional, se vio obligado a aceptar sus órdenes. Había algo de dinero, pero no le hicieron el menor caso: no era ese su objetivo.

A estas alturas, si no tenía claro por dónde iban los tiros, cualquier duda ha quedado despejada. Sé perfectamente lo que están buscando.

Pero eso constituye un recuerdo cuyo valor radica en que se convirtió en un símbolo para Roussy y, como tal, ha trascendido de su valor económico. De todos los recuerdos que ella pudo legarme, este es el más especial. Fue mucho lo que me costó permitirle su posesión, pues no teníamos derecho alguno a ella; pero la muerte de su hermano Alejandro le otorgó un valor simbólico extraordinario. Y, si fue un símbolo para Roussy, como tal me fue legado.

Desconozco cómo ha podido saberlo esa rata de Geyer. ¡Nadie, a excepción de Roussy y yo mismo, y más tarde Misia, supo jamás que obraban en nuestro poder! ¡Por más que la prensa especulara sobre su desaparición, a nadie se le pasó ni remotamente por la cabeza que yo hubiera podido hacerme con ellas! Y, sin embargo, fui yo quien solventó todos los problemas relacionados con el accidente que mató a su hermano Alejandro y desfiguró a la baronesa Maud Thyssen. Solo una mente afinada podría haberlo imaginado. ¡Afinada y perversa!

Geyer lo desea; ¡y yo haré todo lo que esté en mi mano para negarle ese gusto!

155

31

—*P*ero bueno, Enrique: ¿hasta cuándo vas a mantener la intriga? ¡Me muero de ganas por saber de qué estás hablando!

—¡Precisamente de eso se trata, de mantener en suspenso esa intriga! Dime, ¿qué te ha parecido?

Helena había leído las primeras cien páginas de la novela de una sentada, mientras Enrique simulaba con poco acierto trabajar; estaba mucho más pendiente de sus reacciones al texto que de la página en blanco que tenía en la pantalla del ordenador. Intentó, sin éxito, meter baza en la lectura, interrumpiéndola con diversas preguntas, pero ella se mantuvo firme y no despegó la vista del texto. Ahora, finalizada la lectura, Enrique esperaba impaciente su veredicto. Consideraba que Helena podía ser una lectora representativa de una amplia mayoría y, si su valoración fuera positiva, sería señal de que su trabajo iba bien encaminado.

—Interesante. Y compleja. Estás tocando muchos temas simultáneamente. ¿Cómo se te ocurrido introducir en el argumento a un escritor como trasunto tuyo para desarrollar tanto el argumento de la novela como, a la vez, el proceso de su escritura? ¡Me parece muy original!

—No lo sé. Ocurrió así, sin más, como ocurren estas cosas. Había comenzado a escribir la parte histórica cuando, durante una pausa de escritura, estuve reflexionando acerca de otras novelas que pudieran guardar un cierto parecido argumental.

Algunas de ellas estaban muy, muy bien escritas; otras, no tanto. ¡Pero las estructuras narrativas eran similares! Así que proporcionarle una diferenciación respecto a esas otras novelas podría ser tan importante como el argumento mismo. Así pues, la decisión era obvia: había que cambiar la estructura narrativa. E introducir al propio escritor en la trama me pareció la mejor solución.

—Me gusta. Que un lector pueda comprender cómo creas la novela a la par que desarrollas el argumento puede resultar muy atractivo. Pero debes ir con cuidado para no resultar en exceso técnico; corres el peligro de dispersar la atención entre las tres tramas: la presente, la pasada, y la creación de la novela.

—Creo que estoy pudiendo con ello.

—Sí, estoy de acuerdo. Pero los problemas vendrán a partir de ahora, cuando las tres tramas deban confluir entre sí. Bien; me gusta. ¡Pero quiero saber cuál es el secreto que guarda Sert! ¡Esa es la clave de la novela! ¿Qué ocurrió en el accidente de Alejandro Mdivani y su amante Maud Thyssen? ¿Qué pintan los nazis en todo esto?

—¿De verdad quieres saberlo? ¿No prefieres esperar unos días más?

—No. ¡Dímelo ya!

La crítica positiva de Helena había incentivado el espíritu juguetón de Enrique. Pese a que él confiaba ciegamente en sus posibilidades, y trataba de no perder jamás la objetividad sobre su obra, como todos los escritores, era muy sensible a la opinión de las personas en las que confiaba. Que esta fuera positiva contribuyó a incrementar su certeza de que el camino emprendido era el correcto. Y, ahora, le apetecía algo muy distinto a hablar sobre su obra…

—Me parece que, si quieres saberlo, vas a tener que ganártelo…

—¿Cómo?

—¿A ti qué te parece?

La agarró por las muñecas y la atrajo hacia él; buscó sus labios y, aunque durante un par de minutos ella jugó a resistirse, acabaron besándose con auténtico deseo. Enrique, encendido, la tomó en sus brazos y la llevó al dormitorio. Una vez allí se desnudaron e hicieron el amor con más furia que delicadeza.

157

Más tarde, en la cama, ya saciados, Helena exigió la respuesta, y Enrique cumplió su compromiso.

—La vida de Sert fue pródiga en toda suerte de acontecimientos. Muy literaria, sin duda; habría podido inventarme cualquier historia y probablemente no habría desentonado lo más mínimo. Pero tú sabes que me agrada documentarme al máximo sumergiéndome en las fuentes, y esto es lo que hice. El accidente de Alejandro Mdivani con Maud von Thyssen fue comidilla de la prensa en su época, e incluso hoy se encuentran referencias en la Web sobre él, en especial la reproducción de las ediciones históricas de los diarios. Y en ellas se confirmaba un extremo ya apuntado, y atenta a este detalle, muy por encima, en la obra *El mundo de José María Sert*: la desaparición de las joyas de la baronesa Maud Thyssen. Estaban valoradas en 2.800.000 francos de la época, una verdadera fortuna en aquel entonces.

—Entonces, ¿se trata de esas joyas? ¿Son la base de la intriga?

—Sí. Las joyas desaparecieron misteriosamente, y nunca fueron encontradas; así consta en todas las fuentes.

—Pero ¿cómo llegaron a manos de Sert?

—Aunque en el momento del accidente Sert se encontraba en Venecia, precisamente instalando unos lienzos en un palacio adquirido por Alejandro Mdivani, regresó de inmediato a su residencia veraniega de Mas Juny para hacerse cargo de la situación. En efecto, como he recreado en la novela, todos los diletantes allí reunidos fueron incapaces de resolver los problemas generados por el accidente.

»En mi recreación literaria, Sert, apoyado en su vigorosa constitución y tal como hizo en la vida real, viaja durante dieciocho horas consecutivas hasta llegar a la Costa Brava. Una vez allí se ocupa de recoger todos los efectos personales de los accidentados y llevarlos al Mas Juny. Roussy, que mantuvo esa relación tan íntima con su hermano, estaba sumida en una suerte de estupefacción de la que no lograba recuperarse. Durante alguna de las ausencias de Sert relacionadas con el funeral de Alejandro, ella, presa de un delirio morboso, hizo llevar todos estos efectos a su dormitorio. Cuando Sert regresó a su lado debió encontrarla rodeada por los vestidos y las joyas de los accidentados y, cuando quiso recoger las joyas con el propósito de devolverlas a su legítimo propietario, el barón Thyssen, los desesperados ruegos de Roussy lo conmovieron de tal modo que, como siempre hacía, le concedió su capricho. Para él, el valor económico de las joyas era completamente secundario; y no dudaba de que para el barón Thyssen también lo eran. Lo que realmente le importaba era dar satisfacción a su amada Roussy.

»Que las joyas hubieran desaparecido tras el accidente fue un aderezo al escándalo, un adorno para la prensa amarilla del momento, pero para el gran público lo principal fue el conocimiento de la relación extramatrimonial que mantenían Maud y Alejandro.

—Y Geyer de algún modo sabe que estas joyas están en manos de Sert, y las busca para su provecho personal, pensando en el fin de la guerra.

—Eso es. El dinero carece de importancia, porque, cuando la guerra finalice, la inflación se cebará en todas las monedas depreciando su valor; ahí radica la importancia de acumular oro y joyas.

—Pero en la novela las SS ya han registrado la casa taller de Sert y no las han encontrado.

—Porque no están ahí. Tras la muerte de Roussy fue Misia la que se convierte en depositaria de este recuerdo personal. Su relación en la vida real fue tan absolutamente especial que este hecho no sería improbable.

—Comprendo. Esto obligará a Sert a esconderlas, no puede dejarlas en casa de Misia porque antes o después Geyer podría encontrarlas...

—...Y de ahí se deriva el resto de la trama.

—Se sostiene, Enrique. ¡Sin ninguna duda!

Toda la estructura dependía de este hecho y, una vez revelado, su plausibilidad era absoluta. Enrique sonrió, asintiendo. Helena había corroborado su idea, y solo faltaba ponerse a trabajar a destajo para llevarla adelante.

159

32

*T*odo iba bien. Enrique fue incrementando el ritmo de su trabajo, dedicándole quince horas cada jornada en los dos días sucesivos. Sin apenas dormir, casi sin comer, absolutamente absorto, se dejó llevar por su arrebato creativo. Estaba disfrutando más que nunca. Pero todo tenía sus límites, y descubrió que debía descansar cuando, delante de la pantalla, comenzó a ver borrosas las letras. Echó una ojeada al reloj: llevaba otras cinco horas consecutivas escribiendo.

Decidió dormir un rato: había pensado en no más de cuatro horas, pero debió silenciar el despertador al sonar porque, al despertar, comprobó que había transcurrido el doble de tiempo. Sentía el cuerpo anquilosado, y decidió salir a correr un rato: aunque había avanzado considerablemente, escribiría muchísimo mejor si retornaba a la rutina normal.

Dos horas más tarde, de regreso a su apartamento después de un buen entrenamiento por Central Park, una buena ducha, y un buen desayuno, imprimió el resultado de su trabajo. Lo releyó, haciendo algunas correcciones en los márgenes: estaba satisfecho.

Tenía previsto regresar al trabajo, pero sintió una extraña falta de agilidad mental, así que decidió prolongar su inactividad unas horas más. Podía ser un buen momento para relajarse contestando las cartas de sus lectores. Las había dejado en uno de los cajones del escritorio; las extrajo y se situó junto al ventanal, para aprovechar la luz del día.

Abrió varias de las cartas: eran, en su mayoría, de agradecimiento. Entre ellas destacaba un sobre: era pesado y de tamaño mediano, probablemente el borrador de alguna novela enviado por algún escritor aficionado buscando consejo.

El corazón le dio un vuelco en el momento de rasgar la solapa, cuando vio las señas del remitente.

Solo constaban dos iniciales: C. B.

Las anillas de una libreta azul asomaron en el sobre.

Y así, Enrique pudo comprobar que, en efecto, no hay nada como la vida real para encontrar la mejor inspiración. Sentado en el sofá, con el corazón a cien latidos por minuto, sintió un sudor frío por todo su cuerpo.

«¿Por qué?», se preguntó Enrique. ¿Por qué un hombre al que apenas conoció escribe en una de sus novelas «Alonso. Puede ser él» y, antes de aparecer sospechosamente ahogado, decide enviarle su libreta de notas a Nueva York? Observó el cuaderno. Era antiguo, estaba ajado por un uso continuo, con las esquinas de cartón de las tapas sobadas y medio rotas debido al roce. Y era grueso: podría tener más de cien páginas. Las hizo pasar presionando con el pulgar la esquina superior derecha; las páginas avanzaron con rapidez, mostrando una multitud de abigarradas anotaciones, muchas de ellas acompañadas por esquemas y dibujos. Solo las últimas diez o doce permanecían en blanco.

161

Enrique regresó al comienzo. Intentó localizar una fecha con la que orientarse, pero no la encontró; eso sí, observó que la tinta estaba tan ajada como las esquinas de las tapas. La letra era de trazo antiguo, levemente inclinada a la derecha, pero no parecía difícil de leer. Probó a hacerlo con un texto de las primeras páginas: estaba escrito en inglés, como era de esperar, y fue facilísimo traducirlo; otras partes, en cambio, resultaban más complejas por no decir imposibles: las abreviaturas hacían referencia a textos técnicos, muchos de ellos asociados a dibujos que a Enrique le parecieron de notable calidad. También encontró notaciones matemáticas e incluso fórmulas químicas; no le pareció extraño teniendo en cuenta el trabajo de Bruckner como restaurador.

Enrique cerró la libreta para dejarla sobre la mesa, y se levantó, inquieto, sin saber qué hacer. En principio no había encontrado pista alguna que revelase las intenciones de Bruckner al hacerle llegar lo que parecía el legado de su trabajo. Para averiguarlo, sin duda, serían necesarias muchísimas horas de esfuerzo, y dudaba que pudiera dedicarle el tiempo necesario teniendo en cuenta la novela que estaba escribiendo.

—Pero ¿qué mierda estoy pensando? —se recriminó a sí mismo en voz alta. Nada cambiaba por el hecho de que Bruckner estaba muerto, y él tenía su libreta. Había sido, quizá, su última voluntad. Y, sin duda, tendría un motivo para habérsela enviado. Enrique meditó sobre ello: tenía que existir una relación entre la nota escrita en la última página de *El anticuario* y el hecho de que decidiera enviarle la libreta. Y, además, ¿por qué se la envió a Nueva York en lugar de entregársela en San Sebastián? Desde luego, durante su conversación en la inauguración hablaron sobre Goldstein, y así fue como Bruckner supo dónde enviarla. Pero ¿por qué no se la dio a Bety para que esta, a su vez, se la entregara a él más tarde? Tal vez no quería que Bety supiera que le entregaba la libreta. Y si así era ¿por qué no debía saberlo Bety?

Quizá para alejarla de un posible peligro… Eso podría explicar que se la hiciera llegar a él, en lugar de utilizarla como intermediaria. Bruckner sintió miedo —¿una amenaza, tal vez?—, y decidió salvaguardar su libreta. La metió en un sobre, le puso los sellos y la introdujo en un buzón. La libreta quedó así a salvo mientras viajaba hacia la agencia Goldstein.

A medida que seguía elucubrando, Enrique ganaba en seguridad. Caminaba por el salón del apartamento, asintiendo para sí, murmurando por lo bajo. De repente cayó en la cuenta de un nuevo dato: cuando Bruckner murió ahogado en La Concha nadie encontró sus llaves o sus ropas en la playa. ¿Quizá alguien se las llevó tras ahogarlo? ¿Buscarían la libreta en su piso de alquiler?

Enrique suspiró, preocupado ante las implicaciones de su teoría. ¿Debía entregar la libreta de Bruckner a la policía? ¿Serviría de algo hacerlo? ¿Podrían encontrar algo de interés en sus anotaciones? ¿Qué podía esconderse entre sus páginas?

¿Por qué demonios tuvo que mandársela a él, a seis mil kilómetros de San Sebastián?

Debía decidir, y lo hizo: la estudiaría a fondo. Y si encontraba cualquier dato que le hiciera sospechar lo que fuera en relación con la muerte de Bruckner, él mismo la entregaría en persona.

163

33

*E*nrique aparcó momentáneamente la escritura de la novela. Llevaba cien páginas, un cuarto de la misma de acuerdo con su planificación, y podía permitírselo. Su atención se había desplazado hacia la libreta. Esta consistía, básicamente, en una recopilación de notas de campo de las obras de Sert.

164

Cada uno de los trabajos de Sert era meticulosamente desmontado partiendo de una sencilla copia del original. Cuando el tamaño de sus obras era notable, cosa que ocurría con frecuencia, Bruckner los fraccionaba en diferentes páginas. Todas estas reproducciones presentaban una numeración que, en las páginas siguientes, desarrollaba en diversos textos. Hasta donde Enrique entendía, la casi totalidad de estas notas numeradas describía las escenas, la técnica pictórica empleada, y el estado general de la pintura. Junto a este último apartado se encontraban los datos de restauración de muchas de ellas.

A medida que avanzaba en el estudio de la libreta, Enrique pudo apreciar que las anotaciones iniciales se iban viendo complementadas con otras posteriores en el escaso espacio libre de los márgenes. La letra era de Bruckner, con esas mínimas modificaciones en la caligrafía que causa el paso del tiempo. También la tinta era diferente, no estaba ajada como la empleada al principio. Un detalle adicional especialmente señalado era la ubicación actual de las obras: eran varias las que habían pasado a formar parte de museos, colecciones particulares o a la obra social de entidades financieras.

Lo más llamativo fue ver la clara evolución de las anotaciones numeradas: mediada la libreta, la mayoría se volvía más breve. Y aparecían exclamaciones, interrogantes, y las palabras «SÍ» y «NO», muchas de ellas corregidas y tachadas. También fechas, pero no de las anotaciones: parecían ser las de la instalación de las obras en su emplazamiento definitivo así como las de sucesivas restauraciones, cuándo se habían realizado, y un listado con los nombres de los restauradores.

En las páginas finales, Enrique encontró unas anotaciones diferentes a las demás: una larga lista de nombres de archivos, fuentes de documentación complementaria, teléfonos y localizaciones. Ginebra, París, Barcelona, Nueva York, San Sebastián. Notas sobre correspondencia y nombres propios asociados a los anteriores. Mucha de esa documentación correspondía a bibliotecas y archivos públicos, pero también se hacía referencia a archivos familiares y personales, seguramente de acceso muy restringido. En definitiva, la cantidad de información que presentaba era impresionante, sin duda la necesaria para poder realizar la monografía que Bruckner imaginara, pero no la suficiente para que un profano como Enrique pudiera reproducir la globalidad de su trabajo.

Fue tomando apuntes a medida que progresaba en la lectura de la libreta. Tuvo la sensación de ser incapaz de resumirla, pues ella, a su vez, no dejaba de ser otro enorme resumen, así que su trabajo se centró en buscar impresiones o intentar extraer ideas. Cuatro horas más tarde tenía el suelo del salón cubierto con decenas de páginas. Un buen trabajo, sin duda: desplegada ante él estaba toda la información recopilada sobre Sert, la propia y la obtenida gracias a la libreta de Bruckner.

Y entonces, ante aquel aparente caos, el argumento de la novela, de su novela, se desplegó ante él, diáfano, perfecto desde su comienzo hasta su mismísimo final.

165

Un restaurador de arte —Bruckner— pasa toda la vida estudiando la obra de un autor concreto —Sert—, soñando con confeccionar la monografía definitiva sobre su obra. Aprovecha todo su tiempo libre para viajar por el mundo y estudiar la obra del autor en persona: la información es recopilada en una libreta, que le sirve de referencia para la monografía. Un restaurador: por definición, meticuloso hasta el exceso. No solo indaga en la obra, lo hace también en el hombre. Repasa toda su vida, se sumerge en su historia personal y avanza su conocimiento de la obra al mismo tiempo que lo hace en el del hombre.

Su estudio de tantas fuentes de documentación le permite observar una panorámica global de Sert como nadie ha podido contemplar antes. Y es ahí cuando descubre algo nuevo, algo diferente que nadie más ha sabido ver antes, y ese descubrimiento acaba por costarle la vida.

Añadamos a un escritor en busca de argumento. Sazonemos con un encuentro casual entre ambos justo antes de su fallecimiento. Incluyamos a la exmujer del escritor, que guardaba cierta relación con el restaurador. Y una libreta que, misteriosamente, acaba en manos del escritor y que guarda la clave de ese secreto. Para acabar, los escenarios: exactamente los que son, Nueva York, París, y San Sebastián, para que cualquier lector del mundo pueda situarse fácilmente y darle un toque de glamur internacional.

Así era: si el actual texto ya tenía calidad, los cambios estructurales no requerirían excesivo trabajo, y las partes históricas podrían mantenerse tal cual habían sido escritas hasta ahora.

Lo más lógico era reubicar a los protagonistas: teniendo en cuenta que la acción iba en parte a transcurrir en San Sebastián y que, de alguna forma, tanto Bety como él mismo estaban involucrados en esta nueva historia, Enrique tomó la decisión de retomar a sus trasuntos de *El anticuario* y situarlos como personajes centrales, en lugar de hacer girar la historia sobre Bruckner. La parte literaria quedaba perfectamente planificada, solo quedaba escribirla. Pero quedaba una segunda parte que resolver: la libreta de Craig Bruckner estaba en el suelo de la sala, rodeada por decenas de folios ano-

tados, convertida en el centro de un nuevo y particular universo.

Todo giraba a su alrededor y era preciso resolver su misterio.

QUINTA PARTE

San Sebastián - Barcelona

34

*T*omó la decisión esa misma noche, en su apartamento. Parecía lógico regresar a San Sebastián y dedicarse a seguir todos y cada uno de los pasos del desafortunado restaurador de arte. Buscó un billete por la Web, hizo la reserva e imprimió la tarjeta de embarque.

A la mañana siguiente, a primera hora, Enrique acudió a la agencia para hablar con Goldstein. Como siempre, Gabriel ya estaba allí. Siempre era el primero en llegar, asi como el primero en marcharse. Enrique le explicó que regresaba a España para profundizar en la documentación de la novela. Lo hizo tras presentarle el nuevo borrador, modificado tras ocho horas de trabajo ininterrumpido durante toda la noche: ya tendría tiempo de dormir durante el vuelo a Madrid, y era la única manera de tranquilizar a Goldstein, mostrarle que el texto de la primera novela estaba notablemente adelantado, y prometerle que no dejaría de trabajar estuviese donde estuviese. Goldstein examinó los cambios y no puso objeción alguna, considerando que, en efecto, la novela ganaría en interés para los lectores.

Esa fue la parte sencilla. Ahora tocaba la más difícil. Helena acudió a su llamada, a una sala de reuniones anexa. Y con solo verle el rostro, ella supo que no habría buenas noticias. Tras su regreso de San Sebastián, su relación parecía haber dado un paso adelante; pasaban más tiempo juntos y compartían con alegría cada uno de esos momentos, pero Enrique todavía no le había dicho nada acerca de la libreta de Bruckner. A lo largo de la noche estuvo a punto de telefonearla en tres ocasiones, pero cada vez se detuvo antes de marcar su número. Hubiera deseado compartir todo lo que sabía con ella, pero sentía un miedo irracional a involucrarla en una situación que no podía controlar. El recuerdo de su anterior aventura en Barcelona estaba siempre presente, y fue fundamental para la decisión que había tomado; al menos, eso quiso creer: que era más sencillo mantenerla al margen. Se negó a sí mismo que la idea de volver a ver a Bety tuviera alguna relación.

—Helena, tengo que regresar a España. Salgo en el vuelo del mediodía.

—¿Por qué? ¿Qué ha ocurrido?

—Nada importante. Pero anoche estuve haciendo unas modificaciones en la novela y necesito más información. Gabriel ya tiene el nuevo borrador; cuando acabe de leerlo te lo pasará.

—Pensaba que ya tenías una idea definitiva.

—Surgió la posibilidad de mejorarla.

—Pudiste llamarme para comentármelo…

—Era tarde. Estuve toda la noche trabajando en ello y no quería molestarte.

—¿Vas a ir a San Sebastián?

—Sí. Debo consultar los archivos del museo San Telmo y hablar con los restauradores. Necesito más información sobre los lienzos de Sert de la que puedo obtener aquí.

—Y ¿cuándo volverás?

—Lo antes posible, Helena. No será como la última vez, te lo prometo.

Ella puso la palma de la mano sobre el pecho de Enrique, y él se acercó para darle un beso; ella lo retuvo, lo suficiente para que se convirtiera en apenas un suave roce de los labios. Siempre había sido una mujer comedida en sus afectos excepto en momentos puntuales y en la intimidad. Su reacción parecía adecuada, al fin y al cabo estaban en la agencia, y, aunque su relación era conocida, Helena siempre se comportaba en público con discreción. Enrique supo ver que estaba dolida; nada, ni en sus palabras, ni en su comportamiento, lo hacía evidente, pero su mirada constituía la más elocuente de las pruebas. Regresar

a San Sebastián y al museo supondría reencontrarse necesariamente con Bety. Ese era el verdadero problema al que ni Helena ni Enrique deseaban enfrentarse.

—Te llamaré todos los días.

—No es necesario, de verdad.

—Lo haré.

Lo dijo con toda sinceridad. No quería que se repitiera la
velada acusación que le lanzara ella en su anterior viaje. Enrique no sentía por Helena ese arrebato que había caracterizado
sus anteriores relaciones, pero consideraba que, precisamente
por ello, quizá fuera la persona adecuada para su vida. Cuando
había vivido cegado por las pasiones las cosas le habían salido
mal, y prefería ir poco a poco para no volver a equivocarse.

De nuevo intentó besarla y, esta vez, ella no se resistió.
Pero fue un beso pasivo, ausente de emoción. Antaño esta reacción le habría molestado; hoy en día, mucho más sabio, la comprendió por completo. Él se iba, y ella se quedaba. Aunque entre ellos siguiera sin haberse formalizado un compromiso,
existía una relación que bien se le asemejaba.

Enrique se esforzó en sonreír, asintió y abandonó la agencia con una pequeña mochila. Como siempre, iba ligero de
equipaje.

Y, como siempre, llevaba el corazón repleto de remordi-
mientos.

—¡Vaya mañana, menuda locura!

—Desde luego que sí.

Estaban ultimando los detalles de la que iba a ser la primera gran exposición temporal del museo, y Bety, junto con el resto del equipo, debía atender a un verdadero aluvión de trabajo. La exposición, un audiovisual preparado por un equipo de prestigio internacional, requería ser adecuado al espacio expositivo de San Telmo. Y, en la parte que a Bety le tocaba, era necesario que todos los medios de prensa se volcaran en su difusión y las autoridades políticas comprometieran su presencia el día de la apertura. Su teléfono no dejaba de sonar y los correos electrónicos se agolpaban sin pausa en la bandeja de entrada. El museo, todavía un recién nacido, seguía necesitando la máxima atención. Por fortuna tenía una nueva ayudante, una joven becaria muy despierta que le estaba facilitando el trabajo en tal medida que no descartaba pedirle a la directora del museo su incorporación a la plantilla.

—Ana, voy a bajar a tomarme un café. No cojas el teléfono, he conectado el contestador. Céntrate en el dosier para la prensa.

—Muy bien, jefa. ¡No tardes en volver!

Extrajo un café de la máquina y, con él en la mano, tomó la escalera interior para descender desde las oficinas del tercer piso a la planta baja. Por una puerta oculta en la pared salió al pasillo distribuidor, prácticamente frente al claustro. Era un poco más tarde de lo habitual, cerca de las doce. A esa hora apenas había visitantes en el museo, y no se detuvo a mirar a los tres o cuatro que deambulaban por el claustro. Caminó hacia su crujía habitual, aquella que el sol del mediodía siempre iluminaba. Un hombre estaba sentando en el pretil de piedra, de espaldas a ella, en la tercera arcada, la que Bety consideraba su lugar habitual; no le importó, ya que cada crujía tenía un total de seis arcos y bien podía desplazarse a cualquiera de los siguientes. Rebasó la posición del hombre cuando este le habló; al escuchar esa voz tan conocida sintió cómo le daba un vuelco el corazón.

—Hola, Bety.

No podía creerlo: se volvió hacia el hombre para comprobar, que, en efecto, se trataba de Enrique.

—¡Parece que se te ha comido la lengua el gato!

—¿Qué...? ¿Qué haces aquí?

Enrique se incorporó de un salto, acercándose a Bety; esta permaneció inmóvil, paralizada por la sorpresa. Por último, sonrió, y fue una sonrisa sincera por lo inesperado, hermosa por responder a un sentimiento incontrolable. Él le ofreció sus brazos, abiertos de par en par, y ella correspondió a su abrazo incluso sin saber por qué lo estaba haciendo. No hubo beso, ninguno hizo el ademán, pero el abrazo fue largo y profundo. Todos los lazos que los habían unido seguían ahí, escondidos, esperando manifestarse en libertad, rompiendo las ataduras que siempre imponen la razón o la conveniencia.

175

Bety no tardó en rehacerse, atrapada por la ambivalencia de sus sentimientos: Enrique la había sorprendido con las defensas bajas y, ahora que se difuminaba el efecto de la sorpresa, comenzaba a recuperar el control de sus emociones. Tarde, sí, porque él había podido ver su corazón tan al desnudo como si no hubiera músculo y piel a su alrededor. Pasó de la alegría a sentirse rabiosa consigo misma por haberse dejado llevar, pero decidió contener este sentimiento. Enrique disimuló, con el mismo acierto que ella. Se deshizo de su abrazo; ambos sonrieron, mirándose a corta distancia.

—Ya lo ves: aquí estoy de nuevo.

—Sí, pero ¿cómo has venido? ¿Para qué? ¿Por qué has venido al museo?

—¡Demasiadas preguntas a la vez!

—¿Qué ha sucedido?

A Enrique le pareció curioso que tanto Helena en Nueva York como Bety en San Sebastián le plantearan idéntica pregunta. Parecía que ambas mujeres pudieran tener un sexto sentido para saber que sí había ocurrido algo especial. Quiso responderle; pero no supo cómo comenzar. Si estaba allí, en ese lugar en concreto, era porque sabía que Bety iba cada mañana a la crujía del claustro a esa hora, y que era allí donde había trabado relación con Bruckner. Quizá ese recuerdo pudiera servir como punto de partida…

—¿Era este el lugar donde charlabas con Craig Bruckner?

—Sí, justo aquí. ¿Por qué…? Ya entiendo.

El humor de Bety cambió de forma radical: la sonrisa se desvaneció de su rostro y se alejó un par de pasos hacia atrás, separándose de él. Enrique recordó el correo que ella le enviara tres semanas atrás, y comprendió que, de alguna manera, Bety debía estar esperando algo semejante. En su fuero interno maldijo su intuición y fue directamente al grano.

—Con retraso, pero ha habido una novedad.

—Dime cuál.

—Poco después de regresar a Nueva York retiré el correo de la agencia. En aquel momento estaba comenzando el trabajo preparatorio para una nueva novela y decidí dejar las cartas para una mejor ocasión. Hace unos días, en una pausa de escritura, las abrí para entretenerme. Y esto estaba entre ellas.

Enrique extrajo un sobre de tamaño folio de su portadocumentos y se lo tendió a Bety. Esta miró alternativamente el sobre y a Enrique, como si, aun sabiendo de qué se trataba, no se atreviera a tomarlo entre sus manos. Suspiró antes de hacerlo: lo abrió y la libreta de Bruckner hizo su aparición. El rostro de Bety exhibió una expresión inescrutable; ni siquiera Enrique pudo imaginar qué le pasaba por la cabeza. Como tampoco pudo imaginar la que iba a ser su respuesta.

—¡Ya era hora!

176

36

—¿Cómo has dicho?

—Has tardado demasiado tiempo en traerlo. ¡Mira la fecha del matasellos! Viajó por correo aéreo: Craig te lo envió el 28 de octubre y no pudo tardar más de dos o tres días en llegar a Nueva York. ¿Lo has tenido todo este tiempo en tu apartamento sin saberlo? ¡No me lo puedo creer!

La indignación de Bety era tan genuina que Enrique no pudo sino avergonzarse, aunque no tardó en comprender que también él tenía tanto derecho como ella a sentirse molesto.

—¡Bety, tú lo sabías! ¡Sabías que Bruckner me la había enviado! ¡Por eso me mandaste aquel correo electrónico al poco tiempo de llegar a Nueva York!

—No, no estaba segura de ello. ¡Pero lo imaginaba, sí! ¿Dónde podía estar, si no?

—En las manos de quien lo mató.

Por vez primera, bajo la presión de verse discutiendo con Bety, Enrique reconoció que quizá Bruckner fuera asesinado. Esto supuso un golpe para Bety; ella, que fue la primera en insinuar que pudo haber algo extraño en la muerte del restaurador, tampoco había interiorizado esta idea por completo.

—¿Crees que lo mataron? ¿Por qué? ¿Qué buscaban? ¿La libreta? ¿Qué hay en ella para que hayas regresado a San Sebastián? ¿Qué sabes que yo no sé?

—De nuevo haces demasiadas preguntas a la vez. ¡No estoy seguro de nada!

—Está bien, vayamos por partes. ¿Qué hay en la libreta?

—Mírala tú misma: ¡no hay nada o, al menos, nada que yo sepa ver! No es más que el resultado de treinta años de trabajo de Bruckner, treinta años estudiando la obra de Sert. Todo lo que he visto en ella son cuestiones técnicas, el resumen de toda una vida de trabajo.

—Entonces, ¿por qué crees que lo mataron?

—Si te digo la verdad, ¡no lo sé! La primera vez que esta idea me ha venido a la mente ha sido ahora, hablando contigo.

—Las cosas no funcionan así, Enrique. ¡Y aún menos, en ti! Tu comportamiento siempre fue espontáneo, pero tu pensamiento, nunca. Es tu mentalidad de escritor: siempre reconociste que las ideas te llegaban cuando ya tenías los datos en esa dura cabeza tuya. Puede que sea ahora cuando lo has dicho, pero fue antes cuando lo pensaste.

—Es posible.

—Volvamos a ello. ¿Tienes datos para pensarlo?

—No, no los tengo.

—¿Una intuición, entonces?

El tono de voz de Bety era manifiestamente burlón; ella no creía en ese tipo de presentimientos, por más que Enrique sí los experimentara. Pero ¿cómo podía explicarle que estaba novelando todo lo que les estaba sucediendo, y que había imaginado un motivo plausible basado en la vida de Sert como justificación de la muerte de Bruckner? Solo había una manera de mostrárselo. Extrajo de su cartera el *pendrive* que siempre llevaba consigo con todo su trabajo literario, y se lo tendió.

—Tendrás que leer esto para entenderlo.

—¿Tu *pendrive*? ¿El de tus novelas? ¿Estás escribiendo esta historia?

—Sí.

—¡Vamos arriba, a mi despacho!

Bety se puso en marcha caminando con una energía tal que obligó a trotar a Enrique. Accedieron a la zona reservada y Bety pulsó el botón de llamada del ascensor, que tardó en responder, así que acabó por tomar la escalera, subiendo los escalones de dos en dos hasta llegar a las oficinas. Anduvo por el pasillo con el *pendrive* en la mano hasta su despacho, sin ser consciente de que todos los trabajadores del museo la miraban completamente estupefactos. Allí, en la mesa de reuniones, estaba sentada Ana frente a la pantalla de un ordenador. Bety la despidió sin contemplaciones. Desde luego, esta Bety no le recordaba a la mujer que fue su esposa.

—Ana, vete a trabajar al salón anexo. Desvía las llamadas de mi número y toma nota de todos los recados. Si llaman de la Diputación, concreta el número de asistentes. No quiero que me molesten en... ¿Cuántas páginas son, Enrique?

—Ciento cuarenta.

—Dos horas, Ana. No estoy para nadie. ¡Para nadie!

—Entendido, jefa. ¿Todo está...?

—Todo bien. Ponte a ello, Ana.

Mientras daba estas instrucciones, Bety había acoplado el *pendrive* al puerto USB y abierto el menú. Los archivos con todas las obras de Enrique se desplegaron ante ella.

—¿Cuál es el archivo?

—*El anticuario 2.*

—¡Menuda porquería de título, Enrique! Pero, sin duda, va a juego con tu estupidez.

La impresora láser comenzó a imprimir la novela. Bety tomó las diez primeras páginas para ganar tiempo y se sumergió en la historia. Mientras leía fue tomando algunas notas al margen. Enrique se sintió infinitamente más examinado que cuando Goldstein leyera la novela, y no ayudó a ello que los despachos de las oficinas fueran de cristal transparente: no fueron pocos los compañeros de Bety que pasaron por delante, observándolos con mayor o menor disimulo.

En apenas media hora, Bety acabó la lectura. Enrique ya sabía que leía rápido, pero estaba claro que la necesidad había incentivado su capacidad llevándola al límite. Levantó la cabeza, lo miró directamente a los ojos y dictó su inapelable sentencia:

—¡Eres el mayor hijo de puta que he conocido en mi vida!

179

37

—¿Cómo demonios se te ha ocurrido novelar la historia de Craig? ¿Tan pobre es tu inspiración que debías aferrarte a su muerte para escribir una nueva novela?

—No fue mi primera intención. El punto de partida, sí, pero la historia se fue desarrollando ella sola según la iba escribiendo, a medida que encajaban las piezas.

—Y tu elección de los personajes... ¡Otra vez nosotros, aunque sea con otros nombres! Cualquiera podrá verlo. Pero eso no es lo grave: lo grave es que...

—¡Basta de recriminaciones, Bety! Lo grave es que Bruckner está muerto y que ambos tenemos sospechas de que quizá hubiera algo extraño en su muerte. Si he venido hasta San Sebastián desde Nueva York ha sido para poner la libreta en manos de la policía e informarles de todo.

—¿De todo? ¿Y qué vas a decirles a tus amigos policías? ¿Que te has inventado un argumento de novela partiendo de la muerte de Craig? ¿Que todo se origina en que, según tú, hace ochenta años Sert robó las joyas de la baronesa Maud von Thyssen? ¿Dónde están las pruebas, Enrique? ¿En tu imaginación?

Enrique guardó silencio. A Bety no le faltaba razón en sus críticas, pero él tenía sus motivos: años atrás, durante su aventura barcelonesa, se produjo más de una muerte, quizá por no haber compartido toda la información que tenían con la policía. Ese recuerdo asaltaba a Enrique en más ocasiones de las quisiera recordar y no estaba dispuesto a repetirlo.

—No repetiré los errores que cometimos años atrás.

—¿Repetir qué? ¡En poco se parecen ambas situaciones! ¡Aquí no tenemos nada! Solo una extraña muerte, una libreta que desapareció para acabar en tus manos y una novela a medio terminar…

El rostro de Bety cambió por completo de expresión mientras hablaba, como si acabara de comprender un nuevo dato del enigma y este le resultara definitivo: Enrique tuvo la inmediata sensación de ser juzgado y sentenciado con la más dura de las penas posibles cuando ella prosiguió la frase que dejara en suspenso.

—Has venido a investigar para acabar la novela. Quieres saber lo que ocurrió porque tu propósito es ese, y no otro.

—No es cierto.

—¡Joder, claro que lo es!

—¡No, claro que no lo es! ¡Hubiera podido quedarme en Nueva York escribiendo la novela y no haberte dicho nada sobre la maldita libreta! ¡Maldita sea, Bety! ¡Fue Bruckner quien me la envió! ¡Fue su decisión, no la mía! ¡Yo no lo conocía de nada! Y, te diré más: ¡si tú no le hubieras hablado de mí y de mis novelas, él jamás lo hubiera hecho! ¡Toda esta historia parte de ti, no de mí!

Bety se recostó en su sillón y permaneció callada reflexionando; fue como si un boxeador hubiera recibido un duro golpe que lo dejara un momento sin respiración. Comprendió que, en ese sentido, a Enrique no le faltaba razón. Fue ella quien recomendó a Craig la lectura de las novelas de Enrique, y estaba claro que algo había llamado la atención del restaurador hasta el punto de escribirlo de su puño y letra al finalizar la lectura de *El anticuario*. No le dolieron prendas reconocerlo.

—Sí, es cierto. Craig te lo mandó a ti. Tienes razón.

—Por una vez en mi vida estoy seguro de que la tengo. No quise nada de esto, Bety; los acontecimientos se sucedieron encadenándose los unos a los otros. Acabo de firmar un contrato muy importante por dos novelas, y esta historia se presentó de repente, con una fuerza que no podía rechazar. Me puse a escribir como no le hecho nunca, y me fue imposible detenerme.

Pero, cuando encontré la libreta, me quedé paralizado. Y decidí venir a contártelo a ti y entregársela a la policía. ¡Quiero hacer las cosas bien!

—Lo comprendo, lo comprendo. Hiciste bien. Perdona lo de antes. No debí gritarte.

—También yo te comprendo, Bety. Te hiciste muy amiga de Bruckner.

—Sí. Su muerte me dolió muchísimo, Enrique. Craig apareció en mi vida en un momento difícil, y fue un hombre comprensivo e inteligente. Me ayudó, es cierto. Todo ocurrió como tú acabas de contarlo, de repente. Así es la vida: las más de las veces, las cosas que nos suceden ocurren ajenas a nuestra voluntad. Un simple semáforo rojo puede cambiarlo todo: veinte segundos son suficientes para tomar uno u otro camino. Si no hubiera tenido la costumbre de tomarme el café de media mañana en el claustro no habría llegado a conocerle como lo hice. Entonces, ¿vas a entregar la libreta?

—Sí...

Bety sonrió. Una única palabra le bastó. Conocía a Enrique como no lo conocía nadie, y supo comprender lo que suponía esa pequeña vacilación.

—Has hecho una copia.

—La escaneé. Quiero seguir investigando.

—Comprendo... Tienes una novela que acabar, y siempre te gustó que tus obras fueran lo más verídicas posible.

—Sí, es cierto, aunque no es mi motivación principal. No podemos ni afirmar ni descartar que algo extraño sucediera. Y esa libreta podría ser la clave.

Permanecieron en silencio, mirándose. Enrique había explicado sus intenciones con un tono muy diferente al anterior: Bety detectó un sentimiento de culpa en sus intenciones, y le ofreció un rápido consuelo. También ella sentía curiosidad, y podía ofrecer algún dato que Enrique desconocía.

—¿Qué hay en la libreta?

—Todo... y nada. Resume el trabajo acumulado por Bruckner sobre Sert a lo largo de toda su vida, y solo hay un elemento que me llama la atención: existen unas notas a lo largo de la libreta que son recientes.

—¿Cómo lo sabes?

—Cambia ligeramente la forma de la letra, y la tinta de estas anotaciones no está ajada. Son recientes, pero desconozco cuánto.

—Y, ¿qué dicen esas notas?

—«SÍ», «NO» y signos de interrogación; muchas de ellas, a su vez, están tachadas, como si se tratara de posibilidades que hubiera descartado más tarde. También hay algunas anotaciones de carácter técnico.

—Es bien poca cosa. ¿No hay nada más?

—Nada que yo sea capaz de descifrar.

—Quiero la copia.

—Toma.

—¡No me digas que la habías preparado para mí!

—Sí. Pensé que querrías estudiarla.

Enrique extrajo una copia de su portadocumentos y se la tendió. Había ampliado el tamaño hasta llegar al A4, grapando las hojas, e incluso le había puesto una cubierta semejante a la original. Ella la hojeó, con curiosidad.

—Bety, me has contado que hablabas con Bruckner casi todos los días. Si hay alguna persona que pudiera estar al corriente de cualquier novedad relacionada con su trabajo en estos últimos tiempos, esa eres tú.

—Hay algo que sí puedo contarte. No mucho tiempo antes de su muerte, Craig viajó primero a Barcelona y después a Nueva York. Había descubierto aquí, en los archivos del museo San Telmo, que Sert realizó una visita a la ciudad en 1944. Craig estaba excitado, pues no consta referencia historiográfica alguna acerca de esta visita. Dijo que debía viajar a Nueva York para consultar estos hechos con otro especialista.

—¿Eso fue todo?

—No me dijo más.

—Ahora soy yo quien dice que es bien poca cosa.

—Espera un instante: Craig volvió de Nueva York preocupado. No me lo dijo así, pero fue la impresión que tuve. Antes de su viaje solíamos salir a pasear algunas tardes y, después, dejamos de hacerlo. Dijo que tenía mucho trabajo y que se le echaba el tiempo encima, y es cierto que pasaba aún más horas que antes en la biblioteca. Pero estaba, ¿cómo te lo diría?, entre ausente y concentrado.

183

—¿No volvió a comentarte nada sobre su trabajo?

—No. ¿Qué piensas de todo esto? ¿Crees que puede guardar alguna relación?

—Quizá. Verás, Bety: cuando abrí el sobre en Nueva York y vi que se trataba de la libreta, di rienda suelta a mi imaginación; si ya la tenía desbocada por la escritura de la nueva novela, esto la incentivó aún más. Me formulé varias preguntas, pero hubo una que destacó sobre todas ellas: por qué me lo mandó a mí y no te lo entregó a ti, y por qué lo envió por correo en lugar de dármelo en persona. Pensé mucho sobre ello, y esta fue mi conclusión: quería compartir su situación con otra persona, pero se vio obligado, por causas que desconocemos, a tomar esa decisión de forma inmediata. ¡Por eso lo mandó por correo! Y creo que no te lo quiso dar a ti para evitarte problemas.

—¿Para protegerme?

—Sí.

—Entonces, estás confirmando que a Craig...

—Todo esto no son más que hipótesis. ¿Comprendes ahora por qué voy a entregarle la libreta a la policía? No es nuestro trabajo, Bety. Pero sí te diré esto: quiero seguir los pasos de Craig Bruckner durante sus últimos días. Si antes tenía curiosidad, ahora que me has contado su descubrimiento de la segunda visita de Sert a San Sebastián, esta se ha incrementado. Pensar que a Craig lo asesinaron es algo muy literario, pero, ya en su momento, me lo dijeron mis amigos policías: ¿por qué iban a hacerlo? ¡Reconstruiré los pasos de Bruckner, Bety! Porque, si hay un motivo, ¡estará ahí! ¿Podrás ayudarme a ello?

—No, no podré. Al menos, no en los próximos tres días. La exposición se nos echa encima y no tendré ni un minuto de tiempo para ayudarte. Pero sí te conseguiré acceso a la biblioteca: allí podrás intentar seguir el rastro de Bruckner. La clave de acceso es San Telmo. Ven a las diez; daré instrucciones en la recepción para que te dejen pasar.

—¡Gracias, Bety!

—Busca. Encuentra lo que sea. ¡Tenemos que saber!

—Así lo haré, Bety; así lo haré.

38

*E*sa misma tarde, después de comer, Enrique visitó al inspector Germán Cea en la comisaría de Ondarreta para entregarle el original de la libreta de Bruckner. Había concertado una cita con él antes de ir al museo. Llevó consigo el sobre original, en el constaba el matasellos con la fecha, para demostrar que lo recibió en Nueva York: que tuviera amistad con miembros de la policía no suponía que necesariamente debieran creerle. Cea escuchó sus explicaciones, tomando notas mientras Enrique hablaba, y en todo momento mantuvo esa expresión moderada y ese suave tono de voz que lo caracterizaba. Hizo varias preguntas, muy concretas, pero ninguna le pareció a Enrique de importancia; al fin y al cabo, Cea desconocía los detalles relacionados con el trabajo de Bruckner. No se llamó a engaño. Sabía que bajo ese aspecto discreto se ocultaba un profesional competente, y que estudiaría la libreta con atención. Antes o después volvería a tener noticias suyas.

Después, se marchó a su piso de Igueldo. Dejó pasar el tiempo en la terraza, contemplando cómo la noche se iba adueñando de La Concha. Hacía fresco, no más de diez grados, y tuvo que ponerse una chaqueta para no enfriarse. El espectáculo jamás lo decepcionaba: poco a poco, la bahía se iba iluminando; un suave viento del sur rizaba las crestas de las olas, y echó en falta como nunca tener su *Hispaniola* amarrada en el puerto. ¡Cuántas veces había salido a navegar a última hora por la bahía, por su bahía, para ver llegar la noche!

Tomó una cena ligera y se fue pronto a dormir. No durmió mal, pero sus sueños no fueron tranquilos; al despertar, no recordaba nada de ellos. Después de desayunar llegó al museo a la hora prevista. La recepcionista le acompañó a la biblioteca, señalándole una mesa en particular; después, se fue, dejándole solo.

Había llegado el momento de comenzar su investigación.

Encendió el ordenador e introdujo la clave operativa que le diera Bety. Se desplegó el menú con los iconos de los programas del museo. Pinchó en «BIBLIOTECA», y se abrió un entorno clásico de búsqueda de ejemplares por autor, fecha, nombre del volumen y clave. No tenía un buscador histórico, o al menos, no supo encontrarlo. Al azar, introdujo la palabra «Sert» en el buscador: apareció un listado con treinta y nueve ejemplares y su localización en las estanterías de la biblioteca. Era lógico que hubiera más obras de referencia sobre el pintor que en el MoMA, ya que en San Telmo se exhibía una de sus obras mayores. Quince de ellas ya las había leído en Nueva York, así que ese fue un trabajo adelantado. La biblioteca del museo admitía el préstamo de ejemplares, pero Bruckner había trabajado en ella de forma regular y era seguro que, incluso llevándoselas puntualmente a su piso alquilado del Boulevard, no había formulado la petición. ¿Para qué hacerlo, si se pasaba todos los días de la semana en el museo y podía devolverlas en cualquier momento?

Imprimió el listado e inició la primera parte del trabajo: en grupos de cinco ejemplares fue reuniéndolos en la mesa, para después leerlos atentamente. Dedicó a este trabajo todo el día excepto una pequeña pausa para comer. Buscaba cualquier referencia al segundo viaje de Sert y, como era de esperar, no encontró nada, exceptuando algunos nuevos detalles técnicos sobre su obra con los que incrementar sus cada vez más notables conocimientos en la materia. Sabía que ese iba a ser el resultado, porque el descubrimiento de Craig no podía constar en obras ya publicadas, pero, como estaba seguro de que el restaurador las habría consultado, se obligó a seguir su pista. Enrique no era más que un investigador aficionado, pero esta no era su primera investigación y sabía bien cómo obrar. Paciencia y persistencia, esas eran las claves.

Cerró la primera jornada con la sensación de haber hecho bien el trabajo. Con paciencia había leído todos los ejemplares, uno por uno y página a página, sin saltarse línea alguna. No estaba cansado, pero se acercaba la hora de cerrar el museo. Eran las ocho y media en España, así que con la diferencia horaria de siete horas respecto a Nueva York era un buen momento para cumplir su promesa y telefonear a Helena. Fue una conversación breve y cargada de silencios, embarazosa y nada natural. Ni la mente de Enrique estaba en sus palabras ni Helena era capaz de disimular su incomodidad. Se despidieron con un mínimo afecto, y Enrique sintió la mella de un pequeño fracaso en su interior.

Después, telefoneó a Bety. Ella cortó la llamada y pasados unos minutos le mandó un mensaje: «Ocupada. Imposible vernos. Si algo nuevo, avisa». Le contestó con un escueto «Bien.»

Regresó al piso de Igueldo con cierta sensación de frustración; no se debía a los resultados de su trabajo, sino a sus relaciones personales. Rara vez conseguía que fueran rodadas y siempre constituían una fuente de problemas. Realmente le apetecía ver a Bety, estar con ella aunque no fueran más que unos minutos, pero el mismo hecho de pensarlo hacía que se sintiera mal en relación con Helena. Decidió ahuyentar estos molestos pensamientos dedicándose a su trabajo, pero tampoco la novela le sirvió de refugio. Su mente estaba demasiado dispersa, y tras dos horas de duros esfuerzos apenas escribió una página de escasa calidad.

De nada servía pelear contra un muro: se metió en la cama, y tuvo sueños turbadores que le hicieron despertarse en varias ocasiones. Helena y Bety, las dos, estaban presentes en ellos.

187

39

*P*ara el segundo día de trabajo, Enrique escogió el archivo histórico. En él depositaba todas sus esperanzas de reproducir el hallazgo de Bruckner. El documento de referencia eran las actas de la Junta de Gobierno del Museo San Telmo: en ellas se relataban todas las actividades referidas al funcionamiento del museo. Al estar digitalizadas, su trabajo se simplificó notablemente.

El libro v recogía las actas de 1919 hasta 1933. Por defecto, Enrique comenzó por este libro: en primer lugar, quería conocer cómo estaban redactadas y quién las firmaba, así como el tipo de información que recogían habitualmente y, en segundo lugar, tenía curiosidad por ver cómo se describía la ceremonia de la inauguración en 1932.

Se encontró con todo tipo de actas: unas, muy breves, apenas recogían mínimos movimientos de adquisición de obras; otras aportaban listados con liquidaciones de gastos especificando los más mínimos detalles. En general, las notas eran breves y concisas, como correspondía a un documento de carácter funcional, y estaban firmadas conjuntamente por el alcalde de la ciudad de San Sebastián y el director o conservador del museo San Telmo.

Encontró una primera referencia a Sert en la correspondiente al 23 de julio de 1930. En ella quedaba recogida su visita a San Sebastián para entregar al ayuntamiento los tres primeros lienzos de su obra; se aprovechaba la ocasión para nombrarle socio de honor. En actas sucesivas se recogían diversas gestiones e iniciativas destinadas a la preparación de la inauguración oficial del nuevo museo, el 3 de septiembre de 1932. El libro V se cerraba a finales de 1933 sin que constara otra mención a Sert; curiosamente, no se recogía detalle alguno de la inauguración.

El libro VI continuaba en una línea muy similar, incluyendo una significativa modificación como resultado de la guerra civil que estaba asolando España: al caer el frente norte en manos de los militares rebeldes franquistas San Sebastián quedó bajo su administración directa; las actas recogían la terminología propia del caso situando la expresión «Año triunfal» después de la fecha. Al margen de esta curiosidad, y pese a haber examinado detenidamente todas las actas hasta 1945, no volvía a mencionarse la presencia de Sert en la ciudad. Se hablaba, eso sí, de todo tipo de curiosidades en relación con su obra: la existencia de goteras que comenzaban a ocasionar problemas de humedades, la de un conserje que cobraba por dar explicaciones sobre el significado de los lienzos a los visitantes... Sin embargo, de una nueva visita tras la instalación de los lienzos, no había ni una palabra.

Esto desorientó momentáneamente a Enrique, pero no tardó en comprender que esta vía hubiera sido demasiado evidente para cualquier investigador: la visita de Sert no podía recogerse aquí, así que tendría que buscar en otro lugar.

Pero ¿dónde?

No tenía muy claro cómo proseguir su búsqueda, y se sintió muy tentado de emplear ciertos métodos fuera de lo común. Aunque no era un *hacker*, sabía lo suficiente de informática para obtener información fuera del alcance de la mayoría de usuarios. La búsqueda de la veracidad en sus novelas le había llevado a aprender de los más variados conocimientos a las más insospechadas habilidades: desde notables conocimientos médicos, técnicas forenses y de armamento, hasta cómo controlar una cámara de vigilancia a distancia o localizar claves de acceso reservadas para acceder a ordenadores particulares.

Seguir el rastro informático de Bruckner no debiera ser

189

demasiado complejo y estaba claro que el restaurador había encontrado la información en el mismo museo. Luchó consigo mismo un buen rato: allí era un invitado y, si alguien averiguaba lo que estaba haciendo, podría comprometer a Bety.

No podía llevarle mucho rato: media hora, a lo sumo.

Apretó las teclas adecuadas y entró en el modo a prueba de fallos. Desde el símbolo de sistema comenzó a trastear, a gran velocidad. Un poco por allí, otro por allá, y en el disco duro del servidor central del museo localizó todas las búsquedas por Internet realizadas durante el periodo en el que Bruckner trabajó en el museo. Copió el archivo en su *pendrive*: aunque el entorno Windows borrara las búsquedas realizadas según un programa preestablecido o manualmente, el registro del disco duro permanecía siempre inalterable, a menos que se interviniera directamente sobre él.

Sería un duro trabajo. Las búsquedas realizadas por todo el personal del museo durante tres meses se contaban por miles: la gran mayoría estarían relacionadas con las actividades profesionales diarias, y otro porcentaje correspondería a búsquedas personales. Accediendo a este listado, Enrique estaba bordeando la legalidad según la jurisprudencia española.

No le bastó. Tuvo una nueva idea justo cuando había decidido volver al entorno Windows: quizá fuera posible acceder directamente a los documentos consultados por Bruckner desde la pantalla de la biblioteca.

Las actas de las juntas de gobierno del museo eran documentos públicos, colgados en la propia web del museo. Si en ellos no constaba referencia al segundo viaje de Sert, esta tendría que encontrarse en otros documentos del museo no expuestos al público.

San Telmo era un museo con cien años de historia: el proceso de digitalización de todos los documentos históricos estaba en proceso; ese dato también constaba en su web. Parte de ellos ya estarían listos, pero otra parte, no. Ahí debió ser donde Bruckner encontró la clave.

Regresó al disco duro del museo y localizó los archivos históricos. El volumen era notable; su empleo, no. Obtener un registro de su uso no le llevó más de un minuto, un nuevo archivo a copiar en el *pendrive*. Lo hizo y, ahora sí, regresó a Windows acompañado por una notable sensación de culpabilidad. Tenía lo necesario para proseguir su trabajo, pero tuvo la sensación de que, en cualquier momento, se abriría la puerta de la biblioteca dando paso al personal de seguridad, que lo expulsaría de inmediato después de despojarle del *pendrive*.

Después, abandonó el museo, dispuesto a estudiar los archivos en la seguridad de su piso de Igueldo. Allí, con tranquilidad, esperaba dar con los pasos de Bruckner.

40

*B*ety consiguió dejar el trabajo encarrilado dos días después. Se había multiplicado para lograrlo porque deseaba compartir la investigación de Enrique, pero no quería delegar en su ayudante Ana más que cuestiones secundarias del museo, pues, al fin y al cabo, se trataba de su responsabilidad directa. Por eso, cuando supo que la exposición iba a quedar perfectamente recogida en la prensa, abandonó el despacho y se encaminó a la biblioteca.

Enrique no estaba allí.

En los tres días anteriores solo mantuvieron contacto vía SMS, y en todo caso las respuestas de Enrique a las escuetas preguntas de Bety fueron negativas: no había novedades que contar. No es que dudara de su habilidad para indagar en los archivos, pero Bety creía que de haber compartido la tarea ya habrían tenido éxito. Mandó un nuevo mensaje: «¿Dónde estás?» La respuesta, casi inmediata: «Abajo, en el archivo».

El archivo del museo también se había visto afectado por la reforma: ahora gozaba de un excelente espacio y un altísimo nivel de protección para sus documentos. Estaba situado en un extremo de la planta baja, en el nuevo edificio. Bety apenas lo había pisado en un par de ocasiones. Atravesó la puerta de acceso y pudo ver a Enrique sentado al fondo, con varias cajas de transferencia abiertas a su lado, la tableta encendida y un buen número de documentos sobre la mesa. Estaba tan concentrado en la tarea que no percibió su llegada; pero cuando Bety le habló no pareció sorprendido por su presencia.

—¿Qué tal va todo?

—Aquí lo tienes. Esto es lo que tu amigo Bruckner encontró en los archivos: facturas de un viaje de Sert a San Sebastián en 1944, un año antes de su muerte. Gastos de restaurantes y de alguna otra tienda, todos ellos cargados al museo San Telmo.

—Déjamelos ver.

Enrique le cedió la silla, señalando las facturas. Allí estaban, y no dejaban lugar a dudas. Bety las examinó con atención, memorizando los detalles: las fechas eran correlativas, en todas ellas constaba la palabra Sert y todas estaban validadas por J. A.

—Buen trabajo, Enrique. Pero ¿qué significan?

—Ni idea. ¡No son más que unas simples notas de gastos! Solo puedo decirte que tenemos en nuestras manos el punto de partida de la investigación de Bruckner. Y una cosita más.

—¿De qué se trata?

—No están registradas en la contabilidad.

—Pero, entonces, si no están registradas, ¿por qué están en el archivo?

—Tengo una posible explicación. He consultado todos los libros de gastos de la época, y debo decirte que la contabilidad se llevaba de una manera bastante escrupulosa. ¡Están recogidos absolutamente todos los gastos! Como la titularidad del museo era municipal, las cuentas estaban sujetas al control del ayuntamiento.

—Sí, así es también hoy día.

—Bien, verás: la suma de los gastos de las cinco facturas es de 489 pesetas de la época. Y, si te fijas aquí, en el libro de gastos de 1944 podrás ver que existe una partida que consta como «VARIOS» donde se recoge esa misma cantidad.

—A veces resulta cómodo consignar una serie de gastos relacionados de forma conjunta, no veo nada de particular.

—¡Venga, Bety! ¿Dónde está tu imaginación? El viaje de Sert a San Sebastián no consta en ningún lado, y los gastos, que fueron bien reales porque aquí tenemos las facturas, no se consignan conforme al sistema habitual de contabilidad empleado hasta entonces. Fíjate en esta otra factura, ¡si hasta recogían la compra de clavos por valor de cincuenta céntimos! Es evidente que los gastos no fueron recogidos de forma individual porque alguien quiso que este viaje no dejara pista alguna. ¡Esa es la conclusión a la que llegó Bruckner!

—¿Alguien? ¿A quién te refieres?

—Solo pudo tratarse del mismo Sert.

—Y ¿cuál pudo ser el motivo? ¿Para qué iba a obrar de esta manera?

—¡Vas demasiado rápido! Acabamos de terminar la primera fase: ahora comienza la segunda. ¿Sabes qué fue a hacer Bruckner a Barcelona? Y ¿cuáles fueron sus pasos tras regresar a San Sebastián?

—Craig me dijo que estuvo leyendo la correspondencia de Sert en los archivos de la familia. Después estuvo estudiando el Archivo Histórico Provincial, aquí, en San Sebastián, y creo que también hizo referencia al del pintor Zuloaga, en Zumaia. A continuación viajó a Nueva York, para entrevistarse con otro experto en la obra de Sert. ¡Esto es lo único que sé!

—Tendré que seguir sus pasos.

—¿Tendrás o tendremos?

¿Viajar con Bety a Barcelona? A Enrique le resultó muy sugestivo, y estuvo tentado de decir que sí. Pero hacerlo supondría afrontar recuerdos muy dolorosos. ¿Podría soportarlo?

—Preferiría ir solo.

—No. Iré contigo.

—Bety, sería mejor…

—Ni sería mejor ni nada que se le parezca. Te voy a dar dos motivos por los que mi presencia es absolutamente necesaria. El primero: el archivo familiar de Sert no es un archivo público al que puedas acceder así como así. Craig pudo porque era quien era, uno de los mayores especialistas mundiales en su obra, y añadiré un detalle: tuvo que viajar a Barcelona a toda prisa, ¡ni siquiera se despidió!, precisamente porque el archivo no está disponible al público en general y la familia solo permite el acceso cuando ellos están presentes. Por mucho que tengas contactos editoriales en Barcelona, no podrás acceder con facilidad al archivo. En cambio, si viajas conmigo, te estará acompañando la relaciones públicas del museo San Telmo, en vísperas de la restauración de los lienzos de la iglesia. ¿A quién crees que permitirán consultar la correspondencia del pintor, a ti o a mí?

—Podría bastar con que desde el museo les comunicaras mi visita. Con tu recomendación bastaría.

—Sí, es posible. Pero aún no te he expuesto mi segundo motivo, muchísimo más poderoso que el primero: Craig era mi amigo, y viajaré contigo a Barcelona sencillamente porque me da la gana hacerlo. ¿Te parece convincente?

Era otra Bety, desde luego; muy diferente a la que fuera su mujer. ¿Podía negarse? ¿Valía la pena hacerlo? No, ella tenía razón: sin su presencia, la visita al archivo de la familia Sert resultaría muy difícil. Enrique asintió, arriando velas antes de que la tempestad se formara: también él era más sabio, y había aprendido a luchar solo cuando la victoria era posible.

195

41

*B*arcelona: tenían la ciudad siempre a sus pies, al igual que en San Sebastián y, Bety no lo dudaba, más tarde o más temprano ocurriría lo mismo en Nueva York. La casa de Vallvidrera, donde Enrique había vivido con su padre adoptivo, Artur Aiguader, desde la muerte de sus padres a los cinco años de edad, estaba situada en la montaña del Tibidabo y ofrecía una espléndida vista sobre toda la ciudad. Bety sospechaba que debía existir un condicionante infantil en la necesidad de Enrique de vivir en lugares altos y despejados, nidos de águila donde conservar una ficticia independencia, alejándose de la multitud.

Pese a sus defectos, Enrique poseía una virtud que Bety no podía dejar de admirar: su enorme capacidad para ganarse la vida. El piso de San Sebastián se lo había pagado exclusivamente con los derechos generados por las ventas de sus novelas. Y cuando, tras la muerte de Artur, Enrique heredó una buena suma, inmediatamente se encargó de repartirla entre diversas ONG. Bety supuso que se debía al dudoso origen de la fortuna de su padre adoptivo; lo único que había conservado era la casa, a la que jamás renunciaría. ¿Una suerte de retribución? Era posible, en efecto. La mayoría se habría conformado con recibir una herencia capaz de permitirles no volver a trabajar en su vida, pero Enrique, que amaba su independencia por encima de cualquier cosa, no consideraba como propio un dinero generado por otro. También aquí seguía los pasos de Artur, quien tras la Guerra Civil se había visto obligado a labrarse un camino sin más apoyo que el de sus manos y su inteligencia.

Bety pensaba que, cuando llegara el momento de establecerse definitivamente en Nueva York, Enrique buscaría un piso alto en un rascacielos, o quizá se conformara con ver el *skyline* de Manhattan desde Brooklyn. Le costara lo que le costara, era persistente: siempre se establecía objetivos que, pese a ser difíciles, le ofrecieran una oportunidad, y siempre se agarraba a esta con todas sus fuerzas.

Conocía muy bien la casa: durante su matrimonio se habían alojado en ella con frecuencia, siempre que visitaban a Artur. La última vez, ya separados, hacía cuatro años, cuando ella acudió a ayudarle en su búsqueda. Entonces se instaló en el dormitorio de invitados, y en esta ocasión hizo lo propio: aunque pensaba que su situación estaba clara, no quería que hubiera confusiones de ningún tipo.

Respetó la intimidad de Enrique. Durante una hora, estuvo dando vueltas por la casa, abriendo las persianas, conectando la luz y el agua, y repasando el estado general de la misma pese a que no hubieran pasado ni dos meses de su anterior visita, cuando regresó a España para asistir a la inauguración del museo. Desde un rincón de la sala, mientras disimulaba pasando las páginas de un libro, Bety lo vio caminar de aquí para allá, deambulando con aparente rumbo en sus acciones pero perdido en sus ensoñaciones. Lo conocía demasiado bien como para no ser consciente de ello.

Finalmente, Enrique la invitó a asomarse a la terraza: había dispuesto dos tumbonas junto al parasol. Tomaron asiento, como tantas otras veces.

—¿Qué vamos a hacer ahora?

—Esperar a que los herederos de Sert nos autoricen a visitar el archivo. El actual conde vive entre Comillas y Barcelona, y ha de ser él quien dé la autorización. No tardará en hacerlo: esta tarde; a lo sumo, mañana.

—Hubiera preferido viajar con la visita ya cerrada.

—Enrique, hay que cazar las ocasiones al vuelo. Piensa que sin la mediación del museo se hubiera podido demorar sema-

197

nas. Aquí careces de influencia. Y el hecho de que ya estemos en la ciudad ayudará a que, por una cuestión de compromiso, aceleren la decisión.

—¿Conoces al actual conde? ¿Cómo es?

—No lo conozco en persona, solo por referencias. Dicen que es un amante de la buena vida, un hombre afable y expansivo. Y un reconocido gastrónomo.

—¿Crees que nos pondrá dificultades?

—No, no lo creo. Pero te pediré una cosa: yo llevaré la voz cantante, esté él, nos atienda alguno de sus hijos, o su secretario.

—Bien, pero ¿cómo justificaremos mi presencia?

—Diciendo, si no toda la verdad, parte de ella: que estás escribiendo una novela de intriga basada en parte en la obra y vida de Sert.

—¿No será un inconveniente? Puede que no les haga gracia que novelen la vida de su antepasado.

—No estoy dispuesta bajo ningún concepto a que el buen nombre del museo quede en entredicho. Les comuniqué que vendría acompañada, y que mi acompañante serías tú. Tienen un dosier con tu obra: saben a qué atenerse. En todas tus novelas has hecho constar tus fuentes: ellas son tu mejor aval. La verdad, Enrique, es el ariete que abre todas las puertas, siempre y cuando se maneje con acierto. Tú pondrás la verdad; del acierto me encargo yo.

—De acuerdo.

—Por último: existe un detalle que aún no te he contado.

—Si no lo has hecho antes, será porque sabes que no va a ser de mi agrado.

—Antes de estudiar los archivos tendremos que firmar un documento de aceptación donde conste que la familia se reserva el derecho a autorizar el uso de la información que obtengas. Tendría importancia si la situación fuera otra: lo que prima es seguir los pasos de Craig. Tu novela es secundaria.

—Comprendo... La vida de Sert fue intensa, y en su correspondencia podremos encontrar detalles muy personales. No hay problema. Tienes razón, ahora mismo la novela es secundaria. Y yo nunca escribo para desacreditar a nadie: no hay nada más sencillo que inventarse a un malo.

El teléfono de Bety emitió un sonoro pitido. Consultó el mensaje: «A partir de las 17 h en la mansión familiar». Se lo mostró a Enrique.

—¡Fantástico! Nada me hubiera fastidiado más que tener que esperar sin nada que hacer. ¡Gran noticia!

Bety lo hubiera apostado todo a que esa iba a ser su reacción. Recordó las palabras que Enrique atribuyera al Sert novelado, leídas apenas cinco días atrás en su despacho del museo —«¡Hacer! ¡Esa es mi vida! ¡Hacer para vivir!»— y comprendió por qué había escogido al pintor como protagonista. No era por la intriga, ni porque su vida hubiera sido novelesca y, por tanto, adecuadísima para el personaje clave.

Esas palabras bien podrían haber sido pronunciadas por Sert, pero también podían aplicarse a Enrique. Eran muy, muy parecidos, más de lo que Enrique imaginara.

Y, con Barcelona ahí abajo, permaneció meditando cuánto habría de Enrique en esta novela que quizá jamás llegara a ver la luz.

199

42

*L*a casa de la familia Sert estaba situada en una zona noble de la ciudad, cercana a la avenida Tibidabo: un palacete que hablaba bien a las claras de las glorias pasadas y presentes de la familia.

La fortuna de los Sert siempre estuvo ligada a la industria textil, de larga raigambre en Cataluña. Su padre, Domingo, introdujo telares mecánicos traídos desde Inglaterra, lo que aumentó notablemente el rendimiento de su fábrica. Fue un hombre preocupado por el bienestar de sus trabajadores, para los que fundó un montepío de socorro e invalidez. Diputado adscrito al partido conservador, su ideología buscaba el orden, pero siempre desde la libertad. Una máxima familiar fue: «Pienso lo contario de lo que usted piensa, pero daría mi vida para que usted pudiera expresar sus ideas». Domingo Sert también fue presidente de la diputación provincial, recibió importantes condecoraciones y se le ofreció un título nobiliario, que finalmente recayó en su primogénito Francisco, el hermano mayor de José María Sert.

La influencia de la familia en la vida de José María Sert fue notable: desde pequeño se acostumbró al trabajo, que en su caso fue el arte, pero comprendido como ocupación y realizado con la misma escrupulosidad con la que primero su padre y después su hermano Francisco dirigieron la fábrica. En cierto modo, también José María pintaba de una forma industrial: ayudado por sus colaboradores Massot y Mancini, realizaba coreografías fotográficas en las que participaban decenas de personas como modelos para el posterior dibujo de sus lienzos.

Pero, a diferencia del pintor, acostumbrado a derrochar fortunas siguiendo su capricho, la familia hizo crecer su patrimonio, y parte de él era el palacete frente al que estaban Bety y Enrique. Accedieron al mismo por los jardines, tras identificarse por un interfono. En la puerta principal les esperaba un hombre con el inofensivo aspecto de un secretario. Les tendió la mano; se la estrecharon.

—Señorita Dale, señor Alonso, soy Pere Mascaró; sean bienvenidos. En este momento no se encuentra en Barcelona ningún miembro de la familia, pero se me han dado instrucciones para facilitar su trabajo. Acompáñenme, por favor.

La entrada daba paso a un enorme distribuidor decorado con exquisito gusto. Lo atravesaron, para llegar a una de esas bibliotecas clásicas capaces de hacerle perder el sentido a cualquier amante de los libros: todas las paredes, de tres metros de altura, estaban forradas por una librería construida a medida, con las estanterías a rebosar de ejemplares de época. La decoración era tan gloriosa como la propia biblioteca: tres grandes bocetos del pintor iluminaban estratégicamente la estancia, a lo que se sumaba un globo del mundo de considerables dimensiones situado en su mismo centro. A un lado, cerca de un ventanal, se encontraba una deliciosa mesa clásica, dos sillas modernistas y, junto a ellas, un sillón de lectura.

Bety conocía el amor de Enrique por las antigüedades, lógica herencia del trabajo de su padre adoptivo, Artur. Desde pequeño se había visto rodeado de esa peculiar fascinación que ejercen los más hermosos objetos del pasado en muchas personas; pero, si su amor por la imperecedera belleza de los objetos era notable, la que sentía por los libros era aún mayor. Allí, rodeado por centenares de ejemplares, Enrique se sintió muy cercano al paraíso. Mascaró lo comprendió al instante, en cuanto se detuvo para mirar en derredor Enrique, apenas traspasado el umbral.

201

—Veo que aprecia una buena biblioteca, señor Alonso.

—¡Es magnífica!

—¡En verdad que lo es! Uno de mis privilegios al trabajar con la familia Sert es poder disfrutar de ella; no solo de su contenido, sino también de su continente. Bien, corríjanme si me equivoco; deseaban estudiar la correspondencia del pintor José María Sert correspondiente a los años 1942, 1943 y 1944.

—Así es.

—Tengan la bondad de esperar mientras traigo la documentación.

Mascaró desapareció tras una oculta puerta lateral, también cubierta por la librería. No tardó en regresar con un carrito que contenía tres grandes archivadores y una carpeta. Aparcó el carrito junto a la mesa, y de la carpeta extrajo unos folios.

—Señorita Dale, como ya le indicamos, es necesario que firmen esta autorización. Incluye tanto su compromiso a no revelar la información contenida en las cartas sin el consentimiento previo de la familia, así como las instrucciones para el manejo de la documentación. Aunque imagino que ambos dos conocerán perfectamente cómo hacerlo teniendo en cuenta sus respectivas profesiones, deben recordar que se trata de correspondencia fechada setenta años atrás. Toda ella se encuentra protegida por una película transparente sellada, y no debe ser extraída de la misma. Además, cada hoja de película lleva un chip de control que impide su extracción de la biblioteca. No está permitido realizar copias por cualquier método sin nuestra autorización. Por último, deben saber que existe una cámara de vigilancia que les grabará mientras se encuentren aquí. Ahora, si me hacen el favor…

Les tendió un bolígrafo; Bety y Enrique firmaron al pie tras leer la hoja de compromiso. Bety le devolvió las hojas, y Enrique inició una nueva conversación sin que ella tuviera tiempo de detenerlo.

—Señor Mascaró, si no tiene inconveniente, quisiera expresarle una inquietud.

—Usted dirá.

—Que se deban tomar estas precauciones me resulta sorprendente. Entiendo que, si lo han hecho, sus motivos habrán tenido para ello, y resulta triste pensar que pueda haber personas tan descorteses como para hacer mal uso de la información histórica que contienen, ¡o incluso llegar a apropiarse de los documentos originales! Pero le aseguro que no seremos precisamente nosotros quienes vulneremos este acuerdo.

—Conociendo sus antecedentes, estoy seguro de ello. Comprenda que es parte de un protocolo ya establecido...

—...Y usted, que, bajo ningún concepto, les planteo su modificación. Solo quería manifestarle nuestros sentimientos e intenciones al respecto.

—Se lo agradezco.

—Señor Mascaró, es posible que el estudio de toda la correspondencia nos lleve su tiempo.

—No deben preocuparse por ello. Estaré a su disposición el tiempo necesario, ¡excepto por la noche, claro está! Si deben regresar mañana bastará con que me lo comuniquen al finalizar la jornada. Les dejo trabajar.

Inclinó la cabeza, a modo de saludo, y caminó hacia la entrada principal de la biblioteca. Cuando ya estaba cerca de la puerta, y haciendo caso omiso de una silenciosa y enfadada Bety, Enrique realizó una nueva pregunta.

—Señor Mascaró, discúlpeme; ¿me permite una última pregunta?

—Faltaría más.

—¿Podría decirme si ha habido alguna persona más interesada en esta correspondencia en concreto durante los dos últimos meses?

La expresión del rostro de Mascaró mutó apenas una milésima de segundo, y nadie que no hubiera estado extremadamente atento hubiera podido percibirlo. Enrique lo estaba; no había hecho otra cosa durante la anterior conversación que familiarizarse con la formal máscara social tan definida de Mascaró. Percibió, pues, un destello de interés, quizá sorpresa, y posiblemente también cierta inquietud.

—No puedo contestar a esta pregunta: debo respetar la privacidad de todos los interesados, incluida la suya propia. Le ruego me disculpen.

—Gracias igualmente.

Mascaró abandonó la sala, y en cuanto hubo salido por la

203

puerta Bety comenzó a manifestar su indignación. Enrique cambió de posición, situándose frente a ella.

—¿Pero se puede saber qué demonios has querido de...?

—¡Calla la boca y escucha! ¡No olvides que hay una cámara!

—¿Qué?

—No te muevas, cálmate y déjame explicártelo. La cámara está justo detrás de mí, tapando tu rostro; así no podrán saber qué decimos ni leyendo nuestros labios.

—Enrique, ¡esto es una locura! ¿Qué interés pueden tener en eso?

—Dame un minuto, ¡solo un minuto!, y te lo explicaré. Imaginemos que Craig no murió accidentalmente, sino que fue asesinado. Si fue asesinado, lo fue por algo que descubrió entre el museo San Telmo y este archivo. Pero, si lo asesinaron, ¡alguien más debió conocer ese descubrimiento! ¿Quién te dice que su asesino no estuvo también aquí, consultando la correspondencia?

—Estas diciendo que... ¿Mascaró?

—¡No, no necesariamente! Es el secretario de la familia, y seguro que lo es desde hace muchos años. Mi pregunta tenía un sentido muy concreto.

—¡Pero él no te contestó!

—¡Todo lo contrario, sí lo hizo! Dijo que debía respetar la privacidad de «todos los interesados». ¿No lo comprendes, Bety? No dijo «los» interesados, sino «todos».

—Sí, puede que sea como lo estás diciendo...

—¡Claro que puede ser! Desde que comenzamos esta historia todo puede ser y nada está confirmado. Bety, si en un plazo breve de, pongamos, un mes, fueran tres las visitas que quisieran ver una correspondencia cuyo análisis, siendo realistas, habría despertado poca curiosidad anteriormente, ¿no querrías, teniéndolas ahí, todo el día a tu alcance, averiguar qué excitaba la curiosidad de estas personas? Y, si además conociera la extraña muerte de Bruckner... Es mejor andar con cuidado. A partir de ahora, a trabajar, pero hablando en voz baja y de espaldas a la cámara.

—Pero, Mascaró... Si fuera así, ¿por qué no nos ha impedido ver el archivo?

—¡Porque no es su archivo! ¿Con qué motivo podría dene-
garnos el acceso si ha sido autorizado por el actual conde?

Bety sonrió, muy suavemente, antes de hablar.

—Eres malo, Enrique. ¡Muy malo!

—No, Bety, no soy malo. ¡Soy escritor!

43

A la atención de José M.ª Sert,
Rue de Rivoli, 252
De Misia Godebska

12 de abril de 1944

Querido Jo:

¡Me tienes abandonada! No sé qué te ha dado última-
mente que pasas más tiempo viajando de aquí para allá que
en París y, cuando estás, es como si no estuvieras, metido todo
el día en tu taller pintando esas inacabables pinturas para la
catedral de Vic.
    No digo que debas estar conmigo continuamente, pues
ambos conocemos bien cuál es nuestra relación actual. Fui
tu esposa, como ahora soy tu más querida amiga. ¡Pero de-
bieras dignarte a visitarme, sacarme a pasear o a cenar en
Maxim's! Te echo de menos, y echo de menos aquello que
siempre va contigo: tu amor a la vida, tu energía inacaba-
ble, ese espíritu vigoroso que se proyecta en todos los que te
rodean.
    Desde que he perdido visión me apetece menos salir de
visita, prefiero recibir a los pocos de entre nuestros amigos

que todavía permanecen en la ciudad. Por culpa de estos estúpidos invasores nos vemos recluidos en nuestras casas, como si el pasado glorioso de Francia se hubiera esfumado con la derrota. Me niego a que esto ocurra y, en la pequeña medida de mis posibilidades, quisiera rebelarme contra esta situación. Por este motivo daré una pequeña recepción aquí, en casa, y, si bien no puedo exhibir en los balcones las banderas de mi querida Francia, será en el interior donde contribuyan con sus tres alegres colores a decorar el salón. Mi piano, fiel amigo que jamás me abandona, servirá de sonoro acompañamiento y, si bien mi vista falla con frecuencia, mis manos continúan igual de hábiles y las partituras están grabadas en mi memoria.

¿Podrás venir? Quisiera verte a mi lado, como antes, como siempre. ¡Y si traes unas botellas de ese champán que atesoras en las bodegas de tu casa-taller, mejor que mejor! El racionamiento hace difícil que pueda conseguir los productos necesarios para agasajar a mis invitados, y no quisiera quedar mal ante ellos. ¡No, no me riñas por esta iniciativa! Eres generoso en demasía conmigo al ayudarme como siempre lo haces. ¿Crees que desconozco el origen del dinero que recibo cada mes en mi cuenta? ¡Sé bien que procede de ti! No quiero malgastarlo, pero me niego a que estos estúpidos nazis nos impidan vivir como siempre lo hemos hecho.

¿Cuento contigo?

Te espera impaciente tu

MISIA

PD: He oído rumores inquietantes sobre algunos amigos. También he sabido, por otros, que tu influencia en determinados círculos de las fuerzas de ocupación se mantiene incólume. ¿Puedes ayudarlos? ¿Será tan grande tu generosidad? ¿O, quizá, más que tu generosidad, lo será tu atrevimiento?

****

A la atención de D. José M.ª Sert,
Rue de Rivoli, 252
De Maurice Wendel

14 de abril de 1944

Estimado José María:

Permíteme, en primer lugar, saludarte con todo afecto. Hace tiempo que no tengo el gusto de hacerlo en persona, pero ya sabrás que las circunstancias personales que afectan a los míos se han agravado, y todas mis energías van encaminadas a tratar de paliar la terrible situación en la que nos hallamos inmersos. Nuestro origen, del que siempre nos sentimos orgullosos, se ha convertido en un estigma que nos acompaña en todo momento.

Son momentos estos de máxima dificultad. Los buenos tiempos se han esfumado con todo aquello que los acompaña: bienestar, fortuna y tranquilidad. Queda algo de ello, ¡cómo no, si siempre fui hombre previsor!, pero ahora debe estar destinado a lograr el objetivo único que origina esta carta: ayer se llevaron a mi hija al campo de concentración de Sarrebruck-puis-des Fresnes, cerca de Lyon.

¡Qué puedo hacer, José María! Tú no has sido padre, pero has amado de tal manera que no puedes por menos que comprenderme. ¿Qué sentiste cuando conociste el incendio de la catedral de Vic y la profanación de la tumba de tu amigo el obispo Torras i Bages? Ese sentimiento de pérdida, infinito para ti, sería nada al lado del que yo siento ahora por la pérdida de mi querida hija.

Como dije antes, queda algo, lo suficiente para forzar una salida, mas, ¿cómo hacerlo? ¿A quién dirigirme de entre nuestros invasores que me pueda ofrecer una garantía? En mi actual posición, a nadie. Mi influencia se ha desvanecido; es una sombra de la que, en su día, me abría todas las puertas de los hombres poderosos de París.

Pensé en ti, José María; como recuerdo de épocas mejores, en las que siempre te apoyé, reconociendo tu enorme genio creador. Pero, sobre todo, pensé en ti como amigo.

Sabes dónde encontrarme, pero no deseo comprometerte. Esta carta te llegará por un amigo de toda confianza, burlando cualquier control de los que nos oprimen. Si lo deseas, iré a verte, y te expondré cómo podría compensar los esfuerzos de quienes nos ayudaran. Esto, forzosamente, debe hacerse en persona.

Espera ansioso noticias tu amigo,

MAURICE WENDELL

* * * * * * * *

A la atención de Misia Godebska

14 de abril de 1944

Queridísima Misia:

Recibí tu carta de antes de ayer, y te pido mil perdones por mi falta de tacto. Sabes que nada aprecio más que tu compañía, pues solo tú me comprendes por completo y con nadie más soy capaz de reírme como contigo. Pero ocurre que el trabajo se me acumula en tal medida que apenas dispongo de tiempo: no solo son los murales de Vic, sino también el encargo de Juan March para la residencia de Mallorca. Paso innumerables horas al día trabajando con los diferentes bocetos y diseños, y el trabajo me absorbe en tal manera que los días se suceden los unos a los otros sin darme el menor margen a detenerme.

Misia mía, debo comunicarte que, por desgracia, no podré asistir a tu soirée. *Tal y como apuntaste en tus letras, ha surgido una complicación que afecta muy directamente a un buen amigo de ambos y, por el bien de este, me veo obligado a asistir a una reunión imprevista que me ocupará buena parte de la noche.*

Ten por seguro que, de no tratarse de quien es, bajo ningún concepto hubiera dejado de asistir. Cuenta con mis mejores deseos para el éxito de la misma y, como no solo de buenos de-

seos vivimos las personas, recibirás por mediación de mi se-cretario Boulos Ristelhueber el material necesario para que todo sea un éxito: champán, paté y caviar, todos ellos de pri-mera calidad.

¿Cómo está nuestra común amiga, Coco? He oído que con-tinúa con ese loco romance tan desaconsejable... Tú, que eres su más fiel amiga, harías bien en insistirle en que reflexio-nara; los tiempos están cambiando, y más le valdría apartarse de quienes han invadido este maravilloso país.

Prometo acudir a visitarte en cuanto consiga solucionar el problema antes mencionado. Te relataré todo lo relacionado con esta triste historia, pero en persona, no en estas misivas; así tendré el placer de visitarte y entretenerte con novedades.

Besos y abrazos, todos, para ti, de tu

Jo

****

A la atención del Generalleutenant *Freiherr von Boine-burg*
De José María Sert
Cuartel general Wehrmacht

· *16 de abril de 1944*

Generalleutenant:

Por la presente le comunico mi interés en poder charlar con usted de un asunto personal y por tanto privado que, sin embargo, puede ser de un máximo interés para ambos.

Queda a su disposición,

JOSÉ MARÍA SERT

****

A la atención de D. José María Sert
Del Major *Rilke, secretario del*
Generalleutenant *Freiherr von Boineburg*
Rue de Rivoli, 252

4 de mayo de 1944

Estimado señor Sert:

En atención a su misiva del día 16, le comunico que el Generalleutenant *Freiherr von Boineburg le recibirá en su despa-*
cho el próximo día 8 de mayo, a las once de la noche.

Reciba cordiales saludos,

MAJOR RILKE

****

A la atención de Maurice Wendel
De José María Sert

9 de mayo de 1944

Querido Maurice:

Te hago llegar esta breve nota por el canal habitual.
Quiero que sepas que las gestiones parecen ir por el buen ca-
mino. No será este fácil, pues existen inconvenientes que ya te
contaré en persona, pero, por el momento, debes saber que la
orden de traslado de tu preciosa niña ha sido archivada y que,
pese a no haber obtenido aún su deseada liberación, confío en
obtenerla según todos los flecos relativos al asunto queden ce-
rrados.
¡Espera paciente!
Tu amigo, en quien puedes confiar,

JOSÉ MARÍA SERT

****

A la atención de José María Sert
De Maurice Wendel
Rue de Rivoli, 252

17 de mayo de 1944

Querido amigo: ¡No hay suficientes palabras en el mundo para manifestarte mi gratitud! El mero hecho de que mi hija Ségolène continúe en el campo de Sarrebruck y no haya sido llevada a esos otros lugares de los que comienzan a llegarnos los más terribles rumores ha calmado nuestros inmediatos temores.

Calmado, ¡pero no apagado! Tememos por ella, porque, mientras esté allí internada, todo es posible.

De momento, tal y como me dijiste, he obrado; la mercancía fue llevada al lugar previsto y allí, me imagino, cambió con éxito de manos. Has hecho mucho por nosotros, pero debo pedirte que hagas aún más. Logramos, tras ímprobos esfuerzos, reunir más material. Más allá de esto, nada nos queda. Creo que su cantidad será más que suficiente para satisfacer las exigencias de tu interlocutor y lograr la definitiva liberación de la niña.

¿Puedo pedirte, José María, a ti, en quien más confío, que nos ayudes de nuevo? Debemos vernos para así explicarte todo lo necesario.

Las lágrimas de mi esposa me acompañan todas las noches, junto a nuestros rezos al Creador para que te cubra con sus parabienes.

Tu amigo,

MAURICE WENDEL

****

A la atención del Major *Rilke,*
secretario del Generalleutenant *Freiherr von Boineburg*
De José María Sert
Cuartel general Wehrmacht

23 de mayo de 1944

Major *Rilke:*

Por la presente le comunico que desearía mantener una
nueva conversación con usted en referencia al asunto que nos
ocupa.

Confiando en ser atendido con prontitud, le saluda,

José María Sert

****

A la atención de José María Sert
De Major *Rilke*
Rue de Rivoli, 252

24 de mayo de 1944

Le envío esta nota para comunicarle que seré yo quien
acuda a su casa-taller mañana por la noche, día 25, al objeto
de hablar sobre el particular.
No vuelva a enviar cartas al cuartel general.
Destruya esta nota.
Cumpla estas instrucciones al pie de letra o las circunstan-
cias cambiarán no solo para aquella de quien hablamos, sino
para otras terceras personas, incluido usted mismo.

Major Rilke

****

A la atención de Maurice Wendel
De José María Sert

27 de mayo de 1944

Maurice:

Las circunstancias han cambiado radicalmente. La baza ha cambiado de mano. Si deseas tu objetivo, tendrás que asumir el riesgo. No puedo decir más.

Por otra parte te comunico que, debido a una reciente enfermedad que la ha postrado en su lecho, me veo obligado a permanecer las próximas noches al lado de mi queridísima Misia haciéndole compañía en su domicilio.

Recibe mis más cordiales saludos,

JOSÉ MARÍA SERT

****

A la atención de José María Sert
De Misia Godebska
Rue de Rivoli, 252

7 de junio de 1944

¡Jo!
¡Querido mío!
A estas horas habrás escuchado, como todo París, las noticias que proceden de la costa normanda: ¡los aliados han desembarcado por fin abriendo el segundo frente! Todo es confusión, pero no cabe duda: ¡la hora de los nazis se acerca a su final! Acosados como están en el frente ruso, tendrán ahora que dividir sus fuerzas, y todos, hasta el más inculto de los hombres, sabe que eso los desangrará por completo. ¡Es cuestión de tiempo que París sea liberado y recuperemos nuestra libertad! He brindado con Marie, mi criada, abriendo una de las botellas que en su día me enviaste, ¡y jamás me ha sabido mejor cualquier bebida!

¡Tengo ganas de bailar, de saltar, de vivir en definitiva! Los rostros de todos los que me rodean reflejan esta expectación... ¡pero también cierto miedo ante lo que pueda venir!

Me gustaría volver a verte pronto, como esos días atrás en los que tan gentilmente acudiste a acompañarme cuando estaba enferma. Por cierto, me agradó sobremanera volver a recibir a Maurice Wendel, al que tanto tiempo llevaba sin ver; fue muy gentil por tu parte comunicarle mi indisposición. Volver a ver a los viejos amigos es un tónico para mi alma.

¡Te espero, Jo, cuanto antes! ¡Es como si volviera a tener veinte años! ¡Ven a verme!

Tuya,

MISIA

****

A la atención de José María Sert
De Misia Godebska
Rue de Rivoli, 252

215

12 de julio de 1944

¡Queridísimo Jo!

Faltan dos días para la celebración de la fiesta nacional de nuestra maravillosa Francia, fiesta que ha sido prohibida por los nazis desde la derrota de nuestras tropas. ¡Pero su tiempo se acaba! Sabrás, como todos y aún mejor, que el avance aliado es ya irrefrenable: la libertad se acerca a París a marchas forzadas. No veremos este año la ciudad engalanada, pero no me resigno a celebrar la efeméride en la privacidad de mi domicilio. He invitado a unos buenos amigos, ¿puedo contar con que vengas?

¡Ven, querido mío!
¡Te espero!

TU MISIA

****

A la atención de Misia Godebska
De José María Sert
Hotel ————————

15 de julio de 1944

Querida mía:

Lamento decirte que me será imposible asistir. Un compromiso ineludible lo impide. Disculpa la brevedad de esta nota, pero el tiempo se me echa encima y tengo mucho que hacer.
Iré a verte en cuanto regrese.
Besos,

JO

****

A la atención de José María Sert
De Maurice Wendel
Rue de Rivoli 252

25 de julio 1944

José María:

La confusión nos rodea y el tiempo apremia. El avance de las tropas aliadas puede ser tan beneficioso como perjudicial. París será liberado, seguro, pero ¿cuándo? Dos divisiones de las SS se han trasladado a la ciudad para reforzar la guarnición y todos imaginamos cuál será su objetivo: la destrucción, la muerte y el caos. ¿Quién no recuerda lo ocurrido en Varsovia? ¡Es preciso tomar una inmediata determinación! Dile a tu contacto que todo está preparado. No regatearé esfuerzo alguno. Tengo la mayoría de los Trescientos; pese a las dificultades para obtenerlos y a los riesgos, que no han sido pocos. Lo pongo todo en tus manos, querido amigo.

MAURICE WENDEL

****

A la atención de Maurice Wendel
De José María Sert

12 de agosto de 1944

Maurice:

Tienes razón, el tiempo se nos echa encima. La inseguridad aumenta, dificultándolo todo. Y la desconfianza de ambos va a la par, complicándolo todo. Puedo ofreceros una solución, pero debemos reunirnos: estos acuerdos solo pueden hacerse cara a cara. Tenemos una semana, no más. Busca un lugar discreto y tenlo todo dispuesto. Te avisaré.
¡Sé prudente! ¡Mantén la calma!

Tu amigo,

JOSÉ MARÍA SERT

****

A la atención de Misia Godebska
De José María Sert

18 de agosto de 1944

Misia:

Me veo en la obligación de emprender un viaje absolutamente imprescindible. Son momentos complicados; te ruego seas prudente y moderes tus inclinaciones patrióticas. La calle está revuelta e insegura, nadie sabe cómo reaccionarán los alemanes. ¡No salgas!
Dejo a Boulos a tu entera disposición. Te visitará, proporcionándote aquello que puedas necesitar. Volveré en unos días, una semana, diez a lo sumo.

Tu querido,

Jo

—... *y* ¿ya no hay más, Enrique? ¿Crees que es esto?

—Sí. Esto es todo.

—Llevamos tres días de trabajo en el archivo y esto es más de lo mismo: muchas pistas y escasas certezas.

—¡No, Bety! ¡Está aquí, delante de nuestras mismas narices!

—¡No lo veo!

Enrique se frotó los ojos, esforzándose por controlar sus emociones. No era un gesto baladí, pues realmente los sentía cansados a causa del esfuerzo en la lectura de los centenares de cartas recibidas y enviadas por Sert. Se sentía sorprendido por la falta de perspectiva de Bety. ¿Cómo no veía la conexión? Para él resultaba tan evidente como la conversación que estaban manteniendo en la terraza de su casa de Vallvidrera.

—Intentaré explicártelo, ¡sígueme con atención! Sabíamos, como todo el mundo que ha estudiado su vida, que Sert ayudó a numerosos judíos durante la ocupación de París. Son bastantes las cartas que hemos leído al respecto, al margen de las que he seleccionado.

—Pero ¿por qué precisamente esas? ¿Es por las fechas?

—Sí, en parte. ¡Encajan sin la menor duda! Sale de viaje el 19, sin concretar el destino: pudo salir hacia San Sebastián y llegar el 20. No hay nada extraño en su viaje: fueron muchos los que abandonaron París ante la incertidumbre de su inmediato futuro. Y aunque no conste el destino, las facturas del museo lo evidencian.

—Pero ¿qué vino a hacer? ¿Por qué asumió el riesgo de atravesar toda Francia en un momento tan complicado, en plena invasión aliada?

—¡Eso aún no lo sé! Pero no te saltes la argumentación. Estas cartas, tal y como están, entre otras cien, hubieran pasado desapercibidas para cualquiera. No olvides que no son consecutivas, ¡carecen de todo sentido hasta que una correlación de acontecimientos las ha unido entre sí! Sin la muerte de Bruckner nadie las hubiera visto en su pleno sentido.

—¡Eso ya lo comprendo! Pero ¿por qué?

—Del motivo concreto no puedo hablarte. Solo puedo imaginarlo.

—Eso es lo tuyo, desde luego.

—Sin duda, lo es. Sert hizo de intermediario entre Wendel y algún miembro de la Wehrmacht o de las SS para obtener la liberación de la hija de Wendel, prisionera en el campo de concentración de Sarrebruck. ¡Y seguro que su viaje tuvo que ver con ello!

219

—No comprendo cómo has sido capaz de relacionarlas.

—Y yo no comprendo como tú no lo has sido. ¡Es evidente! Tiras de la fecha hacia atrás y las piezas encajan las unas con las otras como si se tratara de un puzle. ¿Qué es lo que ofreció Wendel? ¿Qué son esos «Trescientos» de los que habla, escritos con mayúscula? ¿Por qué dice Sert que las manos han cambiado? Es seguro que hubo un primer pago que paralizó la deportación de la hija de Maurice Wendel. Y el segundo… probablemente el *Major* Rilke, ante la inminente caída del frente occidental y la liberación de París, metiera baza en el asunto.

—Y ¿cómo explicas que Sert guardara copia de esas cartas dirigidas por él a otros? ¿Por qué guardó copia de la carta que le remitió Rilke pese a las órdenes que tuvo de destruirla?

—Imagino que las guardó por seguridad, por si acaso las cosas se torcieran. Bety, ¡todo encaja! ¡Reconócelo!

Bety comprendía lo que Enrique quería decir, pero tenía dudas por dos motivos: el primero, que esas cartas, así expuestas, podían tener un sentido, pero quizá otras también, ordenadas o en relación con estas, también pudieran tenerlo; el segundo se correspondía más a una impresión personal más que a un hecho mensurable: le preocupaba la naturaleza novelesca de Enrique, su tendencia a fantasear, a percibir el mundo desde la perspectiva del escritor. En suma, le preocupaba su tremenda inventiva.

Todo parecía encajar demasiado convenientemente con el argumento de la novela y Bety creía que la interpretación que Enrique hacía de las cartas estaba sujeta a su deseo de que todo cuadrara; pensaba que su ego de autor podría verse herido, y sabía que las reacciones de un Enrique herido o cuando menos molesto por su crítica propenderían antes a lo emocional que a lo racional. A pesar de esta reflexión, se decidió, y expuso sus dudas de la forma más sintética e impersonal posible. Enrique la escuchó atentamente, sin interrumpirla.

Tras unos segundos de reflexión, su respuesta la dejó fuera de juego. Fue breve, y también directa:

—Es posible.

Enrique se concentró entonces, mirando hacia el lejano Mediterráneo. Bety no dijo una sola palabra; si no estuvieran investigando acontecimientos relacionados con la muerte de Craig Bruckner no se hubiera molestado en expresar su punto de vista. Estaba claro que los cambios en la personalidad de Enrique eran más profundos de lo que había imaginado. Cuatro años atrás, también en Barcelona, pudo apreciar algunas diferencias, pero las consideró muy leves. En cambio, ahora parecía capaz de encajar las críticas con mayor madurez, sin que le afectaran, de un modo objetivo. Y esto no pudo evitar decírselo.

—Has cambiado, Enrique. Y mucho. ¡De verdad!

—Todos cambiamos. El tiempo nos hace cambiar. La vida misma consiste en eso.

—No... En algunos aspectos, los más pequeños, todos cambiamos, y casi siempre para peor; pero en los básicos, en los que nos definen, rara vez lo hacemos. Tú sí, y eso me ha sorprendido.

—Entonces, ¿ha sido para mejor?

—No lo dudes.

Se dedicaron una sonrisa el uno al otro, pero en Enrique no

había afectación alguna, solo una naturalidad desconocida para Bety. No había considerado sus palabras como un halago, sino como la confirmación de un hecho en el que no valía la pena detenerse.

Los dos fueron conscientes del momento.

Bastaba con un simple movimiento; un ademán, un temblor en los labios, un aleteo de las pestañas. Fuera el movimiento que fuera, cualquiera, lo tenían al alcance de la mano. Era su elección.

Y ambos la dejaron pasar.

—Dime, Enrique: y, ahora, ¿qué podemos hacer?

—Seguir la pista.

—¿Cuál?

—Wendel y el *Major* Rilke. Hay que averiguar qué son esos «Trescientos» y si la entrega se ejecutó.

—Piensas que quizá no se llevó a efecto…

—Es posible. Piensa en la situación: los aliados se les echaban encima a los alemanes a toda velocidad. ¿Sabes qué ocurrió en París días antes de la rendición de los alemanes?

—¡Recuerda que soy medio francesa! Sé que el jefe de las tropas alemanas tenía orden de arrasar la ciudad, y que solo una combinación de diversos factores y el hecho de que el jefe no quería hacerlo, pese a tratarse de una orden directa de Hitler, lo evitó.

—Así ocurrió, es cierto. Hitler quería un segundo Stalingrado para detener a las tropas aliadas. Por necesidades de documentación he estudiado a fondo la Segunda Guerra Mundial y ese episodio es uno de los que más me llamó la atención: recuerda que los primeros en entrar en París fueron unidades de soldados de la República española. ¿Te imaginas la situación? Medio país huyendo, los alemanes retrocediendo luchando cada uno por libre y con órdenes contradictorias, los partisanos actuando a pleno rendimiento, y las tropas aliadas debatiendo si liberar la ciudad o rodearla para embolsar a las fuerzas alemanas en retirada… ¡París debió ser un verdadero caos!

—Cierto… Y las fechas coinciden.

—¡Eso es!

—Bien, de acuerdo. Hay que seguir la pista Wendel. ¡Pero eso no basta!

—¿Qué quieres decir?

—Lo que has oído. No dudo que esa pista es clave. Pero hay mucho más que hacer.

—Explícate.

—No olvides que, después de venir a Barcelona, Craig regresó a San Sebastián e investigó en los archivos provinciales, y después se marchó a Nueva York para consultar con otro especialista en la obra de Sert.

—No lo olvidaba, pero me parecía prioritario seguir la pista Wendel.

—Jugamos con ventaja, Enrique. Craig sabía dónde acudir, pero él era solo uno, y nosotros somos dos. Podemos dividirnos el trabajo. ¡Ganemos tiempo!

—Sí… No es mala idea. Pero ¿puedes disponer de los días suficientes? Y ¿quién irá a qué lugar?

—Tú seguirás la pista Wendel; yo iré a Nueva York. Para mí será más fácil como relaciones públicas del museo averiguar qué otro especialista en Sert hay en la ciudad. Y, además, quiero aprovechar la visita para acercarme a Filadelfia: tengo la intención de visitar a los hermanos de Craig. Dejaremos San Sebastián para el final, cuando tengamos los datos.

—De acuerdo.

—Mañana por la mañana viajaré a Nueva York y tú comenzarás a investigar sobre los Wendel. ¿Sabes algo sobre ellos?

—Apenas nada. Son una estirpe de industriales de la Lorena. Minas, metalurgia, ferrocarriles, negocios editoriales… Realicé una rápida búsqueda por la Red y encontré algunos datos en la memoria de una exposición en el museo d'Orsay. La familia se rehízo tras la Segunda Guerra y continúa hoy en el mundo industrial. Eso es todo.

—Suficiente para tirar del hilo. Es tarde, Enrique: cenemos algo y vayámonos a dormir. Tenemos mucho trabajo por delante.

—Bien.

Bety comenzó a preparar su equipaje mientras Enrique improvisaba una cena ligera con las escasas vituallas compradas para su estancia en Barcelona. ¿Decía Bety que él había cambiado? Sí, claro; lo había hecho, era cierto, y estaba de acuerdo con ella, sin duda para mejor. Ahora era más flexible y menos irritable, y sentía que su inteligencia brillaba en mayor medida y evitaba quedar a expensas de sus reacciones viscerales. ¡Pero también Bety era diferente! Era toda ella iniciativa y empuje, y tomaba decisiones directas: la Bety con la que vivió años atrás no era así. Parecía como si ambos hubieran asimilado parte del carácter del otro justo después de separarse, como si la semilla de estos cambios hubiera germinado demasiado tarde.

Enrique recordó el momento en que la sintió tan próxima a sí mismo que todo hubiera sido posible y, aunque se sentía orgulloso de haber controlado su impulso, no pudo por menos de pensar en qué hubiera ocurrido si él... «No. Esas cosas no pueden pensarse. O se consuman o se esfuman como el agua entre los dedos, no ofrecen una segunda oportunidad.»

Siguió preparando la ensalada y ocupó sus rebeldes pensamientos con los Wendel.

223

SEXTA PARTE

Nueva York

45

*E*l Boeing 747 de la compañía Iberia estaba acercándose al aeropuerto JFK. A lo lejos, a unos cinco kilómetros en dirección oeste, se adivinaban entre la niebla los rascacielos de Nueva York. Mientras el tren de aterrizaje se abría con su sonido característico, Bety desempolvó sus recuerdos sobre la ciudad.

Hacía casi diez años que no viajaba a la Gran Manzana. Fue con Enrique, en tiempos más felices, poco tiempo después de su boda. En aquellos tiempos estaban deslumbrados el uno con el otro; y la pasión, las ganas de vivir, la excitación de la novedad conspiraron para que Nueva York brillara con tanta fuerza en su recuerdo.

Fue tan agradable su visita a la Costa Este de Estados Unidos que en todos esos años no repitió destino. Como suele ocurrirles a muchas personas, temía que regresar al lugar donde se fue feliz contribuyera a diluir el brillo de los recuerdos.

Además, Bety se sentía más a gusto en lugares como San Sebastián, que con su pequeño tamaño le permitía una vida relajada, en la que poder cruzar la ciudad entera caminando era lo habitual. Y amaba la naturaleza, esos parques y bosques que se extendían entre su trama urbana y en todo su territorio. San Sebastián era una ciudad verde, atrapada entre las colinas y el mar Cantábrico; Nueva York, pese a erigirse entre el mar y el río Hudson, era todo lo contrario, una jungla de cemento y alquitrán. Sin embargo, la ciudad la atraía con fuerza. No como a

Enrique, que parecía haberse adaptado con su característica rapidez debido a la energía que irradiaba; ella más bien admiraba
el desafío que suponía su estructura, una escala inhumana
creada por las personas hasta convertirla en un lugar donde vivir. No era su lugar, lo tenía claro, pero eso no le impedía reconocer su valía. Como lugar de paso no habría otro mejor. Pero
vivir allí… ¡Imposible!

Tras el aterrizaje recogió su maleta y tomó un taxi hacia
Nueva York. Aunque no era su intención inicial, Enrique había
insistido lo suficiente para que se alojara en su apartamento;
estaba cerca de Penn Station, desde donde podría tomar un
tren hacia Filadelfia con facilidad: viajando en Amtrack no había más que una hora entre ambas ciudades. Estuvo tentada de
irse directa a Filadelfia, pero, aunque había descansado durante
el vuelo y no iba a acusar el *jet lag*, consideró arriesgado visitar a Mary Ann, la hermana de Craig Bruckner, sin un contacto
telefónico previo.

Sabía dónde localizarla: Craig le había contado que residía
en la casa familiar, al otro lado del río Delaware, en Camden.
No conocía el lugar, aunque sí había visitado Filadelfia; pero
recordaba haber leído que la ciudad de Camden, hoy en día, no
gozaba de buena reputación. La tasa de paro era elevada, tanto
como el índice de criminalidad, y se consideraba una de las ciudades más inseguras de Estados Unidos.

Prefirió darse un día de margen, tanto par tener tiempo de
contactar con Mary Ann Bruckner como para practicar su inglés, muy correcto pero excesivamente académico.

El taxi atravesó Queens y entraron por la ciudad por el
Midtown Tunnel. No tardaron en llegar al edificio de la calle
Cuarenta y Ocho donde estaba el apartamento de Enrique. El
lugar le resultó carente de personalidad: nada que ver con la
casa de Vallvidrera o con el piso de San Sebastián. Si Enrique
soñaba con lograr algo semejante en Nueva York, le esperaba
un duro trabajo teniendo en cuenta los precios de la Gran
Manzana. El portal estaba bien cuidado, pero el edificio debía
ser de los años sesenta y su decoración estaba pasada de
moda. Subió hasta el sexto piso y abrió la puerta. No pudo
evitar sentir curiosidad: Enrique no le había hablado de esa
mujer con la que mantenía una relación, ni una sola palabra

había salido de su boca al respecto, del mismo modo en que ella tampoco le había explicado nada sobre aquel que fuera su pareja en San Sebastián... No era este un comportamiento natural, más bien rozaba lo absurdo; pero sabía que, si hubieran entrado en el terreno de lo personal, las cosas habrían sido diferentes entre los dos.

No era un piso, sino un apartamento. Una sala de unos veinte metros cuadrados, una cocina americana al estilo neoyorquino y dos puertas que debían conducir al dormitorio y al lavabo. Estaba amueblado con una moderna sencillez, en tonos blancos, probablemente con piezas de muebles prefabricados. Había acertado en la combinación, aunque le pareció algo anodina. Enrique tenía buen gusto, heredado de su padre adoptivo; Artur siempre había destacado entre los anticuarios barceloneses precisamente por este motivo.

No encontró lo que buscaba: ni rastro de una mano ajena. No, no encontró rastro de ella. Ni una foto, ni un detalle; aunque visitara el apartamento, no había traspasado el umbral de intimidad de Enrique hasta el punto de hacerse notar en su casa. Abrió la puerta del dormitorio: la cama, en contra de lo que era habitual en Enrique, estaba hecha, y todo parecía en perfecto orden. En el lavabo sí encontró un segundo cepillo de dientes y una caja de compresas en el armarito. Respiró hondo, y se sintió tan aliviada como molesta. Ambos sentimientos eran absurdos, por supuesto: pero los sintió, y negarlo hubiera sido estúpido.

Se instaló en el dormitorio. Ordenó la ropa en el armario y regresó al salón. Observó el escritorio, las cajas con diversas documentaciones que empleaba en las novelas. Encendió el ordenador: su intención era encontrar el teléfono de Mary Ann, pero la tentación se hizo poderosa en su corazón y sus manos se deslizaron por el teclado como si tuvieran vida propia. Examinó el escritorio: Enrique siempre había sido ordenado, y solo encontró enlaces a carpetas con música y documentación. Otra de ellas estaba nombrada como «VARIOS». Pinchó sobre ella. Allí estaban las fotografías.

No encontró nada. ¿Era posible mantener una relación prolongada en el tiempo con una mujer y no tener ni una sola foto de ella? En cambio, en una de las carpetas titulada San Sebas-

229

tián, Enrique guardaba bastantes fotografías de sus tiempos de vida en común.

«¡Qué jóvenes éramos!», pensó Bety. Las pasó en modo de presentación: estaban desordenadas en las fechas, y según las veía rememoraba los momentos. Ella, que no era dada a la nostalgia, se vio presa de ella y, enfadada consigo misma, cerró la carpeta, se levantó y se fue al lavabo. «Una buena ducha, ¡bien fría!», esa fue su solución para recuperar el sentido. Más tarde, envuelta con la toalla, tomó asiento de nuevo frente a la pantalla del ordenador. En apenas diez minutos localizó el teléfono, lo apuntó y apagó el ordenador.

No era una llamada fácil. ¿Qué podía decirle? ¿Cómo debía presentarse? Había imaginado la conversación en numerosas ocasiones, sin encontrar la fórmula adecuada.

Debía llamar. No era solo una cuestión de amistad con Craig: sentía que era parte de su deber. Un homenaje postrero, quizá. En realidad desconocía con exactitud sus verdaderas razones para haber viajado a Nueva York, pero sí sabía esto: tenía que hacerlo.

230

Marcó el número, y Mary Ann Bruckner contestó.

—Buenos días, dígame.

—¿Mary Ann Bruckner?

—Ese es mi nombre de soltera, soy Mary Ann Steinbeck desde hace más de treinta años. ¿Quién llama?

—Permítame que me presente: soy Bety Dale, relaciones públicas del museo San Telmo, en San Sebastián. Fui amiga de su hermano Craig. Estoy de paso en Nueva York y me gustaría, si no tiene inconveniente, acercarme a saludarla. Tengo algunos efectos personales suyos que me gustaría entregarle en mano.

Bety escuchó un profundo suspiro a través del auricular. Mary Ann guardó silencio unos segundos, y Bety supo que la llamada le resultaba dolorosa. Por un instante tuvo miedo de que colgara; por fortuna, hizo todo lo contrario.

—San Sebastián… Fue la ciudad donde murió Craig.

—Nos conocimos en el museo y nos hicimos amigos. Fue él quien me habló de usted.

—Está bien. ¿Conoce la dirección?

—No. Obtuve el teléfono en la Web.

—Mi casa está en Cooper Point, en la calle North Front. Es la última, justo frente al río. Paredes blancas y techos de pizarra, con un gran jardín que la rodea. No tiene pérdida. ¿Dónde está ahora? ¿En Nueva York?

—Sí. Llegué esta misma mañana.

—Descanse y venga a verme mañana por la mañana. ¿Le parece buena hora sobre la una? ¿Tendrá tiempo suficiente para desplazarse hasta aquí?

—Sí, allí estaré. Muchas gracias.

—Hasta mañana, entonces.

La conversación con Mary Ann había resultado mucho más sencilla de lo que Bety había esperado. Aceptó sus explicaciones con la naturalidad propia de una persona con experiencia, como si la presencia de Bety allí pudiera pertenecer al orden natural de las cosas. Y ¿por qué no iba a ser así? Craig le había explicado que la relación con sus hermanos siempre había sido buena, no meramente formal. Se veían con frecuencia y existía cierta complicidad entre ellos.

Bien, estaba hecho, y tenía una tarde entera por delante.

Se vistió con ropa limpia y salió a la calle, dispuesta a pasear por la ciudad. Una suerte de fuga, evidentemente, una excusa para refrenar su curiosidad alejándose del objeto de la misma: ni los cajones ni las cajas de transferencia ni el ordenador de Enrique estarían a su alcance. Esa era una de las virtudes de Nueva York: su tamaño era tal que cualquier paseante podría caer agotado al regresar a su refugio, y a su asfalto se encomendó para conseguirlo.

231

46

Amaneció un día lluvioso. El final de noviembre significaba, en la Costa Este, un descenso en las temperaturas y la llegada de las primeras lluvias. Nueva York quedaba oculta bajo una espesa cortina de agua; Bety esperó que el tiempo mejorara en su viaje hacia Filadelfia, pero su deseo no se hizo realidad. Al llegar a la estación nada había cambiado: el manto de agua no era tan espeso y abundante como antes, pero sí suficiente para que caminar por las calles resultara incómodo y desagradable.

El camino desde la North Station hasta la casa familiar de los Bruckner, donde residía Mary Ann, era sencillo: bastaba con cruzar el puente Benjamin Franklin sobre el Delaware para llegar a Camden, un trayecto de veinte minutos. Había cogido un paraguas plegable en el apartamento de Enrique, pero era insuficiente ante las rachas de viento, que acabaron por destrozarlo. En el camino desde la cerca del jardín hasta el pórtico de la casa se mojó buena parte de la ropa y los cabellos. Todo su esfuerzo estuvo destinado a proteger el portafolio que contenía los dibujos de Craig con su cuerpo. Antes de accionar el timbre la puerta se abrió; apareció una mujer de unos setenta y pocos años, vestida con sencillez, pero también con un toque de elegancia. Le tendió la mano mientras hablaba.

—¿Bety Dale?

—Soy yo.

—Encantada de conocerla. Pase, por favor. ¡Lamento que el día no acompañe! Pero ¡está empapada! ¡Venga conmigo!

Bety no tuvo apenas tiempo de reaccionar, y se vio obligada a dejarse llevar por su anfitriona hacia el lavabo. La cadencia de su hablar era muy agradable, y Bety supo que, con toda seguridad, parte de su trabajo como periodista se había desarrollado de cara al público. La cadencia de las frases, la entonación, la pronunciación, resultaban imperiosas. Cuando quiso darse cuenta estaba secándose la cabeza con una toalla, intentando pensar en el parecido entre Mary Ann y Craig. También Craig tenía un habla similar, aunque no tan depurada. Y el rostro... sí, guardaban una similitud en sus rasgos: los mismos ojos azules, la forma de las mejillas y los orbitales. Pero, por encima de los rasgos físicos, estaba la empatía: con apenas un minuto de conversación, Mary Ann había logrado que se sintiera a gusto, que no se interpusiera una barrera entre ellas.

Cuando salió del lavabo vio por primera vez la casa; antes, casi empujada por Mary Ann, no pudo apreciarla. Era deliciosa, sin duda, tremendamente acogedora. También era muy grande. Una chimenea tiraba con fuerza, expandiendo ese agradable calor que solo proporciona la leña seca. Al fondo, frente a unos grandes ventanales, esperaba su anfitriona disponiendo un servicio de té en una mesa auxiliar. Al ver que Bety estaba dispuesta se incorporó, aproximándose; ya frente a Bety, Mary Ann la observó con una fijeza rayana en la descortesía, durante un largo rato. Pareció evocar un recuerdo imprevisto, negó levemente con la cabeza y se encogió de hombros antes de sonreír, con dulzura; así Bety pudo apreciar que su sonrisa también era similar a la de su hermano.

—He pensado que una taza de té le sentaría bien. Si desea alguna otra infusión no tiene más que decirlo. ¿Está muy mojada la ropa? Si lo precisa seguro que arriba, en el dormitorio de mi hija Carlota, encontraríamos algo adecuado. No vive en esta casa desde hace años, pero guardo algunas de sus cosas. Tiene su misma bonita figura, aunque quizá sea ella un poco más baja...

—Se lo agradezco, pero le he pasado el secador de pelo y está prácticamente seca.

—Tome asiento entonces, Bety.

233

Se sentaron, frente al ventanal. Mary Ann sirvió las tazas de té y Bety pudo ver entre la lluvia el río Delaware, con la ciudad de Filadelfia en la otra orilla.

—Es una pena que no luzca el sol. La vista es espléndida: llevo toda la vida disfrutándola casi todos los días. Por eso, aunque ahora vivo sola, me resisto a abandonar la casa de la familia… Espero que, cuando me llegue la hora, alguno de mis hijos siga la tradición familiar y resida aquí.

Bety dio unos sorbos a la taza; estaba frente a ella y no supo qué decir. ¿Por dónde podía comenzar? Por lo menos, estaba tranquila. No se sentía a disgusto, en una atmósfera impostada. Mary Ann había contribuido a relajar el ambiente con su cercanía. Por fin, se decidió.

—Mary Ann, conocí a su hermano este mismo año, antes del verano. No sé cómo explicarlo, pero acabamos por convertirnos en buenos amigos en apenas unos meses.

—Craig tenía un don para ello, sin duda, aunque no siempre lo empleaba. Es una virtud de nuestra familia, a excepción de nuestro hermano mayor, Donald, que siempre fue un poco estirado.

—Yo… Craig me ayudó mucho en un momento personal difícil. Llegué a apreciarlo de corazón. Él me habló de ustedes, de su familia, de esta casa de Camden, de su juventud… ¡Nunca hubiera imaginado que la conocería en estas circunstancias!

Mary Ann sonrió con complicidad, y le cogió una mano, sujetándosela mientras hablaba.

—Percibo claramente que usted lo apreciaba, Bety. Realmente, se hacía querer por todos los que lo rodeaban.

—Tengo algunos de sus dibujos. Craig estuvo trabajando en la iglesia de San Telmo, junto a nuestro museo. En ella se encuentran unas pinturas de Sert, y estaba estudiándolas. A veces, cuando se cansaba de trabajar, salía al claustro y dibujaba; también hay algunos esbozos tomados en la bahía de La Concha, muy cercana al museo. Todos estos bocetos y dibujos los tenía en mi despacho. Pensé que le agradaría tenerlos.

—Sert. Su pintor favorito. No debía quedarle demasiado tiempo para publicar la famosa gran obra sobre Sert. ¡Qué lástima, toda la vida trabajando y al final no pudo ver cumplido su sueño! Déjeme ver los dibujos, por favor.

—Faltaría más.

Bety le tendió el portafolio, y Mary Ann los extrajo poco a poco disponiéndolos sobre la mesa. Los paisajes de La Concha eran numerosos, tomados desde diferentes ángulos y con diferentes técnicas: desde un sencillo bolígrafo a ceras de colores, plumilla negra o acuarela.

—¿Este paisaje es de su ciudad?

—Sí. Es la bahía de La Concha.

—Un lugar muy hermoso. Craig, como todos nosotros, amaba profundamente el mar. ¡Lógico, habiéndonos criado en esta casa, frente al Delaware! Comprendo que se sintiera fascinado por ¿La Concha, dijo? Craig era muy particular con su pintura, solo dibujaba aquello que le llamaba muy poderosamente la atención... Pero esta, ¡esta es usted!

—Así era. Bety había incluido el dibujo que le hiciera en el claustro de la iglesia. Dudó al traerlo, pero consideró mayor el valor del recuerdo para la familia que el propio. Mary Ann lo observó con atención, pasando su vista alternativamente del dibujo al original.

235

—Tenía buena mano: con apenas unos pocos trazos la ha reflejado en el papel. ¿Sabía que, a lo largo de su vida, Craig solo me hizo un retrato? Uno a mí y otro a nuestros padres. ¡Poca cosa para tanta capacidad! Decía que, como siempre estaba viajando de aquí para allá, carecía del tiempo necesario para trabajar correctamente. Si se hubiera dedicado de firme a la pintura estoy segura de que hubiera podido triunfar, pero eligió trabajar con la belleza del pasado en lugar de crearla en el presente... Craig debió apreciarla mucho, señorita Dale, o no le hubiera dibujado este retrato. Quédeselo, por favor. Agradezco el detalle, pero este retrato tenía una destinataria, y esa no es otra que usted... y quizás él mismo.

—Disculpe, Mary Ann, ¿qué ha querido decir? ¿Él mismo?

Se produjo un silencio mientras Bety guardaba el dibujo en el portafolio. Mary Ann dio unos sorbos a la taza de té, como si no pudiera dar una respuesta al aparente acertijo que acababa de formular. Bety percibió la existencia de un dilema en su interior.

—Usted...

—Dígame, Mary Ann.

—Hágame el favor de esperar un momento.

Tardó en regresar cerca de diez minutos. Bety se entretuvo acercándose al ventanal. La lluvia caía con menor intensidad, pero la oscuridad del cielo indicaba que no se trataba más que de una pequeña pausa en la tormentosa tarde. El jardín se extendía hasta la orilla del río. Un embarcadero, ahora desocupado, demostraba la unión de la familia Bruckner con la navegación. Este era el territorio propio de Enrique y ella jamás lo había sentido como propio: los yates le parecían frágiles e inseguros, pero reconocía que las gentes que lo amaban eran sutilmente diferentes a los demás.

Por un momento, y aunque tampoco era ese su terreno, imaginó a un joven Craig jugando con sus hermanos en el agua, nadando con libertad en el Delaware. Entonces regresó Mary Ann, con un antiguo y grueso álbum de fotos en las manos.

—Discúlpeme, pero me ha costado encontrarlo. ¡Estaba en un rincón del trastero! Acompáñeme a la mesa, por favor; no, a la auxiliar no, mejor a la del comedor; tendremos más luz.

Tomaron asiento, la una junto a la otra. Una lámpara de techo emplomada, sin duda modernista, proyectaba una luz aterciopelada sobre la mesa. Mary Ann comenzó a pasar las páginas mientras hablaba.

—Nunca fui demasiado amante de los viejos recuerdos, Bety. Me gusta más vivir el presente, incluso ahora, cuando mi tiempo se va agotando. Por eso no tengo las fotos antiguas a mano. ¡Hará más de diez años que no las veía! Cuando entró por la puerta, con todos los cabellos empapados cayéndole sobre el rostro, tuve una primera impresión; pero, cuando salió del lavabo con el rostro al descubierto, es cuando la confirmé. Bueno, espero que no me considerara muy indiscreta por observarla como lo hice; ¡pero es que no pude evitarlo!

—Sí, me di cuenta de ello. Y no, no me molestó; más bien me sorprendió.

—Lo comprendo perfectamente. Bety, verá, si no me hubiera mostrado el retrato que le hizo Craig no habría sido lo mismo.

—No entiendo...

—Concédame un minuto.

Mary continuó pasando las páginas, evidentemente buscando alguna en concreto. Aunque su propósito estaba muy definido, ocasionalmente se recreaba en alguna de las instantáneas.

Hasta que encontró lo que buscaba.

Señaló una foto en concreto. Tres jóvenes cogidos por los hombros, en un plano de medio cuerpo. Ellos, el torso desnudo; ella, con un bikini. Un día soleado, con el río, o quizás el mar, al fondo. Expresión de felicidad en sus morenos rostros, casi rozando la carcajada. El joven de la izquierda, un Craig veinteañero, con sus alegres ojos azules irradiando vida. La foto encarnaba a la perfección la fuerza de la juventud, la alegría de vivir, la plenitud propia de ese momento en el que la vida parece puesta, como un juguete, a nuestra entera disposición.

Bety miró la fotografía; la atención dejó paso a la sorpresa y esta a la estupefacción cuando, por fin, comprendió la intención de Mary Ann al mostrársela.

—Pero ¡si soy yo!

237

47

*E*ra ella misma, en efecto, con quince años menos. Casi idéntica en todo, solo muy pequeños detalles casi inapreciables las diferenciaban: no la edad o el corte de pelo, que por supuesto la situaban en los años setenta, sino las pestañas, más largas las de la joven; o su piel un tanto pecosa; o los hombros, más anchos y musculosos, por el mayor pecho de Bety; o la nariz, un poco más ancha; o la forma de los pómulos, algo más esquiva.

238

—¿Me comprende ahora? Le dije antes que Craig jamás dibujaba nada que no le impresionara. Prácticamente nunca hizo retratos, excepto los dos que le comenté. No sabía si decírselo, pero, cuando me enseñó su retrato, no tuve dudas. ¡Bety, usted es su auténtica doble!

—¡Es increíble!

—Un parecido en verdad asombroso.

—¿Y quién es ella?

—Se llamaba April Evans.

—April… Craig la amaba. ¡Me lo contó! Estuvieron a punto de casarse. Pero ella…

—Una historia triste: un accidente de tráfico truncó su destino. Perdió el control de su coche y se estrelló contra un camión. Murió en el acto. Una tragedia, ¡tan joven! Todos la queríamos: ¡era perfecta! Y Craig nunca más volvió a hablar de matrimonio. A lo largo de su vida tuvo otras relaciones, más o menos duraderas, pero siempre pasajeras.

Bety extrajo el dibujo del portafolio y lo comparó con la fotografía. Los trazos, suficientes y sugestivos pero incompletos en el detalle, reforzaban la similitud al máximo. April era Bety y Bety, April. Se frotó los ojos, aún incrédula.

—Puedo imaginar la impresión que le causaría a Craig verla a usted, su gran amor revivido.

—Ahora comprendo porque apenas me miraba cuando estaba dibujando. No lo necesitaba.

—Craig y yo manteníamos cierto contacto. Realizó un viaje relámpago a Nueva York poco tiempo antes de su muerte pero no pudimos vernos porque yo tenía un compromiso previo en la Costa Oeste. Nos cruzamos varios correos, y recuerdo un detalle concreto que me llamó la atención: dijo que había encontrado en San Sebastián motivos para la sorpresa y la alegría, tal cual suena. Ahora, viéndola a usted, no me extraña lo más mínimo.

Bety estaba desconcertada, la sobrepasaban las circunstancias. Toda su relación con Craig cobraba una nueva dimensión: ¿cuánto hubo de natural en ella? ¿Es que solo veía en ella a la mujer ausente? ¿Qué pudo sentir cuando ella elogió sus cualidades y el rio, contestando que, si tuviera treinta años menos, no hubiera hablado de esa manera? Prefirió dejar esas cuestiones para más tarde, centrándose en la fotografía.

—Los tres son nadadores… Sus espaldas no dejan lugar a dudas. Son April, Craig y este tercero solo puede ser Chris.

—En efecto. Veo que Craig le explicó muchas cosas de su vida. Es Chris, sí. Una foto tomada en tiempos mejores, antes de que su amistad se trocara en odio.

—¿Odio? Pero ¡si eran los mejores amigos! ¡Chris le salvó la vida en Vietnam, durante la ofensiva del Tet!

—Ya, pero eso fue antes de que… Ah, caramba, ¡ya comprendo! ¡Craig no le explicó el motivo de su enemistad!

—No, no lo hizo.

Mary Ann observó a Bety; estaba expectante, pero también aturdida, como si hubiera sido víctima de un engaño por parte de alguien muy querido. Y era posible que esos fuesen precisamente sus sentimientos.

—Bety, se está haciendo tarde. Llevamos un buen rato hablando, y pienso que esta conversación va a prolongarse más de lo que ambas pensábamos. ¿Qué le parece si comemos juntas, aquí, en mi casa? Los trenes a Nueva York salen cada hora y si no tiene inconveniente podría viajar más tarde.

—Se lo agradezco, Mary Ann. Pero pongo una condición: déjeme colaborar en la cocina.

—¡Nada de eso! No hay gran cosa, lo justo para hacer una ensalada y unos huevos revueltos. No aprender a cocinar fue una de las contrapartidas de mi vida profesional: ajetreados horarios de informativos y cocinas en los estudios para todo el personal. No, yo la prepararé. Quédese hojeando el álbum: las fotos de familia dicen poco a quien no pertenece a ella, pero, en su caso, seguro que satisface cierta curiosidad.

Mary Ann se fue a la cocina no sin antes encender más lámparas en el salón, dejándola acompañada por el crepitar del fuego. Bety se sumergió en el álbum, contemplando en especial las fotografías en las que aparecía April. Estaban captadas en dos ocasiones diferentes, separadas en el tiempo. Las primeras estaban tomadas en verano y las segundas más adelante, en otoño o en invierno. Si en las primeras estaban los tres, en las segundas solo aparecían April y Craig. Y, si en las primeras todos sonreían felices, en las segundas ellos dos lo hacían con cierta languidez e, incluso, Bety creyó apreciar un pesar oculto. ¿Una premonición de lo que estaba por venir? Rechazó esa idea por novelesca, reconociéndola como muy propia de la mentalidad narrativa de Enrique. Nadie prevé el futuro; si en sus rostros se adivinaba una pena, era porque la vivían en el aquel lejano presente.

Bety sintió un deseo incontrolable y, aunque sabía que no era lo correcto, fue incapaz de reprimirse. Capturó la imagen de los tres jóvenes con su móvil; dos, tres fotos seguidas, asegurándose de haberlas tomado correctamente. Después cerró el álbum y esperó. Era paciente y Mary Ann tenía todas las respuestas a sus preguntas.

240

48

Mary Ann no tardó en regresar con un gran bol de ensalada y unos huevos revueltos. Bety la ayudó a disponer la mesa, y continuaron charlando mientras comían. Mary Ann comenzó su historia situándola justo tras el retorno de Chris y Craig de Vietnam.

—Nos comunicaron que Craig estaba herido el 15 de febrero del 68. Dio la casualidad de que cuando recibimos la comunicación yo estaba en casa estudiando; supe que había ocurrido algo malo de inmediato, en cuanto mi madre contestó a la llamada. Una corazonada, un gesto, un sobresalto en su voz; no sabría decirte cómo lo supe. Estaba sentada en aquel sofá y me puse de pie, expectante. Recuerdo a la perfección a mi madre aguantándose las lágrimas hasta haber colgado el teléfono. Después, me abrazó, mientras murmuraba que Craig estaba herido y que lo traerían a casa en unos días. La noticia nos dejó a todos desorientados. Nos dijeron que había recibido disparos en ambas piernas, pero que su gravedad era relativa. De momento no podía caminar, y no sabíamos si debíamos estar tristes por las heridas o alegres porque regresaba.

»Quien se lo tomó peor fue nuestro padre. Una vez conoció la noticia no hizo sino gritar que había sido culpa suya, que debería haber evitado su alistamiento. No tenía razón, porque Craig era mayor de edad y fue su decisión, pero cuando se lo comentamos dijo que los problemas venían de antes, que él debería haber cortado sus amistades tiempo atrás, cuando era más joven.

—Craig me contó que se alistó junto a Chris…

—Y a él le echó la culpa nuestro padre. Parece ser que el padre de Chris era un anticomunista furibundo, casi un extremista, y había transmitido esa ideología a su hijo.

—Creo recordar que al principio solo se alistaban soldados procedentes de extracciones sociales más bajas.

—Sí, para muchos el ejército era una manera de encarrilar su vida. Fue un asunto muy polémico en su momento. Craig acababa de terminar sus estudios, y cuando comenzaba a estudiar alguna oferta laboral ya en serio apareció en casa diciéndonos que se había alistado… Pero me estoy alejando del asunto. No mucho, porque también Chris tiene que ver en esta segunda parte de la historia.

»El 20 de febrero regresó a casa. Lo trajo una ambulancia militar; se abrió la puerta trasera y dos soldados bajaron la silla de ruedas hasta el suelo. Nos precipitamos a abrazarlo cuando otro soldado bajó de un salto tras ellos.

—¿Chris?

—En efecto. Mi madre ni lo vio, no hizo sino abrazar y besar a Craig como si aún no creyera que estaba allí, pero papá se detuvo en seco y yo, que estaba en segundo plano, pude contemplar toda la escena. Papá se fue hacia Chris con el dedo extendido, gritándole que había ocurrido por su culpa y Craig, desde la silla de ruedas, apartó como pudo a mamá gritando que fue precisamente Chris quien le había salvado la vida.

—Debió ser una situación muy violenta.

—Lo fue. Mi padre echó a Chris mientras Craig intentaba impedirlo. Mamá lloraba, por todos ellos, intentando mediar. Y yo no sabía qué hacer. Al final, la ambulancia se fue, con Chris en su interior. Entramos todos en casa con la sensación de haber vivido un clímax. ¡Qué equivocados estábamos! La velada no resultó alegre: Craig nos contó lo sucedido, cómo Chris se había quedado junto a él arriesgando su vida, y papá reconoció sus méritos, pero continuó acusándolo de ser el instigador de su alistamiento.

»Pasaron los días y recuperamos cierta normalidad. Las heridas de Craig cicatrizaban correctamente y comenzó a andar y, un mes después, incluso a nadar. ¡Esa fue la mejor medicina posible! Sus amigos venían a verlo, a excepción de Chris, claro, y comenzó a salir de nuevo.

—Pero ¿y April?

—April pasó muchos días aquí, acompañando a Craig. Parecía lógico, porque era una sus compañeras del equipo de natación… Y también la novia de Chris.

—¿Qué?

—Lo que has oído. Nunca supimos si venía a visitarlo en representación de Chris, al que, cuando aún no salía de casa, no podía ver. Pero lo cierto es que April cada vez venía más… Y acabó por venir a buscarlo con su coche. Pasaban juntos días enteros y, salvo que uno estuviera ciego, era evidente lo que estaba sucediendo.

—Se estaban enamorando.

—Sí. Conocíamos a April desde que era una niña; habíamos acompañado a Craig a muchísimas competiciones: escolares, regionales, estatales, federales y al fin las eliminatorias para el equipo olímpico. Era muy, muy hermosa. ¡Como tú! Pero, además, era dulce como la miel sin resultar nada empalagosa. La veía como una hermana pequeña de Craig… Hasta esos días. Yo ya había conocido por aquel entonces el amor y el desamor, y vi en sus ojos ese brillo tan especial que brilla tan pocas veces en nuestras vidas. Hablé con Craig. No lo negó. Y también conocía las consecuencias.

—Chris… ahora comprendo por qué dijiste que pasaron del amor al odio.

—Craig se la levantó en sus mismísimas narices. ¡Bueno, no fue exactamente así! Las cosas del querer son ingobernables, especialmente durante la juventud. Pero, a los ojos de todo el mundo, es lo que sucedió. Y claro, cuando se enteró, Chris no se lo tomó nada bien.

—¿Qué hizo?

—Se presentó aquí una noche. Era tarde, y estaba bebido; entró con su coche en el jardín embistiendo la cerca. Mis padres aún no sabían lo que había sucedido, y fui yo quien detuvo a papá: no apreciaba nada a Chris, pero en esta ocasión la razón estaba de su lado. Papá no pintaba nada en esa historia, era algo que debían arreglar ellos dos.

»Era una noche de luna llena y el cielo estaba despejado. Pude ver que Chris iba vestido de militar. Discutieron. Chris gritaba y Craig intentaba calmarle. Chris estaba muy borracho y apenas se entendía lo que decía, pero bien podía imaginármelo. De repente, Chris golpeó a Craig: un puñetazo directo al rostro. Mi hermano no lo devolvió. Agachó la cabeza y Chris le propinó un segundo puñetazo. Craig lo encajó de nuevo, sin responder. ¡No quería pelear! Chris le dio varias bofetadas, cada vez con menos fuerza, y acabó sacudiéndolo por las solapas de la chaqueta. Después, se deslizó a sus pies, abrazándole las piernas. Craig quiso levantarlo, pero Chris se deshizo de sus manos y se alejó hacia el coche, tambaleándose.

—¿Volvieron a verse?

—Sí. Después de este incidente, no hubo más problemas, o al menos no fueron públicos. Para mis padres era un asunto desagradable ya finalizado, pero yo contaba con la confianza de mi hermano y me contaba cosas que ellos ignoraban. Chris volvió a ver a mi hermano, comportándose como si nada hubiera sucedido: Craig había prometido regresar con él a Vietnam, reengancharse por un periodo de dos años más, pero, cuando Chris le recordó esta promesa, Craig se negó. Le dijo que April y él habían decidido casarse. Habían fijado la fecha de forma inmediata: lo harían tres semanas más tarde. Y... hay un detalle que...

—Ella estaba embarazada.

Mary Ann dio un respingo en su asiento; la certeza con la que Bety había dado forma a su inacabada frase la dejó completamente perpleja. Bety tenía sus propios motivos para haber llegado a esta conclusión, pero por el momento no iba a compartirlos ni con Mary Ann ni con nadie más.

—¿Cómo...? ¿Cómo lo has sabido?

—Imaginé que eso lo explicaba todo.

—Sí, April estaba embarazada, pero su boda iba a ser por verdadero amor, no como consecuencia de su embarazo. Ese detalle no lo supe hasta después del accidente, cuando consolaba a Craig y entendí lo ocurrido.

—Las fotos del álbum... Mientras preparaba la cena pude ver algunas en las que tanto April como Craig mostraban una alegría melancólica, con un poso de tristeza en sus miradas.

244

—Ese era su estado de ánimo. Tuve ocasión de charlar con los dos, tanto juntos como por separado. Recuerde que yo era mayor que April, no mucho, es cierto, pero sí lo suficiente para que pudiera encontrar en mí cierto apoyo y consejo. Ambos estaban tristes porque, aunque se amaban, sentían que habían traicionado a Chris. Y eran personas lo suficientemente buenas y honradas para sentirse infelices por ello.

»Craig me relató el último enfrentamiento cuando le explicó a Chris que iban a casarse. Este le contestó que, si existía justicia en el mundo, su relación no prosperaría. No lo dijo con rabia, o enfadado, no; lo dijo con toda frialdad, como si estuviera tocado por un don malévolo y pudiera lanzar una maldición. Mi hermano le contestó que ojalá se equivocara porque, aunque él mereciera lo peor, April no tenía culpa alguna. La respuesta de Chris fue terrible: «Los dos me habéis traicionado; jamás sereis felices».

—Y, por desgracia, así fue.

—Una semana más tarde el coche de April atravesaba la mediana del puente Franklin y se estrellaba contra un camión. Habían pasado la tarde aquí, nadando en el río, tomando el sol en el jardín. Craig pensaba acompañarla a su casa, pero hubo no sé qué problema, y ella regresó sola a la vieja Phily. Así acabó su historia: la maldición de Chris se hizo realidad. Y Craig jamás se perdonó no haberla acompañado en su último viaje.

—¿Por qué? Comprendo que pudiera sentirse morir por el dolor, pero ¿qué hubiera ganado acompañándola? ¿Acaso hubiera podido salvarla?

—Seguro que no. El coche quedó completamente destrozado. Y April… Su cuerpo también sufrió el mismo impacto. Pero, en aquel entonces, Craig deseó haber muerto con ella.

—Mary Ann, ha dicho que el impacto dejó el coche completamente destrozado. ¿Sabe qué pudo suceder?

—No hubo evidencia exacta de lo sucedido, al menos no en los restos, pero los testimonios de los demás conductores explicaron que el coche culebreó por el puente de un lado al otro hasta atravesar la mediana y colisionar contra el camión.

—Es una historia terrible.

—Hacía muchísimos años que no la recordaba. Todavía me

245

parece estar viéndola en el jardín, jugando a la pelota, nadando en el río, subiendo al coche aquella tarde…

Llegados a este punto, la conversación pareció extinguirse. La lluvia arreciaba, y eran más de las cinco. Había oscurecido, y, al fondo, Filadelfia comenzaba a iluminarse. La melancolía pareció hacer presa en ambas mujeres, aunque el motivo de cada una quizá fuera diferente. Mary Ann, tras un rato ensimismada en los recuerdos del pasado, con la mirada perdida en el oscuro jardín, retornó al presente formulando una pregunta que no logró tomar a Bety por sorpresa. La esperaba, era cierto, y su respuesta iba a ser muy diferente a la que tenía pensado darle antes de hablar con ella sobre el pasado de Craig.

—Bety, dígame. ¿Por qué ha venido a verme?

—Craig estaba trabajando en su libro sobre Sert, y como usted sabe viajó a Nueva York para recabar información relacionada con su obra en el museo San Telmo de San Sebastián. Mi viaje tiene un doble motivo: por un lado, intentar localizar a ese otro experto con el que estuvo hablando, y por el otro, entregarle a usted sus dibujos.

—Y ¿para qué quiere encontrarlo?

—Me he propuesto intentar que su obra sobre Sert vea la luz. Tengo una cita con Books Inc., su editorial, para ofrecerles la colaboración institucional del museo. Pensamos que ese experto podría colaborar en la obra.

—Ya comprendo… No sé si puede serle de ayuda, pero transmítales que cuenta con el apoyo de la familia. Si lo desean pueden hablar conmigo, ya tiene el número.

—Se lo agradezco.

No había mucho más que decir. Era tarde, y Bety debía regresar a Nueva York. La cita con Books Inc. era a la mañana siguiente. Mary Ann llamó a un taxi por teléfono, y charlaron mientras lo esperaban, pero ahora de cosas insustanciales, del trabajo de Bety, del presente de su anfitriona. Cuando el taxi se presentó junto a la verja se despidieron. Mary Ann le dio un cariñoso abrazo, casi maternal, y Bety dudó acerca de si se lo estaba dando a ella o al recuerdo de April. Concluyó que probablemente a las dos.

La lluvia insistía en su ciega e incansable labor mientras corría hacia el taxi cubierta por un nuevo paraguas regalado por

Mary Ann. En el porche, bajo la luz de una lámpara, Mary Ann agitó la mano en señal de despedida, y Bety hizo lo propio desde el interior del taxi.

Según avanzaban hacia la North Station fue pensando en si había hecho bien al omitir las dudas que tenía sobre la muerte de Craig y en los descubrimientos que Enrique y ella habían realizado.

¡Había pensado decírselo todo! Sin embargo, al verse reflejada en April, un sentimiento de perplejidad se había instalado en su interior, acompañado por un notable distanciamiento hacia Craig. ¿Podría haberle dicho que ella era la doble exacta de su viejo amor, muerto tantos años atrás? ¿Cómo se lo hubiera tomado ella en el caso de haberlo hecho? Comprendía la decisión de Craig, aunque no la justificaba. ¡Todo parecía en exceso inverosímil!

Durante el resto del viaje a Nueva York, no pudo apartar ni un instante de su cabeza el rostro de April, su propio rostro. Y cuando llegó al apartamento se sentó frente al ordenador. No pudo reprimir la curiosidad. Introdujo el nombre en el buscador y, pese a haber pasado tanto tiempo, no tardó en encontrar referencias sobre ella. Siguió alguna, al azar, y entonces ocurrió lo que nunca habría podido imaginar.

—¡No puede ser! ¡Es imposible!

Pero era verdad, lo comprobó en otras páginas.

Apagó el ordenador y se metió en la cama.

Las horas transcurrieron y Bety seguía sin dormir, con los ojos abiertos como platos, dándole vueltas a lo que acababa de averiguar. Solo muy de madrugada consiguió conciliar un sueño incómodo y poblado de inseguridades.

49

*B*ety se despertó a la mañana siguiente en el apartamento de Enrique con una tremenda sensación de cansancio. La noche había sido pésima, y a los sueños extravagantes que poblaron su mente tuvo que añadir el calor. La calefacción central característica de la mayoría de edificios de la ciudad estaba activada, y no logró regularla ni dejando parcialmente entreabierta la ventana del dormitorio.

La ducha le supo a gloria, y desayunó con ganas envuelta en una toalla del baño, pero nada de esto contribuyó a despejarle la mente. Incluso despierta no lograba evitar pensar en April y su triste destino; la fotografía de la playa en la que los tres jóvenes irradiaban felicidad le pareció destilar una amarga ironía.

Miró el reloj: eran las nueve y media. La reunión en Books Inc. estaba fijada a la una. Se dispuso a dar un paseo. Ninguna ciudad del mundo podría ofrecerle más que Nueva York para distraerse. Había de todo, y en abundancia: cultura, espectáculo, o el simple placer de deambular por sus calles y observar a sus heterogéneos ciudadanos.

Caminaba hacia el dormitorio cuando el sonido de la cerradura de la puerta de la calle la sobresaltó. ¡Alguien estaba intentando abrirla! Dudó entre avanzar o retroceder, y un aluvión de pensamientos a cuál más delirante cruzó por su asustada mente. Se decidió a empujar la puerta y tratar de impedirle el paso a quienquiera que fuese, pero ya era demasiado tarde.

La puerta se abrió.

La hoja, entreabierta, impedía ver de quién se trataba.

Bety, temblando de miedo, con el corazón desbocado, sin ni siquiera darse cuenta de que estaba retrocediendo, tropezó con una mesa auxiliar y la lámpara que había sobre ella cayó al suelo y se rompió en cien fragmentos.

Por fin, tras unos segundos inacabables, la hoja se deslizó lo suficiente para permitirle ver a la persona que estaba en el umbral de la puerta. Se trataba de una mujer, con la apariencia de estar tan asustada como ella misma.

—¿Quién es usted?

—¿Qué hace en esta casa?

Tenía la llave en la mano. No había forzado la cerradura. Bety comprendió al instante de quién se trataba: solo podía ser la amiga de Enrique, la mujer que ahora lo acompañaba en su vida, aquella de quien le hablara en el puerto el día de la reinauguración del museo, en San Sebastián.

—Soy…

—Eres Beátrice Dale. Y yo soy Helena Sifakis.

Helena entró en el apartamento y cerró la puerta. Bety pudo por fin saciar aquella curiosidad malsana que sintió su primer día en la ciudad, cuando estuvo buscando alguna huella de ella en la vida de Enrique. Lo que más le sorprendió fue su juventud: no llegaría a los veinticinco. Y sus cabellos, tan rizados y rebeldes. Y su mirada, tan inquisitiva como aguzada. Y un acento levantino que no acababa de situar. ¿Griega, tal vez? El apellido lo parecía, desde luego. Si Bety la observaba con atención, no menos atención mostraba Helena. Bety se sintió en inferioridad, junto a la lámpara rota, apenas tapada por la toalla, sujetándola con ambas manos. Tragó saliva, sacó pecho y se sacudió la rubia melena, echándosela hacia la espalda.

—Voy a cambiarme.

—Muy bien. Yo limpiaré esto.

Bety se mordió el labio inferior mientras se vestía: unos vaqueros y una camiseta, nada más. Se pasó el cepillo, alisándose los cabellos, pero sin secarlos, y regresó al salón. Helena ya había recogido los restos de la lámpara y los había metido en una bolsa. Las dos mujeres se miraron, algo menos nerviosas pero no relajadas: existía en ambas un punto de tensa expectación. Para Bety, Helena no era una rival, o al menos eso pensaba. Y, para Helena…

—¿Eres griega?

—Sí, de El Pireo. Después de dos años viviendo en Nueva York pensaba que mi inglés había perdido el acento.

—Soy filóloga clásica: latín y griego… Y me defiendo con el griego moderno.

—Conozco tu currículum.

Esta frase cogió desprevenida a Bety: en la puerta la reconoció con un solo vistazo y ahora mencionaba su currículum. Estaba en desventaja, sin duda. Y decidió preguntárselo abiertamente.

—¿Cómo sabes tantas cosas sobre mí?

—Trabajo en la agencia literaria Goldstein. Me encargo de todo lo relacionado profesionalmente con Enrique. Yo tramité los billetes del viaje a San Sebastián para la inauguración del museo San Telmo. ¿No te la ha contado?

—No. No me había hablado de ti… Creo…

—¿Crees?

¿Cómo iba Bety a repetir las palabras de Enrique en la pasarela del náutico? Si lo hacía, le buscaba a él un problema. No le cabía duda, Helena Sifakis era la mujer de la que le había hablado. Bety notaba una cierta inseguridad en Helena que esta trataba de disimular. Una inseguridad en la que Bety se apoyó para mostrar superioridad.

—Me dijo que había una mujer en su vida, pero no me dijo su nombre. Eres tú.

Helena asintió, muy levemente, como si no estuviera convencida de ello.

—¿Eso te dijo?

—Sí.

—Pero no te dijo mi nombre.

—Nadie hubiera podido imaginar que tú y yo llegáramos a conocernos. No parecía tener importancia.

—¿Qué haces aquí? ¿Por qué estás en Nueva York, en su apartamento?

Esa era otra pregunta delicada. ¿Qué sabría Helena de sus investigaciones?

—Tuve que venir a Nueva York para realizar una serie de entrevistas relacionadas con mi trabajo en el museo. Cuando Enrique lo supo me ofreció su apartamento. En ningún momento me dijo que tú pudieras presentarte aquí.

—Cuando él está fuera vengo de vez en cuando, para comprobar que todo está en orden. ¡Me asusté al abrir la puerta y ver la luz encendida, y aún más cuando oí el sonido de la lámpara al romperse!

—¡Pues no te digo nada del susto que me has dado tú!

Por fin fueron capaces de mostrar un poco de simpatía la una hacia la otra.

—Te aseguro que encontrarte aquí es lo último que me habría imaginado. Hoy, a la una, tengo la última entrevista y, si todo va como debe, en un par de días regresaré a San Sebastián.

—Yo no vivo aquí; puedes quedarte el tiempo que necesites.

—No vives aquí, pero tienes un cepillo de dientes.

—Sí, lo tengo. ¿Te molesta?

—¿Y a ti te molesta que yo esté aquí? No quiero confusiones, Helena: Enrique es mi ex, y solo eso. Nada más.

—¿Nada más?

—Como lo has oído.

Bety se sintió molesta consigo misma por lo dicho y por el tono que había empleado al decirlo. Fue tajante en su aclaración, pero la sombra de la duda se había instalado en el rostro de Helena. En cualquier caso, dijera lo que dijera, su mera presencia en el apartamento de Enrique bastaba para indisponerla: eso es lo que Bety hubiera sentido si su posición fuera la de Helena. Al menos, si Enrique no había hablado de Helena con ella, tampoco lo había hecho a la inversa.

—Será mejor que me vaya.

—Sí.

Bety le tendió la mano, y Helena se la estrechó con un movimiento breve y seco. Después caminó hasta la puerta, la abrió y abandonó el apartamento. Era joven y atractiva, algo delgada comparada con ella, pero tenía encanto, no solo juventud. Esa piel morena, los ojos oscuros, la estrecha cintura... ¿Por qué todas las mujeres que compartían la vida de Enrique, o al menos las que Bety había conocido, eran tan opuestas a ella? ¿Pura casualidad?

Estos pensamientos la acompañaron mientras acababa de vestirse. La situación había sido muy incómoda, pero de algo había servido: durante unas horas sustituyó en su mente el rostro de April Evans por el de Helena Sifakis, y el de esta última, aunque más real, resultaba menos inquietante.

50

*B*ety, distraída por lo que acababa de suceder, calculó mal el tiempo y llegó tarde a su cita en Books Inc., en la calle Setenta y Cinco Oeste, en el Upper West Side. El barrio era uno de los tranquilos de Nueva York, pero un accidente de tráfico había cortado la calle Cincuenta y Nueve lo que había creado un verdadero colapso circulatorio por toda la zona. Por fortuna, Mr. Fredericks no tenía nuevas citas, motivo por el cual no tuvo problema en recibirla pese a su retraso.

Era un hombre ya mayor, clásico, con americana de *tweed* y pajarita á juego, el estilo de neoyorquino característico del East Side. Sus modales eran refinados y su acento muy marcado, al viejo estilo de acento no rótico. A Bety le era posible seguir su conversación siempre y cuando mantuviera su concentración: se comía buena parte de las erres. Probablemente cultivara a conciencia ese viejo acento tan poco usual en la ciudad: Mr. Fredericks era diferente y, aún más, deseaba ser diferente.

Puesto en antecedentes por medio de unos correos electrónicos que se habían cruzado el día anterior al viaje de Bety, Fredericks conocía parte del interés de Bety en visitarle. El resto lo iría introduciendo en la conversación poco a poco.

—La muerte de Mr. Bruckner ha sido una verdadera desgracia. ¡Estaba tan cerca de finalizar su obra! Años de trabajo desperdiciados en un triste accidente… Pero así es la vida. En

Books Inc. agradecemos la oferta de colaboración de su museo en su justa medida. Es muy probable que debamos desplazar a una persona a San Sebastián para recabar la documentación gráfica necesaria.

—Entonces, ¿tienen previsto publicar la monografía sobre Sert?

—Mr. Bruckner había adelantado buena parte del trabajo. Tenemos maquetado el libro hasta el año 1936, cuando Sert realiza la decoración en la Sociedad de Naciones, en Ginebra. Eso se corresponde con, aproximadamente, el ochenta y cinco por ciento de la monografía. Teniendo en cuenta el anticipo que hemos adelantado es imperativo finalizarla aunque sea con la colaboración de un segundo experto.

—Mr. Fredericks, ahora que lo menciona, Mr. Bruckner se desplazó a Nueva York poco antes de su muerte para cotejar ciertas informaciones con otro experto en la obra de Sert. ¿Sabe usted de quién pudo tratarse?

—Desconocía que Mr. Bruckner hubiera estado recientemente en la ciudad; no nos comunicó su viaje, aunque tampoco tenía obligación de darnos cuenta de sus movimientos. Conocemos a varias personas que dominan la obra de Sert. En concreto teníamos pensado trabajar con Mr. Gibson: es un especialista muy apreciado en arte decorativo. ¿Tiene interés en conocerlo?

—Si tuviéramos la certeza de que Mr. Bruckner habló con él, sí, en efecto.

—¿Por qué motivo?

—Mr. Bruckner estaba colaborando con los restauradores del museo San Telmo. Los lienzos de Sert serán restaurados en breve, y nuestro personal estaba siendo asesorado por Mr. Bruckner. Podríamos llegar a tener interés en la colaboración, por supuesto retribuida, de un experto de un nivel equivalente al suyo.

—Lamento decirle que Mr. Gibson no debió de ser el experto a quien Bruckner consultó. Es historiador del arte, pero carece de formación como restaurador.

—Y ¿no podría usted orientarme sobre este particular?

—Es posible… No hay más de media docena de restauradores expertos de la Costa Este a los que Mr. Bruckner pudiera haber consultado: Mr. Boothe, Mr. Derek, Mr. Milton, Mr. Lawrence, Mr. Robinson… Y también Mr. Quinn, por supuesto.

—Si fuera tan amable, ¿podría proporcionarme una forma de contactar con ellos?

—Puedo proporcionarle sus direcciones de correo electrónico y un teléfono móvil. Sé que algunos de ellos están actualmente trabajando, aquí, en Nueva York. Mr. Derek y Mr. Robinson, en el Metropolitan; Mr. Milton, en la Frick Collection, y Mr. Lawrence, en el Rockefeller Center.

—Es usted muy amable.

—Por favor, no tiene usted ni que mencionarlo. Cuentan con toda nuestra colaboración.

Bety abandonó Books Inc. con el listado de expertos en su bolsillo: seis nombres. Regresó al apartamento de Enrique y se puso manos a la obra.

A lo largo de la tarde consiguió hablar personalmente con cuatro de ellos: Mr. Derek, Mr. Milton, Mr. Boothe y Mr. Quinn. Los dos primeros, tal y como explicara Mr. Fredericks, estaban trabajando en Nueva York, y no habían mantenido relación con Craig Bruckner en tiempos recientes. El tercero estaba en la Costa Oeste, trabajando en el SFMOMA de San Francisco. A última hora de la tarde pudo contactar con Mr. Quinn, quien se encontraba en París realizando una colaboración puntual con los conservadores del Louvre, y que le aseguró que tampoco él había sido el experto consultado por Craig. Fue extremadamente amable con Bety, ya que había mantenido una relación personal con Craig durante muchos años y se sentía profundamente apenado por su fallecimiento. Mr. Quinn, además, le informó acerca del posible paradero de Mr. Lawrence y de Mr. Robinson: confirmó que el primero, desde luego, estaba trabajando en el Rockefeller Center, tal como dijera Mr. Fredericks. Bety no lo dudaba, pero no había contestado a sus llamadas a lo largo de la tarde; Mr. Quinn le proporcionó un par de teléfonos alternativos, los de sus ayudantes. Por otra parte, sabía que Mr. Robinson se había tomado unas largas vacaciones para recorrer el sur de África y cobrar contacto con el arte primitivo de las tribus del interior del continente. Bety le agradeció profusamente

255

su ayuda, y Mr. Quinn le insistió en que le consultara cuando y cuanto fuera preciso.

A última hora de la tarde contactó con uno de los ayudantes de Mr. Lawrence. Su jefe acababa de salir de viaje hacia Europa; no conocían el destino aunque sí la fecha de regreso, prevista en diez días. Bety agradeció la información y, tras insistir con una nueva llamada telefónica que, de nuevo, no obtuvo respuesta, decidió enviarle un correo electrónico explicándole la versión pública de su necesidad: la restauración de los tapices de Sert en el museo San Telmo era la excusa perfecta para no hacer saltar la liebre antes de tiempo. Después, con todo su trabajo hecho, modificó la reserva del vuelo: regresaría a San Sebastián a la mañana siguiente.

SÉPTIMA PARTE

París

51

*M*ientras Bety volaba hacia Nueva York, Enrique recabó información sobre la familia Wendel. Para situarse utilizó fundamentalmente la Web, profundizando en mayor medida en aquellas páginas en las que obtuvo los primeros datos. Tras cuatro horas de trabajo, Enrique plasmó la información obtenida en un borrador.

FAMILIA WENDEL

Los Wendel constituyen una dinastía que basa su fortuna en la metalurgia. Su origen empresarial se remonta a los albores del siglo XVIII y, salvando los numerosos avatares de la historia, se prolonga hasta la actualidad.

Vivieron todo tipo de situaciones: la consolidación de las fundiciones a lo largo de siglo XVIII; la Revolución francesa, que confiscó sus industrias; la Guerra Franco Prusiana, que anexionó la Alsacia y la Lorena a Prusia, convirtiendo a todos sus habitantes de franceses a alemanes; la Primera Guerra Mundial, en la que la derrota alemana supuso el retorno a Francia, y la Segunda Guerra Mundial, en la que ambas regiones realizaron el camino inverso hasta la derrota final de los nazis.

La familia Wendel diversificó sus inversiones, pero siempre en el entorno del mundo metalúrgico: tuvieron fundiciones, minas de carbón y de hierro, y ferrocarriles. Fueron adalides en la protección de los trabajadores, desarrollando incluso una avanzada ciudad obrera para sus trabajadores, Stiring-Wendel.

Las mujeres Wendel también tuvieron un papel destacado en la historia de la familia: dos de ellas fueron figuras claves en momentos de máxima dificultad. Madame d'Hayangue hizo frente a la Revolución francesa, y Françoise de Wendel, mantuvo la empresa durante el turbulento periodo de la anexión a Alemania.

Maurice Wendel: es el hombre clave sobre el que parece pivotar la historia. Tuvo cuatro hijos y, así como su hermano Humberto se dedicó a la dirección industrial del conglomerado de empresas familiares, él se volcó en las cuestiones sociales. Tuvo cuatro hijos; fue Ségolène la internada por los nazis en al campo de concentración de Sarrebruck.

Hoy en día los Wendel ya no siguen en el negocio de la metalurgia: la nacionalización del año 1978 les privó de su conglomerado de industrias. Sin embargo, siguen presentes en el mundo empresarial en diferentes ramas, fundamentalmente en la editorial.

260

Enrique envidió momentáneamente a Bety: le parecía que su misión en Nueva York era mucho más sencilla. Ella conocía la editorial con la que trabajaba Bruckner, y eso le facilitaría las cosas. En cambio, él carecía de contacto con la familia Wendel. Además, ¿con quién de sus descendientes podría hablar en persona? ¿Cuál de ellos sería el depositario de la documentación histórica de familia? El *holding* Wendel fue una potencia económica hasta la nacionalización del 78, y debiera existir una verdadera montaña de documentación oficial y personal... Además, la familia hundía sus raíces en el norte de la Lorena, donde muchos de sus miembros levantaron hermosos *châteaux* de estilo francés convirtiéndolos en sus residencias particulares. ¿Adónde debía dirigirse primero, a París o a Metz? ¿Por dónde comenzar?

—Muchas preguntas y ninguna respuesta —reflexionó Enrique en voz alta, siguiendo su costumbre.

Repasó el resumen buscando una clave a la que asirse, y encontró una posibilidad: uno de los desempeños actuales de los Wendel era el mundo editorial. Tiró de este hilo y no tardó en obtener sus frutos: la segunda empresa editorial más importante de Francia era propiedad de los Wendel. Indagó en esta dirección, y conoció la noticia de que estaba en negociaciones con un importante grupo editorial español. ¿Podía ser esta la puerta de acceso?

Su editorial española era competencia del mencionado grupo, pero, tiempo atrás, había recibido una oferta para firmar con ellos, que había declinado por la sensación de compromiso y fidelidad que sentía con los suyos. Eso propició un contacto personal con parte de la cúpula del grupo, contacto que se había mantenido en el tiempo en forma de frecuentes encuentros en eventos editoriales, correos electrónicos y felicitaciones de Navidad. Un contacto formal y educado que no estaba seguro de si bastaría para que le ayudaran.

Dudó, y mucho, antes de decidirse. Buscó en la agenda del móvil hasta dar con el teléfono de Bárbara Llopis. Llevaba veinte años trabajando como responsable en la editorial Universo, y era en gran parte responsable de su éxito sostenido en el tiempo. Era, además, la persona con la que más contacto había mantenido cuando recibió la oferta para cambiar de editorial. Enrique consideraba que entre ambos existía cierta complicidad personal; era una de esas personas activas, repletas de energía, con las que tan bien se entendía. Envió un SMS: «Estoy en Barcelona y me urge hablar contigo. ¿Puedo verte?» La respuesta no se hizo esperar: «Esta tarde, a las ocho, en la editorial».

261

Faltaban cinco horas: tiempo suficiente para ir a comer y dar una vuelta por su querida Barcelona. ¿En qué podría emplear mejor la tarde que en deambular por las calles del barrio gótico? Desde que regresó a la ciudad con Bety no había hecho otra cosa que no fuera investigar en el pasado. Le vendría bien desconectar un poco de Bruckner, Sert y los Wendel.

Cogió una cazadora y abandonó la casa de Vallvidrera en dirección al centro de la ciudad. Disfrutaría del paseo, pero supo, nada más poner los pies en la calle, que sería su propio pasado el que saliera a su encuentro en cuanto se acercara a la catedral de Santa Eulàlia. Aún hoy, cuatro años después de su aventura barcelonesa, soñaba con todo lo ocurrido…

52

$\mathcal{N}$o se decidió a entrar. Era absurdo, lo sabía: los recuerdos no necesitaban un ancla física para manifestarse con mayor o menor virulencia. Pero no entró en la catedral, y solo la contempló por fuera, asombrado por la limpieza de sus piedras. Habían retirado el andamio que la cubría durante su larga restauración, y la piedra de las canteras de Montjuïc otrora oscurecida por el paso de los siglos parecía brillar en todo su esplendor.

Tampoco se acercó a la plaza del Pi ni a la de Sant Felip Neri, donde paseara aquellas tardes con Mariola Puigventós. Y aún menos se acercó a la calle de la Palla, donde Artur, su padre adoptivo, tuvo su tienda de antigüedades y murió asesinado. Todo el amor que sentía por las viejas calles de Barcelona se había tornado amargo. Nadie lo sabía, pero había abandonado San Sebastián para alejarse de Bety, y la única ciudad de España en la que desearía vivir, Barcelona, le estaba vedada por el recuerdo de un amor perdido y el brutal asesinato de Artur. Por eso emigró a Nueva York. Su deseo era alejarse el tiempo suficiente para reorientar su vida lejos de un doloroso pasado: viéndose pasear por las calles que tanto amaba, sin atreverse a arrostrar sus recuerdos, supo que de momento había fracasado.

No le dolió. Se reconoció débil, y por ello tan humano como si lo hubiese conseguido. Pasó de largo por sus rincones favoritos, callejeando sin rumbo, dejando pasar el tiempo, luchando por no caer en brazos de la nostalgia. Antaño era dado a abandonarse, a dejar que este sentimiento lo dominase; ahora, por lo menos, había aprendido a mantenerla a raya sin verse sobrepasado. Estaba cambiando, sin duda, para bien, y esta certeza le hizo cobrar fuerzas y sentirse mejor.

A las siete y media de la tarde, con la ciudad oscurecida, se dirigió a la avenida Diagonal, en la zona noble de Barcelona, donde estaban las oficinas de la gran editorial en la que trabajaba Bárbara. Llegó con margen suficiente, tal y como le agradaba hacer. Se identificó en la recepción del edificio y subió al sexto piso. Bárbara Llopis, ya avisada por seguridad, le esperaba frente al ascensor. Tendría unos sesenta años, un aspecto magnífico y estaba soltera: su nivel de actividad era siempre frenético, y más de una vez Enrique había pensado si su soltería era una consecuencia del elevado ritmo de trabajo o a la inversa. Si lo recibía a esta hora sería porque antes no habría tenido tiempo para poder hacerlo.

—¡Cuánto tiempo, Enrique! ¡Qué alegría volver a verte!

—Bárbara, estás estupenda.

No era un piropo vacío ni una frase hecha: que una mujer de sesenta años pueda resultar atractiva es tan cierto como que una de veinte puede no serlo. Bárbara distaba de estar delgada y no lucía una larga melena; se cuidaba, sí, y apenas tenía arrugas, pero exudaba ese atractivo femenino que tanto agradaba a Enrique, una mezcla de aguda inteligencia y coquetería no impostada.

—Ven a mi despacho, Enrique; ¡tienes mil cosas que contarme! Pero ¡si por lo menos hará tres años que no nos vemos! Ya sé cómo te van las cosas por Nueva York…

Caminaron por un largo pasillo. Las oficinas estaban casi desiertas y llegaron al despacho de Bárbara sin cruzarse con una sola persona. Bárbara recogió su cazadora y le sirvió un refresco; después, tomaron asiento a la mesa de trabajo, frente a frente.

—No sabes cómo me alegro de tu carrera americana, Enrique.

—Pues tengo novedades que comunicarte. Confío en tu discreción, Bárbara: cambio de editorial. Voy a firmar un contrato de primera fila con el Grupo Lion. ¡Dos novelas en tres años!

—¿Qué dices? ¡Es una noticia fantástica! ¡No sabes cuánto me alegro!

—Tiene su lado malo. Durante esos tres años voy a ser casi un esclavo de la editorial. Disposición para la promoción al cien por cien.

—No me hables de cifras económicas; puedo imaginármelas. ¡Y no te quejes! ¡Es una oportunidad única a la que muy pocos escritores logran acceder! ¿Cuándo vas a firmar?

—Como muy tarde en enero.

—¡Aprovecha este mes y medio de libertad porque después vas a tener que encerrarte en tu piso para escribir a jornada completa!

—Soy consciente de ello… y mi visita tiene que ver, en parte, con eso.

—Entonces no has venido solo para saludarme…

—¡No seas pícara, Bárbara! Bien sabes lo mucho que te aprecio; he venido a compartir contigo una noticia que no conoce nadie en España, sí, y también a pedirte que me eches un cable.

—Tú dirás.

—Necesito un contacto al que solo puedes acceder tú.

—Dime quién… y por qué.

—He comenzado una nueva novela. Cuando Goldstein me explicó la situación en Nueva York sentí ese típico subidón de adrenalina, construí un argumento y me puse a escribir como si estuviera poseído. La novela ha avanzado muchísimo, y he llegado a un punto en el que necesito una información que no está a mi alcance.

—¿Y crees que yo puedo ponerte en la pista correcta?

—Sin duda. Tu grupo editorial está en negociaciones con un importante grupo francés.

—Confidencia por confidencia: la compra está prácticamente hecha.

—Y la firma definitiva estará en manos de algún miembro de la familia Wendel.

—¿Cómo lo…? Ya entiendo. ¿Necesitas hablar con un Wendel? ¿Qué estás tramando, Enrique?

—Son parte del argumento de mi nueva novela. No de forma directa, pero con peso en la trama. Y necesito cotejar determinada información histórica con ellos.

—Una novela histórica, entonces.

—No. Una novela de intriga.

—Y ¿qué pintan ellos en tu intriga?

—Tuvieron relación con Sert, el pintor. ¿Conoces su obra?

—Más bien conozco al personaje. En su momento editamos la obra de una historiadora basada en la vida de Misia, su primera esposa.

—Ha sido una de mis fuentes de documentación. E incluso la familia Sert me ha permitido el acceso a los archivos privados del pintor.

—Comprendo. Quieres ir sobre seguro y respetar la veracidad de los hechos.

—Cuando menos, en parte. He llegado a un punto del argumento en el que debo comprobar si lo que he investigado e imaginado tiene sentido. Y solo los Wendel podrían confirmarlo. Además, no deseo que la novela ofrezca polémica de ninguna clase; quiero contar con su aquiescencia.

—Bien… es un asunto delicado. He tenido alguna reunión a la que asistieron algunos de ellos, y por tanto los conozco un poco. Tendrías que viajar a París, claro está. ¿Cuándo podrías estar allí?

—Mañana mismo.

—¡Parece que tienes mucho interés!

—En efecto.

—Bien. Imaginemos que, por amistad, te consigo el contacto. Me gustaría que, también por amistad, tuvieras el detalle de enviármela una vez acabada. Permíteme hacerte una oferta.

—Goldstein me da carta blanca para la publicación en España y la elección final es mía, pero no puedo prometerte más que estudiar tu oferta. Sabes que siempre he sido fiel a mi editorial.

—Lo sé. Pero todo en la vida cambia, y en Estados Unidos vas a hacerlo al firmar con Lion.

—Es cierto, pero no tenía una relación de afecto personal con mi anterior casa americana, algo que sí me sucede aquí.

—¿Me enviarás la novela?

—Sí.

—Viaja a París. A lo largo de mañana contactaré con los jefes; en cuanto tenga el contacto te enviaré un correo. ¿De acuerdo?

—¿Podrás conseguirlo?

—¡Enrique!

Se rieron al unísono; Bárbara era la verdadera alma de su editorial, y tenía a su alcance casi cualquier prerrogativa. Enrique ya podía ir buscando billete para el vuelo porque estaba claro que ella cumpliría. Salieron a cenar y pasaron el resto de la velada charlando animadamente de mil asuntos relacionados con el mundo editorial, tanto el español como el europeo y el americano. Se despidieron tarde, cerca de las doce, con una frase de Bárbara acompañada por un guiño:

—¡Te lo pondré difícil, Enrique!

Él no lo dudó. Desde luego, le iba a deber un favor.

53

*P*arís. No hubiera creído a quien le hubiera dicho que transcurridos apenas quince días después de escribir los avatares de Sert con las SS iba a acabar allí, documentándose. No era su ciudad favorita —Venecia era la indiscutible vencedora de este imaginario *ranking*—, pero, dejando a un lado San Sebastián, Barcelona y Nueva York, estaba entre las diez que más apreciaba.

Su vinculación a París surgía de la relación entre las culturas francesa y americana, particularmente en relación al *jazz*. Los clubs de la calle de Lombards, la Caveau de la Huchette, el Petit Journal Saint-Michel y tantos otros lugares en los que había dejado deslizarse las noches en la mejor compañía; los había recorrido todos junto a Bety, quien en las calles de París se sentía en su verdadero elemento. Su transformación resultaba extraordinaria: era ella y, a la vez, era otra diferente cuando dejaba su perfecto castellano para hablar en un francés cantarín y delicioso. Aunque ella estuviera por completo hecha a la vida española mantenía en una parte de su alma las raíces de su pasado francés, y cuando podía expresarse en su idioma parecía revivir, como una planta mustia que recibiera una gratificante lluvia de verano.

Enrique había viajado en el primer vuelo, y se trasladó a su hotel habitual en la ciudad, en el barrio de Le Marais. Por una afortunada casualidad, los Archives Nationales estaban situados en el edificio Hotel de Soubise, a escasos cinco minutos andando. Pensaba visitarlos después de la entrevista con los Wendel: la pista del *Major* Rilke podía llevarle muchas horas de trabajo, y no deseaba interrumpirlo una vez comenzado.

Las oficinas del grupo editorial propiedad de los Wendel estaban situadas en el barrio de La Défense, a unos veinte minutos en taxi del hotel. Mientras, tenía dos posibilidades: la primera, ponerse a escribir; la segunda, salir a pasear. Escribir le apetecía relativamente poco; la situación real llamaba más su atención que la imaginaria, y había decidido dejar de teclear hasta que finalizara su investigación y supiera a qué atenerse.

Su plan consistía en pasear en dirección al Louvre y a las Tullerías; desde allí ya vería qué camino tomar, si cruzar a la *rive gauche* y la torre Eiffel o seguir hacia la Madeleine y la Ópera, pero la pantalla de su tableta se iluminó al recibir el correo de Bárbara: «En la sede de Edition9, a las cuatro. Te recibirá Marie Wendel. ¡Me debes una y quiero tu novela!»

Tres horas de margen, tiempo suficiente para pasear, comer y acudir a la cita. Y así lo hizo: se dejó llevar por un París nublado, pero jamás gris. Comió en un bistró junto al Sena, sentado en la terraza pese a la baja temperatura, viendo frente a él Notre Dame, y después cogió un taxi para ir a La Défense, todo recto por las avenidas de los Campos Elíseos y de Charles de Gaulle.

La sede central de Edition9 estaba situada en un rascacielos próximo a la Arche de la Défense. Se identificó en la recepción, y una elegante secretaria lo acompañó hasta el último piso. Allí esperó unos minutos en un amplísimo vestíbulo, de más de cien metros cuadrados; otra secretaria estaba sentada junto a lo que evidentemente era la puerta del despacho principal. La secretaria recibió una comunicación, se levantó y le indicó que la siguiera; abrió la puerta del despacho, le cedió el paso y la cerró después.

El despacho era aún más enorme que el vestíbulo, y sus ventanales ofrecían una vista completa de la Arche de la Défense. En su interior estaban una mujer y un hombre, ambos impecablemente vestidos. Eran más jóvenes que él, en torno a los treinta años, y se parecían notablemente. Ella se acercó, tendiéndole la mano; parecía evidente que iba a llevar la voz cantante en la entrevista.

—Soy Marie Wendel, y este es mi hermano gemelo Richard.

—Enrique Alonso. Encantado de conocerles.

—¡Igualmente! Pero sentémonos, por favor.

Lo hicieron a la mesa principal; Marie, al otro lado de la misma; Richard tomó asiento junto a Enrique. En verdad eran parecidos, pero no solo en la apariencia física: se movían con idéntica fluidez, como si se deslizaran y, aunque el timbre de sus voces era lógicamente diferente, el tono sonaba idéntico.

—Veo que habla usted nuestro idioma. Si lo prefiere, podemos hablar en inglés, e incluso en español.

—No hablo el francés tan bien como quisiera pero preferiría, si es posible, utilizarlo.

—Muy bien. Esta mañana recibimos una llamada desde Barcelona. Nuestro *partner* nos pidió que mantuviéramos una entrevista con usted para hablar de un asunto literario, pero del que los Wendel formábamos parte.

—Así es.

—Señor Alonso, antes de comenzar me gustaría que satisficiera nuestra curiosidad por saber cómo consigue un escritor que no pertenece a nuestro grupo editorial acceder a esta entrevista.

—En el mundo hay muchísimas buenas personas que están dispuestas a ayudarnos. Basta con pedírselo, y así lo hice.

—Bárbara Llopis debe tener muy buen concepto de usted.

—Nos conocemos hace más de diez años y mantenemos una excelente relación personal.

—¿Incluso viviendo usted en Nueva York? Estamos al tanto de su carrera literaria americana.

—Bárbara nunca ha perdido la esperanza de reclutarme para su editorial. En España gozo de cierto prestigio pese al éxito comercial.

—¿Considera incompatibles lo comercial y la calidad literaria?

—¡En absoluto! Eso es asunto de los críticos. Yo sé que escribo razonablemente bien, incluso me considero bien dotado para los géneros que cultivo.

En este momento intervino Richard, y fue quien a continuación llevó el peso de la conversación

—Intriga histórica y literatura policíaca. ¿Y nuestra familia va a formar parte de una de sus novelas?

—En realidad, no directamente. La novela trata en mayor medida sobre el pintor José María Sert

—Habíamos entendido que el motivo de esta entrevista estaba relacionado con esa posibilidad.

—Y es cierto, pero no como parte de una novela. La parte que estoy investigando sucedió en realidad.

—Me ha picado la curiosidad, señor Alonso. Dígame, ¿qué desea saber?

—Todo lo relacionado con el internamiento en Sarrebruck-puis-des Fresnes de Ségolène Wendel, durante la Segunda Guerra Mundial.

Marie y Richard se miraron; Richard iba a hablar, pero Marie lo detuvo realizando un explícito gesto con la mano derecha.

—¿Qué sabe usted al respecto y cómo lo ha averiguado?

—La trama de la novela que actualmente estoy escribiendo tiene que ver con ese suceso. Ségolène era su…

—Nuestra tía abuela.

—Sé que su tía abuela fue internada en Sarrebruck-puis-des Fresnes, y que Maurice, su padre y bisabuelo de ustedes, intentó por todos los medios liberarla de su confinamiento. Para ello utilizó todos sus contactos, y hubo uno, en especial, que se ofreció a ayudarle debido a sus correctas relaciones con los responsables de la Wehrmacht en París.

—Sert, el pintor. Esa historia forma parte del anecdotario de la familia.

—He tenido ocasión de leer la correspondencia que se cruzaron Sert y su bisabuelo Maurice.

—¡Desconocíamos que existiera esa correspondencia!

—Existe, y está en el archivo de la familia Sert, en Barcelona.

—Y ¿en qué podemos ayudarle?

—En teoría, las cartas que su bisabuelo Maurice remitió a Sert debieron ser destruidas, pero Sert no lo hizo. Además, realizó una copia de las que envió a Maurice, por lo que sabemos

270

exactamente lo que él escribió también. Sert actuó de intermediario entre los oficiales nazis y Maurice Wendel. En primera instancia logró detener la deportación de Ségolène a los campos de exterminio. Y, más tarde, medió en un acuerdo para obtener su definitiva liberación.

—Nuestra tía abuela Ségolène fue liberada, eso es evidente, pero nunca supimos cómo ocurrió con exactitud.

—Puede que ella no lo supiera. Pero José María Sert y Maurice Wendel, sí, porque ellos fraguaron el acuerdo que lo permitió. Las cartas no dejan lugar a dudas: Sert las dirigió al *Major* Rilke, secretario del *Generalleutenant* Freiherr von Boineburg, uno de los máximos dirigentes de la Wehrmacht en la ciudad.

—¿Cuál fue ese acuerdo?

—Eso es precisamente lo que estoy investigando. Encontré un pequeño detalle en una de las cartas remitidas por Maurice Wendel a Sert.

—Continúe, señor Alonso.

—Una de ellas hablaba de una cifra: «Tengo parte de los Trescientos», le escribió Maurice Wendel a Sert. Trescientos, sí, pero ¿trescientos qué?

—¡Los Trescientos, Marie!

—¡Calla!

Richard Wendel hizo ademán de levantarse cuando Marie intentó silenciarlo, pero no logró hacerlo a tiempo. Enrique permaneció impasible, guardando estricto silencio, esperando a ver cómo se resolvía la situación. Richard Wendel volvió a sentarse, frunció los labios y desvió su mirada hacia el gran ventanal. Los ojos de Marie observaron a su hermano sin ocultar su indignación. Pasados unos instantes pareció recobrar el control, sonrió forzadamente y se dirigió a Enrique.

—Señor Alonso, debe saber que su descubrimiento ha supuesto para nosotros una verdadera sorpresa.

—Luego sí saben qué son esos «Trescientos».

—¡Y quién en la familia ignoraría lo que son! Pero se trataba de una leyenda familiar cuyo conocimiento hasta ahora se había limitado a los nuestros y algunos otros, pocos, fuera de la misma. Hoy en día se puede hablar sobre ellos con mayor libertad, como comprenderá cuando conozca su historia, y ha habido algunos reportajes sobre ellos, aun limitados a determinado mundo de expertos de los que más tarde le hablaré.

—No le ocultaré que me tienen sobre ascuas.

—¿Puedo contar con su discreción, señor Alonso?

—No puedo prometerle eso. Pero sí puedo decirle que no tomaré decisión alguna sobre la publicación de aquello que tenga a bien explicarme sin consultarlo previamente con usted.

—Bastará. Confiamos en Bárbara, y ella confía en usted. Está bien: le diremos lo que sabemos sobre los Trescientos.

54

—*S*eñor Alonso, ¿sabe usted cuál puede ser hoy el valor de un brillante en el mercado?

—No, yo... ¿Brillantes? ¿Los Trescientos son brillantes?

—Sí. Y no unos brillantes cualesquiera. Imagino que conocerá la diferencia entre un diamante y un brillante.

—Creo que sí: un diamante es la forma mineral, sin tallar. Los brillantes requieren una talla específica destinada a extraer toda su luz.

—Cierto. Y su valor depende del tamaño, el color, la pureza y la forma que presenten, así como de su estructura interna. Verá, no será difícil encontrar páginas en la Web sobre la cotización de los brillantes; permítame un instante... Esta misma, por ejemplo. Un prestigioso diamantista belga ofrece la posibilidad de comprar piezas de diferentes precios con un simulador. Pongamos unas dimensiones medias: cuatro quilates, pero con el resto de opciones en su máxima calidad. Son piezas con certificado gemológico y con la garantía de no ser diamantes de sangre, es decir, no haberse extraído en países en conflicto. Pulido y simetría perfectos, sin fluorescencias interiores. Y aquí está su precio, ¡véalo usted mismo!

—¡439.000 euros! Pero, entonces, trescientos...

—¡Espere! Antes de que se ponga a hacer cálculos, déjeme explicarle su origen. Nuestra familia fue reuniendo una colección de brillantes a lo largo de su historia: cien años incrementándola paulatinamente, creando un fondo de reserva que pudiera mantenerse al margen de los vaivenes del mercado. Una garantía de supervivencia ante la adversidad.

»No olvide que pasamos por una revolución que confiscó nuestras empresas. Ahí fue donde aprendimos que una empresa que se precie debe tener recursos para poder afrontar la situación más difícil que quepa imaginar. Baste decirle que gracias a los brillantes conseguimos mantener nuestro conglomerado empresarial durante los periodos de guerra entre Francia y Alemania, cuando la Lorena y la Alsacia se convirtieron en moneda de cambio entre ambos países.

»Los Trescientos formaron parte de una cantidad aún mayor: originariamente fueron los Quinientos, y constituían el secreto familiar mejor guardado, conocido solo por los cabezas de familia dedicados a la dirección de nuestras empresas. En los avatares históricos antes mencionados tuvimos que emplear parte de la colección, aunque siempre que era posible incorporábamos piezas nuevas. Hasta que llegó la Segunda Guerra Mundial y Francia tuvo que arrodillarse ante el empuje de los nazis. Algunos miembros de la familia tuvieron tiempo de escapar a la ocupación alemana, trasladándose a Londres o Nueva York, donde teníamos parte de los valores de la familia depositados en entidades bancarias. Pero también hubo quien debió quedarse aquí como un acto de compromiso familiar, responsabilizándose de lo que era nuestro. Estos Wendel afrontaron innumerables riesgos, entre los que estuvo el internamiento de Ségolène en Sarrebruck. Fue entonces cuando se perdió la pista de los Trescientos.

—¡Madre de Dios!

—¿Ha calculado ya el valor de los brillantes, señor Alonso?

—No, estaba siguiendo su historia. Son…

—Richard, ese sí es tu terreno: todo lo que tienes de imprudente lo compensas con tu habilidad matemática. Ahórrale tiempo al señor Alonso.

—Son 134.700.000 euros.

—¡Madre de Dios!

—Una bonita cifra, sí señor. Pero equivocada.

—¿Pero no hemos visto que el valor de un brillante de cuatro quilates era de 439.000 euros?

—Ese es su valor, en efecto, pero entre los Trescientos había piedras muy superiores a los cuatro quilates. Guardamos documentación sobre alguna de ellas que superaba los cien quilates. Y otras eran de menor tamaño, pero de mayor rareza: en la colección hubo brillantes rojos y azules, los más difíciles de encontrar, verdaderas piezas únicas. Richard, explícale al señor Alonso cuáles han sido nuestras especulaciones sobre este particular.

—No sería insensato hablar de trescientos millones de euros. Y puede que tampoco lo fuera pensar en cuatrocientos.

—¡Una verdadera fortuna! Pero ha hablado de especulaciones… ¿quieren decir que es un tema conocido entre los suyos?

—Sí. Una vez se perdieron los Trescientos, el secreto dejó de tener valor como tal. Como puede imaginar, nunca lo hemos hecho del dominio público, y se ha circunscrito a la privacidad de la familia. ¡Una leyenda para comentar una tarde de invierno en la mansión de los Alpes, alrededor de la chimenea, tomando unas pintas de Alphand! Marie podrá contarle una muy buena broma acerca de nuestra tía abuela.

—La tía abuela Ségolène ostentó, durante toda su vida, un título familiar honorífico, aunque siempre a sus espaldas, claro está: ¡fue la mujer más cara del mundo!

—Comprendo… Maurice Wendel compró la libertad de su hija con los brillantes. Desde luego no habrá habido una libertad más cara en toda la historia de la humanidad.

—Así es, señor Alonso. ¿Comprende ahora nuestra reacción al oírle hablar sobre los Trescientos?

—¡Cómo no!

—Que semejante conocimiento hubiera traspasado la frontera de lo familiar se nos hizo de lo más extraño. Pero usted ha hablado de pruebas que, por vez primera, nos ponen sobre la veracidad histórica de este asunto.

—¿Por qué habla de veracidad histórica? Que Maurice Wendel los empleó en liberar a su hija Ségolène es sabido por ustedes, porque de no ser así no le habrían colgado ese título de mujer más cara del mundo.

Marie y Richard se miraron, y después hicieron lo propio con Enrique. Este no captó ningún gesto de complicidad entre ellos, pero era muy posible que existiera entre ellos esa

275

peculiar conexión de la que, según la leyenda, hacen gala los gemelos.

—Marie habla de verdad histórica porque es la primera vez que tenemos una prueba de que esto fuera tal y como en su día dijo el bisabuelo Maurice.

—No comprendo.

—Es sencillo: tenga en cuenta que los brillantes constituían el fondo de reserva de la familia, no eran propiedad exclusiva de Maurice. Dispuso de ellos para algo que no era su verdadero objeto, liberar a Ségolène.

—Ya le sigo. No todos los Wendel estuvieron de acuerdo con lo que hizo.

—Eso es. Y no solo no estuvieron de acuerdo, sino que hubo quien incluso dudó de su honestidad. ¿Acaso no podría haber entregado una parte de los brillantes en lugar del total?

—El caso es que, mientras vivieron Maurice y Ségolène, la familia experimentó una cierta fractura debido a este asunto. Yo, personalmente, no censuro al bisabuelo Maurice: aún no he experimentado la maternidad, pero estoy segura de que hubiera tomado idéntica decisión. Además, en el caso de estar en posesión de los brillantes, ¿habría tenido sentido que se quedara trabajando en la reconstrucción de las empresas familiares una vez acabada la guerra?

—Tiene usted razón, Marie: ¡con esa fortuna en su poder hubiera podido hasta comprarse un país entero!

—¿Consta en las cartas de Sert este extremo?

—No. Maurice Wendel y Sert cruzan la información suficiente para establecer una conclusión: que el *Major* Rilke, secretario del *Generalleutenant* Freiherr von Boineburg, metió baza en el asunto burlando la participación de su superior.

—¿Qué cree usted que pudo ocurrir?

—Imagino que se realizó la entrega de los brillantes y que por eso Ségolène fue liberada.

—¿Tiene copia de esas cartas?

—La familia Sert no me autorizó a realizar copias. Si desean verlas tendrán que viajar a Barcelona.

—Lo haremos, desde luego. ¿Y usted? ¿Qué va hacer ahora?

Enrique meditó la respuesta. Había detectado cierto ánimo

276

inquisitivo en la parte final de la conversación y no le extrañaba en absoluto. Una pista de trescientos millones de euros. Estuvo a punto de contarles lo referido a su investigación sobre Sert, pero un sexto sentido le hizo reservarse esa parte. ¿Podrían los gemelos Wendel imaginar que él estaba tras la pista de los brillantes en lugar de estar sencillamente escribiendo una novela? ¿Qué habría pensado él si su posición hubiese sido la contraria?

Lo tuvo claro al instante: convenía ser prudente. Enrique no era sino un simple escritor frente a toda una potencia económica familiar representada en aquellos dos hermosos gemelos que tenía frente a él.

Y les proporcionó la respuesta más plausible.

—Escribir. Voy a escribir esta historia. Y cuando la haya acabado cumpliré con mi palabra y les traeré el manuscrito. Serán los primeros en leerlo.

55

*E*nrique había pasado innumerables horas de su vida investigando mil temas de lo más dispares: si había algo que apreciaba especialmente de la vida de un escritor era poder aprender lo relacionado con todo aquello que cupiera en su fértil imaginación. En la actualidad poseía notabilísimos conocimientos ajenos a la mayoría de los mortales: era capaz de manipular nitrógeno líquido, construir bombas, determinar defectos estructurales en edificios en ruinas, manejar diverso armamento y actuar como un pirata informático. Y sus conocimientos históricos y artísticos variaban desde arte gótico a historia contemporánea pasando por una especial dedicación a la Segunda Guerra Mundial y a la antigua Grecia.

Había dedicado cientos de horas a buscar la mejor información disponible para dotar a sus novelas de estructuras plausibles, convencido de que gracias a la información diseminada a lo largo de la obra el lector creería en su trabajo.

¡Pero nunca había imaginado un archivo como el que tenía ante él!

Los Archives Nationales de Paris no tenían comparación posible con cualquier otro en el que hubiese trabajado antes. Reunían una colección documental con más de doscientos años de historia, y los documentos allí reunidos se almacenaban en más de sesenta y tres kilómetros de estanterías.

No tardó en reconocer que, esta vez, la tarea iba ser excesiva para su capacidad. Solo un bibliotecólogo habría sido capaz de centrar su búsqueda. Además, si su francés hablado era correcto, no podía decir lo mismo de su capacidad lectora. Maldijo a Bety por haberle obligado a realizar un trabajo para el que ella estaba mejor dotada, y se decidió a pedir ayuda a una de las bibliotecarias. Tuvo suerte: aunque asesorar a los investigadores era parte de su trabajo, la buena disposición no era un requisito necesario y compartido por la mayoría de sus colegas.

Una vez establecido el rango de su búsqueda, la amable bibliotecaria lo acompañó a la estantería donde en teoría podría encontrar la pista del *Major* Rilke: veinte metros lineales que contenían documentación sobre la ocupación alemana de París. A partir de ahí, solo quedaba dejarse las pestañas leyendo un documento tras otro.

Tal y como Enrique ya sabía, París estaba destinada a ser arrasada; esa había sido la orden de Hitler. Pero su general en jefe en la ciudad, Von Choltitz, no deseaba verla convertida en ruinas, lo que, añadido a la iniciativa de las fuerzas de liberación y a la rebelión popular de los parisinos, puso contra las cuerdas a los alemanes con tal rapidez que carecieron del tiempo necesario para destruir sus archivos. Toda esa documentación estaba allí acumulada, esperando su momento.

No fue difícil dar con el rastro de Rilke: su cargo como secretario del *Generalleutenant* Freiherr von Boineburg hacía que su visibilidad pública fuese continua entre la documentación. Enrique apenas conocía el alemán, pero utilizaba la tecnología para obtener traducciones razonablemente aproximadas; el traductor incorporado a su tableta le permitía ir avanzando en su cometido. La mayoría de las veces no hacía sino firmar documentos por orden de su superior; como era lógico, estos escritos carecían de interés para Enrique.

Pasó así una mañana entera, y se levantó solo para ir a comer. Regresó con energías renovadas, sabiendo que solo con una paciencia extrema lograría su objetivo.

Acabó la tarde, sin resultados.

Lo mismo ocurrió el día siguiente.

Y el tercero.

Rilke aparecía con frecuencia, pero relacionado con su trabajo. Y esto hizo pensar a Enrique si esta estrategia no le estaría conduciendo a un callejón sin salida.

279

Decidió detenerse y, tal y como hacía al escribir sus novelas una vez llegaba a un punto de conflicto, pararse a pensar en el problema durante varias horas. Paseó junto al Sena, por ambas orillas, dejando que su mente volase en errática libertad desde el paisaje hasta Rilke. Y, como siempre ocurría, cuantas menos ataduras le imponía mejor funcionaba su pensamiento.

En cuanto la idea surgió en su mente lo tuvo claro: seguir la pista de Rilke a lo largo de su presencia en el París ocupado no iba a llevarle a ninguna parte. ¿No sería más lógico hacerlo después de que abandonara París? Se suponía que tenía en su poder una fortuna: retirarse hacia Alemania con su ejército parecía un absurdo. Esta idea le atrajo: Rilke era un sinvergüenza, y los sinvergüenzas desconocen el significado de la palabra «honor». Lo imaginó atravesando la Francia de Vichy en dirección a Suiza, donde podría vivir con una identidad falsa. ¡Sí, eso es lo que tenía que conseguir!

Regresó al archivo con ideas renovadas, y le planteó a la bibliotecaria si existía documentación sobre los destinos de los soldados del ejército de ocupación alemán. Después de unos minutos de consulta llegó la respuesta: la había, y en abundancia. Lo acompañó a una nueva estantería, esta vez más pequeña, clasificada alfabéticamente. En ella podría encontrar los propios ficheros de la Wehrmacht, la Gestapo y las SS.

Encontró la ficha del *Major* Rilke con facilidad: le llamó la atención que, a diferencia de la mayoría de fichas, faltara la fotografía.

Allí estaba todo: era su hoja de servicios desde su ingreso en la Wehrmacht en 1934, con los diversos destinos, incluyendo menciones y condecoraciones. Pasó las dos primeras páginas siguiendo la carrera de Rilke, contemplando su evolución hacia tareas administrativas: nunca estuvo en el frente. Sin duda fue hábil a la hora de alejarse del peligro. En la tercera hoja constaba su llegada a París junto a su superior, Von Boineburg.

Y en la cuarta encontró una nota escrita a mano donde constaba su fallecimiento el 25 de agosto de 1944.

56

Regreso mañana a San Sebastián en TGV, llego a mediodía.
Éxito parcial. Dudas y mil preguntas más.
Imposible resumir, te lo contaré en persona.

Esta noche duermo en Madrid, volaré al mediodía.
Todo parecido a lo tuyo: hay novedades, pero más
preguntas que respuestas. Y una gran sorpresa,
¿ya la conoces? Disfruta de París.

*D*isfruta de París: ¿un guiño a su pasado o una simple recomendación? No tenía con quien salir; hubiera podido telefonear a sus editores en Francia, pero no se encontraba de buen
humor para compartir la velada. ¿Cómo mostrarse sociable
cuando su concentración estaba centrada al cien por cien en el
Major Rilke y en su enigmática muerte?

Porque había sido enigmática, de eso no cabía duda.

La documentación encontrada explicaba que Rilke había
muerto en combates cercanos al hotel Meurice, sede del alto
mando alemán. Alcanzado por una granada, quedó irreconoci-
ble; solo pudo ser identificado por el grado de su uniforme y la
chapa de identificación.

Si Enrique no conociera todos los elementos de la historia
jamás habría sospechado que en la muerte de Rilke pudiera
haber algo irregular, pero ¿cómo no iba a dudar habiendo en
juego trescientos diamantes? Desde luego, si se tratara de

una historia que él estuviera escribiendo no hubiera tenido duda alguna: Rilke hubiera aprovechado la muerte de un compañero para ponerle sus ropas y así causar baja en el ejército alemán. De esta forma tendría libertad para poder desaparecer entre la locura que se cernía sobre París: entre partisanos, el alzamiento popular, los huelguistas comunistas, las tropas aliadas entrando en la ciudad y los alemanes resistiendo, la ciudad era un verdadero caos, donde un hombre que, como ponía en su ficha, hablaba perfectamente el francés podría esfumarse con habilidad. Se planteó una serie de interrogantes: ¿Qué podía hacer Rilke? ¿Hacia dónde huir? ¿Faltaba su foto en la ficha por miedo a ser reconocido? ¿Podría haberla eliminado él mismo?

La sensación de que estaba cerca de la verdad le carcomía por dentro, inquietándole; la duda puede ser una desazón que se torna insoportable. Saber puede ser doloroso, pero genera certidumbre, y de ahí se pasa con facilidad a la acción. Sin embargo, la duda te clava en una posición y te impide continuar, y para el carácter de Enrique no podía haber sentimiento peor. ¿Y la gran sorpresa de Bety ? ¿A qué se referiría? ¿De qué podría tratarse?

Le iba a costar dormir. Decidió salir a dar un paseo, sin rumbo ninguno. París de noche es hermosa, tanto como lo es de día. Hubiera preferido estar acompañado, y la imagen de Bety volvió a confundirse con la de Helena. Esa era otra duda, y no menos importante que la anterior. Más profunda, sin duda, pero menos inmediata: ¡era Rilke quien le quitaba el sueño! ¡Rilke y los Trescientos!

¿O quizá solo se lo quitaban los Trescientos?

Había cenado ligero en el hotel, lo justo para matar el hambre. Cruzó a la *rive gauche* para gozar con la perspectiva de Notre Dame iluminada. Quiso disfrutar con la vista pero no pudo hacerlo, reconcomido por su inquietud interior.

Se acercó a la Caveau de la Huchette; el club comenzaba a llenarse con la heterogénea mezcla habitual: jóvenes en busca de diversión, músicos aficionados y bohemios de medio pelo se mezclaban con la clase pudiente de la ciudad, fácilmente reconocible por la ropa de calidad y a la moda que vestían. Se acercó a la barra y pidió un combinado: no acostumbraba a beber, excepto en situaciones similares, cuando hacerlo parecía un imperativo social.

En el escenario estaba tocando un cuarteto clásico: bajo, piano, saxo y batería. No reconoció la primera pieza, pero sí la segunda: se trataba de una versión estilizada pero reconocible del *Watermelon Man*, de Herbie Hancock, con el suficiente *swing* para que el público reaccionara de inmediato. Lo hacían bien, con aparente entrega, sin que su música sonara rutinaria, como suele ser lo habitual. Rara es la vez que los músicos trascienden del lugar y del público y sintonizan de verdad entre ellos, subiendo ese escalón que puede llevarlos al mismísimo cielo, y Enrique había tenido la suerte de vivir un par de ocasiones semejantes, de las que surgen de la nada y se quedan para siempre, poniendo el listón tan alto que incluso lo bueno acaba pareciendo escaso.

Una mujer, también apoyada en la barra, le sonrió. Enrique le guiñó el ojo, negando con el dedo, y ella respondió asintiendo. Llevaba ya un par de copas encima: en otra ocasión, en otro lugar, quizá le hubiera correspondido; ahora no se vio con el deseo suficiente para olvidar sus historias personales y abandonarse a un rollo de una noche.

De repente, se sintió mayor, como si le hubieran caído encima veinte años de golpe. Años atrás no lo hubiera pensado: habría hablado con ella incluso sin la intención de buscar una noche de sexo, solo por el placer de abrirse a los demás, de conversar, de sentirse vivo. Hoy, en cambio, todo aquello le resultó vacío, carente de entidad. Escuchó un par de piezas más, *Jumpin' at the Woodside* y *Unsquare Dance*, y abandonó el local sintiéndose ligeramente ebrio: la escasa cena, unida a la falta de costumbre de beber, lo había dejado algo tocado.

Regresaba al hotel. No era más de la una, y las calles estaban casi desiertas. Con la inconsciencia propia del alcohol se sintió dueño de París, y caminó por las calles sin respetar los semáforos. En el Petit Pont cruzaba hacia la acera de la izquierda cuando un coche se le vino encima. No lo vio venir, con la mente perdida en los ritmos del *jazz*, la sonrisa de la desconocida, el *Major* Rilke y los Trescientos refulgiendo en su mente; quizá esto último lo salvó, porque sintió, más que ver, la luz de los faros precipitándose hacia él. Saltó hacia la acera,

cayó rodando sobre ella y evitó el atropello por escasos centímetros. Se llevó la mano a la mejilla: le escocía con fuerza, y
vio su mano manchada de sangre.

Cuando logró recuperar el equilibrio y levantarse, el coche
desaparecía por la Rue de la Cité, sin detenerse a auxiliarlo, y,
entre la niebla que se levantaba desde el Sena y la propia generada por el alcohol, Enrique tuvo la suficiente lucidez para detenerse a considerar en qué mierda de asunto se había metido.

OCTAVA PARTE

San Sebastián

57

*B*ety aterrizó en el aeropuerto de Hondarribia a la una del mediodía. La conexión Nueva York-Madrid fue puntual. Tras toda la noche durmiendo mientras cruzaban el Atlántico se sentía extrañamente muy descansada, incluso relajada, como si toda la situación estuviera salpicada por un leve rocío de irrealidad. Sentía su participación a cierta distancia, como si estuviera contemplando la historia desde fuera y no tomara parte activa en la misma.

Media hora más tarde estaba en su piso del barrio de Gros. La mañana estaba revuelta, con el cielo preñado de espesas nubes y ocasionales rayos aislados de un débil sol de noviembre. Dejó la maleta, se dio una ducha, se cambió de ropa y salió a la calle, con una gabardina y un sombrero para el agua. Hacía fresco, pero este contribuyó a despejarle la mente.

El paseo de la Zurriola bordeaba la playa de Gros, uno de los paraísos para los surfistas europeos. Abajo, en la mar, habría quince o veinte cogiendo olas; la mar estaba algo picada y las olas tenían cuerpo, acaso un par de metros. Caminó hacia el Boulevard disfrutando de las gotas de lluvia que caían ocasionalmente, impulsadas por fuertes ráfagas de viento. A la altura del palacio de congresos del Kursaal se detuvo, bajo la estructura del vestíbulo. Caía un fuerte chaparrón, y aprovechó el momento para telefonear a Enrique: eran cerca de las dos y seguramente ya estaría en su piso de Igueldo.

—Hola, Bety.

—Hola, Enrique. ¿Ya has llegado?

—Sí, estoy en casa. ¿Y tú?

—Parada en el Kursaal, protegiéndome de la lluvia.

—¿Qué tal si te vienes a casa y charlamos?

—No. Mejor comemos fuera. Quedemos en La Perla. ¿En media hora?

—De acuerdo.

Bety avanzó hacia La Perla mientras los chaparrones de lluvia se sucedían. Atravesó el Boulevard hasta el ayuntamiento, y allí, pese a ser terreno descubierto, decidió ir por el paseo, junto a la barandilla, al lado de La Concha. No había sino algún que otro paseante ocasional, y estos iban con el paraguas abierto mientras que ella solo utilizaba el sombrero para protegerse de la lluvia.

La Concha lucía salvaje, como siempre lo hacía los días tormentosos. Bety contemplaba las olas pensando en cómo debió ser el paisaje doscientos años atrás, cuando los edificios que se alzaban tras el paseo no existían, y en su lugar se levantara la feraz arboleda propia del lluvioso mar Cantábrico. «Si aún hoy es hermosa, entonces debió de ser un paraíso». Este pensamiento le sorprendió, pues era propio de Enrique, y su sorpresa fue mayor al comprobar que no era la primera vez que le ocurría desde que habían iniciado esta aventura. «¿Tanto me influye? ¿Tendría razón Craig al decir que tenemos algo pendiente?»

Llegó a La Perla. El precioso edificio tenía historia: cuando la reina María Cristina eligió San Sebastián como ciudad de veraneo, al comienzo del siglo XX, se erigió un primer balneario de madera que en 1993 fue sustituido por el actual edificio. En la parte inferior estaban las instalaciones termales, mientras que en la terraza superior, a idéntica altura que el paseo, se encontraba un restaurante. Bety había llegado la primera; buscó una mesa aislada, junto a los ventanales, de tal manera que parecía estar flotando sobre la mar. Sentía curiosidad por saber qué había averiguado Enrique en París, pero lo que más deseaba era saber qué opinaba sobre su encuentro con Helena. Tenía una vaga impresión que esperaba poder confirmar en pocos minutos: que Helena no le había dicho nada de su fortuito encuentro a Enrique.

Enrique no tardó en aparecer. Había algo extraño en su apariencia que Bety tardó en procesar: se estaba dejando crecer la barba. No le sentaba mal, pero se le hacía extrañísimo verlo con ella. Eso sí, lo que la barba no podía disimular eran las ojeras, bien marcadas en su rostro. Se dieron dos besos; Enrique la saludó con su buen ánimo habitual, de manera que su voz desmintió el aspecto de cansancio.

—¡Hola, Bety!

—¿Y esa barba? Oye ¿y ese corte en la mejilla?

—Lo de la barba es cuestión de pura pereza. Tengo la cabeza en cien cosas y afeitarme es la última de ellas. Y lo del corte ya te lo explicaré más tarde.

Se sentaron en la mesa. Un camarero les trajo el menú; después de elegir Enrique inició la conversación.

—¿Quién comienza?

—Tú mismo.

—Bien. Iré al grano. ¡Sé qué son los Trescientos!

—Comienzas fuerte, pero seguro que también yo acabo por sorprenderte. ¡Continúa!

—Hablé con dos de los Wendel en París, los gemelos Marie y Richard. Averigüé que tienen intereses editoriales y logré que Bárbara Llopis me pusiera en contacto con ellos. ¿Recuerdas a Bárbara?

—Vagamente. Creo que era una editora de una empresa importante. ¿Cómo justificaste tu interés?

—La novela fue la excusa. Pero no podía imaginar lo que iban a contarme. Bety, los Trescientos son brillantes. ¡Trescientos brillantes de gran tamaño, piezas únicas de una enorme pureza! Especularon acerca de cuál podía ser hoy en día su valor, y hablaron de un mínimo de trescientos millones de euros, puede que mucho más. Los brillantes eran un fondo de reserva de la familia para situaciones excepcionales que utilizó Maurice Wendel para comprar la libertad de su hija Ségolène.

—Trescientos millones… ¡Una verdadera fortuna!… Pero ¿te lo explicaron así, sin más?

—Es una historia conocida por pocas personas ajenas a la familia. A Ségolène la llamaban «la mujer más cara del mundo», en una suerte de broma privada. Para la familia Wendel se trata de una historia antigua, una especie de leyenda fa-

289

miliar. Fuera de ella apenas es conocida en el mundo de los diamantistas.

—Bien, por ese lado hemos avanzado. Está claro que Sert fue el intermediario en la entrega de los brillantes.

—No tan claro.

—¿Cómo? ¿Qué quieres decir? ¡Si leímos las cartas!

—En la familia siempre han existido algunas dudas acerca de que Maurice entregara la totalidad de los Trescientos. Y todavía hay más.

—¿Qué más?

—Localicé la pista del *Major* Rilke en los Archives Historiques de France. Los nazis se vieron sorprendidos por la insurrección popular en París y la rápida entrada de las tropas aliadas, sin que tuvieran tiempo de destruir sus archivos. Encontré todas las fichas del personal alemán destinado en París, incluida la de Rilke. Y aquí viene lo importante: murió el día 25.

—Veamos, déjame pensar a ver si averiguo por dónde va tu retorcido pensamiento... Sert dijo que debían llegar a un acuerdo el ¿12 de agosto?

—Sí.

—Y lo siguiente que hizo fue mandarle una carta a Misia diciéndole que se iba de viaje el 18. Entonces tuviste razón, todo cuadraba. Y, a partir de ahí, me dices que Rilke muere el 25. ¿Crees que no llegó a hacerse con los brillantes?

—No puedo saberlo. ¿A qué acuerdo llegarían Maurice Wendel, Sert y Rilke en su reunión? Con la desconfianza que había entre ellos y la tensión que se vivía en París, se me escapa cuál pudo ser. Ahora bien, que el viaje de Sert tiene relación con el acuerdo es seguro.

—¿Piensas que pudo traer las joyas a España?

Enrique guardó unos instantes de silencio antes de contestar; también él había pensado en Sert atravesando la Francia ocupada hacia San Sebastián, convertido en el ocasional depositario de los brillantes. Pero había algo que no encajaba.

—No. Es improbable. Aunque su pasaporte diplomático lo protegiera, era demasiado expuesto. Un simple registro rutinario unido a un funcionario o a un soldado demasiado ambicioso podría provocar la pérdida de los brillantes. No creo que pudiera llevarlos encima. El riesgo era excesivo; Rilke no lo habría tolerado.

—¿Cómo lo sabes? Parece una explicación lógica que justifica sus movimientos.

—Lo sé porque lo que hice fue intentar pensar como pensaría Rilke.

—Has hecho con él lo mismo que me contaste que haces con tus personajes.

—Sí, eso es. Los principales problemas de comunicación que existen en el mundo ocurren porque intentamos interpretar los códigos de actuación del los demás desde nuestro punto de vista en lugar de hacerlo desde el suyo. Las relaciones diplomáticas, de pareja, laborales, todas ellas suelen fallar por este mismo problema.

»Pero los escritores, si queremos que los personajes sean verosímiles, intentamos que su personalidad sea verdaderamente suya para que sea real. Pensemos, por tanto, como lo haría Rilke. Un hombre pragmático, como el SS que diseñé para mi novela, un hábil trepa que en todo momento se las apañó para evitar el frente de combate, pero a la vez un hombre inteligente, capaz de desempeñar un puesto de responsabilidad con acierto y gozar de la protección de su general. Es evidente que desconfiaba de Maurice Wendel tanto como a la inversa. ¿Te imaginas a Sert alejando los brillantes ochocientos kilómetros? Sería intolerable para Rilke. Es, precisamente, lo opuesto a lo que deseaba.

—Puedo entender esto, pero, entonces, ¿qué demonios vino a hacer Sert a San Sebastián?

—Bety, aún no lo sé, ¡pero te juro que lo pienso averiguar!

291

58

La camarera les había servido la comida antes de comenzar a hablar sobre el viaje a París de Enrique, y justo cuando este hubo acabado de explicarle sus novedades a Bety trajeron el postre. Era el turno de Bety, y entre bocado y bocado le contó la historia de Craig Bruckner tal y como lo hiciera su hermana Mary Ann en Filadelfia. Enrique quiso interrumpirla al darse cuenta de que parecía tener que ver con cuestiones personales que no afectaban al caso, pero ella insistió lo suficiente para que le escuchara.

—Atiende, porque es una historia con sorpresa final.

—¿Es a la que te referiste en el SMS que me mandaste anoche?

—No. Esa es otra historia que, como la de tu corte en la mejilla, mejor dejamos para luego.

Enrique pudo captar una levísima sonrisa en el rostro de Bety, tan fugaz que solo quien hubiera gozado de ella en tiempos pasados hubiera sido capaz de captar.

Bety comenzó a contarle todo lo que había sucedido en su visita a Mary Ann en Camden. Llegado el momento oportuno extrajo su móvil, buscó la fotografía y se la pasó a Enrique, que al principio la observó sin excesivo interés.

—¿Por qué me enseñas esta foto? ¿Quiénes son estos chavales con los que estás? Pero un momento… ¿Eres tú?

—No, no lo soy. Esa es la primera parte de la sorpresa. ¿Qué opinas del parecido?

—¡Es asombroso! ¡Sois casi idénticas! ¿Quién es ella?

—April Evans, la novia de Craig. Estaban prometidos, pero ella murió en un accidente de coche. ¿Recuerdas que te expliqué esa historia?

—Sí, lo recuerdo. ¡Ahora comprendo por qué querías enseñármela!

—Imagínate mi asombro cuando Mary Ann me mostró la fotografía.

—No debió ser menor que el que sintiera Bruckner al conocerte en el museo... Ya entiendo. Para él tuvo que ser como una promesa cumplida, reencontrar a la mujer que amó, como si se tratara de su reencarnación.

—Algo de eso hay, en efecto. Verás, esto que voy a contarte no me lo dijo Mary Ann, pero la averigüé yo por mi cuenta. April también fue nadadora del equipo olímpico estadounidense, como Craig y el tercero de la foto, su mejor amigo de entonces, Chris. Enrique, no pude evitarlo y busqué más datos sobre ella en la Web. Verás, April murió un día muy especial. ¿No te lo imaginas?

—No, ¿cómo voy a saberlo?

—El accidente ocurrió el 26 de noviembre de 1968.

—¡No puede ser!

—Así fue. ¡April murió el mismo día en que yo nací!

—¡Increíble!

Si bien Bety había relatado la historia con tranquilidad, llegados a este punto Enrique pudo ver que se encontraba mucho más afectada de lo que aparentaba. Le tembló la voz en el momento de explicar la coincidencia de fechas, y Enrique comprendió que precisaba de su apoyo. Las manos de Bety estaban sobre la mesa, junto al plato. Enrique le tendió las suyas y se las estrechó; ella se las aferró con fuerza, manteniéndole la mirada. Podía imaginar cómo debió sentirse Bety al averiguar la fecha. Siempre había sido una mujer pragmática, aferrada a la realidad; incluso se declaraba agnóstica. Pero la casualidad resultaba en verdad increíble, de esas que pueden hacer tambalear la razón de la mente más estable. Y había más: Enrique creía comprender los sentimientos de Bety, porque ¿cuánto del aprecio que Craig Bruckner manifestó por ella se debía al parecido y cuánto a ser ella quien era? La misma individualidad de Bety parecía estar en discusión.

—Cuando Mary Ann me enseñó la foto me pareció una casualidad, pero después, cuando supe la coincidencia de fechas, pensé que existía un designio en nuestro encuentro. ¡Nunca he creído en estas cosas, Enrique! Pero ¿cómo puedo negarlo? Es algo folletinesco, más propio de tus novelas que de la vida real; es… ¡no te ofendas, pero es ridículo! Esa sensación me lleva acompañando desde que lo averigüé, y cada vez lo hace con mayor fuerza. Hace un momento juraste que acabarías por saberlo todo sobre la visita de Sert a la ciudad. ¡Pues yo te prometo, Enrique, que acabaré por saberlo todo acerca de la muerte de Craig!

Bety liberó sus manos, y Enrique pudo ver en su rostro una absoluta decisión. Podía ver ahora a esa mujer dura y resuelta que nada tenía que ver con la mujer con la que compartió su vida.

—No olvidemos que fui a Nueva York para intentar conocer a qué colega había visitado Craig. Estuve en su editorial, hablando con Mr. Fredericks. No sabía nada sobre su viaje a Nueva York, y me proporcionó un listado con los, a su juicio, únicos restauradores a los que Craig podría haber pedido opinión. Hablé con la mayoría. No sabían nada. Solo hubo dos con los que no pude hablar: Mr. Robinson y Mr. Lawrence. El primero está en África, y el segundo acababa de salir hacia Europa, sin que sus ayudantes pudieran decirme cuál era su destino. Solo nos queda contactar con Lawrence, y es cuestión de tiempo que podamos localizarlo.

—Podría ocurrir que tampoco fuera Lawrence la persona con la que consultó Bruckner. ¿Por qué no va a haber otro experto que Fredericks no conozca?

—Según él, los únicos que tenían un nivel técnico y conocimientos históricos similares a Craig eran los del listado. No pensemos en eso: tú siempre has dicho que la opción más sencilla es la adecuada.

Teniendo en cuenta la historia que Bety le había relatado unos minutos antes, Enrique reconsideró su idea, pero se guardó muy mucho de expresarla.

—Bueno, estamos llegando al final. Toca pasar a asuntos

más ligeros. Aún tienes que explicarme cómo te hiciste ese corte en la mejilla.

¿Qué podía decirle? Ni siquiera un día después tenía claro qué había sucedido en realidad: ¿fue un simple accidente o pudo haber algo más? Una vez en el hotel, después de ducharse con agua fría y curarse el corte, estuvo pensando en ello. Pudo ser un conductor despistado encontrándose con un peatón achispado, como reconocía que estaba. Porque la alternativa era demasiado compleja para aceptarla: ¿podían los Wendel haberle mandado un recado? ¡Absurdo! ¡Tan novelesco como la coincidencia de fechas entre la muerte de April y el nacimiento de Bety, sin duda! Decidió restarle importancia, no quería preocuparla más.

—Anoche salí a dar una vuelta. Me acerqué a la Huchette para escuchar algo de *jazz* y me tomé un par de copas. Al salir crucé el puente de la Cité sin hacerle caso al semáforo y un coche se me vino encima, estuvo a punto de atropellarme. El corte me lo hice con la acera, al caer al suelo.

—¡Ay, Enrique! ¿De verdad estás bien?

—Sí, estoy bien, no fue nada. La verdad es que estaba un poco bebido.

—El alcohol jamás te sentó bien.

—Eso es bien cierto… Pero ¿y tú? Me dijiste que tenías guardada otra sorpresa para el final. ¡Es tu turno!

Bety miró hacia La Concha antes de contestar y después negó con la cabeza. Podía decirle que se había encontrado con Helena, en efecto; estaba claro que ella no se lo había contado o Enrique ya lo habría sacado a colación. ¿Cómo se sentiría si se enterara de su encuentro antes por Helena que por ella? ¿Podía interpretarlo de una forma equivocada? Se sintió en el centro de una situación incontrolable, en la que, hiciera lo que hiciera, nada sería bien recibido. Y la imagen de April seguía instalada en su mente, ocupando sus pensamientos.

Observando la grisácea mar lo supo: no debía decir nada. La vida de Enrique estaba en un camino diferente al suyo, y era Helena la que lo acompañaba.

—Nada, Enrique. Una tontería que no tiene importancia. Ya te la contaré otro día.

59

A la mañana siguiente Bety se reincorporó a sus obligaciones laborales en el museo San Telmo. Habían acordado que la siguiente parte de la investigación, que debía realizarse en San Sebastián y en sus alrededores, estuviera a cargo de Enrique, que gozaba de mayor libertad. Sus compañeros la recibieron con alegría, pero como el ritmo de trabajo continuaba siendo acelerado no le agasajaron en demasía.

Llegó el mediodía. Como era habitual en San Sebastián, se activó la vieja sirena antiaérea que señalaba las doce y su sonido envolvió la ciudad entera. Ana, su ayudante, se le acercó.

—¿No vas a desayunar, Bety? Se te ha pasado la hora.

—No, hoy no. Tengo demasiado trabajo retrasado.

Lo cierto es que hubiera podido perfectamente parar unos minutos y bajar al claustro, como siempre había hecho desde que comenzara a trabajar en el museo, pero Bety no deseaba hacerlo. El recuerdo de Craig Bruckner, que la acompañaba desde el día de su muerte, se veía ahora sustituido por el de April Evans. Bajar al claustro no haría sino evocar su retrato, aquel que Craig realizara sin apenas observarla, guiándose por su memoria. ¡Con razón no necesitaba mirarla para dibujarlo! Todo ello le resultaba violento y Bety decidió seguir allá arriba, en su despacho. Trabajando en el museo no podría evitar pasar por el claustro más tarde o más temprano, pero prefería retrasarlo en la medida de lo posible.

Por su parte, Enrique seguía inmerso en la investigación. Tenía en sus manos las últimas piezas del rompecabezas, que también siguiera antes Bruckner: los archivos municipales y una copia de las facturas validadas por la junta del museo.

En primer lugar se centró en conocer quién era el firmante de las facturas, el desconocido J. A. Todas estaban validadas por él, por lo que Enrique dedujo que debía tratarse de una persona vinculada al museo y con cierto nivel de responsabilidad. ¿Podría tratarse del mismo que alojó a Sert durante su fugaz paso por la ciudad? La idea resultaba muy razonable, pero tenía que confirmarla.

Cuando caía la tarde le mandó un mensaje a Bety. La notaba extraña desde el día anterior, cuando hablaron en La Perla, y no le sorprendía lo más mínimo. La historia que le contó Mary Ann Bruckner en Filadelfia había socavado sus convicciones, su sentido del orden, los cimientos de su visión del mundo. Enrique era consciente del golpe que había sufrido y no deseaba agravarlo.

Abandonaron el museo y fueron caminando hacia el río Urumea. Lo hicieron conversando con una naturalidad impostada: Bety mantuvo el tipo, pero Enrique se daba cuenta de la incertidumbre que parecía estar sufriendo ella.

La marea estaba alta y el río ofrecía su mejor cara: el hotel María Cristina y el teatro Victoria Eugenia mostraban el esplendor del pasado de la ciudad, cuando a principios del siglo XX San Sebastián se convirtió en la ciudad preferida para el veraneo de la Casa Real, lo que tanto contribuyó a darla a conocer en el mundo. Caminaron junto a él. Los edificios, de dorada piedra arenisca, proporcionaban ese toque de cosmopolita glamur que siempre ha cautivado a sus visitantes, ya fueran estrellas de cine o cantantes de *rock*. En el puente del Kursaal Bety se despidió, casi de repente, como si hubiera comprendido que no podía engañarle: ya habían acordado cómo proceder los siguientes días, así que le dio un rápido beso en la mejilla, casi sin rozarle, y después le dijo que no hacía falta que la acompañara de una manera formal y desapasionada.

A la mañana siguiente Enrique se dirigió a la biblioteca del museo, territorio amigo cuyos recovecos conocía a la perfección. J. A. era su objetivo, y a él dedicó toda su atención. Co-

297

menzó por el año 1944, buscando cualquier referencia a las iniciales en la junta de gobierno del museo. No las encontró. Después se centró en la documentación anexa: facturas, proveedores y similares. No halló nada. J. A. parecía haber contribuido únicamente a la historia del museo con su firma en las cinco facturas.

Utilizó uno de los ordenadores de la biblioteca para acceder a la hemeroteca municipal, pensando que, si J. A. estaba capacitado para incluir unas facturas en las cuentas del museo, debería ostentar algún tipo de cargo representativo: que perteneciera al ayuntamiento parecía una opción probable, pero tampoco encontró nada. Y lo verdaderamente curioso era que las iniciales le sonaban sobremanera.

Así transcurrió ese nuevo día de trabajo que finalizó con una cierta sensación de frustración. Se fue del museo sin avisar a Bety; ella había tenido todo el día para pasar a saludarlo por la biblioteca, y si no lo había hecho Enrique pensó que sus buenas razones tendría. Antaño se habría sentido molesto, como si sus actividades fueran el centro del universo y todos los demás debieran girar a su alrededor, pero hoy en día había superado esa actitud egocéntrica. Si estaba cabreado era consigo mismo, por no ser capaz de encontrar la clave que lo llevara hacia J. A.

Enrique conservaba una plaza de garaje en el centro; vendió su coche cuando se mudó a Nueva York, pero Bety le había dejado el suyo; apenas lo utilizaba en la pequeña San Sebastián, pero a Enrique, con su piso en Igueldo, al otro lado de La Concha, podía venirle bien, sobre todo en esos días lluviosos de otoño que comenzaban a ser frecuentes. Así que se subió al utilitario de Bety y condujo hacia Igueldo. Llegaba a su piso, situado a mitad de camino en la sucesión de curvas que ascendían la ladera de la montaña, cuando preso de uno de esos caprichos que solían poseerle continuó montaña arriba, hacia el viejo parque de atracciones.

Atravesó la barrera que permitía el paso al recinto privado del parque tras abonar su precio y siguió carretera arriba, hasta la explanada del aparcamiento. El parque, que guardaba un encanto muy especial precisamente por la antigüedad de sus atracciones, estaba emplazado en un lugar estratégico para los visitantes, a unos trescientos metros de altura sobre La Concha. Enrique podía gozar de la vista en la terraza de su piso, pero si ahora había determinado subir hasta el parque fue para pasar un rato distraído desconectando su pensamiento de las dichosas iniciales de J. A.

Estaba casi desierto: entre semana, ya oscurecido, no había sino un par de jóvenes enamorados despistados, paseando la ternura de su amor transformado en un desenfreno de besos y abrazos. Los contempló con cierta envidia, transportado hacia el pasado por su presencia, cuando eran Bety y él los que paseaban por ese mismo lugar enfrascados el uno en el otro, como si el mundo de alrededor se hubiera desvanecido, perdiendo parte de su realidad.

Decidió telefonear a Bety cuando su móvil se iluminó con una llamada entrante: se trataba precisamente de ella. Años atrás escribió que las casualidades no existían, y a medida que pasaba el tiempo más proclive era a creer las palabras que puso en boca de uno de sus personajes. Ella le saludó, aunque su tono era levemente hosco.

—Hola, Enrique. Te fuiste del museo sin avisarme.

—No quería molestar. Imaginé que estarías muy ocupada.

—¿Dónde estás?

—En Igueldo, pero no en casa, sino arriba, en el parque.

—¿En el parque? ¿Qué haces allí?

—Buscaba distraerme. Oye, Bety, ¿por qué no te acercas y me echas una mano? Estoy un poco bloqueado, no he encontrado nada sobre J. A. y mira que lo siento cercano. Me vendría bien un poco de charla, si te apetece, claro.

—Bien… Cogeré un taxi en el Boulevard, llegaré en un cuarto de hora.

—Te espero al final de la explanada, sobre el funicular.

Enrique colgó, sin darle tiempo a arrepentirse. Bety había dudado, quizá recordando, como él, aquella tarde de invierno en la que ambos pasearon su amor solos por el parque, pero la intención de Enrique, en verdad, no era más que buscar ayuda para ambos: él estaba sumido en su bloqueo y ella en sus ensoñaciones. Quizá les hiciera bien pasar un rato juntos; desde luego no podía perjudicarles. Un cuarto de hora no era nada. Se apoyó en la balaustrada observando la ciudad, dejando que la brisa le acariciara el rostro.

60

*E*nrique estaba con ambos codos apoyados en la balaustrada. No solo se veía La Concha a sus pies, sino que además, a lo lejos, se encendían las luces de la civilización en una gran parte de la provincia de Guipúzcoa. La noche ya había caído y el cielo, cargado con una gruesa capa de nubarrones, reflejaba las luces de la ciudad adquiriendo un tono anaranjado. A la isla de Santa Clara, en mitad de la bahía, le seguía el monte Urgull, con las fortificaciones y la estatua del Sagrado Corazón iluminados, y más allá se alzaba la mole sombría del monte Ulía. La ciudad toda estaba enmarcada por los montes, al este, al oeste y al sur, pero su presencia no hacía sino adornar el cemento urbano con el exuberante verdor de los bosques. Al sur, gracias a la altura de Igueldo, se atisbaban otros montes, incluso los lejanos Pirineos. De repente Bety le habló justo a su lado; no la había oído acercarse.

—¿Qué tal?

—Cansado. Atascado. ¡Cabreado!

—¿No te ha despejado la brisa? ¡Hace más bien fresco!

—No, no lo ha hecho. Me siento embotado, Bety; por eso me vine aquí, a que me diera el aire, a pasar el rato. Pensaba haber subido a alguna de las atracciones pero ya las habían cerrado, es demasiado tarde.

—¿Atascado tú? Eso es casi imposible. Tienes ese don, ¡nunca te atascas! Como mucho te repliegas lo justo para coger más impulso, pero esa extraña mente tuya jamás deja de trabajar.

—Me tienes en demasiado buen concepto.

—Eres como un perro de presa, Enrique: cuando has mordido la pieza no hay quien te haga abrir la boca. La solución te llegará por sí sola, seguro. ¡Cuántas veces te he visto en circunstancias parecidas, cuando escribías en casa y te ponías a dar vueltas por la sala hasta acabar encontrando la solución a tus problemas de argumento!

—No te lo discuto, pero esto es algo diferente. Una cosa es imaginar, y otra muy distinta, indagar. Y en todo esto hay algo que se escapa, una de esas típicas idioteces que te detienen en seco impidiéndote avanzar. Te haré caso, no le voy a dar más vueltas. Ya llegará.

—¡Seguro! Oye, ¿de verdad ya han cerrado todas las atracciones?

—Sí.

—Qué lástima…

Bety no había vivido en San Sebastián hasta pasados los veinte, pero siempre había disfrutado con el aire retro del parque de atracciones del monte Igueldo. San Sebastián poseía un aire antiguo, la herencia de un pasado de gloria mezclado con un presente de progreso, y en ella convivían con acierto las tradiciones de una sociedad que miraba hacia atrás con cariño y hacia el futuro con esperanza. Las atracciones de Igueldo permanecían ancladas en ese pasado, y sus visitantes, grandes y pequeños, se dejaban arrastrar a ese juego de espejos que los transportaba repentinamente en el tiempo hasta cien años atrás. Tampoco Bety se había resistido a su embrujo, dejándose envolver gustosa por el juego de regresar a la infancia.

Años atrás habían estado allí juntos, en una tarde similar, y habían subido a todas las atracciones. Eran más jóvenes, su amor pujaba con fuerza, y pasaron una tarde repleta de encanto. Enrique disfrutó especialmente del momento porque llevaba grabado a fuego entre sus recuerdos infantiles el parque del Tibidabo, en Barcelona. La casa de Artur, en Vallvidrera, estaba tan cerca del parque que los días de primavera, cuando era un niño pequeño y ya habían muerto sus padres, iban de paseo para pasar la mañana. Artur consentía estos pequeños caprichos destinados a paliar la siempre patente ausencia de los que fueron sus mejores amigos y padres de Enrique. El recuerdo de aquellas mañanas, en aquel parque enorme y aún sin renovar, quedó grabado para siempre en su corazón. Cuando el Tibidabo renovó sus atracciones ganó en capacidad de negocio y presencia turística, pero perdió ese peculiar encanto de lo añejo que formaba parte del pasado de Enrique.

—¿Recuerdas aquella vez…?

—Claro. Fue un día muy parecido a este.

—Parece mentira que haya pasado tanto tiempo.

—Oye, Enrique, ¿para qué me has hecho venir?

—Para charlar un poco, pero no quería molestarte. Perdóname.

—No, no, no lo has hecho. No hay nada que perdonar. Pero prefiero no hablar de aquellos tiempos. Ya pasaron.

—Claro, tienes razón. ¿Sabes, Bety? Cuándo llamaste te juro que no estaba pensando en aquella vez, sino en el puñetero J. A. Pero cuando te apoyaste junto a mí en la balaustrada no pude evitarlo. Nuestro pasado nos acompaña, y no es fácil desprenderse de él… Y a veces uno tampoco sabe si realmente desea hacerlo.

—No sigas por ese camino…

—¿Por qué no?

Estaban el uno junto al otro, bajo la apagada luz de una farola. Enrique sentía la melancolía creciendo en su interior y, aunque sabía que dejarse llevar constituía un error, que circunstancias semejantes nunca le habían llevado a nada bueno, se dejó atrapar por ella. Rodeó el cuello de Bety con ambas manos y la atrajo hacia sí. La besó, con delicadeza; ella no respondió, sus brazos colgaban inertes a ambos lados, pero Enrique hizo caso omiso y siguió acariciándola con sus labios. Sintió un escalofrío de angustia cuando los brazos de ella se posaron en su cintura: si iba a ser rechazado, ese era el momento exacto. Fue un contacto nervioso, exploratorio y dubitativo, que se prolongó en el tiempo mucho más allá de su fugacidad.

Por fin, los labios de Bety se abrieron para él, posando las manos en sus mejillas.

El beso creció paulatinamente en intensidad, tan poco a poco que era difícil poder apreciarlo. Pero, al final, los dos estaban entregados, haciéndose uno solo. El mundo pareció esfumarse y Enrique se sintió como un viajero en el tiempo, regresando a un momento perdido quince años atrás. No pensó en nada, no razonó; no había lugar para ello, solo para abandonarse, para huir del presente hacia el pasado, o, mejor aún, para convertir el pasado en presente.

—Enrique.

¿Ya había acabado? ¿Tan pronto? Bety se había separado de él y Enrique detectó en su mirada un sentimiento indescifrable.

—No puede ser.

—¿Por qué?

Su pregunta fue tan sincera como si la hubiera formulado un niño. No había razón en ella, solo sentimiento, el del niño que fue y que en su vida estuvo destinado a perder a todos los suyos. Pero nunca hubiera podido imaginar la respuesta que le dio Bety.

—Por Helena.

Y aún menos pudo imaginar ella la respuesta que le dio él, con lágrimas en los ojos.

—Tienes razón.

303

61

—*N*o debí hacerlo…

—Tampoco yo.

Bety extrajo un pañuelo y enjugó las lágrimas del rostro de Enrique. Sentía en su interior una enorme pena, por él, por ella misma, por una situación que les desbordaba y ante la que no supieron cómo reaccionar. No estaba enfadada, solo se sentía triste. Y también culpable: Enrique había iniciado el beso, era cierto, pero ella había acabado respondiendo.

—Tendría que haberte explicado lo de Helena.

—¿Cuándo…? ¿Cómo…?

—En Nueva York. Apareció en tu apartamento. Nos dimos un susto de muerte: ni yo esperaba que alguien abriera la puerta ni ella que yo estuviera en el interior.

—¿Hablasteis?

—Algo. Poco. Ella me reconoció. Fue una situación incómoda para las dos y no tardó en marcharse. Evidentemente, no te lo contó.

—No. ¿Esa era la sorpresa de la que hablaste ayer?

—Sí.

—¿Por qué no me lo dijiste?

—Pensaba hacerlo, pero en aquel momento, al charlar contigo en La Perla, supe que ella no lo había hecho. Y, al fin y al cabo, ¿no es ella tu pareja? ¿Por qué debía hacerlo yo primero?

—Ahora lo entiendo todo.

304

—¿El qué?

—Helena lleva días sin contestar mis llamadas.

—Ya.

—Bety.

—¿Qué?

—No me di cuenta de cuánto te echaba de menos hasta que comenzamos a estar juntos de nuevo. No es algo que sea sencillo controlar. Tú y yo...

—¿Y Helena, Enrique?

—Te lo dije antes, tienes razón. No es justo para ella. Así, no.

—¿Te has fijado en que todo lo que nos sucede parece planeado para separarnos? Pero no te culpes por lo que ha pasado: tampoco yo tengo las ideas muy claras.

—Me siento muy triste, Bety.

—No más que yo. Además, tú... tú no sabes nada de lo que me ha ocurrido últimamente. No te lo expliqué. Ni siquiera se lo expliqué a Craig, cuando dijo que veía en mi rostro la tristeza.

—¿Por qué no me lo cuentas ahora? No habrá mejor momento.

—Sí, ¿por qué no? Ya he callado bastante, ya he llevado esa carga en mi corazón desde hace demasiado tiempo, dejando que me amargue la vida. Puede que sea este el momento. Puede que me ayude explicárselo a alguien. Puede que solo tú seas la persona destinada a saberlo, y que toda esta historia de la que formamos parte no carezca de sentido.

»Recordarás cuando me preguntaste por qué había dejado la universidad. Te expliqué que no veía futuro en ella. No te mentí, eso era cierto: ha sido una etapa en mi vida que había quedado cerrada, pero no solo por las razones que te di.

»Tuve una relación con un compañero. Comenzó casi por azar, pero se fue prolongando en el tiempo. Solo en una medida se asemejó a la nuestra: era intelectualmente rica, pero tampoco fue sencilla. Sin embargo, sucedió una variante con la que ninguno de los dos contábamos: me quedé embarazada. Casualidad, accidente, deseo inconsciente, llámalo como quieras. Ocurrió. Jamás podrás imaginarte mi sorpresa cuando el análisis lo confirmó.

»Yo sabía que él no quería tener hijos, era algo de lo que habíamos hablado. Mi embarazo no fue motivo de alegría: creó una disensión entre nosotros, que fue creciendo hasta convertirse en un abismo insalvable. Rompimos. Y decidí tener el niño. No le pedí nada: ni que compartiera la paternidad ni que contribuyera económicamente. Le eximí de toda responsabilidad. Aceptó, y al hacerlo se esfumó cualquier atisbo del amor que hubiera podido sentir por él. Podría hablarte durante horas de las cosas que pensé en mi piso, sola, sintiendo que crecía vida en mi interior, pero no lo haré. Fue algo tan privado, tan íntimo, que dudo que me entendieras. Solo te daré una idea sobre ello: la soledad, que parecía acompañarme toda mi vida, podía dejar paso a una compañía diferente con la que jamás había soñado. Me había reconciliado con mi estado, incluso alcanzado cierta paz interior con mi situación. Por primera vez en mucho tiempo me sentía completa. Y entonces, al principio del tercer mes perdí al niño. No fue un accidente de automóvil, no me caí por las escaleras, no hubo hecho dramático alguno que desencadenase el aborto. Fue algo espontáneo: de repente, comencé a sangrar. Me trasladaron a urgencias, pero no hubo nada que hacer. Tuvieron que ingresarme un par de días en el hospital: no se le expliqué a nadie. Estuve sola, en mi habitación, pensando en todo lo ocurrido, y así fue como decidí que debía cambiar de vida, alejarme de la universidad y de todo lo que representaba.

»Esta es la historia. El resumen de un resumen, pero es ella, en su esencia. Por eso, cuando Mary Ann me explicó la historia de Chris, April y Craig, después de haber visto las fotos, adiviné que ella estaba embarazada. Y desde entonces no logro quitarme de la cabeza que existe una conexión entre ella y yo que va más allá de la coincidencia de las fechas. ¿Comprendes bien lo que te estoy explicando?

Si bien Bety se había explicado con un tono de voz neutro, como quien relata acontecimientos lejanos y que ya no le incomodan, sus ojos no mentían; estaban cargados de lágrimas. Solo sus repetidos pestañeos evitaban que se deslizasen por sus mejillas mientras se esforzaba en detenerlas. Enrique unió una terrible desazón a su propia tristeza y sintió que debía consolarla, pero comprendió que no habría palabras suficientes para ello. En ocasiones la calidez de otro cuerpo es capaz de proporcionarnos consuelo, como si volviéramos a ser niños pequeños abrazando a nuestra madre, buscando en ella esa incondicional entrega que pertenece a ese mundo privado e intransferible. Enrique asintió, y después la abrazó: no había ni el deseo apagado que antes sintiera, ni la evocación de su antiguo amor, solo un cariño infinito que ella no rechazó.

Bety lloró.

Lo hizo largo rato; no fue un *crescendo* furioso que la llevase al desgarro interior, sino un lamento contenido que brotó poco a poco, como una marea incontenible que todo lo anegara, con lentitud, pero irrefrenable. Permaneció entre sus brazos largo rato. Maldijo la situación, su incapacidad, su destino; se culpó de todo aquello que era su responsabilidad y también de aquello que no lo era. No hubo nada racional en el hilo de sus pensamientos, estaba demasiado comprometido emocionalmente con ella para disociar con claridad sentimientos y razón.

Por fin, ella se detuvo.

Enrique la vio hermosa, más que nunca, y más que nunca se sintió cercano a ella. Bety exudaba su dolor y Enrique lo percibía como si se tratase de un aura que la rodeara. Si de algo andaba sobrado él era de empatía hacia el dolor ajeno, máxime cuando se trataba de alguien a quien tanto quería.

—Gracias, Enrique. Gracias, de verdad.

—Cómo lo siento, Bety. Qué podría decirte…

—No digas nada. Estabas aquí. Para esto volviste a la ciudad.

—Ahora lo comprendo.

—No quiero hablar más sobre ello, Enrique. Vámonos de aquí. Quiero ir a casa, hace frío y estoy helada.

—Está bien.

Caminaron hasta el aparcamiento. Enrique le ofreció las llaves a Bety, pero esta las rechazó. Montaron, y Enrique encendió el utilitario, conduciendo despacio hacia el camino del faro. El parque de atracciones ofrece dos accesos, uno por la carretera que lleva al barrio de Igueldo y otro, más directo, que serpentea por el paseo del faro, pasando justo por delante del piso de Enrique. Fueron hacia este último; la barrera del

307

punto de acceso estaba alzada, por lo que Enrique no tuvo que detenerse.

La carretera discurría entre la tupida vegetación de la montaña y la escarpada ladera; abajo, a más de doscientos metros de distancia, las olas golpeaban el acantilado. La primera parte de la carretera avanzaba pegada a la ladera, sin todavía descender hacia la ciudad. No estaba iluminada, y el automóvil se desplazaba iluminando el asfalto con el haz de luz de los faros. A un lado, proyectándose hacia la oscuridad del mar, el faro largaba los destellos destinados a situar la costa a los marineros.

Llegaron a la zona de curvas, cerca del faro, donde abruptamente se iniciaba el descenso en una desenfrenada sucesión de curvas. En la primera de ellas el chirrido de los neumáticos agarrándose al asfalto se dejó oír, y Bety, aún destemplada, pidió moderación a Enrique.

—No vayas tan rápido, por favor.

Enrique no respondió.

Llegaron a la segunda curva, con un giro de ciento ochenta grados. El coche iba cada vez más rápido, y Enrique dio un volantazo centrándolo en la mitad de la carretera.

—¡Enrique! ¿¡Se puede saber qué estás haciendo!?

La tercera curva se les venía encima cuando Enrique, por fin, atinó a contestarle:

—¡No hay frenos! ¡No funcionan!

Y en ese preciso instante, a toda velocidad, se precipitaron sobre ella.

62

—¡*E*nrique!

—¡Sujétate!

Un pequeño pretil separaba la carretera del barranco. El coche impactó lateralmente sobre él, desplazándolo hacia el asfalto e impidiendo que cayera al vacío, pero no detuvo su marcha. Con un angustioso chirrido de los neumáticos continuó avanzando hacia la siguiente curva; el choque le hizo perder parte de su velocidad, pero la inclinación de la carretera hizo que la recuperase casi de inmediato.

—¡Bety, voy a usar el freno de mano, la sacudida será muy violenta, agárrate! ¿Preparada?

—¡Sí!

—¡Ahora!

Enrique levantó la palanca del freno de mano; debió haber frenado con violencia cuando las cuatro ruedas quedaran simultáneamente bloqueadas, pero nada de eso ocurrió. La palanca se alzó sin encontrar esa típica resistencia de las ruedas, completamente suelta.

—¡No funciona!

—¡Cuidado!

Tenían ante ellos una nueva curva de ciento ochenta grados; su velocidad era excesiva, y en el caso de entrar en ella tal y como corrían sería imposible mantener el coche en la carretera. Enrique giró el volante invadiendo el carril contrario, rozando el coche contra la ladera, intentando disminuir la velocidad. Los repetidos impactos obraron en parte su efecto, ralentizando el avance del coche, pero a cambio destrozaron el parabrisas y la ventanilla, que cayeron hacia el exterior.

—¡Voy a girar!

Lo hizo, después de un último rebote contra la pared, cuando la velocidad había disminuido al máximo, justo en el punto en el que se iniciaba la curva. La fuerza centrífuga levantó las ruedas del lado derecho mientras Enrique intentaba desesperadamente mantener el coche clavado al asfalto. Fue al límite: de haberlo hecho un instante más tarde o a más velocidad se habría precipitado hacia el vacío. Las ruedas regresaron a la carretera con un brutal impacto, y a punto estuvo Enrique de perder el control en las sacudidas subsiguientes.

A menos de cien metros les esperaba una nueva curva, todavía más cerrada que la anterior, y la velocidad del coche aumentaba exponencialmente. Enrique supo que, esta vez, no podría mantener el coche sobre la carretera. Mil veces se había detenido a observar la costa guipuzcoana, que en este lugar se abría hacia el oeste: Zarauz, Getaria; cuando la visibilidad era óptima podía llegar a verse incluso el cabo Matxitxako, a cien kilómetros de distancia. Pero no pensó en las espléndidas vistas del atardecer, sino en el abismo que les esperaba abajo, en las inaccesibles rompientes batidas incansablemente por el duro oleaje del Cantábrico.

Actuó con rapidez.

Él, como era su costumbre cuando conducía por la ciudad, no llevaba puesto el cinturón, así que solo tuvo que preocuparse del de Bety. Lo soltó con un rápido movimiento y la agarró por el brazo. Le pareció que la curva se les venía encima a una enorme velocidad que no se correspondía con la real, como si fuese propulsada hacia ellos.

—¡Tenemos que saltar! ¡O saltamos o morimos!

—¡Vamos demasiado rápido!

—¡Bety! ¡Salta conmigo!

—¡Enrique!

—¡¡Salta!!

Abrió la portezuela, agarró a Bety por los hombros con

toda su fuerza y saltaron al exterior. Enrique estaba abrazado a Bety, intentando protegerla, rodeando el cuerpo de ella con el suyo, resguardando su cabeza con el pecho y rodeándola con ambas manos. Sintió el primer impacto, en un costado; fue como si lo hubieran aplastado con una fuerza irresistible durante una fracción de segundo. Hubo un segundo impacto —menos violento que el primero, pero el dolor que le produjo fue infinitamente mayor— y un tercero. No llegó a sentir el cuarto.

Enrique abrió los ojos. Estaba mareado, sintió arcadas y vomitó hacia un costado. Después sintió el dolor, creciendo a medida que recuperaba la conciencia; llegaba en oleadas, cada vez con mayor intensidad. Lo ignoró. No veía nada, y pensó que se había quedado ciego hasta comprender que era de noche y que en la carretera del faro no había iluminación pública. Quiso moverse, pero el dolor del costado izquierdo fue tan acusado que no pudo hacerlo: dolía a rabiar, y cada respiración incrementaba el dolor. A su alrededor todo parecía mojado; había caído sobre unos matorrales y el rocío de la noche los había empapado. Entonces comprendió que no estaba en la carretera y, lo más importante, que estaba solo.

311

—¡¡Bety!!

—¿Dónde estás?

—¡¡Bety!!

—¡Ya voy, Enrique! ¡Sigue hablándome!

—¿Estás bien? ¡Dime que estás bien!

—¡Estoy bien, pero sigue hablando; no se ve nada, no sé dónde estás!

Una explosión cortó en seco su conversación. La llamarada tiñó de naranja la oscuridad y Bety, que caminaba junto a la carretera, pudo localizar a Enrique abajo, caído en la ladera. La luz de la primera explosión perdió intensidad, pero Bety descendió hacia él dejándose caer sobre la hierba silvestre.

—¡Enrique, ya estoy aquí!

—¡Bety! ¿Estás bien? ¡Bety!

—Solo tengo unos pocos golpes, me protegiste con tu cuerpo. ¿Y tú? ¿Cómo estás?

—Me duele todo…

Enrique no recordó mucho más. Bety llevaba el teléfono en el bolsillo del pantalón y milagrosamente aún funcionaba. Desde el suelo, bajo la pálida luz de las distantes llamas, la oyó hablar sin entender lo que decía, y también vio recortarse las figuras de algunas personas arriba, junto a la carretera. Después cerró los ojos y perdió la conciencia.

63

*L*a habitación del hospital estaba orientada hacia el sur, por lo que el sol la iluminaba durante todo el día. La vista, además, era estupenda: montes y bosques se sucedían en la distancia. El primer día de su ingreso no había tenido tiempo de apreciar los detalles, pero el segundo, ya recuperado del neumotórax que le habían hecho tras la rotura de dos costillas, se distrajo contemplando el paisaje. Leer le resultaba incómodo porque suponía sostener los libros o las revistas con las manos, y tenía el lado izquierdo inmovilizado por la rotura y el derecho lleno de erosiones. No le apetecía ver la televisión, porque sabía que el accidente había sido objeto de atención mediática, en parte por lo espectacular del mismo y en parte por su condición pública de escritor, así que se dejó llevar por la modorra de los calmantes y la relajante belleza del paisaje.

Enrique sentía todo el cuerpo dolorido, como si un gigante lo hubiera zarandeado por los hombros durante largo rato. Más que por el dolor se sentía molesto por dentro, como si sus órganos internos se hubieran desplazado en su interior. Sin embargo, se sentía satisfecho. Había logrado su propósito abrazando a Bety, y gracias a ello las heridas de esta fueron mínimas. Bety permaneció junto a él todo el tiempo posible, una vez le hubieron dado el alta, pero la tarde del segundo día se presentó la visita que estaba esperando, circunstancia que Bety aprovechó para marcharse a su casa.

—¿Qué tal te encuentras, Enrique?

—Bien, Germán. ¿O es mejor que en esta ocasión concreta te llame inspector Cea?

—Sigue haciéndolo por el nombre.

—¿No es una visita oficial?

—¿Debiera serlo?

El inspector Germán Cea sonreía mientras hablaba, pero su rápida respuesta le indicó a Enrique que estaba trabajando. Colgó su gabardina en el perchero y tomó asiento junto a la cama. No esperó a que Enrique respondiera para seguir hablando con su característica calma.

—Esta mañana he recibido el informe de tráfico. Enrique, tuvisteis muchísima suerte. Si no hubierais llegado a saltar del coche no lo habríais contado: una caída de ochenta metros os hubiera matado, independientemente de la posterior explosión. ¿Qué es lo que ocurrió?

—Ya te lo habrá contado Bety: los frenos fallaron.

—Sí, me lo ha contado. Pero el conductor eras tú, y es a ti a quien tengo que preguntarle por los detalles. Explícame cómo reaccionó el pedal cuando lo pisaste.

—Se hundió sin que tuviera que hacer fuerza con el pie.

—¿Qué hiciste entonces?

—Insistí, pensando que podía haberse bloqueado, pero por más que lo hice no funcionó.

—¿Al insistir quieres decir que levantaste el pie por completo y luego volviste a empujarlo?

—Sí, eso creo; lo hice varias veces hasta que comprobé que era inútil.

—Eso crees. ¿No es seguro?

—Supongo que sí lo es.

—Lo supones. Bien. Y ¿no notaste la más mínima resistencia al pisar el freno?

—En efecto.

—¿Y el freno de mano tampoco funcionó?

—No. Levanté la palanca sin esfuerzo y el coche no frenó un ápice.

—Ya… ¿Entiendes de mecánica, Enrique?

—Un poco.

—¿Lo suficiente para saber que una avería semejante es de

lo más extraña? Puede fallar el freno de pie, o el de mano, pero ambos a la vez es casi imposible.

—Sí, lo imaginaba. ¿Podríais averiguar qué les ocurrió a los frenos?

—En condiciones normales, sin duda. Pero vuestro coche se despeñó cayendo por un acantilado de casi cien metros y a continuación explotó. Además, el acceso a la zona sería de por sí muy complejo si no tuviéramos que añadir una fuerte marejada con olas de cuatro metros que nos impide aproximarnos por mar o por tierra. Mucho me temo que cuando la fuerza del mar amaine no quedará nada que analizar.

—Vaya por Dios.

—Eso mismo pienso yo. ¿Sabes, Enrique?

—¿Qué?

—Estaba recordando el día en que cenamos en la sociedad con Floren y Mikel. Allí te explicamos que la muerte de Craig Bruckner fue un desgraciado accidente, poco probable pero posible. Algo muy parecido es lo que podríamos decir de vuestro accidente. Si no hubierais saltado no tendríamos datos para valorar lo ocurrido, pero al salvaros tenemos una razonable aproximación sobre la que especular.

—¿Solo razonable?

—El conductor profesional más experto y con los nervios más templados también sufriría una situación de máximo estrés en semejante circunstancia. Aunque te manejaste bien y lograste salvar vuestras vidas, tú mismo reconoces al hablar que «crees»; no puedes afirmarlo con total seguridad. Pero no nos perdamos con las palabras, Enrique. Lo que me preocupa son los peculiares accidentes que parecen rodearte con una desacostumbrada frecuencia estadística. Eso sí es importante. ¿No tienes nada que decirme al respecto?

Esta era la pregunta clave. Si en algo había estado pensando Enrique en los dos últimos días era en lo que podría haber sucedido para que los frenos del coche de Bety dejaran de funcionar, en las sospechas que le rondaban, y en qué medida podía trasladarlas a la policía. Que Germán Cea era un tipo espabilado lo sabía desde que lo conoció, tras la muerte de Bruckner, y que no se conformaría con vaguedades, también. Pero se sentía remiso a explicárselo todo. Por un lado, aún le faltaban ca-

315

bos que atar, y esto influía en su voluntad de esperar; pero, por otro, pensar en que Bety hubiera podido morir en el accidente lo tenía preocupado.

¿Accidente?

No, no lo había sido.

El posible atropello de París, en el puente de la Cité, y la rotura de los frenos en Igueldo eran sucesos relacionados. ¿Los Wendel? ¿Qué otros sabían lo que él sabía? Le pareció un sinsentido, pero trescientos millones de euros podían ser suficiente motivación para cualquiera, máxime si estaba acostumbrado a ejercer el poder. Ahora bien, ¿por qué querrían eliminarlo? En el caso de que los brillantes estuviesen ocultos en algún lugar y Rilke jamás los hubiera encontrado, había pruebas más que suficientes para determinar la legítima propiedad de los mismos. Y, por otra parte, ¿cómo podría demostrar su implicación?

—Mañana o pasado me darán el alta. Prometo ir a verte a la comisaría. Allí te lo explicaré todo.

—Está bien. Te estaré esperando.

El inspector Cea se detuvo en el umbral, volviéndose hacia Enrique, y antes de abandonar la habitación le dijo:

—Dicen que no hay dos sin tres, Enrique. ¡Ojalá no tengamos que lamentar un tercer accidente, porque también suelen decir que a la tercera va la vencida!

Después se marchó y Enrique meditó largo rato sobre sus palabras.

64

*E*nrique pasó la noche solo. Bety le telefoneó para saber qué tal había transcurrido la entrevista con el inspector Cea, pero cuando le dijo que iba a regresar al hospital Enrique se negó en redondo. Lo hizo con habilidad, arguyendo que debía pensar en todo lo sucedido y su presencia le distraería. Bety insistió en ir, pero Enrique se mantuvo firme hasta que ella accedió a quedarse en casa e ir la mañana siguiente. Tenía sus razones: en parte le había dicho la verdad, pero, además, quería que ella descansase en su propia cama. Bety había sufrido golpes y erosiones en mucha menor medida que él, pero pasar las noches a su lado durmiendo mal en un sofá reclinable no era lo mejor para ella.

Durmió a ratos: el trajín habitual de la planta sumado a su propia voluntad hizo que tuviera tiempo de sobra para pensar en todo lo sucedido, llegando a tomar una importante decisión: tuvo una intuición acerca de J. A. que debía comprobar de inmediato. Además, estaba convencido acerca de la importancia de la factura emitida por Suministros Arregui. Era, de todas ellas, la única diferente dentro del lote, y pensó que podía tener su importancia.

Cuando llegó la mañana fue visitado por su traumatólogo y charlaron acerca de su previsible evolución. Todo parecía ir bien y, aunque el doctor era partidario de dejarlo ingresado un par de días más, Enrique solicitó el alta voluntaria. Tenía trabajo que hacer y estaba decidido a que nada lo detuviera.

—Señor Alonso, su decisión es precipitada. No puedo detener un alta voluntaria, aunque esté evolucionando bien. Que pueda actuar de una forma autónoma no quiere decir que no puedan existir complicaciones. ¡Un neumotórax traumático no es una broma!

—Tengo trabajo que hacer, pero no requiere esfuerzo físico.

—Mejor que así sea. Debe saber que la lesión pulmonar requiere descanso y no realizar esfuerzos. Camine lo indispensable, no cargue pesos y restrinja todo ejercicio físico. Al menor síntoma de dificultad respiratoria no lo dude y acuda a urgencias.

—Seguiré sus consejos, doctor.

—Eso espero, pero incluso así existe cierto riesgo. Mantenga ese brazo inmóvil y no haga locuras.

Telefoneó a Bety empleando el teléfono de la habitación porque su móvil estaba destrozado. Le comunicó la noticia de su alta y le dijo que la llamaría por la tarde. A las doce abandonó el hospital en un taxi, con el brazo izquierdo en cabestrillo.

Ya en su piso se aseó, no sin dificultad, utilizando solo el brazo derecho. No le faltaba razón al doctor: cada movimiento, incluso el más leve, le hacía ver las estrellas, pero Enrique estaba impelido por la imperiosa necesidad de saber y minimizó todas las molestias.

Además de haber destrozado el móvil había perdido la tableta; pero lo que no había perdido era el lápiz de memoria que siempre llevaba consigo en la cartera. Toda la información referida a la investigación en marcha estaba allí reunida. Introdujo el lápiz en el puerto USB del portátil y se dedicó a repasar los datos, desde un principio. Durante última noche en el hospital tuvo una intuición acerca de la identidad del misterioso J. A. que lo vinculaba con alguna documentación de las que ya obraban en su poder, y en ello volcó toda su atención. Fue abriendo los diferentes archivos, leyéndolos detenidamente.

Y así fue como lo encontró.

Las juntas de gobierno del museo municipal, que posteriormente se llamaría de San Telmo, siempre estaban firmadas por dos personas: el alcalde y el director-conservador del museo. Enrique había leído todas las relacionadas con la inauguración del museo y las correspondientes al año 1944, cuando se produjo el segundo viaje de Sert a San Sebastián. Como era lógico, había volcado toda su atención en el segundo caso, porque era el que parecía guardar relación directa con el asunto, y allí no aparecía ningún J. A. Pero, si retrocedía hasta las actas correspondientes a 1932, cuando se reinauguró el museo en las instalaciones del antiguo convento de San Telmo… Allí estaban las actas firmadas por el alcalde Torrijos y por José Aguirre. J. A. solo podía ser el director-conservador del museo.

Eso lo explicaba todo: si Sert no se alojó en ningún hotel de la ciudad fue porque podía hacerlo en la casa de un particular con el que mantenía amistad desde la inauguración de 1932. Y ese particular era un hombre que, pese a no estar ya en activo como director del museo, mantenía la suficiente influencia como para poder cargar todos los gastos derivados de la presencia de Sert en las cuentas del mismo.

Haber localizado a J. A. era un buen punto de partida, pero no acababa de explicar nada. ¿Podría saber Aguirre cuál era el verdadero propósito de Sert en esta segunda visita? Enrique lo dudó: había demasiado en juego y la cifra de la que se hablaba era demasiado grande. Era seguro que Sert habría empleado un subterfugio para camuflar sus verdaderas intenciones. Pero ¿cómo lo habría hecho? Y ¿por qué había incluido Aguirre las facturas de los restaurantes? Enrique estaba inclinado a pensar que debieron haber cenado juntos. Cuatro facturas equivalían a cuatro noches.

¿Qué podría haber hecho Sert durante esos cuatro días?

Tiró de la Web para recabar más información. Si algo no le faltaba a la ciudad de San Sebastián eran cronistas sobre su historia. Gracias a ello pudo averiguar que los restaurantes ya no existían: se trataba de locales de prestigio, propios de la buena sociedad y con un precio en consonancia, tal y como indicaban las facturas. Por ese camino no podría averiguar nada más.

Suministros Arregui parecía difícil de descifrar, por otro lado. Tuvo la sensación de que podía resultar vital para su investigación, pero, por más que buscó, no encontró la más mínima referencia en la Web.

Hizo una pausa para comer algo mientras meditaba cómo continuar. San Sebastián era una ciudad de pequeño tamaño y, en efecto, guardaba en su más íntimo ser un legítimo orgullo de permanencia en el tiempo, de amor a sus tradiciones y a su pasado. Por todo ello, las diferentes instituciones de la ciudad databan de tiempos lejanos, incluida la federación mercantil de Guipúzcoa, a la que pertenecían la mayoría de comercios de la ciudad. No pudo llamarles, ya que en su piso de Igueldo no tenía línea telefónica fija desde su mudanza a Nueva York. La sede de la federación mercantil estaba en pleno centro de San Sebastián, en la calle Garibay. Decidió ir en persona: aprovecharía el viaje para visitarles y de paso hacerse con un móvil. Tuvo que pedirle ayuda a un vecino para que telefoneara a radio taxi y se vio obligado a charlar con él acerca del accidente aunque no le apetecía lo más mínimo.

Ya en el centro de la ciudad acudió en primer lugar a una tienda de telefonía. Allí se hizo con un nuevo aparato tras comprobar que su tarjeta SIM no se había visto afectada por el accidente. Ya en línea comprobó que el buzón de voz estaba lleno, con más de treinta mensajes de conocidos y medios de comunicación, pero hizo caso omiso a todos ellos. No tenía humor y aún menos ganas; su objetivo era otro muy diferente.

Acudió a la federación mercantil de Guipúzcoa, que se había constituido en 1932, con la esperanza de encontrar en sus fondos históricos alguna referencia, pero en aquella época la federación estaba en sus inicios y no eran muchos los comerciantes asociados. Enrique les enseñó la fotografía de la factura que guardaba en su lápiz de memoria. Un amable administrativo consideró muy improbable que pudiera encontrar información oficial sobre Suministros Arregui, pero a cambio tuvo una idea que Enrique consideró brillante.

—La fotografía de la factura no deja lugar a dudas: está realizada por una imprenta de cierto nivel. El tipo de letra y el diseño son buenos. Sé de lo que hablo porque he trabajado en una imprenta y, aunque ahora todo lo hacemos digitalmente, algunos artesanos siguen guardando maquinaria antigua, linotipias, esas cosas de entonces. ¿Qué tal era el papel? ¿Tuvo ocasión de tocarlo? ¿Era grueso? ¿Entiende usted de gramajes?

—No mucho, la verdad. Pero creo que el papel no era de esos finos, sino que tenía cierto cuerpo. ¿Tiene importancia?

—La tiene. Mientras más fino es el papel, menor es su coste. Los comercios tendían a utilizar papeles con menor gramaje en las facturas para ahorrar gastos. Si el papel era grueso, eso quiere decir…

—…que en Suministros Arregui no les preocupaba gastar un poquito más en el papel de las facturas.

—Eso es. Verá, los comercios pequeños, exclusivamente de barrio, intentaban ahorrar al máximo. Si el papel era de cierta calidad, es posible que eso nos indique un nivel comercial medio o alto. Se me ocurre que quizá podría encontrar publicidad de Suministros Arregui en la prensa de la época.

Esa buena idea llevó a Enrique a la cercana hemeroteca municipal, donde ya sabía que guardaban tanto los originales como copias digitalizadas de buena parte de sus fondos tras sus anteriores búsquedas de información. Esa era otra ventaja de San Sebastián, la cercanía. La hemeroteca está situada en los bajos del ayuntamiento, apenas a cinco minutos andando desde la calle Garibay. Bastaba con acercarse a La Concha y pasear tranquilamente hasta llegar al ayuntamiento. Este fue, tiempo atrás, el antiguo casino de la ciudad; mantenía la estructura original y esa belleza propia de los edificios de época que otorgaban un señorial aire afrancesado a la estructura urbana de la ciudad. Enrique le tenía especial aprecio por haber presentado en su salón de plenos, antaño pista de baile del casino, alguna de sus novelas, cuando residía en la ciudad.

Descendió al piso inferior, donde estaba la biblioteca municipal. Allí fue atendido por una bibliotecaria que, después de escuchar su petición, lo acomodó frente a un ordenador. La gran mayoría de la prensa de la época estaba digitalizada, por lo que la búsqueda no requeriría el menor esfuerzo físico.

Pasó buena parte de la tarde ojeando los diferentes periódicos de 1944 con la esperanza de encontrar la buscada publicidad de Suministros Arregui en alguno de ellos.

Hasta que lo encontró.

****
SUMINISTROS
ARREGUI
****

En nuestras instalaciones de la calle Esterlines
encontrará todo tipo de suministros para el hogar:
repuestos, herramientas y exclusivos papeles pintados,
así como
UNA SELECCIÓN DE PINTURAS
DE PRIMERÍSIMA CALIDAD

****

**¡DÉJESE ASESORAR
POR NUESTRO ATENTO PERSONAL!**

****

Calle Esterlines, 16. Teléfono: 45.12.02
SAN SEBASTIÁN

****

Allí estaba, ante sus ojos, claro y cristalino. ¿Desconocían qué había venido a hacer Sert en San Sebastián? Ya no había dudas: Suministros Arregui vendía justo aquello que podía necesitar un pintor como él: pinturas de primerísima calidad.

«Dos más dos, cuatro», pensó Enrique. Y ¿en qué lugar de la ciudad pudo haber trabajado Sert durante su segunda visita? La respuesta era evidente: allá donde J. A. había guardado las facturas ocasionadas por sus gastos.

La iglesia de San Telmo.

NOVENA PARTE

San Telmo

65

Enrique no le comunicó su descubrimiento a Bety hasta el día siguiente, después de haber pasado la noche meditando sobre él. Durmió mal, como era de esperar; los calmantes no eran suficientes para eliminar el constante dolor de todo su cuerpo, y cada cambio de postura en la cama le hacía ver las estrellas. Harto de intentar descansar sin poder conseguirlo se levantó con el amanecer. Para cuando el sol se alzó, ya había comprendido la mayoría de los detalles de la historia que tenía entre manos. Solo quedaba convencer a Bety.

La citó en su casa. El esfuerzo de caminar por la ciudad la tarde anterior, pese a lo escaso del recorrido, le había dejado agotado, y no le apetecía salir. Además, quería guardar fuerzas, porque imaginaba que en breve tendría que corroborar su teoría, y no estaba dispuesto a dejar sola a Bety por dos razones: la primera, que, aunque su estado físico fuese lamentable, se sentiría más tranquilo estando a su lado; la segunda, que no quería perderse el momento clave por nada del mundo.

Dejó pasar la mañana sumido en una suave modorra, tumbado en el sofá del salón, donde le acariciaran los rayos del sol, envuelto en mantas. La llamó al mediodía y quedaron para comer. Bety se presentó a la hora acordada; comieron tranquilamente mientras conversaban sobre lo sucedido. Así fue como Enrique le explicó sus conclusiones.

—Bruckner tenía razón: Sert regresó a la ciudad y estuvo en San Telmo.

—Pero ¿para qué? ¿Qué demonios hizo allí?

—¿Qué es lo que hace un pintor, Bety, sino pintar? La factura de Suministros Arregui lo deja bien claro. Sert estuvo en la iglesia pintando.

—Pero ¡eso no es posible!

—¿Por qué no?

—Hasta donde yo sé, no consta ninguna intervención. ¿Piensas que Sert modificó sus lienzos? ¿Por qué habría de hacerlo?

—Paso a paso: estoy seguro de que lo hizo. No cabe otra explicación. En cuanto a lo segundo, tengo mi propia teoría; te parecerá muy literaria, pero responde a lo único que pudo suceder…

—¿Y qué fue?

—¡No, querida mía, todavía no ha llegado el momento de explicarlo! Concédeme un margen y déjame que lo escriba. Un poco de intriga siempre viene bien.

—De acuerdo, la intriga siempre es buena… excepto cuando intentan matarnos. Enrique, tengo la sensación de que estamos jugando con fuego. Pienso que lo mejor sería explicárselo todo al inspector Cea. Lo de tu atropello en París pudo ser una casualidad, pero lo de Igueldo, no. Tengo todo el cuerpo dolorido y no me llevé ni una quinta parte de los golpes que te llevaste tú.

—Un día, Bety, eso es todo lo que pido. El tiempo justo para averiguarlo todo.

—¿Quién te dice que los Wendel nos lo concederán? Porque estarás de acuerdo conmigo en que solo puede tratarse de ellos.

—Nos lo darán porque tuvieron su oportunidad y ya la han perdido. Si concedemos que alguien saboteó el coche en Igueldo hay que concluir que nos estaban vigilando. Y, si eso es cierto, sabrán que recibimos la visita del inspector Cea. No, un nuevo atentado podría ponerlos en el disparadero. Bastaría para ello que le hubiéramos contado a Germán todo lo que sabemos. La violencia ya está descartada.

—Jugamos con fuego.

—Les llevamos ventaja.

—Sería mejor que Cea lo supiera cuanto antes.

—Puede. Pero no tenemos la menor prueba que los incrimine...

En realidad, Enrique mantenía una mínima reserva sobre la culpabilidad de los Wendel. Los consideraba culpables por descarte; aunque, por mucho que fueran los principales afectados por la desaparición de los brillantes y sus legítimos propietarios, le costaba verlos como inductores de un asesinato. Sin embargo, no se le ocurría quién más podría estar tras los ataques.

—Y ¿qué haremos ahora?

—Necesitamos a un experto en Sert. Alguien que conozca la historia de los lienzos y pueda ayudarnos a buscar en ellos lo que fuera que Sert dibujó en su segundo viaje.

—¿Piensas en Mr. Lawrence? ¿El posible experto al que consultó Craig?

—Sería una buena opción, sí, pero dudo que debamos ir tan lejos. El restaurador del museo debe conocer los lienzos al detalle. Pero ¿por qué sonríes?

—He localizado a Mr. Lawrence. Llegará pasado mañana a San Sebastián. La directora lo ha invitado a colaborar en el proyecto de restauración en sustitución de Craig, y él ha aceptado.

—Pasado mañana... Demasiado tiempo. No quiero esperar. ¿Podríamos hablar mañana con vuestro restaurador? ¿Cuál era su nombre?

—Jon Lopetegi. No habrá ningún problema. Recuerda que la restauración de los lienzos será abierta al público. Es una forma de atraer visitantes, poder comprobar cómo se trabaja en vivo.

—¿Abierta al público?

—Las obras de restauración de la catedral de Vitoria han supuesto un rotundo éxito de público, y aquí, salvando las distancias, se espera un fenómeno similar. Ya han instalado los andamios móviles necesarios para poder acceder a los lienzos.

—¿Andamios móviles?

—Son tres, y se desplazan sobre raíles. Así, según la necesidad del momento, pueden moverse para atender los diversos lienzos. Ten en cuenta que su tamaño es enorme; de esta manera ahorran muchísimo tiempo en el montaje y desmontaje de la estructura.

—¿Por qué tres?

—Uno para el ábside y los otros dos para las paredes laterales. ¿Por qué tienes tanto interés en ellos?

—Sert modificó alguno de los lienzos, pero no sabemos cuál de ellos. Y, como bien has dicho, son muy grandes, más de ochocientos metros cuadrados. Tenemos una gran suerte de que los andamios estén montados porque así podremos utilizarlos para examinar los lienzos a nuestro gusto.

—Pero no podemos acceder a ellos en el horario de trabajo.

—Cierto… pero tú eres la relaciones públicas del museo y tienes libre acceso al mismo, y yo soy un conocido incluso para el personal. Podemos trabajar en ello fuera de las horas de apertura.

—Parece que has pensado en todo. Pero ¿y el personal de seguridad?

—Lo dejo de tu cuenta, seguro que todos ellos te conocen. No puede extrañarles verte allí subida en los andamios, si les informas de antemano. Otra cosa, Bety: necesito más datos. Es preciso que conozcamos cuál ha sido la historia de los lienzos después de su instalación en 1932, en especial las restauraciones totales o parciales. Necesitamos saber si existen diferencias en algunos de los lienzos respecto a los originales. ¿Puedes conseguir esta información?

—Cuenta con ello. ¿Qué vas a explicarle a Lopetegi?

—Una verdad a medias: que estoy trabajando en una nueva novela cuyo desarrollo tiene que ver con los lienzos de Sert. Eso justificará tanto nuestras preguntas como nuestra presencia.

—Entonces, vendrás al museo mañana por la noche.

—Sí, mañana lunes. Mándame toda la información gráfica que reúnas sobre los lienzos para que la vaya estudiando, ¡esto es vital!

—Bien.

—Lo vamos a conseguir, Bety. Encontraremos lo que descubrió Bruckner.

—Sí.

Lo dijo sin ningún entusiasmo; cuanto mayor era el de Enrique menor parecía el suyo. A medida que se acercaba el clímax de toda la historia sus dudas aumentaban: pensaba que averiguarlo todo era una deuda contraída con la memoria de Craig Bruckner, pero el peligro, tan cercano, disminuía su interés hasta el mínimo. Si Enrique no estuviera tan decidido a continuar, ella se habría echado atrás. Bety caminó hasta el ventanal, asomándose a La Concha. Caía la tarde: el mar continuaba bravo, los últimos surfistas apuraban el día, y aún quedaba un tema pendiente sobre el que hablar, el más delicado de todos ellos.

—¿Ocurre algo, Bety?

—Hay… algo que debo decirte.

—Qué es.

—Es sobre el accidente. Como no has dicho nada entiendo que todavía no…

—¿Todavía no qué?

—No te ha llamado.

—¿Quién?

—Verás, mientras estabas en el hospital me puse en contacto con la agencia Goldstein.

—¿Qué?

—Les expliqué lo que había pasado.

—¡Cómo se te ha ocurrido!

—¡Por dios, Enrique! ¿Cuándo pensabas decírselo a Helena? Todavía no la has llamado. ¿Cómo puedes ocultarle algo semejante? ¿Imaginas qué habría pensado si se hubiera enterado por la prensa? Y demos gracias a que nadie ha hablado sobre los malditos frenos.

—No quería preocuparla.

—Eso es absurdo.

—Será absurdo, pero era mi decisión. Tenía mis motivos.

—Ni siquiera habrás mirado las llamadas perdidas del móvil…

Enrique cogió el aparato: ya no eran treinta y dos, sino cincuenta, las llamadas perdidas. No se había detenido a observarlas: ahora lo hizo, buscando un nombre concreto. Y allí, perdidas entre otras muchas, estaban las llamadas de Helena.

—Maldita sea, Bety: claro que pensaba llamarla, pero cuando acabara todo esto. Pero ¡un momento! ¿Cómo sabes tú que no la he llamado?

—Ella me lo dijo. Me telefoneó para saber de ti.

—¿Qué? ¡Esto es una locura!

—Recuerda que fui yo quien llamó a la agencia. Mi número quedó registrado en la centralita. Como tú no la telefoneaste, Helena contactó conmigo.

—¡Joder, Bety!

—Le conté cómo estabas, incluso que ya tenías el alta; tampoco yo quería preocuparla. ¿Qué podía hacer, Enrique?

—¿Qué podías hacer? ¿Me lo preguntas en serio? Bety, ¡podías mantener cerrada la boca!

—¡Eso no te lo tolero! ¡Ni cuando fuimos pareja ni mucho menos ahora! ¿Sabes por qué la telefoneé? ¿Quieres saberlo? ¿De verdad?

—Sí, quiero saberlo.

—Lo hice porque apenas es más que una niña. Lo hice porque tiene la mala suerte de estar muy enamorada de ti. ¡Lo hice porque las mujeres no somos objetos puestos a tu disposición y merecemos un respeto! Pensabas llamarla cuando acabara esta historia, has dicho… Pero ¿quién te crees que eres para disponer de esa manera de los sentimientos ajenos? ¿Cómo piensas que me hubiera sentido yo si hubiera estado en su lugar?

»Pude fijarme en la expresión de su rostro durante nuestro encuentro en tu apartamento de Nueva York; es muy joven y todavía no está maleada por las experiencias de la vida. Me reconoció de inmediato y no pudo o no supo disimular su incertidumbre, su miedo, su dolor al verme allí, y eso que le dejé las cosas bien claras. ¿Qué pudo pensar, Enrique? ¿Qué hubieras pensado tú? Te voy a decir cuál es tu único problema en la vida: careces de empatía. No te pones en el lugar de los demás. Sí, cuando quieres eres encantador, y divertido, y culto, y transmites positividad y amor a la vida, y eres bueno en la cama, y todo lo que tú quieras; pero, al final, careces de lo que las mujeres necesitamos, algo tan sencillo como es saber amar. Cuesta quererte, Enrique. Cuesta porque siempre acabas haciendo daño, incluso cuando no quieres hacerlo. Y eso es lo peor que puede ocurrir en una relación de pareja.

Enrique apartó la mirada, se cubrió el rostro con el dorso de la mano derecha sobre la sien izquierda, evitando mirar a Bety. Estaba mucho más que dolido: sus sentimientos eran tan confusos como los de Bety. En Igueldo, después de besarse, se dio cuenta de que aquello no era justo para Helena. Pero eso no evitaba que su pasado en común presionara con fuerza hacia Bety. Reconocer esta realidad lo hacía sentirse incómodo, y la perorata no había hecho sino sacarlo a relucir. Estaba dolido porque, si no había llamado a Helena, era por su propia comodidad, y también porque albergaba la estúpida esperanza de que las cosas se solucionasen por sí solas. Bety tenía razón, y él era capaz de reconocerlo.

—Lo siento, Bety.

—Son muchas las veces que en tu vida te has disculpado. Demasiadas. Esta solo es una más, pero, por lo menos, has sido capaz de entenderlo, y eso no lo hubieras hecho años atrás.

—Llamaré a Helena. Es lo menos que puedo hacer.

—¿Llamarla? No, Enrique, no hará falta que la llames. ¡Ni la más mínima falta! Ahórrate el esfuerzo, porque podrás contárselo en persona. Helena viene de viaje y, según me dijo, llegará a San Sebastián pasado mañana.

331

66

*P*or vez primera en muchos años, Enrique tuvo que tomar una pastilla para poder dormir. Sentía todo su cuerpo machacado, pero el peor malestar no radicaba en lo físico, sino en lo espiritual: la inminente llegada de Helena iba a suponer una fuente de conflictos que no estaba seguro de poder manejar. Por fortuna, el somnífero lo dejó literalmente fundido en la cama, y cuando se despertó eran más de las doce. Se despejó con una ducha tan larga como incómoda, desayunó y conectó el ordenador sin detenerse a mirar el móvil. Quería mantener su atención en los archivos sobre los lienzos de Sert que Bety quedó en enviarle.

Estaban allí, en efecto, con un peso considerable por las imágenes adjuntas. Examinó el listado con detenimiento:

—1946, trabajos de Conservación: se efectúan diversos trabajos para evitar la humedad de los muros de la iglesia, sin actuar sobre los lienzos.

—1950, restaurador: Massot, discípulo de Sert. Primera restauración. Reparación de desconchaduras.

—1960, restaurador: Pamiés. Limpieza y nuevo barnizado.

—1996-97, el departamento de restauración del museo, ante el grave estado de los lienzos, decide afrontar por sí mismo su restauración.

—2012 Se prepara la restauración definitiva de los lienzos, a desarrollar durante el comienzo del 2013.

Por tanto, fueron tres las intervenciones realizadas sobre los lienzos de Sert. El principal problema de la iglesia de San Telmo era la humedad generada por la ladera del Urgull, muy cercana a sus muros, que provocaba el deterioro de los frágiles lienzos. La memoria que adjuntaba Bety era compleja, excesivamente técnica, más de seiscientas páginas, pero permitía seguir las labores realizadas a lo largo de los años. La leyó con toda atención. Lo más importante era saber que en muchos puntos los lienzos se habían abombado, y en otros se había visto afectada la propia pintura.

Dejó atrás esta parte y se concentró en las fotografías adjuntas. El tamaño de la obra de Sert era tan enorme que la visión de conjunto resultaba lejana, lo que impedía apreciar los detalles. Manipuló la pantalla táctil para acercar la imagen, pero debido a su gran tamaño, este era un trabajo difícil de llevar a cabo sin dejarse zonas sin repasar. Al rato lo desechó; principalmente porque no sabía bien qué buscaba, pero también por puro cansancio visual. En las partes que había llegado a analizar no observó diferencia alguna entre las fotografías antiguas y las modernas, por lo que puso sus esperanzas en el trabajo de campo que realizarían por la noche.

Eran pasadas las cinco. Apañó el almuerzo encargando una *pizza* y, después de comer, dejó pasar el tiempo maldiciendo que sus circunstancias personales interfirieran en la resolución del caso, que requería no solo una concentración total, sino también un estado de ánimo templado que la favoreciera.

La noche anterior mandó un SMS a Helena en una suerte de exploración de un terreno desconocido. «Sé que vienes. Me alegra que lo hagas.» En función de la respuesta tenía pensado telefonearla, pero, cuando el móvil le avisó de la llegada de un mensaje entrante, su contenido, seco, incluso abrupto, lo desanimó a hacerlo. «Hablaremos cuando llegue.»

Se maldijo por su ambivalencia: de nuevo se veía entre dos mujeres y el recuerdo de lo que había sucedido en Barcelona años atrás lo inquietó. Aquello acabó de la peor manera posible y, aunque no esperaba en absoluto un final semejante, de la tormenta emocional que estaba destinado a vivir no iba a librarlo nadie.

Poco después de las siete de la tarde se vistió, llamó a un taxi y emprendió el camino hacia el museo. Cerraban a las ocho, lo que, sumado a la clásica media hora de salida del personal tras el cierre, les permitiría comenzar a trabajar antes de las nueve. Después, carecían de límite: sabiéndolo los encargados de seguridad nadie les molestaría, tenían toda la noche por delante.

El taxi lo dejó en el paseo Nuevo, junto a la sociedad fotográfica. Lloviznaba suavemente; Enrique llevaba consigo una bolsa de trabajo en la que cargaba con el portátil, sosteniéndola con su mano útil.

Llegó al museo justo antes del cierre. Los recepcionistas avisaron a Bety, y esta apareció por el pasillo. Le hizo un gesto con la mano para que se acercara. No le habló en ningún momento durante el trayecto a su despacho. Caminaron, pues, en silencio, y Enrique tuvo claro que se había creado una barrera entre los dos. ¡Qué lejos quedaba el beso que se dieran en el Igueldo! Desde entonces todo parecía haber ido a peor.

Se sentaron, y Bety tomó la palabra.

—¿Estás preparado?

—Lo estoy.

—¿Aguantarás físicamente?

—Eso espero. Descansé toda la noche.

—Imagino que estudiarías la documentación.

—A fondo.

—¿Y? ¿Alguna novedad?

—No. Es imposible seguir los detalles en la pantalla del portátil. Necesitaremos hacer trabajo de campo, en la iglesia.

—Lo imaginaba.

Llamaron a la puerta. Bety se incorporó, y fue a abrir.

—Pasa, Jon. Te presento a Enrique. Enrique, este es Jon Lopetegi, el restaurador del museo y quien nos ha proporcionado la documentación que te envié esta mañana.

—Encantado.

—Igualmente. Bety me ha contado el accidente; de no ser por tu rápida reacción no lo contáis.

—Dentro de la desgracia tuvimos buena suerte de salir tan bien librados.

—No te imaginas el susto que nos llevamos al enterarnos y nuestra alegría al saber que estabais bien.

—Te lo agradezco.

—Bien, Bety me contó que estás escribiendo una novela cuya acción transcurre en parte en el museo. Desde luego te proporcionaremos toda la ayuda que podamos. Si tienes cualquier pregunta me tienes a tu entera disposición.

—Gracias. Creo que con la memoria, de momento, bastará.

—Perdona mi curiosidad, pero ¿puede saberse cuál será el argumento?

—Prefiero no contártelo; es una costumbre a la que me ciño durante el proceso de escritura. Lo único que puedo decirte es que los lienzos de Sert tendrán un papel protagonista, de ahí mi interés en conocer lo máximo posible sobre ellos.

—Si queréis podría acompañaros en vuestra visita; los conozco como la palma de mi mano.

—No será necesario, Jon. No soy tan experta como tú, pero sé lo suficiente para atender las necesidades de Enrique.

—Bien, en ese caso os dejo. Ya es hora de irse a casa, ha sido un día largo y la llegada de Mr. Lawrence ha sido la guinda que faltaba completar el pastel.

—¿Ya está en San Sebastián, Jon? Tenía entendido que llegaría mañana.

—Yo también, pero apareció esta misma tarde. Estuvimos reunidos con la directora un par de horas y mañana mismo comenzará a colaborar en los trabajos. Bueno, me voy: recuerda, Enrique, no tienes más que llamarme para lo que quieras.

Jon Lopetegi abandonó el despacho de Bety dejándolos solos, y Enrique no pudo evitar fijarse en su altura, en la anchura de sus hombros y en el contorno de sus brazos. Recordó las palabras de Cea en la ya lejana reunión en la sociedad Gaztelupe, cuando le explicaron la extraña muerte de Craig Bruckner: «se precisaría una cierta diferencia de tamaño y peso entre la víctima y el agresor para que la suspensión en el agua de las masas corporales de ambos proporcionara una notable ventaja al atacante. Bruckner era un hombre alto y fuerte, así que esta segunda causa queda prácticamente descartada».

Era cierto, Bruckner era alto y se mantenía en buena forma física, pero Lopetegi era casi un gigante; parecía más un jugador de baloncesto o balonmano que un restaurador. Bety interpretó a la perfección su pensamiento.

—Enrique, mira que te conozco muy bien. ¡No estarás pensando lo que creo que estás pensando!

—Pues... ¿Y si no fueran los Wendel los responsables del accidente?

—¿Jon Lopetegi? Creo que estás equivocado.

—¿Cómo lo sabes?

—Porque parece que en el momento del accidente Jon estaba en otro lugar y con testigos que pueden corroborarlo.

—Luego también tú lo pensaste.

—Lo reconozco: fue una posibilidad que consideré hace algún tiempo. Al fin y al cabo es el restaurador del museo y mantenía una estrecha relación con Craig. Pudo llegar a saber lo que estaba sucediendo.

—Un sospechoso ideal. ¿Quiénes eran esos testigos? Y aún mejor, ¿cómo lo averiguaste?

—Durante todo este tiempo he controlado sus pasos dentro de lo posible, intentando no llamar la atención. No tenía ningún indicio, solo las sospechas que mencionaste antes; por eso no te dije nada. Sé que el día en cuestión estuvo con unos conocidos comunes la mayor parte de la tarde. Y pude saber quiénes eran porque se trató de unos compañeros del museo.

—Eso no quiere decir nada. Podrían estar cubriéndole.

—Sí, claro. Y también tú podrías estar convirtiéndote en un paranoico.

Enrique tamborileó con los dedos el tablero de la mesa mientras pensaba.

—El juego de buscar culpables resulta tentador. De acuerdo: si tiene coartada está descartado. Además, sigo creyendo que los Wendel son los sospechosos más razonables.

—Mejor así. Son las nueve y media. ¿Estás preparado?

—Sí.

—Pues vamos a trabajar.

—Abandonaron la oficina caminando en dirección a la iglesia. No era necesario pasar por la recepción para acceder al claustro y a la iglesia y, dada la hora, la mayoría de los trabajadores del museo ya había abandonado las instalaciones, por lo que no se encontraron con nadie. Realizaron el recorrido en penumbra, solo las luces de emergencia iluminaban los pasillos. Accedieron al claustro: los dorados puntos de luz brillaban confiriendo un aspecto romántico a las viejas piedras que les rodeaban. Bety se detuvo un instante en la intersección de las crujías, muy próxima al lugar donde Craig Bruckner la dibujara con tanto estilo y acierto unos meses atrás. Fue tan solo durante un instante: sintió un escalofrío recorriéndole la espalda cuando creyó sentir su presencia allí mismo, a su lado, como si de alguna manera estuviera apoyándola en sus decisiones.

—¿Ocurre algo?

—No, no es nada. La sombra de un recuerdo, nada más.

En verdad, eso fue. Pero, con el recuerdo de quien se convirtiera en su amigo, llegó un nuevo pensamiento que se guardó para sí misma: «Será por ti, Craig. Lo encontraremos por tu honor y en tu memoria».

337

67

*L*a puerta principal de la iglesia estaba cerrada. Bety empujó un panel lateral del portalón abriendo el acceso de servicio. Estaba iluminada con sabia discreción: la luz, más bien tenue, ni se imponía ni distraía al espectador de su principal objetivo, la obra arquitectónica, acompañada por los impresionantes lienzos de Sert. La reciente restauración del edificio lo había despojado de artificios, mostrando la pureza de sus formas: era un excelente ejemplo de la arquitectura religiosa del País Vasco, con las bóvedas de crucería sostenidas por unos gruesos pilares circulares que obraban como separadores de las bajas capillas laterales. El crucero, de notable altura, se encontraba ya rodeado por los lienzos, que comenzaban a mostrar su belleza desde más atrás, a la altura del coro, sobre las cuatro capillas laterales.

—¡Es hermosa!

—Estaba segura de que ibas a decir algo parecido. Hay cosas que nunca cambiarán.

—Reconóceme que, incluso así, con los andamios levantados y los pasillos deambulatorios para el público ya señalizados, sigue otorgando una sensación de... ¿grandiosidad? No por el tamaño, desde luego... No sabría expresar dónde radica su atractivo.

—Son los lienzos, desde luego. Sert conjuntaba con total acierto la arquitectura con su trabajo pictórico. Fuera de aquí jamás lucirían como aquí lo hacen. La iglesia y los lienzos son un conjunto que se potencia mutuamente. Y ahora que ya hemos loado su belleza, ¿por dónde empezamos? Y aún más, ¿qué buscamos?

—Buscamos una diferencia. Sert introdujo algún tipo de clave en los lienzos. Y esa clave es la que debemos encontrar.

—Ochocientos metros cuadrados, muchos de ellos a más de diez e incluso veinte metros por encima del suelo…

—Tenemos los andamios. Pero atenta a esto que voy a decirte: lo que buscamos no puede estar arriba.

—¿Por qué?

—El Sert que vino a San Sebastián en 1944 lo hizo un año antes de su muerte y su estado físico no era el mejor. Y no solo eso: si estuvo trabajando aquí algunas noches por mediación de José Aguirre, no pudo montar un andamio porque eso hubiera llamado la atención en exceso. ¿No es mejor trabajar sobre los supuestos más sencillos? —Bety asintió—. La máxima altura sobre la que trabajaremos será aquella a la que pudiera llegar una persona subida a una escalera.

339

—Eso descarta los lienzos situados sobre las capillas.

—¡Por fortuna! En cuanto a qué buscamos, pienso que lo más probable sería encontrar algún tipo de evidente modificación de los dibujos, o quizá un texto escrito que pudiera ejercer como clave oculta. Yo me inclinaría por esto último.

—Respecto al texto escrito, la verdad, lo veo poco probable. ¿No crees que habría habido alguien que lo hubiera notado?

—No, si se hubiera hecho con habilidad y discreción. Bien, comencemos: propongo echar un primer vistazo siguiendo el orden de izquierda a derecha.

Dejaron atrás las cuatro capillas laterales junto con sus correspondientes lienzos. El andamio que estaba a su izquierda quedaba más cerca del ábside, por lo que, de momento, no les estorbaba. Ante ellos se alzaba el primero de los lienzos.

—¿Conoces su simbología, Bety?

—Sí. Sert pretendió homenajear al pueblo guipuzcoano: tradiciones, historia y hazañas. Cada uno de los lienzos representa una escena concreta. Este se titula *Pueblo de libertad.* Ese viejo roble representa al árbol de Gernika, el símbolo de las libertades vascas, y tiene a sus pies un libro abierto que representa los fueros, las leyes viejas que rigieron y aún hoy perviven como característica del autogobierno.

Enrique extrajo su portátil, lo depositó sobre una mesa y lo encendió. Localizó las fotografías históricas adjuntas a la memoria de restauración de los lienzos y se las mostró a Bety.

—Aquí lo tienes, tal y como fue instalado, en blanco y negro. Y las siguientes son en color, pero posteriores a 1944.

—Entonces las posteriores no nos sirven.

—En parte; podemos utilizarlas para contrastar las unas con las otras. Y como para observar el lienzo no necesito estar de pie y todavía me duele todo el cuerpo, hazme el favor de acercarme esa silla.

Bety lo hizo, pero ella permaneció de pie. Pasaron un buen rato observando el lienzo y la pantalla del ordenador, y no hallaron diferencia alguna ni modificación en las formas de los dibujos ni texto alguno. Para observar los dos siguientes se vieron obligados a desplazar el andamio utilizando el motor eléctrico.

—Los dos siguientes son *Pueblo de armadores* y *Pueblo de fueros*: y son bastante más grandes que el anterior.

—Concentración. Acabamos de comenzar.

Tras dos horas de concienzudo trabajo tampoco en estos encontraron la menor diferencia entre las fotografías históricas y el lienzo actual.

—Enrique, son las doce. Quizá convendría descansar un poco, beber algo de agua, ir al lavabo…

—De acuerdo. Cinco minutos, no más. Apenas llevamos un tercio del total. Ve, si quieres; yo te espero aquí.

Bety abandonó la iglesia mientras Enrique contemplaba la siguiente estación de su recorrido: en el ábside pentagonal se exhibía la pieza central de los lienzos de Sert, el llamado *El altar de la raza*. Los dos lienzos laterales estaban adaptados a las tribunas, respetando los ventanales de las mismas; al ser menos visibles que los tres centrales, Sert había dibujado en ellos elementos de transición habituales en sus escenografías, como cortinajes y una serie de libros amontonados los unos sobre los otros.

Si las composiciones de Sert tendían al abigarramiento de cuerpos y escenarios, los tres lienzos centrales eran especialmente perturbadores: surgía de ellos una fuerza telúrica, proveniente del mar embravecido en el que unos pescadores trataban de escapar auxiliados por el mismísimo san Telmo, su patrón, aupado a una pétrea atalaya. Sobre él, san Sebastián, patrono de la ciudad, está siendo asaeteado mientras presencia la escena.

—Impresionante, ¿verdad?

—El que más.

—Te he traído agua y algo de comida. ¿Continuamos?

—Continuemos.

Después de otro buen rato observando atentamente seguían sin descubrir nada.

—¿Cansado?

—Sí.

—Sabíamos que no iba a resultar sencillo.

—Cierto. Sigamos. Nos quedan las tres últimas, *Pueblo de pescadores*, *Pueblo de navegantes* y *Pueblo de comerciantes*.

—El primero será el más complicado de estudiar. Se corresponde con la zona más afectada por las humedades y parte del dibujo está parcialmente tapado por papel de seda para facilitar su conservación.

—¿Nos permitirá ver los detalles?

—Es levemente traslúcido y en su mayor parte está aislado. Pienso que sí.

—Pues vamos a ello.

Cuatro horas después habían acabado de estudiar todos los lienzos. Enrique se estiró. Tenía la musculatura de la espalda cargada por estar mirando casi continuamente hacia arriba. Lanzó un fuerte resoplido.

—¡Nada! ¡No es posible!

—Pues lo es.

—Pero ¡tiene que estar aquí!

—Eso pensábamos, pero no está.

—No puede ser...

Enrique, inquieto, viendo que su teoría se había venido abajo, caminó por la nave central, a un lado y al otro, descargando la tensión acumulada. Bety respetó su silencio, contemplándolo moverse de aquí para allá.

—Tiene que haber una explicación.

341

—Enrique, no hemos visto nada. Y estoy de acuerdo contigo en que Sert no hubiera podido montar un andamio. Si hubiera modificado alguno de sus dibujos ya lo hubiéramos visto.

Enrique se dejó caer en una de las sillas, enfurruñado. No se sentía frustrado porque su teoría se hubiera venido abajo: pese a la evidencia, él creía firmemente que no cabía otra solución.

—Se nos tiene que haber pasado por alto algún detalle.

—Llevamos más de seis horas observando los lienzos de una forma sistemática, somos dos personas y no hemos visto nada.

—Cierto… Y aun así…

En una gran mesa cercana, situada bajo el crucero, estaba reunido todo el material de trabajo habitual de los restauradores: ordenadores, pinceles, pinturas, barnices y otros materiales, perfectamente ordenados. Enrique fijó su atención en todo ello; entonces su mirada se deslizó hasta el extremo más alejado a su posición.

—¿Qué es eso?

—¿El qué? ¿Aquello de la esquina? —Bety caminó hasta el lugar, señalando con el dedo un material muy concreto. Se trataba de una cubierta metálica de ciento ochenta grados y unos treinta centímetros de largo con un interruptor en una esquina.

— Son lámparas ultravioleta.

—¿Para qué se utilizan?

—Para obtener información sobre los materiales constitutivos de la obra. Los restauradores las emplean habitualmente porque es un método de trabajo completamente inocuo, no afecta a las pinturas.

—Y ¿qué ven con ello?

—Pues los diferentes pigmentos, cola animal, los barnices empleados… Forman capas diversas sobre las telas, y presentan diversos grados de fluorescencia, reaccionando ante la luz ultravioleta. No soy una experta en ello pero creo que con su uso llegan a obtener muchísima información.

—Has dicho barnices… ¡espera un momento!

Enrique se lanzó sobre su portátil y no tardó en localizar el archivo: allí estaba lo que estaba buscando, las intervenciones realizadas sobre los lienzos a lo largo de su historia.

—Mira esto, Bety. Aquí tengo un resumen de los trabajos de restauración. Fíjate en el primero: lo hizo Massot en 1950. Fue el colaborador de toda la vida de Sert, casi desde sus inicios en París, su mano derecha y mucho más, su hombre de confianza. Tanto lo fue que, cuando en mi novela planteaba la intervención del *standartenführer* Geyer buscando las joyas de la baronesa Von Thyssen, fue él quien tuvo que abrir la caja fuerte para las SS en el registro de la casa de Sert.

—Sí, ahora recuerdo la escena.

—Mira su trabajo: fue un barnizado. ¡Un barnizado, Bety! «Barnizado» era una de las anotaciones realizadas con posterioridad por Bruckner en su libreta, junto con algunas otras, como «tierra de sombra» o «negro de huesos».

—Eso son pigmentos para confeccionar pinturas…

—En efecto. Y esos pigmentos…

—…pudieron quedar cubiertos por el barniz empleado por Massot. La clave estaba en la libreta, pero solo podía apreciarla quien conociera todos los datos que hemos ido reuniendo hasta ahora. Y todavía hubo un segundo barnizado, diez años después, a cargo de un tal Pamiés. ¡Eso bastó para borrar su intervención!

—¡Eso supone que durante cinco años esa modificación estuvo presente en los lienzos, y me parece demasiado tiempo para que pasara desapercibida. ¡Y eso teniendo en cuenta que todavía no me has dicho por qué demonios tuvo que venir Sert a pintar el lienzo!

—Ya te he dicho que solo puede existir un motivo para esto último, y llegado el momento lo leerás en la novela. En cuanto a lo primero, tuvo que hacerlo en un lugar de fácil acceso, como hemos planteado, pero en el que fuera tan lógico hacerlo que nadie pudiera pensar en nada extraño al verlo.

—Tendríamos que utilizar las lámparas para comprobarlo. Apagaré la luz de la iglesia.

—¿Por qué?

—La luz ultravioleta solo funciona en completa oscuridad, por eso hay unas linternas en la mesa de trabajo. Coge una de ellas y la lámpara ultravioleta, yo llevaré la otra linterna. Los controles para la luz y el audiovisual con la historia de la iglesia están arriba, junto al balcón del coro. Hay unas escaleras en el exterior de la iglesia. En tres minutos estaré de vuelta.

343

Bety se fue y Enrique se quedó contemplando la iglesia. Sentía que estaba más cerca que nunca de resolver aquel misterio. Sentía una contenida excitación, placentera, sin duda, la propia del que se sabe ganador aunque el partido aún no haya finalizado y al que su rival, durante algunos momentos, le ha puesto contra las cuerdas. Los triunfos costosos siempre saben mejor.

La luz se apagó súbitamente.

Sintió un escalofrío que le erizó la piel de la espalda.

Había llegado el momento.

68

La oscuridad lo rodeaba, pero no resultaba incómoda. No sentía ni miedo ni inquietud; durante años la había buscado deliberadamente cuando, en alta mar, en las noches sin luna y con el cielo cubierto, apagaba la luz de cubierta de su *Hispaniola*, dejándose envolver por las sombras, con las velas arriadas, al pairo, su yate meciéndose suavemente en la más total negrura que jamás había conocido. El tiempo modificó su esencia sutilmente, como solo puede cambiar cuando toda referencia exterior ha desaparecido: le parecía que había transcurrido largo rato, aunque Bety había dicho que no tardaría más de tres minutos en regresar. Seguía sintiendo el escalofrío en la piel, menguada ya su fuerza, cuando la puerta se abrió y Bety caminó hasta su lado, no sin antes cerrarla para evitar la entrada de luz a la iglesia.

—Son las cuatro. La gente de la limpieza viene a las seis, tenemos dos horas. ¿Aguantarás?

—Aguantaré. Vamos a ello. ¿Cómo debo proceder?

—Cuando estemos frente al lienzo hay que encender la lámpara ultravioleta y deslizarla frente a la pintura, a una distancia de unos veinte centímetros. Teniendo en cuenta que llevas el brazo izquierdo en cabestrillo, déjame utilizarla a mí; será más cómodo que tú lleves la linterna de luz normal, para encenderla según vayamos avanzando a lo largo de los lienzos. Se situaron frente al primero de los lienzos con el que comenzaran su trabajo seis horas antes, *Pueblo de libertad*.

—¿Preparado?

—Sí.

—Apaga la linterna.

Así lo hizo. Unos segundos después, Bety encendió la suya. Emitió un resplandor que oscilaba entre el rojizo y el violeta. A Enrique le recordó aquellas clásicas luces de discoteca que hacían brillar la ropa de color blanco. Bety levantó el brazo acercándolo al lienzo, y este se iluminó de repente.

—Pero ¡si no se parece en nada al original! ¿Lo habías visto alguna vez así?

—No. Sé cómo funciona esta técnica, pero me pasa como a ti; nunca había empleado los ultravioleta.

El lienzo, de unos tres metros de ancho y veinte de alto, estaba ocupado por una sucesión de formas de color parecidas al original, pero a la vez completamente diferentes. Las capas de pintura empleadas en su elaboración, sumadas a los barnices de las restauraciones, se mostraban superpuestas, creando una sucesión de formas repletas de matices que jamás podrían verse sin los ultravioletas.

—Es increíble.

—Céntrate en el dibujo. ¿Hay algo que pudiéramos considerar?

—No. Solo las formas básicas del dibujo original de Sert: fíjate, el libro que representa los fueros y el árbol mantienen su forma.

—Debemos continuar; si hubiera una alteración ya la habríamos visto. Solo se detectan la capa de barniz y las anteriores de la pintura.

Enrique encendió su linterna y caminaron hasta el siguiente lienzo. Repitieron el procedimiento y de nuevo volvió a sorprenderles el cambio experimentado por los dibujos. Tampoco hallaron nada, ni en el siguiente lienzo. Después se dirigieron al ábside. Enrique planteó una posibilidad.

—Oye, Bety, ¿desechamos los dos lienzos de transición bajo las tribunas y miramos directamente a los tres frontales? La escalera de bajada a la cripta hace que difícilmente pudiera Sert pintar nada sobre ellos.

—No, eso no es cierto; mirémoslos también. Desconocíamos la existencia de la cripta hasta la reforma de la iglesia del año pasado. Para nosotros fue una gran sorpresa encontrarla. Sert pudo, por tanto, acercarse a ellos. Y aunque sean lienzos secundarios no los dejemos de lado. No nos llevará más de quince minutos.

—Teniendo en cuenta que la escalera para descender a la cripta está justo bajo los lienzos, ¿cómo acercarás la lámpara?

—Desde el extremo del altar. Me acercaré lo máximo posible estirando el brazo.

Enrique y Bety subieron los escalones que separaban el altar de la nave de la iglesia, situándose frente al lienzo. Enrique apagó la linterna y Bety encendió la lámpara ultravioleta.

—¡Bety!

—¡Lo estoy viendo, Enrique!

—Mantén la linterna alzada. Voy a tomar nota.

El dibujo original de Sert incluía una serie de libros amontonados los unos sobre los otros, ofreciéndoles los lomos. Y allí, frente a ellos, donde no había inscripción alguna, se podían leer ahora unas anotaciones.

CI

TI

RE

AISE

MIN

NON

DUR

—¡Enrique, tenías razón! ¿Ya los tienes?

—Sí, ya puedes apagar la linterna. —Bety se sentó en el suelo, junto a Enrique. Este dejó la libreta con las anotaciones frente a ellos, iluminada por la linterna.

—¡Carecen de sentido! ¿Qué quieren decir?

—Ni idea… Cuanto más las miro menos las entiendo. Pero ¡deben responder a una lógica!

69

—No veo por dónde agarrarlas.

—¡Calma! Acabamos de descubrirlas y de inmediato queremos descifrarlas. Pensemos con un poco de paciencia. Fuera lo que fuese que Sert quiso escribir, no podía ser evidente.

—¿Una cifra?

—Parece razonable. Es una nota con un único destinatario. No podía ser directo.

—Entonces, debe haber una clave. ¿Era Sert aficionado a este tipo de juegos?

—No hasta donde he conocido de su vida. Utilizaba complejas simbologías en todas sus composiciones pictóricas, no hay más que ver los lienzos de esta iglesia para comprenderlo, pero no he sabido que fuera aficionado a ese tipo de entretenimientos.

—Quizás el cifrado estaba consensuado con su destinatario.

—Podría ser, y eso nos complicaría mucho la vida.

—Déjame ver la lista…

Bety la examinó sosteniéndola con ambas manos, leyendo en voz alta cada grupo de letras, esforzándose en encontrarle un sentido. Y su mirada se iluminó de repente cuando se dio cuenta de que, inconscientemente, estaba haciéndolo en su lengua materna.

—Oye, Enrique, ¿te has fijado en la presencia de esas letras e? ¿Y en ese «aise»?

—No te entiendo… ¿Qué quieres decir?

—¡Francés! No sé qué significa, pero es francés. Ningún idioma presenta una terminación en «aise» excepto el mío.

—Sert llevaba casi toda su vida viviendo en Francia… ¡es perfectamente posible! Pero ¿le ves algún sentido?

—Quizá. Son sílabas, Enrique.

—¿Estás segura?

—No solo soy francesa, Enrique; no olvides que también soy filóloga. ¡Es evidente que son sílabas! Dame un segundo, déjame pensar en ello. —Depositó la libreta en el suelo, apuntando la linterna hacia ella. Enrique casi pudo escuchar el chirrido de sus neuronas discurriendo—. Falta algo.

—No entiendo.

—Falta una parte, Enrique. Esas sílabas carecen de sentido combinadas entre sí. ¡Tiene que haber otra parte escrita en algún otro lugar!

—¿Seguro?

—Estamos jugando en mi terreno, Enrique. En lugar de preguntar, piensa dónde puede estar el resto.

Enrique meditó sobre ello y casi de inmediato sonrió. Allí, a oscuras, apenas iluminado un pequeño círculo de claridad por la linterna, sin poder ver los lienzos, supo de inmediato dónde se encontraba la segunda parte del mensaje.

—Lo hemos hablado varias ocasiones en los últimos días. La solución debe ser siempre la más sencilla.

—¿Y?

—Coge la linterna e ilumina mi camino, no vaya a darme otro castañazo. ¡Y pásame la luz ultravioleta!

Así lo hizo Bety; Enrique recogió la lámpara y caminó hasta el extremo opuesto del altar, hacia la tribuna opuesta. Se detuvo junto a la otra escalera que comunicaba con la cripta, alzó el brazo y encendió la ultravioleta mientras Bety apagaba su linterna. A medida que la deslizaba sobre el lienzo, con toda la piel erizada, se pudo leer una nueva serie de caracteres.

ME
E
LACH
CHE

DE
MM
ANT

—Pero ¿cómo lo has sabido?

—Me he estudiado el dosier sobre la restauración junto con las fotografías de los lienzos hasta sabérmelo de memoria. Los dos laterales del ábside son similares, ambos presentan idéntica estructura, con dos pilas de libros en la parte inferior. ¿Un mensaje en cifra, dijimos? ¡Pues aquí tenemos los elementos que nos permitirán descifrarlo! Apúntalos en la libreta, Bety.

Bety encendió la linterna y pasó página tomando nota de las nuevas combinaciones. Después volvió a dejarla en el suelo y Enrique tomó asiento a su lado.

—¿Alguna idea?

—Si se trata de sílabas, son menos claras que las anteriores. Pero estoy segura de que deben combinarse las unas con las otras.

—Entonces coloca juntas ambas hojas. Sabes que mi francés es regular, pero quizá pueda ayudarte.

Bety arrancó las dos hojas colocándolas la una junto a la otra. Estudiaron su contenido en silencio con atención durante unos minutos.

CI ME
TI E
RE LACH
AISE CHE
MIN DE
NON MM
DUR ANT

—¿Estás viendo lo que yo estoy viendo, Bety?
—Creo que sí.
—Maldita sea, ¡si no podía ser más sencillo!

*E*nrique comenzó a reírse, poco a poco, en un *crescendo* al que no pudo evitar sumarse Bety. Rieron hasta que se les saltaron las lágrimas, hasta perder el control, durante larguísimo rato, embargados de felicidad.

—Cimetière Lachaise-Chemin Denon-Mm. Durant. Bety, lo hemos conseguido: el cementerio de Père-Lachaise, en pleno centro de París, un lugar perfecto para ocultar los brillantes.

—¿Crees que Massot supo lo que hacía al barnizar los lienzos? ¿Podía conocer esta historia?

—¿Quién puede saberlo? En cualquier caso, al barnizarlos quedaron ocultos durante sesenta años hasta que nuestra luz ultravioleta los descubrió.

—¿Y los brillantes? ¿Crees que todavía estarán allí?

Enrique suspiró profundamente, pasándose la mano libre por los cabellos.

—Podría ser… Rilke fue dado por muerto en la liberación de París. Quizá no se tratara más que de una añagaza para hacerse con las joyas y desaparecer rumbo a Suiza. Pero ¿y si realmente murió? ¡En ese caso las joyas podrían seguir ahí!

—Y ¿qué haríamos si las encontráramos?

—Devolverlas, por supuesto. Pero te diré una cosa: creo que existe una ley por la que tendrían que abonarnos un diez por ciento del valor del producto recuperado.

—¡Estás de broma!

—¡En absoluto!

De nuevo rieron juntos, con desenfado, hasta tal punto que Bety acabó apoyando su cabeza sobre el regazo de Enrique.

—Me parece que estamos un poco histéricos.

—No es para menos. ¿Un diez por ciento, has dicho? ¡Eso son treinta millones de euros!

—No lances las campanas al vuelo, Bety. Quizá Rilke no murió y se llevó consigo los brillantes.

—¡No importa! ¡No deja de ser un hermoso sueño, y ya sabemos que los sueños tienen la triste tendencia a no convertirse en realidad!

—Tan pragmática como siempre… Oye, Bety, es tardísimo; son las cinco y media. La verdad es que no tengo ni pizca de sueño, pero ¿qué te parece si nos vamos a desayunar? Mañana ya pensaremos en nuestros siguientes pasos.

—De acuerdo. Quédate la linterna y vamos hacia la entrada, tendré que subir un momento al coro para encender las luces de la iglesia.

—Bien. —Iluminados por la linterna que sostenía Enrique caminaron hacia el claustro. Antes de cruzar la puerta él se detuvo—. Toma la linterna y ve tú. Digamos que me hace ilusión quedarme aquí, en la oscuridad, ver cómo se ilumina la iglesia y contemplar los lienzos con una nueva perspectiva. Me apetece disfrutar del momento.

—¡Tú y tus caprichos! Pero no negaré que te lo hayas ganado. Dos minutos, Enrique; ese será todo tu tiempo.

Bety cerró la puerta tras de sí, dejando a Enrique cálidamente envuelto por la oscuridad. Se sintió relajado y, aunque el cansancio acumulado comenzaba a hacerse notable, aguardó un momento de emoción. Ya nunca podría entrar en la iglesia de San Telmo y verla como en el pasado. Habían transcurrido muchos años desde su primera visita, cuando apenas era más que un joven veinteañero, y siempre se sintió especialmente vinculado con aquel espacio tan particular. ¡Jamás hubiera creído a quién le dijera que iba a formar parte de su vida en tal medida! Y, sin embargo, pensó que precisamente fuera ese su destino, que quizá por ello la sintiera parte de su vida desde sus inicios.

Respiró hondo, dejándose llevar por el ritmo de sus emociones. A sus espaldas oyó un sonido, y pensó que se trataba de Bety; ¿de quién podía tratarse si no? La iglesia seguía a oscuras y era imposible ver nada. Un levísimo resplandor, el típico de un móvil, emitió esa típica apagada luz tan característica a su izquierda.

—¿Qué haces aquí, Bety? ¿Y la luz?

No hubo respuesta, a excepción de un jadeo seguido por un fuerte golpe en la nuca. Y mientras su cuerpo se desplomaba convertido en un amasijo de músculos inertes su mente se perdió en un último lúcido pensamiento: «Bety, tenías razón, y ahora estás tú sola y yo no podré ayudarte...»

$\mathcal{N}$ada más salir de la iglesia, a la izquierda del claustro, una escalera llevaba directamente al piso superior. Bety la subió con tranquilidad: la adrenalina se iba esfumando de su organismo. Estaba contenta, pero ahora que su mente volvía a procesar la información con claridad una vez liberada de la ofuscación de las emociones un nuevo pensamiento se hizo fuerte en su interior. «Craig.» De repente entendió que por eso lo habían matado. No pudo ser un accidente, no con un hombre como él, un nadador de larga distancia acostumbrado a esfuerzos cien veces superiores al realizado el día de su muerte. Si para Enrique esto parecía el final de la historia, para ella era un nuevo comienzo: alguien supo lo que Craig había descubierto y decidió intervenir para hacerlo suyo. Una cosa era evidente: a partir de aquí, le tocaba a la policía. Que Enrique no quisiera explicárselo todo al inspector Cea hasta saciar su sed de aventura podía comprenderlo, pero si él no lo hacía sería ella la que inmediatamente acudiera a la comisaría de Ondarreta. Enrique tenía virtudes, sin duda. La pasión, la entrega, la capacidad de imaginar, de vivir la aventura, de dejarse atrapar por ella y hacer partícipes de la misma a quienes cayeran bajo su embrujo estaban en él desarrolladas como en nadie a quien en su vida hubiera conocido. En el mundo de hoy, tan desprovisto de emociones semejantes, ¿quién habría podido tener la suerte de vivir una experiencia como esta? Pero eso no bastaba para vivir en armonía.

Bety llegó al piso superior y entró en el coro, que ahora pertenecía a la exposición permanente del museo. Allí, junto a la balaustrada, en un pequeño departamento, estaban los controles eléctricos. Pulsó la pantalla táctil de control activando la iluminación básica, aquella que les acompañó durante la larga noche de trabajo que acababan de vivir. Después, salió del cuarto de control, asomándose por el coro, apoyando ambos codos sobre él. La iglesia ofrecía una perspectiva muy diferente desde allá arriba, pudiéndose contemplar con mayor claridad los lienzos de Sert situados sobre las capillas laterales, justo a la altura del coro. Allá abajo estaría Enrique, gozando de su triunfo. Todo lo que su fértil imaginación creara para la novela se combinaría a la perfección con la realidad que acababan de vivir. Tendría un nuevo éxito, sin duda, y su trayectoria en Estados Unidos continuaría su camino, alejándolo de ella. Y aunque Bety pudiera llegar a desear su permanencia en San Sebastián, ya era tarde: Helena estaría en la ciudad en unas horas.

Donde él experimentaría triunfo ella solo encontraría insatisfacción. Él encontraría la gloria, quizá fugaz, pero no menos cierta, y a ella, en cambio, solo le quedaría la soledad.

Examinó sus sentimientos con distanciamiento, sin rabia alguna. Solo con un pesar leve, incluso delicado, aunque no cayó en la trampa de recrearse en él. No era el ánimo adecuado para lo mucho que aún le quedaba por hacer.

Y entonces sintió un movimiento detrás de ella.

—¿Enrique?

Apenas tuvo tiempo para incorporarse cuando sintió que dos manos la sujetaban por el cuello. La presión que ejercían era enorme y, aunque Bety intentó separarlas de su garganta, no logró moverlas ni un ápice. Sin poder saber quién era su agresor por estar situado a sus espaldas, vio reflejada en la pared lateral una sombra enorme agarrando a otra más pequeña, la suya propia. Apenas logró murmurar una súplica enredada con un nombre, pues imaginó que de él se trataba.

—¡Jon...!

Un hilo de voz, poco más, para pedirle piedad al restaurador del museo San Telmo. No hubo tal: las manos apretaron aún más, hasta el punto en que el aire comenzó a faltarle y sintió que se le nublaba la vista. Era tan fuerte que mientras la estrangulaba iba arrastrándola hacia la barandilla con el evidente propósito de arrojarla hacia el lejano suelo. Bety reunió toda su energía en un último desesperado intento de zafarse, y estuvo a punto de conseguirlo: debido a la actividad física que practicaba regularmente se mantenía flexible, y gracias a ello logró que sus manos impactaron con fuerza en el rostro de su atacante. Este vaciló un instante, lo justo para que durante una décima de segundo aflojara su presa; no lo suficiente para que Bety se zafara de él, pero sí para quedar frente a frente con él. Apretó, aún más fuerte, y Bety sintió que ya no podía soportarlo más.

Y entonces la soltó.

Bety cayó hacia atrás; el impacto contra el suelo tuvo la virtud de aclararle la mente, y para su asombro pudo ver que su agresor, que no era Jon Lopetegi, retrocedía. Aturdida, jadeante, con la mente aún dispersa, sentía que iba recobrando la lucidez según el aire y la sangre volvían a circular por su cuerpo con libertad. Ignoró el dolor de su garganta y concentró su atención en el desconocido que, ante ella, palidecía por segundos. El hombre se llevó la mano al pecho, y Bety supo al instante que iba a morir. Solo pronunció una palabra, pero fue suficiente para que ella lo comprendiera todo.

—April…

El hombre dio un paso en su dirección, pero le fallaron las fuerzas y cayó de rodillas extendiendo las manos hacia ella. Bety reunió sus fuerzas y se puso en pie, acercándose hacia él.

—¡Hijo de puta!

—¡April!

—Mr. Lawrence… ¡Tu nombre completo es Chris Lawrence! ¡Maldita sea!

—April…

—¡Qué has hecho con Enrique, cabrón!

Chris Lawrence no pudo decir una sola palabra más. Su aliento se desvanecía a medida que la muerte reclamaba su presa; lo máximo que logró fue arrastrarse hacia Bety con los ojos desorbitados, no por la cercanía de su fin, sino como si no pudiera creer lo que estaba viendo. Con un jadeo final dejó de respirar. Bety, en pie, a su lado, sintió un impulso irrefrenable y le pateó salvajemente la cabeza mientras con el puño cerrado golpeaba la alarma antiincendios. La sirena se dejó sentir, enseñoreándose de todo el museo. Pasó sobre el cuerpo caído de Lawrence y, a trompicones, rebotando contra la barandilla y la pared de la escalera, y luchando contra el deseo de sentarse y centrarse únicamente en llenar sus pulmones necesitados de aire, atravesó la crujía del claustro hasta llegar a la iglesia. Abrió la puerta, y allí estaba Enrique, tumbado en el suelo, con la cabeza ensangrentada.

Bety se arrojó sobre él, sacudiéndole, implorándole, murmurando frases sin sentido mientras trataba de restañar la herida de su nuca, y así permaneció hasta que, mucho tiempo más tarde, unas manos gentiles la separaron con delicadeza de su cuerpo, todavía inerte.

357

DÉCIMA PARTE

San Sebastián-París

72

Cuatro meses después, Bety paseaba por la playa de Ondarreta, acompañada por el grácil vuelo de unas juguetonas ga-
viotas. El día, inusitadamente cálido, había congregado en las
playas de San Sebastián a numerosas personas. La marea estaba en su punto más bajo y la extensión de las playas se había
multiplicado, lo que permitía caminar de un extremo al otro de
la bahía. Anduvo sin apenas pensar, gozando del contacto con
sus pies desnudos sobre la arena, y se sorprendió mirando hacia el piso de Enrique, arriba, en la falda de Igueldo. Allí estaba
Bety, arrebatada por un impulso y en el lugar adecuado: fue
consciente de ello al instante y comprendió que no habría mejor momento para leerlo. Se sentó junto al muro de piedra del
paseo, apoyando la espalda contra él. Después, extrajo la novela. Enrique se la había enviado esa misma mañana, a primera
hora, como un documento adjunto a un breve correo: «Tenemos que vernos».

Pasó las páginas, al azar; era extensa, rozaría las quinientas
páginas, la extensión habitual de las novelas de Enrique. Echó
un vistazo al comienzo de la novela: el personaje que era Enrique viajaba hacia San Sebastián, sobrevolando la misma bahía
donde ahora ella estaba sentada leyendo la historia. Después,
llegaba la escena de la inauguración, en la que Craig y Enrique
se conocían y, más tarde, Enrique y ella paseaban juntos hasta
el ayuntamiento; la emoción que experimentó al recordar

aquella noche fue tan acusada que esta vez no contuvo las lágrimas. Perdió su mirada en el horizonte hasta recuperar la serenidad. Después, se enjugó las lágrimas mientras pensaba si algún día podría leer aquella historia. La novela la obligaría a mirar hacia atrás. Pero lo cierto es que aún le quedaba mucho por saber sobre el origen de todo lo sucedido, en París, tantos años atrás.

No fue difícil encontrar esa parte: todo el texto perteneciente al pasado estaba escrito en cursiva. Pasó las páginas buscando el lugar, hasta que lo encontró. Y comenzó a leer acariciada por el sol, perdiéndose en sus palabras, dejándose atrapar por la historia que en forma de notas personales iba desgranando Sert en la novela…

…Esta es la noche. Ha costado, pero por fin parece que podremos encontrarnos cara a cara. Los dos desconfían el uno del otro; comprendo a Maurice, que es de largo quien más se juega, pero creo haber conocido lo suficiente a Rilke para saber que es uno de esos hombres pragmáticos capaces de respetar un acuerdo. Así como tengo mis defectos, ¡qué duda cabe de ello!, también tengo mis virtudes, y comparto con él esa visión realista del mundo. Si venzo su mutua desconfianza, estará hecho.

La cita es en una fábrica abandonada en el distrito de La Villette, cercana al matadero, propiedad de los Wendel y ahora cerrada. Un lugar apartado, a salvo de miradas indiscretas. Hay toque de queda, pero apenas se respeta, y en cualquier caso tendremos salvoconductos proporcionados por Rilke para evitar los controles. Una vez allí, espero que todo transcurra como he planificado…

****

¡Lo conseguí! Transcribo estas apresuradas notas de madrugada, después de la reunión, mientras apuro una tardía cena regada con buen champagne. ¡Bien me lo merezco, después de tantos desvelos! Aunque no serán más que el preludio de lo que está por venir, ya que, del acuerdo, ha surgido un compromiso y a mí me atañerá llevarlo a cabo con el mayor esfuerzo…

Maurice y yo llegamos a la fábrica juntos, pasadas las diez. Como era de esperar, tuvimos que pasar hasta tres controles de soldados

362

alemanes; en uno de ellos sufrimos cierta angustia, ya que el sargento responsable era un hueso duro de roer y nos obligó a descender de mi Rolls para registrarlo. Por fin logramos continuar viaje, llegando a una zona solitaria donde se levantaba la estructura de la fábrica.

Era un lugar desangelado, sucio y triste. Maurice abrió la puerta, cerrada con un grueso candado, y penetramos en el lugar. Percibí ese inequívoco olor a abandono tan característico: orines de gato, polvo en el ambiente, grasa reseca. Caminamos hacia el fondo de la fábrica, donde, en un patio anexo, debíamos encontrarnos con Rilke.

El patio estaba vacío a excepción de un viejo pozo. Hicimos tiempo fumando; yo me sentía tranquilo, pero, pese a la oscuridad, pude ver que Maurice mordisqueaba nervioso su veguero. Por fin, apareció Rilke, pero no lo hizo como esperábamos. En lugar de aparecer atravesando la nave lo hizo a nuestras espaldas. Maurice no ocultó su sorpresa, pero yo esperaba algo semejante: Rilke es uno de esos hombres prudentes que asegura cada uno de sus pasos.

—Buenas noches. Veo que han sido puntuales.

—¿Por dónde ha entrado?

—¿Qué más da? Un lugar como este puede tener cien entradas… ¡o ninguna! Pero eso no importa ahora.

Caminó acercándose a nosotros. Iba de uniforme, y armado. Y pude percibir el reflejo de una sombra, al fondo; no había venido solo. Rilke percibió mi movimiento.

—Son tiempos difíciles y hay que ser prudente.

—¿No confía en nosotros, *major* Rilke?

—No confío en nadie, señor Wendel. ¡A veces hasta desconfío de mí mismo!

—Haya paz, señores; este no es el camino. Si estamos aquí reunidos es precisamente para lo contrario, crear un clima de confianza. Si lo logramos será mucho lo que todos podemos ganar.

Hubo un momento de silencio. Parecieron meditar mi mensaje; fue Rilke el primero en hablar.

—Bellas palabras, pero necesitamos algo más que palabras para resolver nuestros problemas.

—Mi objetivo es encontrar un compromiso que convenza a ambas partes.

—Y ¿cómo lo hará señor Sert? La situación está envenenada:

ninguno quiere arriesgarse a dar el primer paso, no vaya a perder sus bazas.

—Es cierto, José María: no pienso entregar los Trescientos sin tener la garantía de que Ségolène ha sido liberada.

—¡Y yo no pienso liberarla hasta tenerlos en mi poder!

—¡Calma! Es necesario encontrar un compromiso.

—Los compromisos requieren una confianza que no existe entre nosotros.

—Por una vez estoy de acuerdo con el señor Wendel.

—Si he convocado esta reunión es porque tengo algo que ofrecerles a ambos. Maurice, nos conocemos hace veinte años y somos amigos; a usted, *major* Rilke, nada me une, pero usted sabe todo lo que se puede saber sobre mí. Voy a darles algo más que una palabra: voy a darles a ambos una garantía: ¡yo mismo!

—¿Qué quiere decir? Explíquese, Sert.

—El principal problema al que nos enfrentamos es el tiempo que puede distar entre la liberación de Ségolène y la entrega de los Trescientos. Y a ese problema hay que añadir que los aliados se nos vienen encima. Urge, por tanto, llegar a un acuerdo hoy mismo, antes de que puedan recibirse órdenes desde Berlín que pudieran afectar a los prisioneros de los campos de concentración. Voy a plantearles una solución en la que yo seré el garante personal del acuerdo. Maurice, en una fecha concreta, tú me entregarás los Trescientos y yo los depositaré en un lugar que solo sabré yo; y usted, *major* Rilke, liberará a su hija ese mismo día.

—Eso no es suficiente. Puedo ser engañado.

—Déjeme terminar. Solo yo sabré cuál es el lugar, y dejaré una pista para que usted pueda encontrarlos.

—¿Una pista? ¿Dónde? ¿Cómo?

—Una pista, en efecto, en un lugar donde no pueda desaparecer y solo pueda ser comprendida por usted. ¡Una pista inmersa en una de mis obras!

—¡Es una locura, José María!

—¡No, no lo es! Tú, Maurice, ya no tendrás las joyas en tu poder, y estarás libre de toda responsabilidad; y usted, *major* Rilke, podrá liberar a Ségolène sabiendo dónde hallar la pista para encontrar los trescientos.

—Dígame, señor Sert, ¿qué le impedirá a usted quedarse con las joyas para su propio beneficio?

—Existen dos motivos para que eso no ocurra, *major* Rilke. El primero, que soy una figura pública de talla internacional y sería muy difícil pasar desapercibido fuera donde fuera: si usted quisiera encontrarme cuando acabe la guerra, no dudo que podría hacerlo con facilidad y hacerme pagar mi atrevimiento. Pero hay otro motivo mucho más poderoso, *major* Rilke.

—¿Cuál, Sert?

—¡Que a mí los trescientos me importan un ardite! Mi vida no es el dinero, sino el arte; tengo los suficientes recursos para vivir la vida que quiero vivir, y usted sabe que soy un hombre de gustos caros. ¡No ha de tener miedo conmigo! De entre todas aquellas personas que podían verse involucradas en esta solución, soy la única en la que realmente puede confiar hasta ese extremo. ¡Usted me conoce, *major* Rilke, y sabe que digo la verdad!

Hice una pausa para valorar el resultado de mi idea. Maurice parecía convencido, y supe que Rilke estaba a punto de aceptar. Faltaba un pequeño empujoncito, y decidí darlo para forzar su decisión.

—Añado mi vida a la balanza, *major* Rilke: el compromiso se cumplirá sí o sí. Pongo fecha: dentro de dos días los Trescientos estarán escondidos y usted deberá liberar a Ségolène. Y será ahora mismo cuando le diré a usted, en privado, dónde encontrará la pista para recogerlos.

—¡Espere, Sert! La situación es explosiva: París caerá, no podemos engañarnos en eso. ¡Y las órdenes serán destruir la ciudad! ¡Tanto la pista como el escondite de los Trescientos podrían verse afectados!

—He pensado detenidamente en ello y puedo evitar ambos problemas: le aseguro que el escondite será uno de esos pocos lugares que no se verán afectados por sus órdenes. ¡Y la pista no solo no estará en París, sino tampoco en Francia!

—¡Pero eso impedirá que me haga con ellos de inmediato!

—Cierto. Pero, corríjame si me equivoco, *major* Rilke: usted, que habla francés a la perfección, ¿no tiene acaso preparada una nueva identidad con la que desaparecer llegado el momento? Llevar los Trescientos consigo supondrá un enorme riesgo… En cambio, una vez finalizada la guerra, sabiendo ya el lugar de su escondite, podría ir con toda tranquilidad al lugar indicado y hacerse con ellos. Yo, si Dios quiere, continuaré mi vida aquí, en París, siendo la viva garantía del cumplimiento de este acuerdo.

365

Rilke meditó sobre mis palabras en una absoluta quietud, la propia de quien está acostumbrado a ser obedecido, la de aquél para quien el tiempo es una circunstancia, nunca una contingencia. Por fin, habló, aceptando el acuerdo.

—Con su vida en la balanza, como antes dijera, de acuerdo. Dos días para liberar a Ségolène Wendel y para que los Trescientos reposen en su retiro hasta que llegue el momento de recogerlos.

—Entonces, Maurice, deberás esperarme fuera.

Se fue Maurice, y allí nos quedamos Rilke y yo, solos. Saqué un veguero de mi bolsillo y se lo tendí, junto con un mechero; Rilke le prendió fuego y aspiró con fuerza el humo caribeño.

—Como siempre, de primera categoría, Sert. Y ahora, dígame dónde encontraré la pista y cómo la camuflará.

—¿Conoce la ciudad de San Sebastián, en el norte de España?

—Sí. Está cercana a la frontera. Y como todas las fronteras, en tiempo de guerra se ha convertido en un territorio de espías.

—Allí, en la iglesia de San Telmo, está una de mis obras más señaladas: una composición de lienzos en la que introduciré una clave oculta.

—¿Cómo lo hará? ¿No se dará cuenta cualquiera?

—En el ábside de la iglesia existen cinco lienzos; dos de ellos, los laterales, son composiciones secundarias, y no reciben apenas la atención de los visitantes. En ellos están dibujados una serie de libros apilados. Introduciré la clave en forma silábica partiendo las palabras de lado a lado del ábside, inscribiéndolas en los lomos de esos tomos. Usted no tendrá más que reunir las sílabas para recrear el mensaje oculto. Nadie podrá saber jamás a qué se refieren esas letras sin aparente significado. Y aún hay más.

—¿A qué se refiere?

—Las telas deben ser barnizadas dentro de unos años; es una de las características de su conservación que ya está estipulada con el museo propietario de la iglesia. Para añadir las sílabas utilizaré unos pigmentos muy específicos que ese futuro barnizado cubrirá para siempre.

—Quiere decir que… ¿desaparecerán?

—Literalmente. Quedarán perfectamente ocultas.

—¿Cuánto tiempo falta para el barnizado?

—Un mínimo de cinco años y un máximo de quince, tiempo más que de sobra para que usted pueda hacerse con la clave.

—Entonces, estamos de acuerdo.

—Lo estamos.

Lo había conseguido, pero, más allá del acuerdo, aún quedaba un trabajo por hacer: ocultar los brillantes y después viajar a San Sebastián para modificar los lienzos de San Telmo. Le tendí la mano, y Rilke me la estrechó con energía; sin soltarla pronunció unas últimas palabras.

—No lo olvide, Sert: usted no me ha dado una garantía, sino que usted es la garantía.

Y, dicho esto, desapareció en la oscuridad…

Bety cerró el manuscrito y lo guardó en el bolso. Bien pudo haber sucedido así; desde luego, a ella jamás se le habría ocurrido una alternativa a la presentada por Enrique en la novela. Consultó el reloj: eran cerca de las tres, hora de regresar al museo. Pero sintió una tentación difícil de refrenar. Enrique estaba tan cerca, y aún había tantas cosas de qué hablar… «Tenemos que vernos», le había escrito. ¿Y por qué no? ¿Por qué no ahora?

Cogió el móvil y mandó un mensaje; no tardó él en contestar. En efecto, estaba en su piso de Igueldo; en apenas diez minutos estaría en la playa.

73

—*H*ola, Bety.

—Hola, Enrique.

Bety sonrió, con dulzura. Enrique la contempló detenidamente, recreándose en su mohín. Estaba sentada sobre la arena. Se había levantado algo de viento, que había alborotado los rubios cabellos de Bety con tanta fuerza que esta tuvo que improvisar una coleta para evitarlo. El gesto, tan sencillo y espontáneo, le recordó a Enrique una intimidad correspondiente a tiempos ya pasados. Enrique se sentó junto a ella, de cara a la bahía.

—Estás hermosa, Bety.

—¡Tú, en cambio, estás hecho un asco! ¡Menudas ojeras!

—Dos meses recuperándome de una fractura craneal y otros dos encerrado escribiendo a destajo le dejan mala cara a cualquiera. ¡No he hecho otra cosa más que trabajar!

—Podrías haberlo escrito con mayor tranquilidad. ¿Qué prisa tenías?

—Sí, podría haberle dedicado más tiempo, pero la historia estaba bullendo en mi cabeza desde incluso antes de recibir el golpe.

—El golpe… Tuviste suerte, Enrique.

—No solo yo. La tuvimos los dos.

—Tienes razón. De no ser por la casualidad de mi parecido con April no lo habríamos contado.

Enrique guardó silencio. Esperaba un comentario sobre

este hecho, aunque no tan pronto. De todo lo vivido era lo más inquietante, la circunstancia imprevisible que, como en su momento dijera Bety, todo lo cambiaba.

—¿Casualidad?

—¿Qué si no?

—¡Venga, Bety!

—No creo en ello, Enrique.

—Has elegido no creer en ello, que es muy diferente.

—Tanto da.

—No es cierto. Eso que tu llamas casualidad tiene un nombre muy diferente, y ese nombre es destino.

—Eso suena muy literario.

—¡Sin duda! Pero que lo sea no lo convierte en menos cierto. April Evans murió el día que tú naciste, y Chris Lawrence fue el responsable de su muerte.

—Eso no pudo probarse.

—Cierto. Pero la lógica apunta a ello. Lawrence saboteó sus frenos e hizo lo propio con los de tu coche. Recuerda lo que le dijo a Craig en Filadelfia, hace tantos años: que no llegarían a ser felices juntos. Mary Ann te lo contó en su casa de Camden, aquel día no solo April debió viajar en el coche, también debería haber ido Craig, y solo en el último momento decidió no acompañarla.

»Lawrence se la tenía jurada a Craig Bruckner desde entonces, y este le sirvió la venganza en bandeja cuando fue a visitarlo a Nueva York para cotejar su descubrimiento y pedirle más información sobre Sert. Craig fue muy inocente al pensar que sus viejos rencores estaban ya olvidados. Sin duda fue en Nueva York cuando Chris Lawrence supo, por boca de Craig Bruckner, todo lo relacionado con el misterio Sert. Y te diré más: el inspector Cea ya ha comprobado que dos días antes de la muerte de Bruckner ahogado en La Concha Lawrence viajó a España. Nunca tendremos pruebas de lo ocurrido, pero solo un hombre como él, por su tamaño y peso, pudo ser capaz de sujetar a Bruckner bajo el agua. Y, por si todo ello no fuera suficiente, no puedes olvidar que la misma tarde en que nosotros íbamos a buscar la clave en la iglesia, Jon Lopetegi, el único que conocía en parte nuestras intenciones, se lo comentó a Lawrence de forma accidental.

369

—Atrapados por nuestra propia coartada: Jon nunca pudo imaginar que tuviéramos un motivo oculto y por ello nada malo hizo al comentárselo.

—Que Lawrence aprovechara la situación para esconderse una vez finalizadas sus reuniones con la directora y con Jon fue la última pieza de esta sucesión de lo que tú llamas casualidades y yo llamo destino... Como lo fue que él y yo ya nos conociéramos de antes.

—¿Qué? ¿Cuándo? ¿Dónde?

—En Nueva York. Lawrence era el restaurador jefe encargado de la limpieza de la obra de Sert en el Rockefeller Center. Craig lo sabía y por eso decidió consultarle sus dudas. Verás, cuando en Nueva York decidí escribir la novela usando como eje argumental la figura de Sert investigué en la Web y supe que cerca de mi apartamento tenía la posibilidad de ver una de sus mejores obras. Fui a visitarla acompañado por Helena, y en un determinado momento traspasamos el umbral de la zona de trabajo. ¡Y fue Lawrence quien nos expulsó del lugar! ¿Qué te parece, Bety? ¿No escuchas las piezas del rompecabezas encajando unas con otras? Destino, Bety. Así tuvo que ocurrir, y así ocurrió.

Bety asintió. No le faltaba razón a Enrique, pero no estaba dispuesta a reconocerlo. Esa elección, como otras muchas, estaba tomada, y nada de lo que él dijera podría cambiarla.

—No dices nada... ¡Cómo te conozco, Bety! Una vez has tomado una decisión eres firme como una roca, no hay quien te mueva del sitio. En fin, no insistiré, por más que todo encaje con tal exactitud que ni en el argumento mejor cerrado del mundo podría igualarlo. ¡Cada maldita pieza está en su lugar!

—No me malinterpretes, pero cuando hablas así tengo la sensación de que para ti escribirlo ha sido una especie de juego.

—¡Si dejas a un lado una conmoción cerebral con un hematoma de dos centímetros de diámetro, sí lo ha sido! Bety, no te niego que cada novela es un reto en sí misma, una demostración de que mi cerebro sigue activo. Pero esta novela es especial, aún más que *El anticuario*. Allí la historia confluyó hacia la novela, pero esta vez la historia ha sido la novela. El destino; tú elegiste ignorarlo, pero yo no he podido hacerlo.

—No ha sido cosa del destino, sino de tu trabajo. Al fin y al cabo eres escritor.

—Cierto, soy escritor. Un escritor afortunado que ha vivido una novela en primera persona.

—Será un éxito.

—¡Seguro! Hasta ahora hemos conseguido que lo sucedido haya quedado circunscrito al ámbito de lo local; pero, cuando llegue el momento de publicar la novela, la editorial inundará los medios de comunicación con nuestra historia. Los americanos son unos maestros en el delicado arte de la promoción y están diseñando una campaña de primera categoría.

—Sabes que preferiría verme al margen.

—Eso es imposible. Como es normal, la promoción será cosa mía, salvo que tú quisieras participar, porque en ese caso te aseguro de que te recibirían con los brazos abiertos.

—¿Qué interés podría tener el gran público en escucharme?

—¿Acaso no la has leído?

—Me la mandaste a primera hora, no he tenido tiempo. Solo he leído la escena entre Wendel, Rilke y Sert.

—Comprendo… Pues debes saber que los lectores tendrían mucho más interés en saber de ti de lo que te imaginas.

371

Cuando Enrique pronunció esta última frase lo hizo con tanta seriedad que Bety, de inmediato, comprendió la existencia de una intención concreta.

—¿Qué quieres decir?

—Quiero decir que te escucharían sin ninguna duda porque la protagonista de esta novela eres tú, y no yo.

—¿¿Qué??

—Lo que has oído.

—Pero ¿qué estás diciendo?

—Es tu historia, Bety. Toda la historia ha girado a tu alrededor desde el principio. Yo solo soy un secundario, tu voz para contar la historia, poco más que eso.

—¡Pero yo no…!

—Bety, la novela ya está en proceso de producción. Y, tal y como hice con *El anticuario*, ninguno de los nombres que he empleado es el real.

—Eso no impedirá que la gente lo sepa.

—En eso tienes razón: la gente sabrá que eres una mujer como hay pocas. Pero creo que te estás precipitando. Tendrías que leer el manuscrito completo antes de juzgar. Cuando menos concédeme la oportunidad de explicarme una vez lo hayas leído. En la novela encontrarás todas las respuestas. Además, serás la primera en leerla.

—¿La primera? ¿Aún no les has enviado a los Wendel una copia?

—Los Wendel… ¡esa es otra historia muy distinta!

—Explícate.

—Como recordarás, eran mis principales sospechosos. La súbita aparición de Chris Lawrence pareció dejarlos en un segundo plano. Sin embargo, la irrupción de Lawrence dejaba un único cabo por atar.

—Tu atropello en París.

—Sí. Pudo ser casualidad, claro está: un conductor achispado casi atropellando a un peatón igualmente alegre. Pero, ¡qué quieres que te diga, me seguía oliendo mal!

—¿Y entonces?

—Entonces tocó viajar a París para hablar con ellos.

—Me imagino que no del atropello.

—No, claro. Había un tema mucho más importante en juego. ¡Trescientos millones de euros en brillantes!

—¿Se lo dijiste?

—Sí, pero no fui solo. El inspector Cea me acompañó a esa reunión.

—No me digas que tenías miedo de ellos.

—No de ellos, sino de lo que representaban. Ten en cuenta que se trataba de los legítimos propietarios: si los brillantes seguían escondidos, a ellos les correspondía tomarlos. A ellos… y, tal como te dije en la iglesia, a nosotros.

—La recompensa, claro.

—Exacto. Un diez por ciento del total. Por eso me acompañó Germán: no solo por prudencia, además tiene una buena relación con la policía francesa. La posibilidad de hallar semejante fortuna podía despertar más codicia de la aconsejable, y dudo que mi cabeza pudiera encajar muchos más golpes como el que me propinó Lawrence.

—Cuéntame qué ocurrió.

—Solicité una reunión con los Wendel. Me citaron una semana más tarde, y ese mismo día se estableció un perímetro de seguridad en el cementerio. Se trataba de comunicarles la noticia para de inmediato proceder a la búsqueda de los brillantes con presencia notarial.

—Una hábil forma de evitar tentaciones.

—No quiero juzgar mal a los Wendel. Nada los acusa, y el valor material que las joyas puedan tener tiene en su caso un añadido sentimental difícil de ignorar. Acudimos a la cita, el inspector Audier, el inspector Cea y yo mismo. Como puedes imaginar, no esperaban nada semejante. Y aún menos que debiéramos desplazarnos al momento para proceder al alzamiento.

—Me hubiera gustado verlo. El cementerio, la policía, el notario... Tuvo que tener su punto.

—Lo tuvo. Llovía, Bety. No con intensidad, pero sí con persistencia. Hacía viento, como aquí, y los sauces y los cipreses se movían con elegancia. Y arriba, en el cielo, las nubes se agitaban revoltosas.

—Siempre he pensado que tenías una vena poética...

—Es posible que así sea, pero te aseguro que, esta vez, la ocasión la requería. Llegamos al cementerio a las doce. La policía había aislado el Chemin Denon en ambos extremos. Atravesamos el cordón policial y, aproximadamente a mitad de la calle, encontramos la tumba de Mm. Durant. Allí nos esperaba el notario y un equipo de la policía científica. *Mademoiselle* Camille Durant estaba enterrada en un pequeño y elegante panteón individual erigido en su memoria. Un ángel guardaba la puerta, con un texto escrito a sus pies: «Pour mon petit amour».

—¿Tenía *mademoiselle* Durant alguna relación con la historia o fue una elección casual?

—Tenía relación. Ese detalle nos lo explicaron los gemelos Wendel: se trataba de la joven prometida de Maurice Wendel, muerta a los dieciocho años tras una fiebre fulminante. Fue Maurice quien levantó el panteón en su honor.

—Todas las piezas encajan...

—¿Lo dudabas? Bien, continúo. El notario nos identificó a todos, y la policía científica procedió a abrir el panteón. Su interior era sencillo: en un altar central, ante una cruz, yacía un ataúd. El suelo y las paredes estaban revestidos de mármol blanco. Fue lo primero que analizó la policía: llevaban un escá-

373

ner, y con él repasaron la estructura del panteón, el suelo y las paredes, buscando algún escondrijo. No encontraron nada, ni tampoco en la cruz o en la base del ataúd.

—Entonces, solo quedaba el propio ataúd.

—En efecto.

—Y lo abrieron...

—Sí. En su interior estaban los restos mortales de Camille Durant: apenas unos cuantos huesos.

—¿Nada más?

—La policía científica exhumó el cadáver y repasaron el interior del ataúd. Solo encontraron el anillo de pedida que le regalara Maurice Wendel ochenta años atrás. Eso fue todo. Dieron por zanjada la búsqueda y reintegraron los restos de Mm. Durant a su legítimo y eterno descanso. El notario, que había estado tomando notas y a quien el inspector responsable de la exhumación iba relatando todos y cada uno de sus pasos, cerró su libreta y dijo que tendría lista el acta a la mañana siguiente. Salimos al exterior y nos despedimos. Marie Wendel me estrechó la mano mientras me hablaba. «Ha sido una experiencia interesante, señor Alonso, y también algo triste. Usted ha destruido una leyenda que venía acompañando a nuestra familia hace ya tres generaciones.» No le faltaba razón, y así se lo reconocí, aunque le respondí: «Quizá la leyenda haya visto su fin, pero la emoción jamás podrán olvidarla». Ella repuso: «Espero que su novela sea capaz de recrear la leyenda». Esa misma tarde tomamos un vuelo a Biarritz y regresamos a San Sebastián.

—Los brillantes... ¡Qué lástima! Habría sido muy hermoso encontrarlos, y sabes que no lo digo por su valor material.

—¡Lo sé! Te comprendo perfectamente: habría sido la culminación de una compleja búsqueda y de una larga historia. Por desgracia, alguien se nos adelantó: lo más probable es que fuera Rilke. También cabe la posibilidad de que, en el caos de la caída de París, se incumpliera el acuerdo a tres bandas al que llegaron Maurice Wendel, Sert y Rilke. ¡Nunca lo sabremos!

Bety paseó su mirada por La Concha. Sol y nubes jugaban entre sí, y la perfecta bahía se veía ocasionalmente atravesada por doradas columnas de luz, aquí y allá, creando fugaces estampas de una belleza inusitada. Se sentía bien, especialmente tranquila, completamente relajada. Y esa sensación de orden fue tan acusada que le permitió realizar la única pregunta que hasta ese instante no se había atrevido a plantear.

—¿Cuándo os vais, Enrique?

—Mañana... pero seré yo solo el que se vaya.

—¿Tú solo? ¿Y Helena?

—Helena se fue hace quince días. Como ya sabes, estuvo a mi lado durante toda mi recuperación, y después me ayudó muchísimo con la redacción de la novela; trabajamos codo con codo hasta acabarla. Su colaboración fue fundamental; me ayudó a encajar todas las piezas del rompecabezas: yo estaba escribiendo demasiado acelerado y ella me aportó la calma necesaria para organizar la estructura de la historia con mayor acierto. Bien, una vez acabé el manuscrito definitivo Helena tenía previsto pasar unos días en Grecia visitando a su familia, pero justo antes del viaje discutimos. Fue un momento muy difícil, pero decidí dejarlo. No podíamos seguir juntos. No se lo tomó bien, Bety. Incluso ha dejado su trabajo en la agencia Goldstein; me enteré gracias a Gabriel, cuando me envió un correo preguntándome al respecto.

—¿Qué os ha ocurrido?

—¿Y tú me lo preguntas?

Bety se levantó, obligando a Enrique a hacer lo propio. Se miraron fijamente, sin pestañear. Sintieron que el mundo se detenía, congelado a su alrededor: era el momento fundamental, y esa magia propia de una situación irrepetible convergió sobre ambos, haciéndoles conscientes de lo extraordinario de su situación. Enrique comprendió que su futuro se decidía allí, en aquel preciso instante.

—¿Por qué no, Bety? ¡Tú y yo juntos! Nada ni nadie nos lo impide. No podía estar con Helena porque es a ti a quien amo. Han pasado los años y aquí seguimos, el uno frente al otro. ¿Cuántas ocasiones más dejaremos pasar? ¿Por qué no intentarlo de nuevo? ¿Por qué no luchar por lo que ambos deseamos?

Enrique la miró de frente, ofreciendo las palmas de sus manos. Y Bety sonrió, afirmando suavemente con la cabeza mientras se las estrechaba.

74

No habían transcurrido más de diez días y Bety aún no podía creer todo lo que había sucedido. Enrique y ella juntos compartiendo el día a día, tantos años después... La alegría corría pareja con la incredulidad, pero, en cualquier caso, decidió abandonarse a sus sentimientos. Él, desde luego, tal como atestiguara durante su reciente aventura, distaba muy mucho de ser el que fue; y también de ella podía decirse lo propio. Donde él había ganado templanza, ella lo había hecho en seguridad. El peso del pasado estaba ahí, era cierto, pero ¿valía la pena mirar hacia atrás en lugar de hacerlo hacia adelante? Le bastaba el hoy y el ahora, sentirse completa junto a él, sabiendo que, en efecto, ambos se amaban sinceramente.

El día a día había cambiado notablemente: Bety cumplía con sus obligaciones en el museo con la misma seriedad y compromiso habituales, sin conceder el más mínimo espacio a esa abstracción tan propia de los enamorados; después del trabajo, todo era un vértigo de complicidad, abrazos y caricias, miradas francas y entrega absoluta. «Como si fuera nuestra primera vez», pensaba ella. Quedaba mucho por hacer: planes sobre su inmediato futuro, el trabajo, fijar una residencia, todo lo relacionado con un proyecto común.

Todos esos pensamientos quedaron aparcados cuando

Bety entró en el museo. Le esperaba un día ajetreado: San Telmo había sido seleccionado como candidato al premio al mejor museo europeo de 2013. Estaba prevista una reunión con medios de comunicación y la redacción de unas notas de prensa. Ana, su secretaria, la saludó antes de entrar repasándole la agenda

—Bety, recuerda que tenemos la reunión dentro de cincuenta minutos. Ya he preparado el dosier y tengo confirmada la asistencia del equipo. También ha llamado la directora, quiere verte después. Y te han llamado de la tele, quieren realizar un reportaje sobre la restauración de los lienzos. ¡Ah, se me olvidaba! Un mensajero te trajo un paquete, firmé por ti y lo dejé en tu mesa.

—Gracias, Ana.

Entró en su despacho, colgó el bolso y la chaqueta en la percha y tomó asiento. Ana le había dejado una copia del dosier para que le echara una ojeada; junto a ella estaba el paquete. No tenía mucho tiempo antes de la reunión, pero llamaba poderosamente su atención y eligió abrirlo antes de concentrarse en el trabajo.

Forzó el plástico que lo cubría; sobre la mesa cayeron un sobre y un estuche. El corazón le dio un vuelco al ver las iniciales de la solapa, «H. S.» No había duda alguna: ¡Helena Sifakis! Abrió la carta. Se trataba de una breve nota, redactada en inglés:

Enrique chose you and I made my choice as well.
You have his love and I have a small present for you.

«Enrique te eligió, y yo también hice mi elección. Tú tienes su amor, y yo tengo un pequeño regalo para vosotros», tradujo Bety mentalmente.

Lo supo al instante, incluso antes de abrirlo.

Enrique le explicó que Helena iba a viajar unos días a Grecia para visitar a su familia justo antes de que él tomara la decisión de acabar con su relación. Si de algo se arrepentía Bety era del dolor que Helena pudiera sentir por la decisión de Enrique; fueron varias las ocasiones en las que sintió lástima por ella... ¡Sin motivo! Sonrió para sí misma; Helena

377

no fue, desde luego, la más débil de entre todos ellos. Conocía todas las claves y bien que las empleó. Bety abrió el estuche, y el resplandor del brillante más bello que pudiera imaginar reflejó su rostro, inundando de luz su despacho y su corazón.

San Sebastián, 13 de octubre de 2012

Apéndices

1. San Sebastián

Siempre he pensado que mi ciudad adoptiva no ha sido suficientemente loada ni en el cine ni en la literatura. Es muy posible que la violencia terrorista, hoy felizmente desaparecida gracias al esfuerzo común de una amplísima mayoría de demócratas, haya contribuido a mantenerla en un injusto olvido.

Alcanzada la paz, es el momento de reivindicarla y ofrecerla al mundo tal cual es: diversa, plural, compleja y, sobre todo, de una sobrecogedora belleza.

Por una vez no hablaré de su belleza física: de La Concha, del río Urumea, de Igueldo o del Urgull, ni tampoco de sus playas urbanas, las más hermosas del mundo. Ni recordaré su increíble vida cultural: sus festivales de música clásica, de cine, de *jazz*, de teatro o de danza, todos ellos de renombre internacional. Ni tampoco les hablaré de su increíble gastronomía, que reúne el mayor porcentaje de estrellas Michelin de todo el planeta en el territorio más pequeño... ¡Vaya, parece que, sin querer, he vuelto a hacerlo! ¡Qué le vamos a hacer!

Invito a todos mis lectores, tanto españoles como de todo el mundo, a que se dejen atrapar por su encanto, y no olviden que en el año 2016 San Sebastián será la capital europea de la cultura, un ineludible punto de encuentro para los amantes de todo aquello bueno que hay en la vida y que aquí ahora se ofrece en abundancia: cultura, belleza, gastronomía y paz.

2. Realidad y fantasía

¿Cuánto hay en mis novelas de realidad y fantasía? Me precio de investigar a fondo la documentación general de mis obras: cuestiones técnicas e históricas deben ser puestas al servicio de la intriga, y ser suficientes para que, si un lector así lo desea, pueda disfrutar «tirando del hilo».

El restaurador de arte no es una excepción.

Todo comenzó con Sert y sus lienzos de la iglesia de San Telmo. Como a Enrique Alonso, también a mí me atraparon hace veinte años, mucho antes de que ni siquiera imaginara que acabaría viviendo en esta ciudad. Recuerdo perfectamente mi primera visita, una mañana antes del partido de baloncesto que debía arbitrar por la tarde, y la impresión que me causaron: contemplé un abigarramiento inusitado, percibí la complejidad de su estructura y, más que entender, adiviné en ellos una simbología propia de una forma de entender el arte correspondiente a otras épocas pasadas.

Desde entonces visité regularmente la iglesia, asistiendo a la fantástica recuperación del edificio y de los propios lienzos.

No podemos olvidar que Sert, en efecto, fue en su momento el artista mejor pagado y más reconocido del mundo. Si hoy ha caído en un relativo olvido, este se debe a la enorme dificultad de realizar exposiciones sobre su obra debido a las enormes dimensiones de la misma, no a su falta de importancia en la historia del arte.

Y tampoco debemos olvidar que Sert era su obra tanto como su obra era Sert: una figura poliédrica, tan compleja e interesante en sí misma que bien podría convertirse en protagonista de la novela.

En cuanto a los nazis... ¡como bien saben mi allegados, llevaba toda la vida deseando introducirlos en una de mis obras! Y aunque su presencia sea secundaria, no deja de tener su importancia.

Los Trescientos son una invención personal, pero la familia Wendel sí existe: pertenecen uno de los linajes del mundo de la empresa más representativos de Francia, y han contribuido en buena medida al desarrollo empresarial de su país. Me he tomado la licencia de utilizar una verdad histórica como punto de partida de la intriga, y quien quiera investigar sobre ello podrá hacerlo tal y como yo lo hice.

Si escribir es un placer, investigar y, gracias a ello, aprender no le van a la zaga. Cada novela contribuye a mi propio crecimiento personal, y no puedo más que estar agradecido a este don por lo que supone en mi vida.

3. La estructura de la novela

Escribir una continuación de *El anticuario* era un reto personal. Después de ser publicado en todo el mundo, Blanca Rosa Roca, mi editora, llevaba tiempo pidiéndome esta continuación, pero no fue hasta que hube madurado un argumento creo que bien trenzado cuando se lo ofrecí. La respuesta fue inmediata: «¡Adelante!»

Fue mi deseo recoger el legado de *El anticuario*, pero sin crear deliberadamente una obra de encargo. Para ello, ideé la que he considerado una estructura original en la que se mezclara tanto la investigación como la propia escritura de una novela y las relaciones que un escritor mantiene con el mundo editorial. Que Enrique Alonso también fuera escritor fue una feliz circunstancia muy bien aprovechada… En cualquier caso, esta es una espléndida ocasión para aclarar que yo no soy Enrique, como bien saben todos aquellos que me conocen personalmente.

Por último, una curiosidad: la novela fue escrita en tres meses exactos de absoluta locura, dedicándole cada segundo que me dejaban libre mis obligaciones laborales, familiares y baloncestísticas. Un gran esfuerzo que espero me otorgue la mejor recompensa: el disfrute de mis lectores.

4. Agradecimientos.

En primer lugar, a las personas responsables del museo San Telmo, siempre dispuestas a colaborar ante mis numerosas dudas; a la directora, Susana Soto; a Marilís Balenciaga, su filóloga, y en especial a la restauradora Ana Santo Domingo, pieza clave para ajustar la resolución de la novela. Tanto Marilís como Ana han pasado a formar parte de mis amigos personales por su implicación y desinteresada colaboración, pero sobre todo por ser las excelentes personas que son. También a Isabel

Margarit, cuya charla sobre Misia en el museo San Telmo, a la que asistí junto a mi madre, Loli, fue la espoleta que me puso en movimiento.

Al personal del museo, siempre tan amable y con una sonrisa en los labios, dispuesto a ayudar en todo momento.

A San Sebastián Turismo, en la que Manu Narváez, su responsable, me ofreció toda su ayuda.

A mis asesores históricos sobre la Segunda Guerra Mundial: museos, archivos, y enciclopedias, que también tienen su papel.

A mi familia, que me soporta —¿o es al revés?— cuando me pongo a trabajar encerrándome en mi mundo imaginario.

A *Coki* y *Ringo*, mis perros, que me dan calor —nunca mejor dicho— en todas y cada una de mis novelas, la más fiel compañía.

Y a mis lectores, por dejarme formar parte de sus vidas, aunque sea solo durante un ratito. Siempre escribí para mi propio placer, pero desde el momento en que fui publicado por vez primera he sido consciente de mis deberes hacia vosotros: entreteneros con honradez y escucharos atentamente cuando la ocasión lo requiera.

A todos, gracias,

JULIÁN

Este libro utiliza el tipo Aldus, que toma su nombre
del vanguardista impresor del Renacimiento
italiano Aldus Manutius. Hermann Zapf
diseñó el tipo Aldus para la imprenta
Stempel en 1954, como una réplica
más ligera y elegante del
popular tipo
Palatino

***

**

*

El restaurador de arte
se acabó de imprimir
en un día de primavera de 2013,
en los talleres gráficos de Liberdúplex, s.l.u.
Crta. BV-2249, km 7,4, Pol. Ind. Torrentfondo
Sant Llorenç d'Hortons
(Barcelona)

***

**

*